Hors de ma Tête

ISBN : 978-2-37960-156-9

Violette Subros

Sors de ma Tête

Livresque
éditions

À ma petite panthère,
présente à mes côtés depuis le tout début.

Prologue

Galway, Irlande, octobre 1995

La porte d'entrée claque. Sarah pénètre à grandes enjambées dans le salon, telle une tornade qui aurait décidé d'emporter télévision, coussins, bière et tranquillité dans son sillage.

— Je ne sais plus quoi faire, Cooper. Je lui ai laissé du temps pour que cette… phase lui passe, comme l'avait préconisé le médecin. J'ai essayé de le sociabiliser, de l'aider à se faire des amis. J'ai même tenté de le convaincre que ce n'était pas réel. Mais rien ne fonctionne et ça empire de jour en jour.

— Que veux-tu que j'y fasse ? Je ne suis pas dans sa tête.

Cooper hausse les épaules avec désinvolture, ce qui ne manque pas de faire monter la tension de sa douce moitié. Moins de trois secondes plus tard, un magazine féminin s'écrase sur son nez, renversant au passage son verre fraîchement servi.

— Mais t'es folle ! Qu'est-ce qui te prend ? Qui va nettoyer la bière sur le tapis maintenant ?

— Moi. Comme toujours. Tu ne serais pas capable de trouver une éponge même si elle clignotait ! Deux minutes de concentration, c'est trop demandé ?

— Vas-y. Vide ton sac.

Sarah soupire pour évacuer le plus gros de sa colère. Voyant que ça n'a pas l'effet escompté, elle se décide à parler.

— L'école a appelé. Il y a encore eu un incident.

— Quel genre ?

— Toujours la même chose.

— Alors, pourquoi tu t'excites comme ça ? se lamente Cooper en jetant des coups d'œil répétés vers son écran de télévision.

— Parce que ça devient récurrent. Cette fois, il était question de trafic de drogue, d'infiltration et… de meurtre.

— Tiens, c'est nouveau ça, remarque-t-il sans y porter grand intérêt.

— Oui. Heureusement, il y avait peu de témoins. Mais les gens commencent à parler, Cooper. Ils vont lui faire la vie dure et je n'ai aucune solution, aucun moyen de le protéger.

— Calme-toi, chérie. Piquer une crise maintenant ne résoudra pas nos problèmes.

— Piquer une crise ? Tu trouves que je pique une crise ? Oh, tu n'as encore rien vu !

— Et voilà, tu t'enflammes, comme d'habitude. Je croyais que ton médecin t'avait prescrit des petites pilules magiques pour que tu arrêtes de me faire chier.

— J'hallucine ! Tu t'entends parler ? Tout ce qui t'intéresse, c'est que je te foute la paix pour que tu puisses regarder ton match à la télé. L'avenir de ton fils ne te préoccupe donc pas ?

— Oh, ça va. Mon fils, comme tu dis, a un problème psychologique. Ça ne date pas d'hier. Ouvre un peu les yeux ! Tu l'as surprotégé en ignorant tous les signes et maintenant, tu es dépassée. Laisse-lui encore quelques mois, et il enfoncera des pétards dans le cul d'un crapaud pour voir quel bruit ça fait quand il explose !

— Tu es immonde, déclare-t-elle avec une mine écœurée.

— Moi aussi je t'aime, ma puce.

Sarah pousse un cri de frustration et file dans la cuisine pour récupérer de quoi nettoyer son beau tapis persan. Quand elle revient dans la pièce, Cooper a ouvert une autre bière et monté le son du téléviseur pour être sûr de ne pas l'entendre pester.

— J'ai épousé un homme de Neandertal !

Cooper ne relève pas l'insulte. Il se contente de boire une gorgée dans sa canette et augmente encore le volume d'un cran.

Sarah ne dit plus rien. Elle frotte son tapis avec une tripotée de produits détergents, qui finissent par réintégrer leurs placards respectifs une fois leur tâche accomplie. Cette parfaite femme au foyer s'attache ensuite à fermer soigneusement la poubelle et la dépose dans le conteneur prévu à cet effet, devant la maison. Satisfaite, elle remonte le chemin empierré qui conduit au jardin. L'éclairage s'allume automatiquement sur son passage, repoussant les ténèbres vers les haies de thuyas qui entourent la propriété. Elle continue sa route jusqu'à la cabane en bois que Cooper n'a jamais terminé de construire : des planches accolées les unes aux autres sans aucune structure cohérente.

— Un Neandertal bon à rien ! siffle-t-elle entre ses dents.

Elle ouvre une énorme boîte à outils métallique, mais n'y trouve pas son bonheur. Agacée, elle fait claquer sa langue sur son palais.

— Ce n'est pas demain la veille que je vais laisser mon fils devenir fou et mon mari se payer ma tête.

Ses yeux se posent sur une hache accrochée à un des murs branlants.

— Ça fera l'affaire.

Elle s'en empare, en arrachant la moitié de la planche sur laquelle elle était fixée, et rebrousse chemin d'un pas décidé. Hache à la main, elle traverse le jardin, longe la maison, passe la porte d'entrée et engloutit les quelques mètres de la cuisine. Quand ses pieds se posent sur le parquet en chêne du salon, Cooper ne lève même pas les yeux. Grossière erreur ! Son champ de vision est très vite envahi par une lame affûtée montée sur un manche en acier.

— Non, mais ça va pas la tête ! T'es complètement malade ! s'écrie-t-il en décollant brusquement son postérieur du canapé.

— Tu vas peut-être m'écouter maintenant que j'ai réussi à capter ton attention.

Sarah vient d'éventrer la télévision, trésor ô combien précieux aux yeux de Cooper. Ce dernier a de la fumée qui lui sort des oreilles, mais son épouse tient toujours l'objet du délit fermement entre les mains, donc il se contient.

— Ce poste m'a coûté plus d'un mois de salaire !

— Tu ferais mieux de mettre ton argent dans des choses un peu moins futiles… comme l'éducation de ton enfant ! s'époumone-t-elle, excédée par les priorités douteuses de son mari.

— Ce gosse est une ruine sur pattes, qui chiale tout le temps et qui n'est pas foutu d'écouter quand on lui parle ! C'est une cause perdue. Je suis sûr que si tu te renseignes sur l'histoire des tueurs en série, tu trouveras des similitudes.

— La ferme, Cooper ! Tu n'es qu'un imbécile, flemmard et égoïste. Qu'est-ce que j'ai fait au Bon Dieu pour mériter un type comme toi ?

— Tu as écarté les cuisses après une soirée trop arrosée, chérie, lui rappelle-t-il en lui lançant un baiser. D'ailleurs, tu n'as jamais pensé que c'était peut-être pour ça que notre rejeton avait une case en moins ?

— Et toi, tu n'as jamais imaginé que c'était peut-être à cause de ta tribu de consanguins !

— Je t'interdis de parler de ma famille comme ça, espèce de sale garce ! réplique-t-il, ivre de rage.

Cooper s'élance vers sa femme, mais s'immobilise lorsqu'elle brandit la hache devant son visage.

— Pose ça tout de suite ! lui ordonne-t-il, plus virulent que jamais.

— Sinon quoi ?

— Sinon je vais te faire regretter de ne pas avoir pris tes pilules.

Sarah part dans un fou rire nerveux. Elle est à fleur de peau.

— Tout ce que je voulais, c'était qu'on discute de nos options. Qu'on trouve un moyen de se sortir de cette situation invivable ! Mais regarde où on en est.

— Hey, ce n'est pas moi qui ai explosé la télé à coup de hache.

— Je suis vraiment très inquiète ! s'obstine-t-elle, uniquement préoccupée par l'avenir de son enfant. Si son comportement ne s'améliore pas, on va finir par le perdre ! Les enseignants m'ont déjà parlé de placement en institut spécialisé, mais je ne peux m'y résoudre.

— Si tu veux mon avis, c'est le meilleur des choix. Et ça nous ferait des vacances !

— Cooper ! Tu ne penses pas ce que tu dis.

— Bien sûr que si.

— Alors, tu ne ressens rien pour lui ? Aucune affection ?

— Honnêtement ? J'en ai eu, au début, mais plus il s'enferme dans son monde et plus elle se dissipe. J'en ai ma claque de me prendre la tête pour un lardon qui préfère parler tout seul plutôt qu'avec moi.

De fines larmes commencent à couler sur les joues de Sarah. La fatigue est en train de surpasser sa colère. Elle baisse sa hache dont la lame percute le sol en découpant un morceau de parquet.

— Tu ne vois donc rien ? poursuit-elle avec lassitude. C'est un enfant particulier, c'est vrai, mais il n'a rien de méchant. Il est simplement comme ta mère.

Cooper bondit sur sa femme plus vite qu'un jaguar sur sa proie. Sa grosse main vient entourer le cou de Sarah dont le dos heurte violemment le mur derrière elle. Les yeux de la trentenaire s'agrandissent sous le coup de la surprise. Ses pieds ne touchent plus terre. Son souffle se bloque. Sa peau se colore d'un rouge vif et sa vision s'amenuise au fur et à mesure que ses poumons sont privés d'air.

— Si tu parles encore une fois de ma mère… rien qu'une fois… je te jure que je te tue ! gronde-t-il à quelques millimètres de son visage. Je ne dis pas ça à la légère, chérie. Je sais même déjà où je t'enterrerai pour que personne ne découvre ton corps. Est-ce que c'est clair ?

Sarah aimerait lui répondre, mais sa trachée est bien trop comprimée : aucun son ne peut atteindre ses lèvres.

— Hoche la tête si tu as compris, complète-t-il avec une froideur terrifiante.

Elle obéit en secouant sa boîte crânienne autant que possible. Immédiatement, Cooper relâche la pression qu'il exerçait sur sa gorge et laisse ses pieds retrouver le sol. Elle est encore en train de tousser comme une tuberculeuse lorsqu'une petite voix se fait entendre.

— Maman ?

Sarah se redresse soudainement et s'efforce de reprendre contenance, effrayée à l'idée que son fils ait pu assister à la scène. Elle se tourne vers lui avec le plus beau sourire qu'elle puisse afficher en de telles circonstances.

— Tout va bien, mon cœur. On est désolés pour le bruit. Papa et moi, on a voulu danser et on a fait tomber la télévision. Mais ce n'est pas grave. On va tout ramasser. Retourne te coucher. Tu as école demain matin.

— Mais j'peux pas dormir. Elle fait que de pleurer, explique le petit en affichant une moue boudeuse.

— D'accord. Va te glisser dans tes draps. J'arrive dans deux minutes pour te lire une histoire. Allez, file.

Le jeune garçon remonte les escaliers en bougonnant, pendant que Sarah fusille son mari du regard.

— Tu te rends compte qu'il aurait pu nous voir ?

— Tu m'as cherché, Sarah. Tu es parfaitement au courant qu'il y a des choses à passer sous silence.

— Tu parles ! Même toi tu ne sais pas pourquoi on doit éviter ce sujet ! fulmine-t-elle en repoussant les sanglots qui menacent de la faire craquer. Enfin bref, je m'en fiche. Tout ce que je veux, c'est une solution pour aider notre fils.

Cooper secoue la tête, dépité autant par les paroles de sa femme que par la situation.

— Très bien. Prends rendez-vous chez un psychiatre dès

que tu peux. Je ferai quelques heures supplémentaires pour payer sa thérapie… et une nouvelle télé.

— Merci, chéri. Tu es un vrai rayon de soleil ! conclut-elle, sarcastique.

— Et toi, la pire des chieuses, marmonne-t-il après qu'elle ait quitté le salon.

Première partie

Première partie

1

DÉVA
la fille qui ne se doutait de rien

Paris, quartier de la Monnaie, 31 octobre 2018

Le soleil s'infiltre faiblement à travers les interstices des volets roulants. J'entends l'agitation, au loin, dans la rue. Je ne sais pas quelle heure il est, mais ça m'est égal. Aujourd'hui, je suis en congé, je profite d'un repos bien mérité. Je m'étire dans la lourde couette, baille à m'en décrocher les mâchoires et me retourne en savourant ce moment. Qu'il est bon de ne pas avoir besoin de se lever aux aurores !

Quelques minutes plus tard, la porte émet un léger grincement. Je grogne et grimace, sachant pertinemment que Ben est venu me sortir du lit. Je demeure immobile, comme un lézard en train de faire le mort, espérant que mon bourreau se lassera pour que je puisse me rendormir, mais c'est peine perdue. Il se glisse sous les draps et fait courir ses lèvres sur ma peau, de mon oreille jusqu'au creux de mon genou, en passant par mes côtes sensibles. Impossible de rester de marbre. Je me dandine, ricane et finis par rouler sur le côté, le laissant m'emprisonner dans ses bras.

— Salut, ma marmotte, murmure-t-il en déposant un baiser sur le bout de mon nez.

— Hum… salut, soufflé-je, peinant à ouvrir les yeux.

— Tu sais que tu ressembles à un ange au saut du lit ?

— Menteur. Tu ne m'auras pas avec des compliments.

— Tu ne peux pas m'en vouloir d'essayer ! Je suppose que tu préférerais dormir, mais on est chargés de la déco, aujourd'hui. Émilie nous attend à onze heures. Elle rêve d'une soirée d'Halloween parfaite et elle m'a clairement fait comprendre que je devais jouer l'aide à tout faire/gros bras/réveil de Déva.

Le pauvre. Ça fait trois mois qu'on vit une histoire géniale, mais il est obligé de se coltiner mes deux meilleures amies, Émilie et Clara, qui sont aussi adorables qu'insupportables ! En tous cas, jusqu'ici, ça n'a pas l'air de le déranger. Il faut dire que c'est un peu grâce à elles si nous nous sommes rencontrés. Le jeune frère de Ben, Sébastian, est leur nouveau colocataire et confident. C'est lui qui nous a présentés.

— Et si on oubliait Émi pendant quelques heures ? lui proposé-je en caressant son torse avec un sourire aguicheur.

— Très tentant, Madame Martin, mais tu vas devoir faire un choix compliqué : ce lit douillet avec un séducteur en pleine forme, ou le plateau de p'tit déj que je t'ai préparé ?

Je respire à fond pour deviner ce que contient ce délicieux plateau. Du café. Déjà rien qu'avec ça, il a remporté la victoire ! Je me redresse pour continuer mon inventaire : jus de fruits fraîchement pressés, pain grillé et chocolat. *Miam.* Mon ventre se met à gargouiller pour répondre à ma place. Ben me regarde avec amusement, m'embrasse et se lève pour me ramener le festin matinal.

— Régale-toi, ma puce. Et si tu es assez rapide, rejoins-moi sous la douche, ajoute-t-il avec un clin d'œil charmeur.

Séduite par ce bellâtre au physique de *Chris Hemsworth*, je m'empresse d'engloutir mon premier repas de la journée. Je ne voudrais pas faire attendre l'ex-célibataire le plus convoité de la capitale ! Gravure de mode et fils d'un maniât du pétrole,

Benjamin Lexinton est l'homme à qui il faut passer la corde au cou, selon les magazines *people*. Et c'est moi qui ai la chance de partager son lit !

Je me faufile dans la douche en abandonnant le peu de vêtements qui me couvraient encore.

— J'ai bien cru que tu n'allais jamais me rejoindre ! me susurre-t-il en mordillant ma nuque.

— Je n'en avais pas vraiment l'intention. Mais j'ai eu peur que tu te sois perdu dans cette immense salle de bain. Je me suis dit qu'il était de mon devoir de venir à ton secours.

Je sens ses lèvres s'étirer en un sourire contre ma peau. Avant que je comprenne ce qui m'arrive, je me retrouve plaquée contre le mur en pierres, les jambes enroulées autour de son bassin et sa langue cherchant avidement la mienne.

Hummm, finalement, je veux bien me lever à l'aube tous les jours s'il me réveille de cette manière.

***

Il est vingt-et-une heures. Le gong de l'horloge résonne dans la bâtisse digne d'un château hanté. Les portes s'ouvrent afin de laisser entrer les invités. Tout est prêt. Émilie est surexcitée.

Pour ma part, j'attends avec impatience de découvrir le costume de Ben. Il est le dernier à être passé entre les doigts de fée de Clara, notre maquilleuse en chef. Celle-ci apparaît sur le seuil de l'étage, déguisée en sorcière. Son habituel carré roux est remplacé par une masse de cheveux violets qui descendent jusqu'à ses cuisses. Ses yeux laiteux, agrémentés de lentilles de contact, me donnent l'impression de pouvoir transpercer mon âme. Elle est flippante, mais magnifique.

De son côté, Émi a opté pour un classique qui devrait lui permettre de ne pas finir la soirée en solo : une infirmière sexy, aux interminables jambes chocolat, avec des éclaboussures de sang partout sur sa tunique blanche. Quant à moi, je me suis laissée convaincre par un maquillage de la *Santa Muerte* qui met en valeur mon visage de poupée. Je suis plutôt satisfaite du résultat. J'espère que Ben appréciera.

Mes yeux se posent sur le torse derrière Clara. Je détaille ses abdos saillants, barrés par une vilaine blessure à travers laquelle on peut observer ses entrailles. C'est tellement réaliste que j'en ai du mal à avaler ma salive. Je poursuis mon observation et découvre le visage de mon cavalier : iris bleu clair entourés d'une sclère injectée de sang, cheveux en bataille et sourire lumineux. Je fonds littéralement devant ce spectacle.

Waouh ! On dirait vraiment un mort-vivant. Mais c'est sûrement le zombie le plus sexy de tous les temps !

Ben m'aperçoit et fait quelques pas dans ma direction avant de s'immobiliser. Ses yeux rouges me détaillent de la tête aux pieds. Ses pectoraux se soulèvent un peu plus rapidement. Sa langue glisse sur sa lèvre inférieure comme s'il était affamé. Il me semble que ma mini-robe noire, et les bas résille qui l'accompagnent sont à son goût. Quelque peu échaudée, je le rejoins alors que mes amies entament leur rôle d'hôtesses.

— Je crois que je viens de tomber amoureux de la mort, me chuchote Ben en enroulant ses bras autour de ma taille. Tu es magnifique, Déva. Je n'ai pas intérêt à te quitter des yeux.

La soirée se déroule dans une ambiance chaleureuse et survoltée. Tout le monde s'amuse, danse, boit et discute aux quatre coins de la maison. C'est une réussite.

Sur les coups de trois heures du matin, Ben m'attire sur le balcon, prétextant vouloir prendre l'air. Je l'accompagne sans me poser de question, jusqu'à ce que je discerne l'angoisse sur son beau visage.

— Tu ne te sens pas bien ? lui demandé-je, inquiète.

— Si. Ça va. Je suis juste un peu… nerveux.

— Pourquoi ?

Il inspire profondément et plonge sa main dans la poche arrière de son pantalon avant de me répondre.

— Parce que j'aimerais beaucoup que ce soir, on rentre tous les deux chez nous, me dit-il en me tendant deux clés enroulées avec un ruban noir.

— Chez nous ? répété-je comme une godiche.

— Oui. Est-ce que tu veux emménager avec moi ?

Alors là, je dois bien avouer que je ne m'y attendais pas. Mes doigts se posent sur le trousseau tandis que les siens me rapprochent de son corps. Il me fixe, plein d'espoir et de désir, mais je suis tellement prise de court que je n'ai toujours pas ouvert la bouche.

— Euh… Déva ? Tu… tu veux ?

Cette situation a un petit air de déjà-vu. Ce n'est pas la première fois qu'un homme me demande de vivre avec lui ; la proposition est d'ailleurs allée bien plus loin que ça. Malheureusement, je ne peux pas dire que ça ait été une réussite ! Des souvenirs que je préférerais oublier m'assaillent pendant quelques secondes : des cris, des pleurs, des insultes, suivis d'une colère destructrice qui m'a pourri la vie pendant longtemps.

Le passé, c'est le passé, Déva. Ben n'a rien de commun avec Marc. Ne fais pas ta poule mouillée. Tu dois avancer !

— Oui, soufflé-je en m'agrippant à lui. Oui, je veux bien.

— Tu viens de faire de moi le zombie le plus heureux de Paris ! déclare-t-il avant de grogner comme un mort-vivant.

Nous rions bêtement, imités par quelques invités qui ont assisté à la scène. Les yeux de Ben me dévorent, puis c'est au tour de sa bouche de s'y mettre. Au final, nous nous éclipsons discrètement de la soirée, pressés de rejoindre son appartement.

Notre appartement.

2

DÉVA

Nous avons terminé la nuit de la plus agréable des façons, avant de tomber comme des masses en milieu de matinée. Réveillée sur les coups de dix-huit heures par une délicieuse odeur d'épices indiennes, je fonce sous la douche, impatiente de découvrir ce que Ben a concocté.

Affamée, je ne prends même pas la peine de m'habiller et rejoins la cuisine enroulée dans ma serviette de bain, en fredonnant une chanson d'*Avicci* qui ne m'a pas quittée depuis la veille. Je m'apprête à lui demander ce qui peut sentir si bon lorsque je l'aperçois. Les épaules tendues, debout contre le plan de travail, son portable dans une main, l'autre appuyée sur la chaise devant lui. Vu sa posture, je crains le pire.

— Ben ? Qu'est-ce qui se passe ? l'interrogé-je, angoissée.

Il ne relève pas la tête, mais me jette un regard assassin.

— Tu t'es bien foutu de ma gueule, espèce de salope ! me crache-t-il avec colère.

Son ton, tout autant que ses mots, me fait l'effet d'une gifle. Je suis choquée et totalement perdue.

— Alors, tout ça, ce n'était que pour le fric ? poursuit-il, visiblement bouleversé.

— Quoi ? Mais de quoi tu parles ? J'comprends rien !

— Tu ne comprends rien ? Et ça, ça te rafraîchit la mémoire ?

D'un geste brusque, il fait glisser son smartphone sur la table. Je le rattrape et y découvre une photo de moi, complètement nue, à la sortie de la douche, en train de m'admirer dans le miroir.

C'est quoi cette embrouille ? Je n'ai jamais pris cette photo !

Vu l'angle utilisé, on comprend facilement que le portable était fixé sur son socle, au-dessus du meuble à serviettes, mais impossible de savoir si je pose ou non : vive les retardateurs ! En m'attardant sur l'horloge électronique dans le coin gauche du cliché, je remarque la date d'aujourd'hui. Quant à l'heure, elle a été prise il y a seulement quelques minutes. C'est le pompon !

— La prochaine fois que tu enverras un sexto à ton amant, fais attention de ne pas te tromper de numéro !

Mon amant ?

Encore plus déroutée, je regarde à nouveau l'écran. La photo a été transmise par MMS depuis mon téléphone. On vient officiellement d'entrer dans la quatrième dimension. C'est du grand n'importe quoi ! Mais le pire, c'est le texte qui l'accompagne :

> *Il me mange ds la main BB. G déjà les clés de chez lui et je te parie que dans moins de 6 mois, je serai Mme Lexinton. Je v lui faire cracher tout son pognon. On va devenir riches BB ! RDV demain soir à l'hôtel habituel. JTM.*

Non, mais c'est quoi ce délire ?

— Ben, je…

— Je veux que tu dégages de chez moi ! m'interrompt-il avant que j'aie pu m'expliquer.

— S'il te plait, écoute-moi. C'est de la folie ! Je te jure que je n'ai pas écrit ce message ni pris cette photo. Je n'ai aucun amant et je me fiche complètement de ton argent. Ben, c'est…

— J'ai dit, dégage ! s'emporte-t-il, totalement hermétique à mon plaidoyer. Maintenant ! ajoute-t-il en envoyant un vase rencontrer le mur le plus proche.

Je ne l'ai jamais vu dans une telle rage. Il me fonce dessus, m'attrape par les épaules et me guide sans grande douceur vers l'entrée. La stupeur m'empêche de répliquer, jusqu'à ce que la porte se referme sur moi. Paniquée, je frappe contre cette épaisse planche de bois qui nous sépare, tout en hurlant son nom. Il ne peut pas me jeter comme ça, pour quelque chose que je n'ai pas fait. Il doit au moins me laisser l'occasion de me défendre.

— Ben, je t'en prie, tu ne peux pas croire un truc pareil ! continué-je à travers la cloison. Tu me connais. Tu sais que je ne suis pas ce genre de fille. Quelqu'un a dû pirater ton téléphone. Quelqu'un qui veut nous séparer. Regarde dans le mien. Tu verras bien que ce n'est pas moi qui ai envoyé ce stupide message. Ben !

Des bruits résonnent dans l'appartement. Je retiens mon souffle, espérant qu'il ait écouté mes arguments. L'attente est interminable. Finalement, la poignée se tourne et il apparaît devant moi, mon sac à main dans les bras. Sans crier gare, il me le jette littéralement à la figure.

— Tu n'es qu'une pourriture, Déva. Dire que je croyais que tu étais la femme de ma vie. Je suis trop con !

— Ben…

— Je ne veux plus jamais te revoir. Tu m'entends ? Ne remets plus les pieds ici, ou tu le regretteras. Oh, et j'allais oublier, c'est bien ton portable ?

Tout en parlant, il me tend mon téléphone, ouvert sur le message qui contient cette fameuse photo, mais ce n'est pas le seul. Sur mon journal apparaît une discussion dont l'interlocuteur s'appelle « BB », avec des dizaines de textos plus explicites les uns que les autres, des clichés de moi en tenue d'Ève à la clé. C'est carrément démentiel. Et inquiétant. Et surtout impossible ! À moins que ce ne soit pas son portable qu'on ait piraté, mais le mien.

— Tu sais quoi, Déva, j'ai bien envie de mettre une voix sur ce *BB* que tu aimes tant.

Avant que je comprenne le sens de sa phrase, Ben fait glisser son doigt sur l'écran pour lancer un appel, tout en activant le haut-parleur. Je ne dis rien, curieuse de découvrir l'identité de celui qui joue avec ma vie et mon intimité. Après seulement deux sonneries, un timbre masculin s'élève à travers le micro.

— Salut, ma puce. Tu me manques, tu sais. Tu ne veux pas venir me voir ce soir ? Je rêve de ton p'tit cul.

— Bon sang, mais t'es qui, toi ? m'indigné-je face aux paroles de cet inconnu. Pourq…

Je n'ai pas le temps de terminer ma phrase que Ben fracasse le téléphone contre le mur derrière moi. Je sursaute en entendant les matériaux se briser, et une nouvelle fois quand la porte de son appartement claque, en faisant vibrer les tableaux accrochés dans le couloir.

Euh… vous pouvez me dire ce qui vient de se passer ?

***

Je reste pendant près d'une minute immobile sur le palier, essayant de comprendre comment on a pu en arriver là. Je suis sous le choc. Je crois que je ne réalise pas vraiment la situation.

Vêtue uniquement d'une serviette et de chaussons de spa, sans moyen de contacter un taxi, j'avance lentement vers l'ascenseur. Au rez-de-chaussée, je me dirige vers l'accueil : personne. Le concierge a pris un jour de repos, c'est bien ma veine ! Je sonne aux portes des appartements les plus proches, mais n'obtiens aucune réponse. Idem pour le premier étage. Il est hors de question que je m'abaisse à demander mes habits à Ben. De toute façon, je doute qu'il me les rende.

Je décide de jeter un coup d'œil à l'extérieur, espérant trouver une âme charitable qui pourrait me prêter son téléphone, mais la rue est déserte : mauvaise pioche. Alors que je m'apprête à ravaler ma fierté, la porte de l'immeuble se referme brusquement derrière moi. Me voilà coincée dehors. Super !

Il fait nuit. La température ne doit pas excéder les huit degrés. Je claque des dents en longeant le trottoir à la recherche du moindre signe de vie. Il n'y a ni passant ni circulation. Évidemment, le premier novembre, les gens ont plutôt tendance à rester chez eux en famille, pas à traîner dans les rues à moitié à poil ! Énervée, je maudis Ben de m'avoir mise à la porte comme une malpropre. Mais comment aurais-je réagi, moi, si j'avais été à sa place ? Je crois que j'aurais brisé bien plus qu'un portable et un vase en cristal !

Sortie de mes pensées par un mouvement quelques mètres derrière moi, je me retourne et aperçois une silhouette ; celle d'un homme, vu sa carrure. Il porte un sweat à capuche noir rabattu sur son visage et un cordon rouge à rayures pend dans son cou. Tout en m'observant, il fume une cigarette. Le reflet incandescent fait briller ses yeux. Mal à l'aise et pas très rassurée, je continue à marcher pour m'éloigner. Le type avance alors dans ma direction, lentement, et toujours en me fixant.

OK. Là, je commence à paniquer.

J'accélère la cadence. Lui aussi.

Mais qu'est-ce qu'il me veut, celui-là ?

Je me mets à courir, terrifiée à l'idée de me retrouver entre les mains d'un sadique tueur en série. Je ne prends plus la peine de regarder dans mon dos pour le situer. De toute façon, j'entends le bruit de ses pas. Il me suit et il va bientôt me rattraper. Je frissonne autant de peur que de froid et agrippe ma serviette pour éviter qu'elle ne m'échappe.

Oh là là, dans quelle galère je me suis fourrée !

Le souffle amoindri, je continue de courir aussi vite que je peux, jusqu'à ce qu'une lumière rose attire mon attention dans une ruelle sur ma gauche. Je ne réfléchis pas et m'y engouffre, espérant trouver de l'aide. Seulement, plus je me rapproche et plus je me rends compte de mon erreur. Le néon éclaire la porte arrière d'un club. On entend de la musique, mais il n'y a personne, et pour couronner le tout, c'est un cul-de-sac. Je ne peux pas aller plus loin. Je vais devoir revenir sur mes pas.

Je me tourne dans tous les sens afin de trouver une issue, des larmes d'angoisse au bord des yeux et un bourdonnement incessant dans les oreilles. Une ombre se dessine dans la lumière du lampadaire, à l'entrée de l'impasse. Il est là, immobile. Il me coupe toute retraite. Je cherche autour de moi quelque chose qui puisse me servir d'arme, n'importe quoi. Mis à part des déchets de *fast food*, un paquet de *Marlboro* vide et des capotes usagées, je ne vois rien. Absolument rien.

Je relève la tête pour observer la menace qui pèse sur moi. Il n'a pas bougé, comme s'il m'analysait, dans l'attente de mon prochain mouvement. Un point rouge lumineux se balance doucement le long de son bras : il s'est rallumé une cigarette. Il tire dessus, laisse échapper un nuage de fumée, jette son mégot et se dirige vers moi.

Oh, mon Dieu, je suis coincée ! Je ne veux pas mourir à vingt-neuf ans, dans une ruelle sordide, avec une simple serviette sur le dos !

Les pires scénarios me passent par la tête, alors que l'homme à la capuche prend tout son temps pour me rejoindre. Il se délecte de l'angoisse grandissante qui se répand dans mes veines comme un poison, annihilant les couleurs de mes joues. Mon cœur bat si fort qu'il risque de faire un trou dans ma poitrine d'ici quelques secondes.

Pitié, que quelqu'un me vienne en aide.

Le type n'est plus qu'à quatre ou cinq mètres de moi. Terrifiée, je prends une profonde inspiration et ferme les yeux pour trouver le courage de l'affronter. Un bruit métallique, ainsi que l'augmentation du volume de la musique, m'obligent à les rouvrir.

— Hey, ma jolie ! Qu'est-ce que tu fais là ? me lance une grande blonde au style de motarde dans l'entrebâillement de la porte. Tu t'es perdue sur le chemin de la douche ?

Je tourne rapidement la tête. Capuche Noire a disparu. C'est seulement à ce moment-là que je laisse mes poumons se vider. Dieu merci, je ne vais pas me faire découper par *Dexter* !

— S'il vous plait, dites-moi que vous avez une tenue de rechange et un téléphone ? l'imploré-je d'une voix tremblante.

Ma sauveuse acquiesce et me fait un signe de tête pour que je la suive. Je l'ai échappé belle.

3

DÉVA

La sonnette résonne dans l'appartement, un long bip strident qui me casse la tête. Je n'ai aucune envie de répondre. Je veux juste qu'on me laisse tranquille. Je fais la sourde oreille et m'enroule dans ma couette, l'esprit tourné vers les merveilleux moments que j'ai passés avec Ben. Des bruits dans le couloir me ramènent pourtant à la réalité. Ces garces ont une clé de mon appartement et elles ne lâcheront pas l'affaire.

J'ai tout juste le temps de finir cette pensée que la porte de ma chambre s'ouvre sur une petite rousse et une grande métisse : Clara et Émilie. Elles sont fières d'elles visiblement, mais leur espièglerie se transforme en pitié lorsqu'elles posent les yeux sur moi. Je dois vraiment avoir une sale tête. Il faut dire que je ne me suis pas lavée, coiffée ou habillée depuis plusieurs jours, et je n'ai pas arrêté de pleurer. Je dois ressembler à un poisson-globe croisé avec *le cousin Machin* !

Mes amies s'installent de chaque côté du lit sans faire le moindre commentaire. Dépitée, je pose ma tête sur les genoux d'Émi pendant que Clara me frotte doucement le dos. Une seconde plus tard, les larmes que je pensais avoir vaincues reviennent à nouveau prendre possession de mes yeux.

— Oh, ma poulette. Ça va s'arranger, tu verras, tente de me réconforter Clara. On est là et on va te remettre sur pied. C'est promis.

— Elle a raison, enchaîne Émilie. Il est temps que tu sortes de ce lit. Ça fait une semaine que tu n'as pas profité de la lumière du soleil. Ni d'un pommeau de douche, apparemment ! Tu dois te reprendre, ma belle. Il va bien falloir que tu retournes bosser.

— Je sais, merci de me le rappeler ! râlé-je en enfouissant mon visage dans l'oreiller. Je dois rempiler demain matin. Donc, soyez sympas et laissez-moi savourer ma dernière journée de déprime en paix.

— Tu as pu parler à ton opérateur téléphonique ? me demande Émi sans se soucier de ma doléance.

— Oui. Tout ce qu'ils m'ont dit, c'est qu'ils ne pouvaient rien faire sans le smartphone concerné. Ils n'ont aucune trace de piratage au niveau de leurs serveurs. Donc c'était sûrement dû à l'appareil. Et franchement, ça ne me rassure pas du tout.

— Tu m'étonnes ! intervient Clara en entortillant ses doigts autour de ses mèches rousses. Alors n'importe quel pervers peut utiliser notre portable pour prendre des photos de nous à notre insu ? Des vidéos ? Quelqu'un pourrait être en train de nous regarder en ce moment ? C'est glauque.

Merci de me remonter le moral, Clara. Je me sens beaucoup mieux !

— Super glauque ! confirmé-je. Enfin, d'après ce que j'ai compris, il faut être un surdoué pour faire ce genre de choses. Ce n'est pas à la portée du péquin lambda. Heureusement ! Du coup, ils m'ont renvoyé un portable tout neuf, avec un antivirus de compète. Je l'ai reçu hier.

— Quoi ? Tu as un nouveau tel depuis vingt-quatre heures et tu ne réponds pas à nos messages ? s'indigne mon amie.

— Je n'avais pas envie de parler, Émi. Désolée.

— Tu as appelé Ben ?

— Des centaines de fois. Il a dû en avoir marre : son numéro n'est plus attribué. J'ai même essayé de joindre Sébastian pour m'expliquer, mais il m'a raccroché au nez !

— Ouais. On est au courant, m'avoue Clara. Ben lui a tout raconté. On a voulu lui donner ta version, mais il n'y croit pas. Il est persuadé que tu es une arnaqueuse et que tu nous manipules, comme tu as manipulé son frère.

— Génial ! Donc c'est officiel, je n'ai plus aucune chance de le récupérer.

Ma gorge se serre à l'idée de ne plus le revoir. Je suis écœurée par la situation. J'imagine à quel point il doit se sentir trahi et blessé, alors qu'il n'y a aucune raison. Savoir qu'il souffre à cause d'un acte que je n'ai même pas commis me rend malade encore plus que le reste. Ça n'aurait pas dû se terminer comme ça !

— Tu sais ce qu'on dit, ma poulette, déclare Émilie dans une vaine tentative pour me consoler. Un de perdu…

— Parce que tu crois que des comme lui, il y en a à tous les coins de rue ? Il était parfait.

— C'est aussi ce que tu pensais de Marc, me fait-elle remarquer, à juste titre.

— Ça va, Émi. Pas la peine d'en rajouter !

— Désolée, ma chérie, c'est pour ton bien, continue-t-elle. Ben était charmant, mais la perfection n'existe pas. Il avait sans doute des défauts bien cachés que tu aurais découverts avec le temps. Et ce sont souvent les plus tordus ! Pour commencer, il n'avait pas assez confiance en toi pour te croire au sujet de ce message. Quant à la manière dont il t'a mise à la porte, ça lui fait perdre pas mal de points. Il faut que tu l'oublies. Jolie comme tu es, tu retrouveras vite quelqu'un.

Je ne réponds pas. Je sais que mes amies ont raison. Je dois aller de l'avant. J'aimerais revoir Ben une dernière fois, essayer de le convaincre que tout ça est une énorme méprise. Pourtant, c'est impossible. Je suis retournée chez lui malgré ses menaces. Le concierge était prévenu et ne m'a pas laissé monter. Il est clair que Ben ne veut plus entendre parler de moi. Je dois tirer un trait sur lui et je ne connais qu'un seul moyen d'arrêter d'y penser : me plonger corps et âme dans le boulot.

***

Assise à mon bureau, je me torture le cerveau pour trouver un moyen de terminer mon croquis, qui s'avère beaucoup plus complexe que je le pensais. Vous vous demandez sûrement quel est mon métier ? Je suis dessinatrice graphiste, au sens large du terme. Pour résumer, j'ai un super coup de crayon, je me débrouille plutôt bien avec les logiciels photo ou vidéo, et surtout, je ne manque pas de créativité. La communication visuelle, c'est mon dada.

À mon retour au travail, j'ai reçu une nouvelle qui m'a redonné un peu le sourire : ma boîte vient d'obtenir un énorme contrat avec une maison d'édition. Nous avons pour mission de relooker leur site Internet, de préparer les stands pour tous les événements littéraires, de concevoir les couvertures de leur nouveau catalogue de romans, ainsi que des trailers pour en faire la promo. Comme je suis la plus douée en illustration, j'ai la chance de m'occuper des livres. Je suis aux anges !

Concentrée sur ma tâche, je ne vois pas Mary se glisser dans mon dos. Qui est Mary ? Une garce doublée d'une arriviste qui n'hésite pas à écarter les jambes pour obtenir ce qu'elle veut : ma place. Je la déteste ! Cela dit, jusqu'ici son manège n'a pas fonctionné avec le directeur, Benoît. Il est fou d'amour pour son épouse et n'a que faire des autres femmes, heureusement.

Avec son sourire factice et son décolleté plongeant, Mary s'installe sur mon bureau en posant ses fesses sur mes croquis, jusqu'à ce que je daigne lever les yeux vers elle.

— Salut, Déva. Comment te sens-tu aujourd'hui ?

— Bien. Je te remercie. Je suis très occupée.

— Tu sais, Benoît a failli me confier les couvertures. Il n'était pas sûr que tu serais opérationnelle, après ta rupture avec Monsieur L. Junior.

Tout le monde est courant de la ruine de mon couple, puisque les tabloïds s'en sont donné à cœur joie. Le fils Lexinton est à nouveau sur le marché : c'est le genre d'info qui fait couler beaucoup d'encre. Je me serais bien passée de cette publicité !

— Comme tu vois, je suis à cent pour cent dans ce que je fais, répliqué-je en évitant de penser à ma vie sentimentale en miettes. C'est ce qu'on appelle être professionnelle. Les histoires privées n'entrent pas en ligne de compte.

— Je n'en doute pas. Mais du coup, Benjamin Lexinton est libre. Tu crois que tu pourrais me donner son numéro ?

Retenez-moi ou je vais étrangler Barbie ! Allez, respire, Déva. Si tu lui arraches sa tignasse, elle va réussir à te piquer ton boulot.

— Je suis navrée, Mary, mais Benjamin a toujours détesté les fausses blondes refaites qui passent leurs journées sous les bureaux ! rétorqué-je avec un sourire forcé. Maintenant, si tu veux bien m'excuser, j'ai du travail.

— Mouais. Eh bien, ton boulot attendra. Benoît demande à te voir et je préfère te prévenir, il est de mauvais poil ! conclut-elle en s'en allant d'une démarche exagérément chaloupée.

Super. Je suppose que ça va être ma fête !

Je me lève en ronchonnant et m'empresse de rejoindre mon boss. À peine me suis-je installée dans le fauteuil en face de lui qu'il se met à débiter cinq cents mots à la minute. Son discours commence avec des phrases de compassion pour l'épreuve que je subis. Je suis certaine que Mary a ouvert sa grande bouche ! Mais rapidement, le ton de Benoît devient plus cinglant. Il disserte sur la qualité du travail et les valeurs de son entreprise. Je ne comprends pas où il veut en venir.

— Pardon, mais de quoi on parle au juste ? lui demandé-je, perdue, après dix minutes de blabla sans queue ni tête.

— Le sujet qui nous intéresse, ce sont les films érotiques que les techniciens ont retrouvés sur ton ordinateur, Déva.

— Quoi ?

— Quand tu étais en congé la semaine dernière, une campagne de *fishing*[1] est arrivée en masse sur nos boîtes mail. Jerry,

1 - Le fishing (ou hameçonnage) est une technique utilisée par des fraudeurs/hackers pour obtenir des renseignements personnels dans le but de perpétrer une usurpation d'identité.

du support informatique, a dû intervenir sur tous les postes de travail pour éliminer les menaces. Et ton petit dossier X lui a paru suspect. Il l'était d'ailleurs, puisqu'une des vidéos que tu as téléchargées illégalement contenait un *Trojan*[2]. Tu te rends compte qu'en plus de donner une image déplorable de l'entreprise, tu aurais pu la mettre en péril en laissant la porte ouverte à des hackers ?

Non, mais dites-moi que je rêve ! Des pornos ? Sérieux ?

— Benoît, je t'assure que je n'ai ni téléchargé ni regardé de films, X ou pas, sur mon lieu de travail. Jamais ! Ce n'est vraiment pas mon genre. Soit c'est une mascarade de très mauvais goût, soit quelqu'un a profité que je sois absente pour utiliser mon ordi.

— J'aimerais le croire, Déva. Mais j'en doute.

— Pourquoi ça ?

— Déjà, parce que personne ne connaît tes mots de passe. À moins que tu les aies transmis à quelqu'un ?

— Non. Bien sûr que non.

— Donc je ne vois pas comment un de tes collègues aurait pu accéder à ta session. Et puis, Jerry est remonté au téléchargement. Ça date d'il y a deux semaines, une journée où tu étais là, en train de bosser. Enfin, c'est ce que je croyais, rectifie-t-il avec amertume.

— C'est n'importe quoi ! Pourquoi j'aurais fait ça ici plutôt que chez moi ? Et comment je pourrais mater du porno en plein milieu d'un open-space ? Tu ne penses pas que ça se remarquerait ?

— Je n'en sais rien. Il t'arrive souvent de travailler avec des écouteurs, alors…

— Tu plaisantes ? Rassure-moi, tu ne crois pas vraiment que je…

— Peu importe, Déva ! me coupe-t-il. On ne va pas perdre notre temps à démêler cette histoire. Avec ce nouveau contrat, on a beaucoup trop à faire pour gaspiller notre énergie inuti-

2 - Un Trojan (ou Cheval de Troie) est un logiciel informatique en apparence légitime, mais qui contient une fonctionnalité malveillante.

lement. Je voulais juste que tu sois mise au courant et que tu saches que je ferme les yeux. Pour cette fois. Tu es brillante et tu as beaucoup de talent. Tu pourrais aller très loin. Mais je ne permettrai pas que tes affaires personnelles interfèrent avec ton travail. Est-ce que c'est clair ?

— Comme de l'eau de roche.

La discussion est close. Je quitte le bureau sans rien ajouter et retourne à mon poste en grommelant. Cette histoire est insensée ! D'abord des sextos sur mon téléphone et maintenant du porno sur mon ordinateur professionnel : ça ne peut pas être une coïncidence. Ce type, le fameux *BB*, essaie de me faire passer pour quelqu'un que je ne suis pas. Mais pourquoi ? Quel est son but ? Et surtout, qui est-il ?

Sur les nerfs, je secoue la tête et respire profondément pour me calmer avant de me remettre au boulot. Tout ce que je veux, c'est oublier tout ça et me concentrer sur les romans que je dois illustrer.

***

Le soir venu, je suis la dernière à partir. Au moins, on ne pourra pas m'accuser de ne pas faire mes heures ! J'éteins les lumières de l'étage et descends les marches au petit trot. Je préfère éviter l'ascenseur, au cas où il se bloquerait alors que je suis seule dans l'immeuble.

L'ambiance est assez sinistre à cette heure de la journée. La nuit est déjà tombée. Le vent siffle au-dehors. Le bâtiment grince et les néons de la cage d'escalier clignotent en me plongeant dans le noir toutes les vingt secondes. J'accélère la cadence inconsciemment. Je sais que c'est idiot, mais j'ai comme l'impression d'être suivie, épiée. Pourtant, je suis seule ici. Enfin, il me semble.

Une porte claque quelques étages au-dessus de moi. Je ne réfléchis pas et engloutis les dernières marches en courant, pressée de retrouver l'air frais de novembre. Une fois dans la rue, je respire mieux et je me rends compte que je me suis monté la tête pour rien.

Tout va bien, Déva. Détends-toi un peu.

Je me dirige vers ma voiture garée à trois cents mètres de là. Le bruit de mes talons qui frappent le bitume résonne comme dans un canyon. Derrière moi, une canette en métal roule sur le sol. Je me retourne, mais n'aperçois personne.

Sans doute le vent.

Je secoue la tête et poursuis ma route, toujours aussi stressée. Un volet claque violemment sur ma droite et me fait sursauter. Puis c'est au tour d'une trottinette de me dépasser par la gauche sans que je l'aie vu arriver. Je me décale d'un bond vers la chaussée, le cœur battant. Pourquoi suis-je autant à fleur de peau ? Je respire profondément pour me calmer lorsqu'un pick-up déboule comme un malade dans la rue. Il manque de me renverser en frôlant le trottoir et klaxonne à plusieurs reprises. Je râle sur le chauffard qui m'insulte à travers la vitre en me faisant des doigts d'honneur.

Quel blaireau, ce mec !

C'est alors que mon regard dérive sur l'autre côté de la route, provoquant une vague de frissons impossible à ignorer. Affublée d'un sweat à capuche noir avec un cordon rouge, une silhouette immobile me fait face, cigarette à la bouche. C'est le même type que devant chez Ben, j'en suis certaine. Mon souffle se bloque. Mes muscles se tendent. Mon estomac se tord. Tout mon corps m'alerte du danger et mon cerveau en rajoute en me rappelant les images de tous les films d'horreur que j'ai vus dans ma jeunesse.

Je détale vers ma voiture en courant comme une dératée. Je prends un temps fou à retrouver mes clés dans le bazar qui me sert de sac à main. Quand mes doigts les touchent enfin, je me jette littéralement sur le siège conducteur et verrouille les portes avant même d'avoir mis le contact. Apeurée, je regarde dehors à la recherche du cinglé à la capuche : à droite, à gauche, derrière. Rien. Personne. La rue est vide. Tout est silencieux. Aucun indice de la moindre présence. Pas de fumée de cigarette. Pas d'ombre suspecte. Absolument rien.

Ma vieille, soit tu manques vraiment de sommeil, soit tu deviens complètement parano !

4

DÉVA

L'horripilante sonnette de ma porte d'entrée fait à nouveau des siennes. Il faut vraiment que je la change, je ne la supporte plus ! Je vais ouvrir en traînant les pieds, encore à moitié endormie, le nez dans ma tasse d'où s'élèvent les effluves du liquide brûlant nécessaire à ma survie.

Mon visiteur ? Des yeux marron en amande, des joues bien rondes, une bouche fine et des boucles blondes : Morgane. Ma pétillante grande sœur, qui est physiquement mon parfait opposé, entre comme une tornade dans mon appartement.

— Salut, Sister. Oh, c'est du café que tu bois ? Tu m'en fais un ? J'ai besoin d'un p'tit coup de fouet ! s'exclame-t-elle à une vitesse qui me donne le tournis.

— Salut, Morgane. Que me vaut le plaisir ?

— Quoi, il faut une raison maintenant pour rendre visite à sa frangine préférée ?

Basse flatterie : nous ne sommes que deux dans la fratrie. Je plisse les yeux, suspicieuse. Débarquer chez moi un samedi matin avant le lever du soleil, ce n'est pas du tout son genre.

— Les filles t'ont appelée, c'est ça ? lui demandé-je en

connaissant déjà la réponse.

— Oui, c'est vrai. Émi m'a mise au courant de ce qu'il s'est passé avec Ben. Tes amies s'inquiètent pour toi, Déva. Tu ne peux pas leur en vouloir.

Je soupire avant de préparer deux nouvelles tasses de café, accompagnées de biscuits. Une fois que nous sommes installées dans les fauteuils du salon, ma sœur commence son interrogatoire.

— Alors, comment tu te sens ?

— Ce n'est pas la super forme, mais on fait aller. Ben me manque ! soupiré-je en fermant brièvement les yeux. Heureusement, j'ai beaucoup de travail, donc ça m'évite de trop penser à lui.

— Tu étais amoureuse cette fois, n'est-ce pas ?

Amoureuse ? De Ben ? Qui ne le serait pas ? Beau. Gentil. Drôle. Intelligent. Riche…

Ce mot me donne désormais la nausée. Je ne me suis jamais intéressée à l'argent, et pourtant Ben me prend pour une croqueuse de diamants. Je pensais qu'il me connaissait mieux que ça. Finalement, je ne sais pas ce qui me gêne le plus : cette histoire de sexto, ou le fait qu'il y a cru sans la moindre hésitation ?

— Déva ? m'appelle Morgane pour me ramener sur Terre.

— Hum ? Oh, euh, oui. Pour être honnête, je ne suis plus très sûre de mes sentiments. Disons que niveau amour, c'était en bonne voie. On s'entendait vraiment bien…

... sur tous les plans !

Des images de Ben et moi sous la douche viennent me perturber quelques secondes, avant d'être remplacées par celles de Capuche Noire. Un frisson me parcourt l'échine, comme la veille, lorsqu'il se tenait en face de moi. Ma sœur se rend compte de mon malaise et me détaille du regard, cherchant à percer le mystère.

— Il y a autre chose. Je le vois bien. Qu'y a-t-il, Déva ?

— Je n'en sais trop rien. Au départ, j'ai cru que le piratage de mon téléphone était un coup d'une ex de Ben, ou d'une cinglée qui voudrait l'avoir pour elle toute seule. Maintenant, je me demande si ça ne va pas plus loin que ça. Il y a eu un incident au boulot. Quelqu'un a eu accès à mon ordi et a fait en sorte que mon patron y trouve des choses compromettantes.

— C'est-à-dire ?

— Peu importe. Ça s'est réglé sans trop de problèmes. Mais il y a aussi ce type étrange qui me fait froid dans le dos.

— Quel type ?

— Un homme avec un sweat à capuche noire. Il était dans la rue le soir où je me suis disputée avec Ben : il m'a foutu les jetons. Lundi, après avoir été convoquée par mon boss, je l'ai surpris devant mon boulot, à attendre comme un détraqué. Depuis, je le vois partout. J'ai l'impression qu'il me suit. Ça me fait flipper !

— D'accord, donc tu es en mode complot, comme quand on était gosses ! annonce ma sœur, visiblement peu convaincue par mon récit.

— Hein ? Comment ça ?

— Tu sais bien. À l'époque, tu te prenais pour une détective en herbe. Tu essayais de faire des liens entre des événements qui n'en avaient aucun. Tu as toujours aimé ça. Je crois que tu voulais seulement ressembler à papa.

La mention de notre père me comprime la poitrine et provoque un début de picotement dans mes yeux. Je dois me faire violence pour ne pas laisser resurgir mes anciens démons.

Ça fait plus de vingt ans qu'il est mort, Déva. Tu ne peux pas te mettre à pleurer à chaque fois que quelqu'un parle de lui !

— Ça ne veut pas dire que j'avais tort, argumenté-je sans grande conviction.

— Admettons. Mais tu connais la théorie du rasoir d'Ockham ?

Je lève un sourcil. Si Morgane en vient à citer ses cours de philosophie, c'est qu'elle ne prend vraiment pas cette histoire au sérieux.

Est-ce que je me monte le bourrichon ?

— L'hypothèse la plus simple est souvent la bonne, Sister, déclare-t-elle en posant une main sur la mienne. L'ex jalouse est sûrement la réponse pour Ben. Quant à ton boulot, il y a bien certains de tes collègues qui voudraient ta peau, non ?

Mary. Ça pourrait être elle. Même si je doute qu'elle soit assez maligne pour ça. Cela dit, elle aurait pu manipuler Jerry. Il bave toujours devant son décolleté. Si elle lui a fait des avances, il a très bien pu mettre ces films sur mon ordi.

— Tu as peut-être raison. Je me prends la tête pour rien.

— Alléluia ! se satisfait ma sœur avec un grand sourire. Maintenant que cette question est réglée, qu'est-ce que tu dirais de faire un peu de shopping ?

— Désolée, je suis à la bourre sur mes illustrations. Je vais devoir bosser tout le week-end.

— D'accord. Mais il faudra bien que tu manges. Et cet appart a vraiment besoin de rangement ! Voilà ce que je te propose : je vais faire les courses, je nous prépare de bons petits plats et je fais le ménage pendant que tu travailles. Quand tu ne seras plus capable de tenir ton crayon ni moi une éponge, on s'écroulera devant un film sur le canapé. Ça te va ? Comme ça, tu ne seras pas toute seule si jamais cette affreuse capuche noire venait à réapparaître dans un de tes placards.

— Ne te fiche pas de moi, ronchonné-je en la frappant avec un coussin. C'est pas drôle ! Mais OK. Tu peux rester. Par contre, fais-toi discrète. J'ai besoin de calme pour dessiner.

— Bien, cheffe. À vos ordres.

Comme prévu, Morgane quitte l'appartement pour aller faire quelques emplettes. Je la guette machinalement par la vitre quand mes yeux détectent une posture familière. Capuche Noire est là, dans la foule, appuyée contre un muret, la tête levée dans ma direction.

Je te tiens, sale voyeur !

J'ouvre la fenêtre et me penche pour interpeller ma sœur. Elle sera bien obligée de me croire si elle le voit de ses propres yeux. La porte de l'immeuble grince, Morgane en sort. Je lui crie de regarder dans la direction du malade qui fait une fixette sur moi. Mais là où il se trouvait encore une seconde auparavant, il n'y a plus qu'une bande d'adolescents en train de discuter.

Comment a-t-il pu disparaître aussi vite ?

Ma sœur hausse les épaules. Elle ne comprend pas ce que je lui demande. Déçue, je lui fais signe de laisser tomber.

Est-ce que je l'ai imaginé ?

5

DÉVA

Ça fait trois semaines que je bûche, presque jour et nuit, sur mes couvertures de livres et j'en vois enfin le bout. Fière de moi, je peaufine les derniers détails quand la porte du patron s'ouvre violemment.

— Déva ! Dans mon bureau. Tout de suite ! m'impose-t-il d'une voix colérique qui résonne dans l'open-space.

Aïe. Je la sens mal, cette discussion !

Benoît n'est pas du genre à s'énerver pour rien. Au contraire, il a plutôt tendance à rester zen en toutes circonstances. C'est donc très mauvais signe.

S'il vous plait, faites qu'il ne soit pas encore question de films X.

La tête baissée, je me faufile dans son bureau, ferme la porte et m'assieds lentement sur le fauteuil. Mon boss me tourne le dos, le regard perdu sur la vue de Paris qui s'étend à travers la baie vitrée.

— Tu sais, Déva, je pensais que tu aimais sincèrement ton travail, reprend-il plus calmement.

— En effet. J'adore ce que je fais et…

— Ne m'interromps pas ! m'ordonne-t-il en se retournant vers moi.

Je garde la bouche fermée et avale ma salive. J'ai l'impression d'avoir du papier de verre dans la gorge.

— Il y a deux semaines, poursuit-il, notre client nous a versé des fonds pour les avances de matériel. Tu étais au courant, n'est-ce pas ?

— Oui. J'en ai utilisé une partie pour créer les stands et les flyers du prochain salon.

— Je sais. Le problème, Déva, c'est que le reste a disparu.

— Quoi ? Non. L'argent était encore là il y a quelques jours. J'ai vérifié.

— Ce qui est sûr, c'est que tu es la dernière personne à avoir accédé aux comptes.

Oh bon sang.

— C'est forcément une erreur ! Je vais tirer ça au clair, affirmé-je en me levant, prête à remuer ciel et terre pour retrouver cet argent.

— Assieds-toi, Déva. Je n'ai pas terminé.

Le regard de Benoît est froid et dur. Je ne reconnais pas mon patron et ça m'inquiète d'autant plus qu'il est question des finances de nos clients. Je commence à avoir les mains moites et le cœur qui s'emballe. Tout ça va me retomber dessus, j'en suis certaine.

— Je ne pouvais pas croire que tu sois impliquée dans ce genre d'arnaque. En réfléchissant à notre dernière conversation, je me suis dit que finalement, quelqu'un avait peut-être eu accès à ton compte utilisateur. Alors, j'ai engagé un détective privé pour qu'il enquête sur tous mes employés. Devine ce qu'il a trouvé ?

— Je ne sais pas, murmuré-je, prête à ce que le ciel me tombe sur la tête.

— Une quantité impressionnante de matériel hifi et informatique livré à ton adresse. Il y en a pour une fortune. Bien plus que ce que te permet ton salaire.

— Quoi ? Mais non ! Je n'ai rien acheté de ce genre. C'est

un coup monté, Benoît. Il faut que tu me croies !

Ma voix s'éraille et mes lèvres se mettent à trembler. Ma respiration est de plus en plus laborieuse, alors que mon cœur palpite en demandant un surplus d'oxygène. Je sens l'angoisse s'infiltrer dans mes veines autant que dans mon esprit.

Ça ne peut pas m'arriver.

Confuse, mais encore maîtresse de mon corps, je refuse de me laisser aller à pleurer devant mon boss comme une gamine. Non seulement ce serait humiliant, mais en plus ça risque de me desservir. Il faut qu'il comprenne que je n'y suis pour rien.

Du calme, Déva. Réfléchis. Il y a forcément un moyen de le convaincre.

— Si ce n'est pas toi, explique-moi ça ? réplique-t-il, en poussant vers moi un énorme paquet et une pile de feuilles A4. Les informaticiens ont fini par retrouver la trace de l'argent. Il a été viré successivement sur trois comptes différents, tous dans la même banque que la tienne. Normalement, nous ne pouvons pas obtenir l'identité du titulaire sans une décision de justice, mais j'ai un très bon ami qui travaille dans cet établissement. Il m'a fourni des fragments de documents, comportant, entre autres, une liste des derniers achats effectués : cette télévision en fait partie. Le privé que j'ai engagé l'a interceptée ce matin, en bas de ton immeuble. Le jeune livreur a été très coopératif quand le détective lui a parlé de détournement d'argent : il lui a laissé le colis et la facture.

Incrédule, les mains frémissantes, je m'empare des papiers posés sur le carton. J'y découvre mon nom, mes adresses mail et postale, mon numéro de téléphone, et même les derniers chiffres de ma carte bleue, le tout associé à la commande d'un écran plat hors de prix. Sur les pages suivantes, des extraits de comptes anonymes décrivent des mouvements de plusieurs milliers d'euros depuis le début de la semaine, ainsi que des dizaines d'achats sur Internet. Mon patronyme n'y figure pas, mais les références correspondent à mes coordonnées bancaires. Toutes les preuves sont là, devant mes yeux, sans que je comprenne comment ni pourquoi.

Oh mon Dieu. Je suis foutue !

On ne m'a pas seulement piégée, on m'a frappée, mise à terre et condamnée à mort. Je réalise à cet instant que ma carrière est terminée. Ce constat accentue encore les battements de mon cœur qui étaient déjà bien trop rapides pour que je puisse respirer correctement. J'ai l'impression de suffoquer, de me noyer à cause d'une atmosphère bien trop compacte. Ma vision se trouble et des lamentations silencieuses restent bloquées au fond de ma gorge. Je ne sais pas comment me sortir de cette situation.

— Benoît je… je te jure que… je n'ai rien à voir avec tout ça, commencé-je d'une voix hésitante avant de me ressaisir. Cette histoire n'a aucun sens ! Si j'avais voulu voler l'entreprise, je n'aurais pas pris le risque de me faire livrer ces objets chez moi, encore moins avec mon nom. Je ne suis pas assez stupide pour ça !

— Je ne sais pas s'il s'agit d'un manque d'intelligence, ou si tu es simplement imprudente, ou très arrogante. Mais les preuves sont là, Déva. Tout te désigne coupable.

— Je bosse avec toi depuis le début. Tu me connais. J'aime mon job. Je ne compte pas mes heures et je ne rechigne jamais à donner un coup de main. Pourquoi j'aurais risqué tout ça ? C'est n'importe quoi !

— Alors, dis-moi comment c'est possible ! rugit-il, tellement furieux que les veines de son cou semblent sur le point d'éclater.

Je devrais lui exposer mille théories : piratage, espionnage, complot, vengeance, attaque terroriste, que sais-je. Les hypothèses ne manquent pas. Pourtant, je ne trouve rien à lui dire qui puisse être crédible. Je suis une fille sans histoire, quelqu'un de banal. Imaginer qu'un individu se donne autant de mal pour détruire ma réputation me paraît invraisemblable. Si j'ai moi-même des difficultés à y croire, comment mon patron le pourrait-il ?

— Je n'en sais rien, avoué-je dans un murmure. Quelqu'un s'acharne sur moi.

— Il n’est plus question de toi, Déva ! Tu te rends compte que je vais devoir rembourser les fonds manquants de ma poche ? Sans compter que tu m’obliges à trouver une nouvelle graphiste !

— Non, je t’en prie. Tu ne peux pas me virer comme ça. Ce job, c’est toute ma vie !

— Je n’ai pas le temps pour ces conneries. On a déjà pris du retard et ça ne va pas aller en s’arrangeant. Si tu dégages tout de suite, sans faire d’esclandre et sans indemnités, je ne porterai pas plainte. Dans le cas contraire, c’est la prison qui t’attend.

La prison ?

J’étais tellement focalisé sur la perte de mon boulot que ça ne m’était pas venu à l’esprit. Je pourrais être arrêtée pour fraude et détournement de fonds. Moi qui n’ai jamais volé quoi que ce soit, qui fais remarquer à la caissière quand elle me rend trop de monnaie, qui cours après un inconnu pour lui restituer son portefeuille tombé dans la rue... je risque de finir derrière les barreaux ? Dites-moi que c’est un mauvais rêve et que je vais me réveiller !

— Benoît…

— Tu as trente secondes pour te décider, Déva. Fais ton choix.

Je n’en reviens pas qu’il me fasse ce coup-là. On a quasiment monté cette entreprise ensemble et je l’ai toujours soutenu dans les moments difficiles. Je ne mérite pas d’être traitée de la sorte ! Pourtant, je vois à son regard qu’il est très sérieux. Il me laisse une porte de sortie parce qu’il m’aime bien, d’autres n’auraient pas eu cette chance. Réduite à choisir entre ma carrière et ma liberté, je ravale ma fierté et me lève en défroissant mon chemisier.

— Merci pour la faveur, Benoît ! déclaré-je, sardonique. Ça m’aurait fait mal d’aller en prison pour un délit que je n’ai pas commis. Cela dit, j’aurais nettement préféré que tu me fasses confiance ! Au revoir.

Je sors de son bureau sans fermer la porte derrière moi, lui laissant tout loisir de m'observer pendant que je récupère mes affaires le plus bruyamment possible. Mary sourit tellement fort que j'ai peur que son visage reste coincé dans cette position.

Cette godiche sous *Botox* est fausse, jalouse et sournoise, mais définitivement trop cruche pour monter un plan aussi élaboré, même avec l'aide de Jerry. Le responsable de tout ce cirque est intelligent, sadique et déterminé à faire de ma vie un enfer. Quel que soit le temps que ça me prendra, je le trouverai et je lui ferai mordre la poussière. C'est une promesse !

Une boule dans la gorge, le cœur lourd et mon carton sous le bras, je quitte l'immeuble sans un mot pour mes anciens collègues. Je suis bien trop écœurée pour leur dire quoi que ce soit, et trop en colère aussi. En plus, je suis à pieds : ma voiture a rendu l'âme ce matin.

Journée pourrie !

Bouleversée, je m'assieds sur les marches devant le bâtiment le temps de m'éclaircir les idées. Je revois l'expression déçue de Benoît, la manière dont il me regardait avec amertume et consternation. À ces images se mélangent celles de Ben, la rage qui a envahi ses yeux quand il a cru que je voulais l'arnaquer, la tristesse qui se lisait derrière ses insultes et au final, le dégoût. Deux personnes que j'estimais au plus haut point pensent désormais que je suis une garce doublée d'un escroc. Si au moins c'était vrai, je ne pourrais m'en prendre qu'à moi, mais je ne suis pas cette fille-là.

Questions, indignations et souvenirs continuent de s'entremêler dans mon esprit. Je viens de me faire virer d'un job dans lequel je m'étais investie depuis des années, alors que je terminais un des contrats les plus intéressants qu'on m'ait jamais confié.

Ça me rend dingue ! C'est tellement injuste.

Pour couronner le tout, je suppose que la nouvelle va rapidement se répandre dans notre réseau. Plus personne ne voudra engager la vilaine voleuse que je suis devenue. Pourtant, sans me vanter, je suis vraiment douée dans ce que je fais et je sais que je peux apporter beaucoup à une entreprise, mais ça ne fera pas le poids pour les patrons. On va me blacklister, me traiter comme une paria.

Oh misère. Qu'est-ce que je vais faire ?

Chaque seconde, la lassitude et le désespoir gagnent davantage de terrain. J'ai du mal à faire face, à saisir, à accepter ce qui m'arrive. Pourquoi essaie-t-on de me priver de tout ce qui compte pour moi ? Qui voudrait faire ça ? Je n'ai jamais eu de véritable ennemi. Je n'y comprends rien.

Alors que de sombres pensées m'entraînent vers les abysses, un nuage de fumée s'élève du trottoir d'en face. Curieuse, je plisse les yeux pour observer d'où il provient malgré le soleil qui m'éblouit.

L'homme à la capuche noire !

Il est là, debout, en train de me regarder tout en tirant sur sa cigarette, comme s'il se moquait de moi. Ma peine et mon désarroi laissent alors la place à une rage folle. À cet instant, il ne m'effraie plus. Tout ce que je souhaite, c'est passer mes nerfs sur lui ! Je veux qu'il me dise pourquoi il me suit partout comme un dégénéré. Il faut que je sache si c'est lui qui s'amuse à me détruire. J'ai besoin de réponses.

Bien décidée à le confronter, je traverse la rue telle une furie, sans prêter attention au monde autour de moi. Un klaxon retentit. Une voiture fait un écart pour ne pas me renverser. Je me plaque contre l'horodateur tout en remerciant le ciel de m'avoir épargnée. Un peu plus et je me retrouvais aplatie comme une crêpe sur le macadam !

Haletante, je poursuis ma route, contourne la camionnette qui vient de se garer et découvre que mon harceleur a disparu, encore.

— C'est pas vrai ! me lamenté-je, dépitée. C'est qui ce type ? Houdini ?

La tête entre les mains, je pousse un cri de frustration qui résonne dans les ruelles alentour. Capuche Noire est comme un fantôme qui s'amuserait à hanter ma vie. Je ne sais pas qui il est ni ce qu'il veut, mais un jour je le ferai payer pour tout ça !

6

DÉVA

J'ai besoin d'un verre. Un truc fort de préférence. Je m'installe dans un pub et commande un whisky, même si je n'aime pas particulièrement ça. Il faut que je me change les idées. Quand la dernière gorgée réchauffe mon œsophage, j'hésite à en prendre un second.

Sois raisonnable Déva, il vaut mieux que tu rentres chez toi, me chante le mignon petit ange sur mon épaule droite. Comme souvent, je l'écoute, en faisant taire son rival, le vilain diable qui m'incite à me noyer dans l'alcool. Je m'apprête à sortir lorsque le barman pose un nouveau verre devant moi.

— Il y a erreur. Je n'ai rien commandé.

— Quelqu'un l'a fait pour vous, m'apprend-il avec un sourire.

— Qui ça ?

— Un gars avec un sweat à capuche.

Le rythme si régulier de mon cœur se dérègle brusquement. Je manque d'air tout à coup.

— C'est une blague ?

— Euh... non, M'dame. Vous savez, ça arrive souvent qu'un

homme offre une boisson à une jolie femme. Il m'a demandé de vous servir un verre quand vous aurez terminé le premier, puis il a quitté le bar.

Ce mec bousille ma vie et en plus il se paie ma tête ? Je vais le tuer !

— Il est parti il y a longtemps ? l'interrogé-je en me tournant dans toutes les directions pour l'apercevoir.

— Je dirais environ un quart d'heure, vingt minutes.

— À quoi il ressemblait ?

— Bah, je ne sais pas trop. Un brun, je crois. La trentaine. Assez banal.

En gros, la description d'un quart des hommes de cette ville. Ça va beaucoup m'aider tout ça ! Je soupire, remercie le barman, avale le verre cul sec et quitte le pub, les nerfs en pelote. Capuche Noire vient de me déclarer la guerre et je ne compte pas me laisser faire. Il va voir de quel bois je me chauffe !

***

Deux métros plus tard, mon fidèle carton toujours dans les bras, je ne me presse pas pour rentrer chez moi. De toute façon, personne ne m'y attend. Les écouteurs dans les oreilles, je me balade en rythme avec le dernier album d'*Ed Sheeran*. Je chantonne sans faire attention à l'agitation dans la rue, jusqu'à ce qu'une main puissante se referme sur mon épaule. Surprise, je lâche ce que je tiens dans les mains et me retourne brusquement, prête à me battre s'il le faut.

— Doucement, Mademoiselle. Je ne voulais pas vous effrayer, s'excuse un grand pompier baraqué, amusé par ma réaction. Est-ce que moi, je dois avoir peur ?

Les poings levés comme un boxeur sur le ring, je me rends compte que j'ai l'air ridicule. Je ris de moi-même, avant de reprendre une position normale, attendant que mon interlocuteur m'explique pourquoi il m'a empoignée de cette manière.

— Vous ne pouvez pas aller plus loin. Nous sommes en pleine intervention.

— Que se passe-t-il ? lui demandé-je en observant les bâtiments autour de moi.

Mes yeux captent une lueur orangée malgré la brume qui limite ma vision.

Punaise, c'est un incendie !

Ignorant les conseils du pompier, je m'approche pour voir ce qui est en train de brûler. La rue est encombrée par les piétons et les soldats du feu qui tentent de les faire reculer. Le cordon de sécurité, ainsi que la hausse brutale de la température m'indiquent que je ne suis plus très loin. Je suis prise de vertiges en comprenant que le foyer de l'incendie se dresse à quelques dizaines de mètres : il s'agit de l'immeuble où j'habite.

Ce n'est pas possible !

Les flammes lèchent la structure qui émet des plaintes terrifiantes, comme un animal blessé. Une épaisse fumée grise s'échappe des fenêtres avant de grimper vers les cieux, précipitant le sommet du bâtiment dans un monde de ténèbres. Une énorme échelle s'élève jusqu'aux étages supérieurs pour permettre aux derniers occupants d'évacuer les lieux. Je ne peux pas croire ce qui arrive.

Je commence à avoir du mal à respirer. Je recule de quelques pas et m'assieds sur le capot d'une voiture sans m'inquiéter de son éventuel propriétaire. Le pompier qui avait voulu m'arrêter me rejoint une minute plus tard, l'air soucieux.

— Est-ce que ça va ? Vous êtes toute blanche. Vous avez inhalé de la fumée ?

— Non, ça va. Je suis juste un peu choquée. C'est mon immeuble qui est train de partir en cendres.

— Oh. Je suis désolé.

— Vous savez ce qui l'a déclenché ?

— On n'est sûr de rien pour l'instant. Apparemment, le feu a démarré au troisième niveau.

Bon sang, c'est mon étage !

À part moi, les seuls appartements occupés sont ceux de la vieille Balla, en séjour à l'hôpital et de Monsieur Tisserant, parti en voyage. Qu'a-t-il bien pu se passer ?

— Est-ce que c'est dû à un problème électrique ? relancé-je, affolée.

— On en saura plus après l'expertise, mais les traces d'accélérant suggèrent une autre histoire.

— Quoi ? insisté-je, espérant avoir mal entendu.

Le pompier semble gêné tout à coup, comme s'il avait fait une gaffe.

— Hum, oubliez ce que je viens dire, s'il vous plait. Je n'aurais pas dû.

— Ne vous en faites pas, je serai muette comme une tombe. Mais si j'ai bien compris, l'incendie a été provoqué ?

— J'en ai peur, me confie-t-il en chuchotant. Au minimum, on a attisé les flammes pour faire plus de dégâts. Vous savez qui habitait au troisième ?

Oui. Moi !

Je secoue la tête de gauche à droite, préférant éviter des questions auxquelles je ne me sens pas prête à répondre.

— Vous voulez que j'appelle quelqu'un pour vous ? De la famille peut-être ? me propose-t-il.

— C'est gentil, mais je vais me débrouiller.

Je contacte immédiatement Émilie pour lui demander de venir me chercher. Il ne me reste plus qu'à l'attendre.

Toujours assise sur la voiture d'un inconnu, je fixe les flammes qui viennent à bout de l'immeuble bien plus vite que les pompiers de l'incendie. C'est un triste spectacle, mais impressionnant. J'ai encore du mal à réaliser que toutes mes affaires sont en train de s'envoler en fumée. Mes papiers, mes fringues, mes photos, mes diplômes et bulletins de notes, les petits mots qu'on s'écrivait avec les filles quand on était au collège, mes carnets de croquis, mes livres.

Tous mes souvenirs, absolument tous, y compris ceux de Papa !

Ma poitrine se comprime à cette pensée. Je pose une main sur mon cœur et inspire calmement pour éviter la crise de larmes. Il ne me restait déjà presque rien de lui, mis à part quelques vieux clichés de sa jeunesse, une peluche et un pendentif en forme d'étoile qu'il m'avait offert pour mes cinq ans, ainsi qu'une poignée de vêtements dont je n'ai jamais pu me débarrasser.

Encore des choses que j'aimais et qui viennent de m'être arrachées !

Je n'ai pas le temps de m'appesantir sur le sujet ni de me poser des questions. Les pompiers sont en train d'élargir le périmètre de sécurité, nous invitant à reculer davantage. Des braises s'envolent avec le vent et risquent de nous tomber dessus. Je m'exécute tout en suivant du regard les petits points rouges dont le ballet aérien a quelque chose de féerique. L'un d'eux, un peu plus gros que les autres, s'écrase sur les pieds d'un homme qui pourtant ne bouge pas d'un iota. Intriguée par son manque de réaction, mes yeux remontent de ses chaussures brûlées à son jean, puis à son sweat.

Il se tient à nouveau là, le visage caché dans l'ombre : Capuche Noire. Moins de dix mètres nous séparent. Je pourrais facilement aller à sa rencontre, mais ma belle détermination de tout à l'heure s'est envolée. Sans cesser de me regarder, il s'accroupit et tend sa cigarette vers la braise incandescente, avant de tirer une taffe. Ce type commence vraiment à me faire peur. Que fait-il ici, si près de mon appartement ? Il sait où j'habite. Pourrait-il être impliqué dans l'incendie ? L'avoir provoqué pour poursuivre son petit jeu malsain ? Pour détruire un peu plus ma vie ?

Alors que l'angoisse écrase autant ma gorge que ma cage thoracique, il me semble voir un sourire étirer ses lèvres, baignées par la faible clarté des flammes. Qui peut se réjouir dans un moment pareil, mis à part un pyromane complètement cinglé ? Il est impliqué... il est forcément impliqué.

Une explosion retentit dans l'immeuble. Des vitres éclatent en une pluie de morceaux de verre. Surprise, je tourne la tête à peine quelques secondes et comme à chaque fois, ce temps est suffisant pour que Capuche Noire s'évapore.

Oh la vache ! Je retire ce que j'ai dit : je ne peux pas lui faire la guerre. Je ne suis pas taillée pour ça. Tout ce que je veux, c'est que ce malade me laisse tranquille !

7

DÉVA

— Ma chérie, tu es ici chez toi, m'assure Émilie en me faisant entrer dans son appartement.

Je n'ai pas le temps de la remercier que Clara me saute au cou.

— On a eu tellement peur pour toi, Déva ! m'apprend-elle, les traits tirés par l'angoisse. On suit l'incendie depuis tout à l'heure à la télé et ils n'ont pas encore donné le nombre de blessés. On ne savait pas que tu étais avec Émilie. Vous auriez quand même pu appeler pour nous rassurer.

— Mouais, enfin, c'est surtout Clara qui s'inquiétait ! rectifie Sébastian en me jetant un regard noir.

OK. Il m'en veut toujours pour l'histoire avec Ben. Message reçu cinq sur cinq !

Faisant fi de la mauvaise humeur de mon ex-beau-frère, je rejoins la chambre d'amis où les filles se démènent pour me trouver quelques affaires. Côté vêtements, ce n'est pas franchement évident, vu qu'Émilie a la taille d'un géant et Clara celle d'un hobbit.

— Ne fais pas cette tête, me lance Émi en s'asseyant à côté

de moi. Ce n'est pas si grave. Ton appart a brûlé, mais tu vas bien. C'est le principal.

— C'est vrai. Mais il n'y a pas que ça. Je me suis fait virer de mon boulot, aujourd'hui.

— Quoi ? s'écrient-elles à l'unisson.

J'inspire profondément et entame le récit de tout ce qu'il s'est passé depuis la dernière fois que je les ai vues. Les films pornos. L'argent volé. Capuche Noire qui me suit comme mon ombre…

Clara, toujours très expansive, a une réaction à l'opposé de celle de ma sœur. En gros, elle panique. Elle s'imagine déjà que mon harceleur a piraté leurs ordinateurs et dissimulé des micros dans l'appartement. Encore plus parano que moi, elle s'empresse de couvrir toutes les webcams de gros scotch, puis vérifie les aérations et les lampes, pour s'assurer de l'absence de tout dispositif d'écoute. Alors qu'elle est plongée dans sa minutieuse inspection, Émi préfère relativiser.

— Dans ton malheur, tu as eu de la chance, Déva. Ton patron aurait pu t'envoyer en prison pour un truc comme ça.

— Je suis au courant. Il me l'a bien fait remarquer !

— En ce qui concerne ce mec à la capuche, je ne sais pas trop quoi te conseiller. Tu devrais peut-être le signaler à la police.

— Pour leur dire quoi ? Parce que si je décide de tout raconter, il y a de grandes chances que ce soit moi qu'ils enferment.

— Ouais. Ce n'est pas faux. Écoute, laisse passer quelques jours. Évite de sortir de l'appartement. Il va peut-être se lasser tout seul. OK ?

— Je veux bien, mais Sébastian risque de ne pas être d'accord. Il me déteste !

— Je me charge de Seb, ne t'en fais pas.

— Il a des nouvelles de son frère ?

— À ce que j'ai compris, Ben a quitté le pays. Il a accepté un poste à Dubaï.

Dubaï ! Rien que ça. Je l'ai carrément fait fuir à l'autre bout du monde ! J'espère qu'au moins, il se plaît là-bas.

***

Une semaine que je vis ici et je n'en peux déjà plus ! La raison ? Pas mes amies qui se prennent pour mes baby-sitters, ni Seb qui me traite comme si j'avais la peste. Non, ce qui me rend dingue, c'est tout le reste. Les images de Capuche Noire qui me pourchassent jusque dans mes rêves. Les ombres étranges qui traversent les pièces en pleine nuit, avant de disparaître quand j'allume. Le parquet qui grince sans aucune raison. Les fenêtres et les portes qui sont grandes ouvertes alors qu'une minute plus tôt, elles étaient fermées. J'ai l'impression de vivre dans une maison hantée !

Émi pense que je psychote. Clara fait brûler de la sauge tous les soirs pour éloigner les mauvais esprits. Quant à Seb, il est persuadé que je cherche à me rendre intéressante. Bref, personne ne me prend vraiment au sérieux. Pourtant je me sens observée en permanence.

À l'arrivée du week-end, je suis déjà plus rassurée : mes amies seront présentes, donc pour une fois, je ne serai pas toute seule. Mon soulagement est cependant de courte durée.

Samedi matin, alors que nous savourons un bon petit déjeuner, Seb déboule dans le salon, les nerfs à vif. Il doit se rendre à une réception huppée dans la soirée et il compte éblouir son cavalier en utilisant ses accessoires les plus chics. Seulement, il est incapable de remettre la main dessus. Boutons de manchette et pince à cravate en or blanc. Montre Cartier. Chaussures italiennes sur mesures. Il ne trouve plus rien ! Il retourne toutes les parties communes de l'appartement, pendant que les filles en font de même dans leurs chambres. Rien à faire, ils terminent tous bredouilles.

C'est à ce moment que Sébastian décide de me prendre comme bouc émissaire. D'après lui, je suis la seule qui aurait pu lui voler tout son attirail. Qu'est-ce que j'en ferais, franchement ? Il s'acharne sur moi pendant dix minutes, affirmant que des choses disparaissent depuis que j'ai emménagé. Drôle de coïncidence ! Il fait même remarquer à Émilie que certains de ses bijoux restent introuvables, tout comme la tablette de Clara.

Il commence sérieusement à me gonfler, celui-là !

Heureusement, Émi finit par le raisonner, lui assurant qu'elle et Clara me connaissent depuis l'enfance et que je ne suis pas une voleuse. Il n'est pas convaincu, mais décide de laisser tomber pour aller faire du shopping en urgence : remplacer ce qu'il lui manque, c'est le plus important.

***

La seconde semaine se déroule plus ou moins de la même manière, à cela près que je décide de ne plus rester enfermée. Il faut que je trouve un nouveau travail et ce n'est pas en faisant copain-copain avec Casper que je risque d'y arriver ! Je passe ainsi les deux premiers jours à peaufiner mon CV et rédiger une tonne de lettres de motivation, les trois suivants à les déposer dans toutes les boîtes de communication de la capitale.

Vendredi, quinze heures, je regagne l'appartement, satisfaite de ce que j'ai accompli. J'ai même eu le temps de faire des courses et je m'emploie à préparer un bon repas pour remercier mes amies de leur hospitalité. Les filles rentrent vers dix-neuf heures. Vingt minutes plus tard, nous sommes toutes les trois en train de papoter devant un verre de vin, lorsque leur colocataire nous offre une nouvelle entrée fracassante.

— En plus d'être une arnaqueuse, votre super copine Déva n'est qu'une affabulatrice et une saleté de voleuse ! s'écrie Seb, les joues écarlates. J'en ai la preuve maintenant.

Il n'attend pas qu'on lui réponde et dépose son ordinateur sur la table, l'écran tourné vers nous.

— On peut savoir ce qu'on est censées regarder ? l'interroge Émi, sceptique et un brin agacée par le comportement du blond.

— Après les disparitions de la semaine dernière, j'ai installé une caméra dans ma chambre, à l'intérieur d'une peluche.

Je vous laisse deviner qui s'est fait prendre en flagrant délit ? Mon ancienne belle-sœur ! Voyez par vous-même.

— C'est impossible, contré-je en ricanant. Je n'ai jamais mis un pied dans ton antre.

— Mate la vidéo et redis-moi dans les yeux que tu ne l'as pas fait, réplique-t-il, le regard haineux.

Je fronce les sourcils. Un mauvais pressentiment me tord les intestins. Sébastian lance le film et nous restons toutes les trois bouche bée face à la scène qui nous est offerte. Une femme d'environ ma taille, une silhouette identique à la mienne, avec exactement les mêmes cheveux que moi, est en train de fouiller dans les placards de Seb.

— Mais c'est ma nouvelle robe qu'elle porte ! m'indigné-je comme si c'était mon plus gros problème.

J'aurais peut-être dû la mettre en sourdine sur ce coup-là. Ça n'arrange pas mes affaires !

Émi et Clara ont les yeux rivés vers moi. Je peux lire le doute sur leurs visages. Quant à mon détracteur, il semble ravi.

— Les filles, ce n'est pas moi ! Regardez l'heure. Cet enregistrement date d'hier en début d'après-midi. J'étais dans le VIe à cette heure-là. J'ai même eu Clara au téléphone quand je déjeunais chez Luigi. Vous devez me croire. D'ailleurs, on ne voit pas le visage de cette fille.

— Comme c'est commode ! raille Sébastian en levant les yeux au ciel.

— En effet, je trouve ça très pratique pour m'incriminer avec de fausses preuves !

— C'est la meilleure, celle-là ! Donc, si je comprends bien, tu prétends qu'une femme, qui te ressemble étrangement soit dit en passant, s'est introduite chez nous en pleine journée et a pris le temps d'enfiler une de tes robes avant de nous cambrioler ?

— Je ne prétends rien, je… je…

— Tu manques de mots, Déva ? Pas facile d'inventer des excuses quand on est sous pression. Comment expliques-tu qu'il n'y a aucune trace d'effraction ? La voleuse avait forcément la clé.

— J'hallucine. Tu es vraiment prêt à tout pour me mettre dehors ! m'énervé-je, fatiguée par ses accusations.

Piqué au vif par ma remarque, Seb se rue vers moi, le regard mauvais.

— Tu as un sacré culot ! Est-ce que tu insinues que c'est moi qui ai monté toute cette histoire ? peste-t-il à moins de trois centimètres de mon visage.

— Je n'en sais rien. À toi de nous le dire.

Le silence s'installe dans la pièce. La tension grimpe encore d'un cran. Nous nous affrontons du regard, aucun de nous n'étant disposé à abdiquer.

— Calmez-vous tous les deux, intervient Émi, beaucoup moins sûre d'elle qu'à l'accoutumée.

Je délaisse mon adversaire pour me concentrer sur mes amies. Clara est toujours hypnotisée par la vidéo. Elle la repasse en boucle comme si elle allait y trouver toutes les réponses, mais ce qui me gêne le plus, c'est son air triste, ou plutôt déçu. Elle commence à croire que je suis le monstre d'égoïsme dépeint par son colocataire.

— Clara ? l'appelé-je, espérant me tromper.

Quand elle lève les yeux vers moi, je réalise que j'ai perdu une alliée dans cette bataille.

— Tu sais, Déva, si tu avais des problèmes d'argent, il fallait nous en parler. On t'aurait aidée, comme toujours. Pas besoin d'en arriver à ce genre de… d'extrémité.

Je suis choquée par les propos de mon amie. Comment peut-elle me croire capable de ça ? J'ai l'impression qu'on vient de me frapper au milieu de la poitrine. Mon souffle est coupé. Je ne peux même plus parler. Émilie, toujours la plus réfléchie de notre groupe, décide de calmer le jeu.

— Écoutez, je ne comprends pas bien ce qui se passe, mais Déva a raison sur un point : on ne voit pas qui est la femme sur la vidéo. N'oubliez pas qu'on l'a déjà piégée deux fois.

Merci, Émi ! Au moins une qui ne se laisse pas avoir !

Seb lâche un rire étouffé pour signifier qu'il n'est pas d'accord. Émi n'y prête pas attention et poursuit son discours tout en posant un bras autour de mes épaules.

— Après tout ce qu'on a traversé ensemble, je préfère lui accorder le bénéfice du doute. On lui doit bien ça, Clara.

Je lui exprime toute ma gratitude en serrant silencieusement sa main, peinant toujours à respirer.

— Moi, je ne lui dois absolument rien ! déclare alors la vipère qui me servait de beau-frère. Quant à toi, Émi, je te croyais plus maligne que ça. Cette menteuse ne passera pas une nuit de plus chez nous. Je vais vous prouver que j'ai raison !

Sébastian se précipite vers ma chambre, décidé à la retourner de fond en comble pour dénicher le moindre indice qui appuierait sa théorie loufoque. Émi tente de l'arrêter, mais j'interfère.

— Laisse-le faire. Je n'ai rien à cacher.

J'aurais sans doute mieux fait de me couper la langue plutôt que de dire ça, mais j'étais sûre de mon coup. Il ne trouverait rien puisque je n'étais pas coupable. Pourtant, à peine cinq minutes plus tard, Seb pousse un cri de joie en sortant un sac de sport de mon armoire. Ce sac, je ne l'ai jamais vu de ma vie. Tout excité par sa découverte, il nous montre son contenu : les derniers trésors volés dans sa chambre, des factures d'un prêteur sur gages, ainsi qu'un inventaire de tous les objets de valeur de l'appartement, avec le prix correspondant et des croix pour ce qui a déjà été vendu.

— Déva, souffle Émi en s'emparant de la liste. C'est ton écriture !

Là, j'avoue que je suis prise de court. Je ne sais pas quoi répondre, parce qu'en effet, la calligraphie ressemble beaucoup à la mienne : la forme et l'axe des lettres, les boucles, le tracé, tout semble identique.

Sauf que je n'ai jamais écrit ça !

Ça recommence. Un nouveau piège est en train de se refermer sur moi et je suis incapable de m'y soustraire. Seulement cette fois, ce qu'on essaie de me faire perdre est totalement irremplaçable, contrairement à mon job, à mon appartement, ou même à mon petit-ami. Clara et Émi ont toujours fait partie de ma vie. Il est hors de question qu'on me les prenne !

— Tu as volé des bijoux qui étaient dans ma famille depuis plusieurs siècles. Tu… tu as osé revendre l'alliance de ma mère ! s'emporte Émilie, à bout de nerfs. Tu savais pourtant à quel point elle comptait pour moi. C'était la seule chose qu'il me restait d'elle !

Je repense à l'incendie et aux affaires de mon père. Ce qu'elle ressent, j'en ai déjà fait l'expérience et jamais je ne lui infligerais ça. Elle doit me croire, me faire confiance. Elle le doit.

— Émi… je… je te jure que je n'ai pas fait ça. Tu me connais sur le bout des doigts. Tu sais que c'est complètement délirant ! Et même si pour une obscure raison, je devenais une pourriture capable de trahir ses amies, pourquoi je vous volerais alors que vous m'hébergez et me nourrissez ? Ce ne serait pas malin. Franchement, qu'est-ce que j'aurais à y gagner ?

— Apparemment, pas mal de fric ! en rajoute Seb, comme si ce n'était pas déjà assez compliqué.

Je devrais clamer mon innocence, me battre pour leur faire accepter l'évidence : je n'ai rien dérobé, ni ici ni ailleurs, jamais. Je n'ai même pas besoin d'argent ! Pas pour l'instant en tout cas. Tout ça n'est qu'une machination brillamment orchestrée. Pourtant, le seul argument qui me vienne à l'esprit, c'est que mes amies ne devraient pas douter de moi. Pas elles ! Pas après tout ce qu'on a vécu ! Elles devraient me croire sur parole, qu'importe les preuves bidon qu'on leur apporte sur un plateau.

Quel voleur laisse son butin en évidence, au risque de se faire coincer ? C'est débile et tellement gros que c'en est risible. Enfin… pas vraiment.

Je reste muette bien trop longtemps pour que ça serve ma défense. Bouleversée, Émilie me tourne le dos en cherchant refuge dans les bras de Clara. La partie est finie. J'ai perdu.

— Tu n'as plus rien à faire ici, Déva, me crache Seb avec

un sourire conquérant. Va-t'en. Tu n'auras qu'à envoyer Morgane pour récupérer tes affaires.

— Les filles, articulé-je avec difficulté. Vous ne pouvez pas…

Je voudrais les supplier de me regarder, de m'écouter, mais elles ne m'offrent aucune ouverture. De toute façon, les mots sont étouffés par les débuts de sanglots qui entravent ma gorge. Je peine à respirer, alors continuer de parler est simplement inimaginable. Désemparée par la réaction de mes meilleures amies, je ne trouve plus la force de lutter. Je récupère mon sac à main et quitte l'appartement en courant, avant de dévaler les marches quatre à quatre. En bas de l'immeuble, je fonds en larmes.

Ce mois-ci a été difficile pour moi, amer et éprouvant, mais rien de comparable avec les dernières minutes. Ma vie est comme un château de cartes auquel on vient d'arracher les piliers. Jamais je n'aurais cru être abandonnée de la sorte, encore moins par Clara et Émi. Je pensais pouvoir compter sur elles en toutes circonstances : manifestement, je me trompais ! Mon esprit se remplit rapidement de souvenirs, de rires, de jeux, de plans foireux, de disputes stupides, de réconciliations, de journées shopping et ciné, de fêtes, de confidences. Aucune de nos querelles n'a été aussi violente, aussi douloureuse, aussi définitive. Trois décennies d'amitié balayées par un mensonge en une seule soirée !

Perdue dans ma mémoire et oppressée par l'injustice de la situation, je laisse mes pleurs redoubler d'intensité. Ma cage thoracique est prise de soubresauts incontrôlables. Mes joues sont inondées d'eau salée. Mon cœur, quant à lui, est en mille morceaux. Si même les personnes qui me connaissent le mieux au monde peuvent douter de moi, alors qui me soutiendra ? Qui ?

Peut-être cette pourriture de Capuche Noire ?

À cette idée, je me redresse et regarde partout autour de moi, m'attendant à le voir débarquer de nulle part. Après tout, il est là à chaque fois que tout part en vrille.

— Sors de ton trou, la Capuche ! le provoqué-je dans une attitude de défi qui jure avec le désespoir qui m'habite. Viens observer ton œuvre ! Tu as gagné. T'es content de toi ? Tu m'as pris tout ce que j'aimais ! Comment t'as fait pour la vidéo ? Et pour l'écriture ? Comment ?

Seul le silence me répond, ainsi que le bruit des moteurs et des sirènes de police au loin.

— Pourquoi tu fais ça ? Hein ? Pourquoi ? Qu'est-ce que je t'ai fait ? Montre-toi ! hurlé-je, jusqu'à ce que ma voix se brise dans un sanglot.

Un chien aboie. Une voisine me dit de la fermer. Mais Capuche Noire ne se manifeste pas. C'est un cauchemar... un horrible cauchemar dont il faut absolument que je me réveille ! J'ai l'impression de perdre pied, d'être engloutie, de sombrer dans la paranoïa. Si ça se trouve, c'est moi qui imagine ce type. Peut-être que j'ai une sorte de stress post-traumatique suite à notre rencontre dans l'impasse, derrière le club ? J'ai eu tellement peur ce soir-là. Est-ce pour ça que je le vois partout ? Je ne sais plus.

Épuisée, je me laisse choir sur le trottoir, le visage enfoui dans mes mains. Je voudrais pouvoir oublier tout ce qui s'est passé, revenir au jour d'Halloween et empêcher chacun des événements qui m'ont menée ici, mais c'est impossible. Deux minutes plus tard, des phares m'éblouissent à tel point que je dois fermer les yeux. Le véhicule s'arrête juste à côté de moi : c'est un taxi.

— Déva Martin ?

— Euh, oui, dis-je, surprise que le chauffeur connaisse mon nom.

— Bonsoir, Madame. Je suis censé vous conduire rue de Bagnolet, près du Pavillon de l'Hermitage. C'est bien ça ?

Je reste muette pendant quelques secondes. C'est effectivement l'endroit que je comptais rejoindre puisqu'il s'agit du quartier où habite ma sœur. Mais qui a commandé ce taxi ? Je lève les yeux vers la fenêtre de l'appartement de mes amies. C'est sans doute l'une d'elles qui a appelé, pour éviter que je me retrouve seule trop longtemps dans la rue.

Une pointe d'espoir vient se loger dans mon cœur. Si elles ont eu cette attention envers moi, alors tout n'est peut-être pas perdu. Quelque peu soulagée, je confirme au chauffeur qu'il a la bonne adresse et grimpe dans le taxi sans me poser plus de questions.

— Combien je vous dois ? lui demandé-je lorsqu'il se gare devant chez ma sœur, trois quarts d'heure plus tard.

— Rien du tout, Madame. La course est déjà réglée.

— Comment ça ?

— Eh bien, l'homme qui a effectué la réservation a payé directement à l'agence.

— L'homme ? répété-je, abasourdie.

— Oui, Madame. Il est passé cet après-midi, nous a donné votre nom, votre destination et l'horaire pour venir vous chercher. Il a confirmé une demi-heure avant que j'arrive.

J'acquiesce bêtement et le remercie avant de quitter le véhicule, à moitié sonnée par cette information. Un homme avait prévu que j'ai besoin de ce taxi, à cette heure précise, chez mes amies. Il connaissait même l'adresse de ma sœur. Je doute que ce soit Sébastian. Ce petit crétin m'aurait laissée marcher ! Non… ce n'est pas Seb… C'est lui : Capuche Noire. Je ne suis pas folle. Ce type me traque et il veut que je le sache.

8

DÉVA

— Déva ? Je peux entrer ? demande timidement Morgane à travers la porte.

— Oui. Vas-y.

Ma sœur me rejoint en quelques pas. Elle s'inquiète pour moi, je le vois à ses traits tirés.

— Je n'étais pas sûre que tu serais réveillée.

— Je n'ai pas réussi à dormir, lui avoué-je dans un murmure.

Elle me prend dans ses bras et me serre contre elle avant d'ajouter :

— Tu as besoin de faire un break, Sister. Il faut que tu oublies toute cette histoire et j'ai l'activité parfaite pour ça.

— Qu'est-ce que tu as derrière la tête ? Est-ce que je dois m'inquiéter ?

— Naaan. Je dois aller chercher les résultats des derniers essais cliniques que mon labo a réalisés. S'ils sont concluants, je vais avoir beaucoup de travail dans les jours qui viennent. Et comme les fêtes approchent, je me suis dit que tu pourrais décorer mon appart ? En plus, j'ai acheté un vrai sapin hier. Il est dans le placard de l'entrée. Alors ? Ça te tente ?

— Comment refuser ? Tu sais que j'adore ça.

— Super ! Je compte sur toi. Je file, je suis déjà en retard. Je devrais être rentrée pour quatorze heures. Je rapporte des sushis. Bises.

Ma sœur disparaît en un éclair, me laissant avec une importante mission à laquelle me consacrer. Après une douche rapide et deux cafés bien corsés, je m'attelle à la tâche en installant le sapin. Morgane ne s'est pas moquée de moi : elle a dans ses cartons de quoi décorer tout le quartier !

Je m'amuse à fixer les guirlandes un peu partout et à embellir les fenêtres avec des pochoirs à neige, jusqu'à ce que je réalise que je n'ai pas fait mes achats de Noël. J'étais tellement préoccupée par mes problèmes, que je n'y ai pas songé une seule seconde. Le réveillon est dans moins de dix jours, j'ai intérêt à me dépêcher. En même temps, le nombre de cadeaux sera très limité cette année. Je ne vais pas me ruiner !

Ma mère : elle peut aller au diable. Ben : il doit sûrement passer du bon temps avec une sublime créature du désert. Les filles… je ne suis pas certaine que leur acheter un présent soit judicieux. Elles pourraient croire que j'essaie de me faire pardonner. Ne me reste donc que mon adorable Sister.

Je décide de faire une pause dans la déco pour chercher des idées sur le Net. Une heure et demie plus tard, je trouve le cadeau parfait : une virée en Espagne entre frangines. Avant de devenir une délinquante sans emploi, j'ai mis un peu d'argent de côté, assez pour partir en vacances et voir venir pendant quelques mois. On est toutes les deux célibataires et sans enfants, pourquoi ne pas en profiter ? Je vérifie les dates de ses prochains congés et commence à réserver notre séjour. Hôtel quatre étoiles avec spa et massages. Pour une fois, nous allons nous faire chouchouter. Au moment de payer la facture, ma carte bleue est malheureusement refusée. Il arrive parfois qu'il y ait des bugs, donc je réitère. Même résultat.

Exaspérée, je regarde sur l'application de ma banque pour essayer de comprendre le problème. J'entre mon identifiant et mon code secret : invalide. Je renouvelle ma demande, une fois, puis deux : mot de passe bloqué. Je pousse un cri d'agacement et m'empresse d'appeler l'établissement qui gère mon argent.

Tout ça commence sérieusement à me pomper l'air !

Après plus de vingt minutes d'attente et trois interlocuteurs différents, la voix qui m'intéresse s'élève enfin du microphone : celle de mon conseiller. Il semble ennuyé et a bien du mal à répondre mes questions. Je l'entends pianoter sur son ordinateur et lâcher des jurons.

— Vous pouvez me dire ce qui se passe, à la fin ? m'agacé-je, à bout de patience.

— Madame Martin, je… je viens de vérifier vos comptes et… ils sont tous vides.

— Comment ça ?

— Il n'y a plus rien. Vos épargnes ont été liquidées il y a deux jours à notre agence. C'était mon après-midi de repos et le nom de la personne en charge n'est pas noté, mais votre signature apparaît bien sur les actes de clôture. Quant aux fonds de votre compte courant, ils ont été retirés hier matin dans plusieurs distributeurs différents. Vous n'avez plus d'argent dans notre banque.

— Vous vous fichez de moi ?

— Non, Madame. C'est très sérieux. Et étant donné que vous venez à peine de contracter un crédit dans notre établissement, cette situation me semble inacceptable, me reproche-t-il en supplément.

— Un crédit ? Quel crédit ?

— Votre prêt habitation. Les deux-cent-cinquante-mille euros dont nous avons débattu au téléphone. Je sais que j'étais absent pour la signature et je m'en excuse, mais là n'est pas le propos.

— Je ne vous ai pas parlé depuis au moins six mois ! rectifié-je, de plus en plus anxieuse.

— Euh… non. Vous faites erreur. Nous avons discuté à quatre reprises il y a quinze jours pour tout mettre en place.

Vous ne pouviez pas vous déplacer avant, à cause d'impératifs familiaux. Un parent gravement malade, d'après mes souvenirs.

— Si vous avez communiqué avec quelqu'un, ce n'était pas moi ! Je n'ai signé aucun papier, ni pour un prêt ni pour des clôtures de comptes. Et je n'ai pas retiré d'espèces ces derniers jours. On m'a dépouillée !

— Madame, je…

— Arrêtez les « Madame » et lancez une procédure de fraude. On vous a arnaqué ! Vous comprenez ? Quelqu'un vient de voler tout mon argent ! m'égosillé-je, furieuse.

Je ne peux pas croire que ça m'arrive. Mon mec. Mon job. Ma réputation. Mon appart. Mes amis. Et maintenant, mon fric ? Il ne me reste plus rien ! Cette fois, ce n'est pas de la peine ou de l'injustice que je ressens, mais une colère qui grandit à chaque battement de mon cœur. Je veux que le responsable de tout ça paie pour ses actes !

— Déva ? m'appelle ma sœur depuis l'entrée. Pourquoi tu cries comme ça ?

— Rien de bien méchant, répliqué-je, sarcastique. Quelqu'un a usurpé mon identité, vidé mes comptes et contracté un crédit de deux-cent-cinquante-mille balles à mon nom !

— Oh merde. Tu as prévenu ta banque ?

— Oui, je viens juste de raccrocher. Je dois aller porter plainte à la police. Bon sang ! Jusqu'où ce type va aller ?

— De qui tu parles ?

— Capuche Noire. Je suis sûre que c'est lui. Ça ne peut être que lui. Tout est lié. C'est forcément lié !

Je fais les cent pas tout en marmonnant.

— Déva, il faut que tu te calmes.

— Tu ne comprends pas. Il est en train de tout me prendre !

— Écoute, le plus urgent, c'est cette histoire d'usurpation d'identité. Tu veux que je t'accompagne au commissariat ?

— Non, ça va aller.

Je quitte l'appartement en laissant ma sœur plantée au milieu du salon. J'ai besoin d'être seule et de m'éclaircir les idées. J'ai l'impression d'étouffer.

J'arrive devant le poste de police bien plus vite que je ne l'aurais cru. Tourmentée par cette folle histoire, je n'ai pas vu le trajet passer. Je m'apprête à monter les escaliers lorsque quelqu'un me bouscule violemment sur le côté. Je me rattrape de justesse à la benne à ordures, tandis que mon agresseur tire avec force sur mon sac à main. J'essaie de m'y agripper, mais toute ma volonté disparaît quand je reconnais le sweat que porte le voleur.

Capuche Noire a encore frappé.

***

Hystérique, je m'engouffre dans le commissariat et commence à débiter mon histoire au premier policier que je croise : la quarantaine, grand, châtain avec une petite barbe et un air sérieux. La plaque sur son bureau m'indique qu'il s'agit du lieutenant Fischer. Il m'écoute avec intérêt, mais je suis tellement perturbée que je m'embrouille dans mes explications. Je passe d'un incident à l'autre, sans vraiment de cohérence, et je vois bien que mon interlocuteur a du mal à me suivre.

— Madame, il faut que vous vous calmiez, m'ordonne le policier en haussant le ton pour fixer mon attention. Dans un premier temps, nous avons besoin de prouver votre identité. Est-ce que quelqu'un pourrait la confirmer ?

— Euh… oui. Ma sœur. Morgane. Elle doit avoir notre livret de famille.

— Bien. Écrivez son numéro sur ce bloc-notes et un de mes collègues va l'appeler pour qu'elle le ramène. Ensuite, vous allez recommencer depuis le début, lentement et dans l'ordre, s'il vous plait. Il faut que je puisse comprendre ce que vous racontez. Vous avez saisi ?

J'acquiesce, respire plusieurs fois pour retrouver un semblant de sérénité et reprends mon histoire jusqu'à ce que ma sœur nous rejoigne. Quand je la vois arriver, je me jette dans ses bras tout en répétant que Capuche Noire m'a volé mon sac.

Morgane a l'air surprise, comme si elle n'y croyait pas.

— Excusez-moi, mais comment quelqu'un peut se faire agresser devant votre commissariat sans qu'il y ait le moindre témoin ? lance-t-elle au policier.

— Pas besoin de témoin, Madame. On est au vingt et unième siècle. Les caméras font tout le boulot !

Un brin vexé, le lieutenant Fischer accède rapidement à la vidéo surveillance. En moins de trois minutes, il trouve l'enregistrement qui me concerne.

— Désolée d'être un peu sur les nerfs, mais vous pouvez me dire pourquoi vous faites cette tête, Lieutenant ? l'interroge ma sœur, sa main posée sur la mienne.

— Eh bien, je… je crois qu'il faut que vous voyiez ça par vous-même.

Il tourne son écran d'ordinateur vers nous et démarre la vidéo. J'ai comme une désagréable sensation de déjà-vu. Les images défilent et j'aperçois une femme brune, habillée de la même manière que moi, qui lance sa besace dans la benne à ordures, celle à laquelle je me suis rattrapée pour ne pas rencontrer le bitume. Le policier et ma sœur me dévisagent. Je sens mon sang bouillir à l'intérieur de mes veines. Je me lève d'un bond en faisant tomber ma chaise derrière moi.

— Non ! C'est des foutaises ! Ça ne s'est pas passé comme ça ! Je n'ai pas jeté mon sac, on me l'a arraché des mains : un homme avec un sweat à capuche noire. Un sweat à capuche noire ! répété-je en braillant, sans me soucier des tympans fragiles qui m'entourent.

— Déva, souffle ma sœur, attristée. Calme-toi.

Je la regarde en secouant la tête. Elle commence à croire que je débloque, pourtant je sais ce que je dis et ça me tue que tout le monde remette ma parole en doute. Je bous intérieurement.

J'en ai marre qu'on me demande de me calmer. Je ne veux pas me calmer !

— Madame Martin, je vous rappelle que faire une fausse plainte est puni par la loi, en rajoute le lieutenant Fischer, qui a visiblement des choses plus importantes à faire que de s'occuper d'une mythomane.

— Oh, bouclez-la, vous ! Vous ne comprenez rien ! Je vous ai raconté ce qui est arrivé chez mes amies. Quelqu'un s'amuse à se faire passer pour moi. Je ne sais pas comment, mais c'est la vérité.

— Je ne demande qu'à vous croire. Mais depuis le début, vous ne mentionnez que cet homme avec la capuche. Pourtant, sur la vidéo, c'est une femme. Comment vous expliquez ça ?

— Je… je ne peux pas, articulé-je en laissant les larmes couler sur mes joues. Ça n'a pas de sens. Je… je suis sûre qu'il était là… il… je… je l'ai vu… il a…

Je bredouille et me perds dans des phrases sans queue ni tête. Personne ne me croit. Personne ne comprend. Les regards sont braqués sur moi comme des pistolets chargés et prêts à tirer. Tout le monde s'attend à ce que je m'effondre, mais je ne leur donnerai pas ce plaisir. Un homme s'approche dans mon dos et tente d'empoigner mes bras. Je me débats et le repousse brutalement en laissant échapper un cri.

Qu'est-ce qui me prend ?

Je me sens acculée et je déteste ça. J'ai chaud. Je ne peux pas respirer. J'entends ma sœur parler, mais je n'arrive plus à la trouver. Il y a trop de monde autour de moi. J'ai la tête qui tourne. Ma vision s'étiole et s'étire en une multitude de traits colorés. Puis c'est le trou noir.

9

DÉVA

J'ouvre les yeux avec difficulté. La lumière est agressive, trop blanche. Mes paupières papillonnent et je finis par apercevoir des boucles blondes.

— Hey ! Salut ma sister ! me lance Morgane en approchant sa chaise de mon lit.

— Où est-ce qu'on est ?

— À l'hôpital. Les policiers ont pensé que c'était plus prudent.

Je la fixe quelques secondes avant de percuter.

— Oh non, je suis tombée dans les pommes, c'est ça ?

— J'en ai peur.

Je soupire en me laissant choir sur l'oreiller. C'est la première fois que ça m'arrive.

— Tu… te souviens de ce qu'il s'est passé ? me demande ma sœur avec appréhension.

— Oui. Morgane, je te jure que je n'ai pas jeté mon sac dans cette poubelle ! Je t'en prie, il faut que tu me croies.

— Je vois bien que tu es convaincue de ce que tu dis. Mais après tout le stress que tu as subi, il est possible que… ton cerveau te joue des tours.

— Donc, tu penses que j'ai des hallucinations. C'est très rassurant ! ronchonné-je, vexée.

— Je ne sais pas, Sister. Ils ont retrouvé ton sac dans la benne. Et j'ai vu cette vidéo. On ne discerne pas clairement ton visage, mais l'horaire coïncide, les vêtements aussi, et la démarche, c'était toi.

Je prends ma tête entre mes mains. Je n'en reviens pas. Ma sœur croit que je suis folle. Est-ce que c'est le cas ?

— Écoute, une chose est sûre : tu as besoin de repos, continue-t-elle en caressant mon avant-bras. J'ai répété aux policiers tout ce que tu m'as dit, dans les moindres détails. Ils vont prendre contact avec les pompiers pour clarifier les circonstances de l'incendie. Ils sont déjà à la recherche de la personne qui a vidé tes comptes. Pour le reste, ils n'ont pas vraiment de quoi enquêter, mais ils vont quand même chercher du côté de ton ancien boulot, au cas où ils trouvent des traces informatiques. Et s'il se passe quoi que ce soit, le lieutenant Fischer m'a donné son numéro.

— Fischer ? Vraiment ?

— Il a été gentil. Il s'en voulait d'avoir été dur avec toi.

— Heureuse de savoir que mes mésaventures ont servi à quelqu'un. C'est pour quand le rencard ?

— Déva ! me gronde ma sœur dont les joues ont pris une jolie teinte rosée.

Je rigole devant son air outré. Ça me fait du bien de me dérider un peu.

***

Avant qu'on m'autorise à quitter l'hôpital, j'ai dû passer par la case psychiatre. En quelques dizaines de minutes, l'expert du subconscient a conclu que j'avais besoin d'un traitement : anxiolytiques pour limiter mon stress et antipsychotiques pour calmer ma paranoïa. Je ne suis pas très à l'aise à l'idée de me bourrer de médicaments, mais j'ai promis à ma sœur d'essayer pendant les deux prochaines semaines. Si mon état ne s'améliore pas, ou si je ressens des effets secondaires, j'arrête tout, c'est le deal.

Pour l'instant, je dois admettre que c'est plutôt agréable. Je me sens bien, un peu dans du coton, mais bien. En plus, je n'ai pas revu Capuche Noire depuis que j'ai commencé mon traitement, ce qui me convient parfaitement.

Cela fait trois jours que Morgane et moi nous sommes lancées dans un marathon de séries et de crèmes glacées : le meilleur moyen de laisser la vie réelle derrière soi tout en se rembourrant les fesses pour l'hiver !

— Tu ne devais pas travailler normalement ? fais-je remarquer à Morgane tout en avalant une noix de macadamia recouverte de caramel.

— Euh... si. Mais je me suis dit qu'on avait besoin d'une pause, toutes les deux.

— Tu as peur que je déraille ?

— Non. C'est juste que... je... je ne me voyais pas quitter le pays en ce moment.

— Quitter le pays ? répété-je, étonnée.

— Oui. Je n'ai pas eu le temps de t'en parler, mais les essais cliniques ont dépassé toutes nos espérances. J'étais censée me rendre à New York pendant trois semaines, pour effectuer un protocole croisé avec un labo américain.

— Alors qu'est-ce que tu fais ici, à t'empiffrer avec ta sœur cinglée ?

— Déva...

— Ah non, Morgane, pas d'excuse ! Ce n'est pas parce que ma vie part en sucette que tu dois mettre la tienne en stand-by. Je te l'interdis ! Je suis trop fière de toi. Tes découvertes pourraient soigner des milliers de malades. Fais-moi le plaisir de boucler ta valise et d'aller sauver le monde.

— Tu es sûre ? Noël est dans cinq jours et ça m'embête de te laisser seule pour le réveillon.

— Arrête de t'en faire pour moi, s'il te plait. J'ai des centaines d'épisodes à regarder, assez de plats préparés pour survivre à une apocalypse zombie et des médocs qui me mettent la tête à l'envers. Je vais être peinarde.

— Je ne sais pas. On n'a jamais été séparées pendant les fêtes.

— On se fera une visio à l'heure du repas. Et comme ça, tu pourras me ramener plein de souvenirs des USA.

Morgane fait mine de réfléchir, mais je vois aux étoiles dans ses yeux que sa décision est déjà prise. Avant même qu'elle me réponde, je commence à énoncer la liste de ce que je veux comme cadeaux. Elle se met à rire et j'en fais autant. Puis je l'aide à préparer ses bagages alors qu'elle me bassine de conseils en tout genre. Ma sœur est une vraie mère poule !

***

On est le vingt-huit décembre. Ça fait plus d'une semaine que je tourne en rond dans l'appartement comme un lion en cage. Mes recherches d'emploi sont au point mort : je n'ai eu aucune réponse sur les trente-sept CV que j'ai déposés, malgré mes relances. Je suppose que ma réputation n'est plus à faire et pas dans le bon sens. Je feuillette de temps en temps les petites annonces pour trouver un boulot alimentaire, mais je ne suis pas encore décidée à sauter le pas.

Ma sœur a un planning tellement chargé qu'on ne s'est parlé que deux fois depuis son départ, y compris le vingt-quatre au soir, le temps d'une coupe de champagne et d'un toast au saumon. J'avoue que la solitude commence à me peser. J'ai bien tenté de faire un premier pas vers Émi et Clara en leur envoyant un message pour Noël, mais je n'ai obtenu qu'un silence plein de reproches. Sans doute est-ce trop tôt pour espérer une trêve.

Comme je n'ai plus aucune vie sociale, j'observe celle des autres dans la rue, depuis le balcon, telle *Raiponce* dans sa tour, les cheveux magiques en moins. Il fait nuit. La ville est recouverte d'un léger manteau neigeux. Un marchand ambulant de marrons grillés vient s'installer juste en face de l'immeuble.

Je décide d'aller m'en chercher un paquet. Je ne suis pas en prison, après tout ! Je m'habille en vitesse, récupère les billets de sauvegarde laissés par ma sœur pour payer mes courses et pars à l'assaut de mon futur encas.

Dix marrons et deux verres de vin chaud plus tard, je n'ai plus du tout envie de rentrer. Je flâne sur le trottoir en observant les flocons qui tombent sur les guirlandes lumineuses. Je savoure les odeurs de sucreries, de cannelle et de sapin. Je me moque gentiment des promeneurs en épiant leurs conversations et lorsque je découvre un pub qui me semble bien animé, je décide d'y entrer.

Me retrouver au milieu d'une foule de personnes enivrées me fait du bien. Je m'installe à une table avant de commander un cocktail au rhum, tout en repensant aux soirées passées avec mes amis dans ce genre d'endroit. Je revois Ben et Clara jouer au billard en se chamaillant comme des gamins, Émi qui nous racontait ses chaudes nuits avec des inconnus, ou encore Seb en train de faire du gringue à de beaux Australiens en vacances à Paris. À cette époque, mon beau-frère était drôle et sympa, à l'opposé de la harpie qui m'a accusée au début du mois.

Ces souvenirs ne font qu'accentuer la déprime qui menace de m'engloutir. Heureusement, j'ai des petites pilules magiques qui me rendent de meilleure humeur. J'ingère deux anxiolytiques sans prendre la peine de réfléchir au dosage et commande un deuxième cocktail que j'avale d'une traite. Le troisième se vide tellement vite que lorsque je le paie au barman, je me demande si je l'ai vraiment bu.

Je suis désormais dans un état à la frontière entre l'euphorie et le trip psychédélique. Les images de ma vie se mélangent avec celles qui passent devant mes yeux. Je ne comprends plus grand-chose. Il faut que je prenne l'air. Je me mets debout avec difficulté et me dirige vers la porte en oubliant mon manteau sur la banquette.

La température à l'extérieur est proche de zéro, ce qui me ramène un peu à la réalité. La rue est déserte. La neige tombe toujours, colorant le ciel noir de millions de points blancs. Je m'appuie contre un lampadaire et lève la tête, les yeux fermés. Les flocons qui se déposent délicatement sur mon visage éteignent doucement mon feu intérieur.

— Qu'est-ce que tu fais dehors toute seule, ma jolie ? susurre une voix grave à proximité.

Je rouvre brusquement les yeux pour regarder celui qui vient d'interrompre mon moment de paix. C'est un homme assez grand et costaud, blond, avec un tatouage en forme de dragon dans le cou. Un collier et un bouc encadrent le sourire pervers qu'il me lance en se léchant les lèvres.

Mayday, Mayday, situation à risque !

10

DÉVA

Mon cœur s'emballe et mon cerveau se reconnecte en un éclair. La manière dont cet homme me regarde me fait froid dans le dos. Je dois vite m'en aller d'ici !

— Je prenais juste un peu l'air avant de rejoindre mes amis, inventé-je en me dirigeant vers le bar.

Le type se met en travers de ma route en secouant la tête. Il ne compte pas me laisser passer. J'essaie de le contourner, mais deux autres apparaissent de chaque côté. Bruns, le crâne rasé, ils arborent le même tatouage.

Oh misère… je suis tombée sur un gang. Ça craint !

— Ce n'est pas bien de raconter des bobards, chérie. On t'a vue, toute seule, sur ta banquette, et tu avais l'air de manquer cruellement de compagnie. Mais on est là pour remédier à la situation.

— Laissez-moi passer ! exigé-je avec toute l'assurance dont je puisse faire preuve. Sinon je me mets à crier et je vous jure que je vais réveiller tout le quartier.

Les trois mecs se marrent. Ils ne me prennent pas au sérieux. Je profite de leur fou rire pour tenter une percée. Je fonce entre celui du milieu et celui de droite, mais le blond au bouc me bloque entre ses bras. Je ne perds pas de temps et commence à pousser des hurlements.

— Ferme-la ! m'ordonne-t-il en posant sa grosse paluche sur ma bouche.

Je la lui mords avant qu'il comprenne quoi que ce soit. Il se recule en bougonnant. J'essaie une nouvelle de fois de passer, mais son autre main s'abat sur ma joue avec une telle puissance que je me retrouve à terre. Ma tête heurte le sol. Ma vision se floute.

— Déshabillez-la ! dicte le blond, manifestement leur chef.

Je n'ai pas le temps de reprendre mes esprits, que les deux rasés me tombent dessus et s'acharnent à m'enlever mes vêtements. Je me débats comme une forcenée, si bien qu'ils ne parviennent qu'à ôter mon gilet. Pendant un bref moment de répit, je pense qu'ils vont abandonner. C'est alors qu'une pluie de coups déferle sur mes jambes, sur mon abdomen et dans mon dos.

J'ai l'impression de sentir mes os craquer à chaque choc. Le bout de leurs baskets s'enfonce dans mes muscles jusqu'à les broyer. Un poing rencontre mon visage. Ma tête se transforme en cloche, ravivant l'écho de mon crâne en train de frapper le bitume. Un goût ferrique envahit ma bouche. Du sang s'écoule à travers mes lèvres et le long de mon cou. La douleur est tellement intense que je n'arrive plus à bouger.

Boule à zéro numéro un poursuit sa tâche en défaisant mes chaussures, suivi par numéro deux, qui retire mon pantalon avec une dextérité déconcertante. Le froid mord la peau de mes cuisses mises à nu. La neige sur le sol brûle mon dos. Je ne peux toujours pas faire le moindre mouvement.

— Voilà qui est mieux, se satisfait l'homme au bouc en s'asseyant à califourchon sur moi.

— Pitié, chuchoté-je sans réussir à ajouter quoi que ce soit.

Je sais, c'est minable. On s'imagine que dans ce genre de situation, on réagira avec force et courage. Ce n'est pourtant pas le cas. Je voudrais hurler, l'insulter, le frapper ou au moins lui cracher à la figure, mais j'en suis incapable. Tout ce que mon corps parvient à faire, c'est laisser couler de lourdes larmes qui gèlent sur ma peau tuméfiée avant d'atteindre le sol.

— Voyons voir ce que nous avons là, ricane mon agresseur en sortant un cran d'arrêt de sa poche arrière.

Il l'approche lentement de mon nombril, plonge la lame entre les deux premiers boutons de mon chemisier et les fait sauter un par un, se régalant des gémissements de terreur qui m'échappent. Il écarte ensuite les deux côtés pour observer ma poitrine et vu le bruit de contentement qu'il émet, je suppose que le spectacle lui plaît.

Je commence peu à peu à apprivoiser le mal qui se déchaîne dans mon corps. Mon esprit tourne à toute vitesse pour trouver un moyen de me sortir de ce piège. Le chef pervers poursuit son œuvre en découpant mon soutien-gorge. Il offre ainsi mes seins à la vue du monde, et surtout aux deux rasés qui se bidonnent comme des hyènes au-dessus de moi. Je frissonne quand ses mains calleuses palpent mes mamelons.

Je ne peux pas le laisser me faire ça. Je ne veux pas !

Je puise au fond de moi l'énergie qu'il me reste pour le repousser. Il n'apprécie guère que sa proie se débatte. Une nouvelle gifle m'assomme pendant quelques secondes, le temps pour lui de se repositionner correctement et d'écarter mes cuisses.

— Non. Non ! braillé-je en essayant de le frapper à mon tour.

Cette fois, ses deux sbires se précipitent pour m'immobiliser tout en atténuant mes plaintes. Je résiste encore pendant une bonne minute, me désarticulant les membres et me griffant la peau sans réussir à leur échapper. Les lèvres de mon bourreau s'étirent quand il comprend qu'il a gagné. Dès que je me calme, le blond se penche sur moi et gobe un de mes tétons, avant de le mordre si férocement qu'il en fait perler une goutte de sang. Je couine à travers les doigts de son acolyte. La douleur m'asphyxie.

— On va bien s'amuser tous les deux, ma jolie, murmure-t-il à mon oreille.

Mon Dieu, venez-moi en aide. Je vous en supplie.

Je sens sa langue parcourir ma peau, laissant derrière elle une traînée de salive qui me rappelle combien j'ai froid malgré l'adrénaline qui se diffuse dans mes veines. Une de ses mains empoigne mes fesses alors que l'autre glisse sous ma culotte. Un nouveau cri m'échappe, aussitôt étouffé par l'un des rasés. Je prie pour que ça s'arrête, mais je suis totalement impuissante face à ces trois hommes. Les doigts du blond s'enfoncent en moi dans un mouvement brutal et destructeur. La souffrance des coups qu'ils m'ont portés plus tôt s'efface pour ne laisser qu'un profond sentiment de dégoût, mélangé à une détresse furieuse.

— Lâchez-la ! rugit un inconnu quelque part.

Je ne comprends pas tout de suite ce qu'il se passe, mais les deux boules à Z obéissent et me relâchent brusquement. Surprise, je ne réagis pas assez vite pour me libérer. Le blond a déjà posé sa main autour de mon cou et le serre pour me maintenir tranquille. Des bruits de lutte me parviennent sans que je puisse voir d'où ils proviennent. Je ne cherche pas à en savoir plus. Tout ce qui m'importe, c'est de pouvoir respirer : l'air commence à me manquer.

— On dirait que quelqu'un est venu pour te sauver, chérie. Dommage qu'il soit trop tard.

Le son d'une fermeture éclair en train de s'ouvrir me fait craindre le pire. Je griffe les épaules de mon agresseur, ainsi que son visage dans une tentative désespérée pour l'arrêter. Il comprime mon cou un peu plus fort, se moquant de me voir suffoquer. Tout ce qui l'intéresse, c'est d'avoir un contrôle total sur sa victime, la dominer, et il est clair qu'il y arrive. Il profite de ma confusion pour décaler le tissu de mon sous-vêtement et plaquer son érection contre mon sexe. Cet enfoiré sourit à pleines dents alors qu'il force pour me pénétrer. Sans prêter attention à mes muscles endoloris, j'essaie de lui barrer l'accès en resserrant mes cuisses. Les secondes s'étirent. J'ai l'impression que mon calvaire sera éternel.

Avant que le chef des Dragons ne réussisse à obtenir tout ce qu'il veut de moi, un morceau de bois s'abat sur sa tête. Celle-ci est projetée violemment sur le côté dans un craquement abominable. Il relâche aussitôt son emprise sur ma gorge. Je tousse tellement que j'ai du mal à reprendre mon souffle. Je ne me rends compte de sa mort que lorsque son corps s'affale à côté de moi, le crâne fendu et la nuque brisée. Sidérée, je plaque une main contre ma bouche par réflexe. C'est la première fois que je vois un cadavre.

J'espère que tu vas pourrir en enfer, sale porc !

J'entends le froissement d'un tissu au-dessus de moi et capte des mouvements. Le cœur affolé, je prie pour que les rasés ne reviennent pas à la charge. Heureusement, ce n'est pas le cas. Un autre homme est en train de recouvrir mon corps avec un imperméable.

— C'est fini. Ils ne te feront plus de mal, m'assure-t-il en s'accroupissant.

Sous le choc, je ne lui réponds pas, mais détaille son visage sans me soucier de la situation. La trentaine. Un regard sombre au fond duquel brûle un feu ardent. Des cheveux brun vénitien qui partent dans tous les sens. Des lèvres ourlées, encadrées par des fossettes et une barbe de quelques jours, ainsi que des cicatrices sur l'arcade et dans le cou. Cet homme m'est familier, mais je n'arrive pas à me souvenir où je l'ai vu.

Dans le pub, tout à l'heure ? Non. À une soirée organisée par les filles ? Non plus. C'est autre chose.

Il passe une main dans mon dos pour m'aider à me relever. Je gémis tout en forçant sur mes jambes, pressée de quitter le goudron gelé. À peine suis-je de nouveau à la verticale que je suis prise de vertiges. J'ai tout juste le temps de voir les dépouilles sanglantes des deux rasés avant de m'écrouler dans les bras de mon sauveur.

11

DÉVA

— Tu ne crains plus rien. Je te le promets.

Je ne connais pas cet homme, mais ses paroles me réconfortent. Nous sommes aux urgences de l'hôpital. Je n'ai pas ouvert la bouche depuis mon agression, c'est mon ange gardien qui s'est occupé de tout. J'ignore son nom, pourtant je l'ai suivi aveuglément. Une infirmière nous a installés dans une chambre, à l'écart de l'agitation, en attendant qu'un médecin vienne m'examiner. Ma tête est appuyée contre son épaule. Il a passé un bras dans mon dos et pris ma main dans la sienne. Sa simple présence me fait du bien. Je ne sais pas trop pourquoi.

Ses sourcils se froncent en observant mon visage. Il a l'air contrarié. Il se lève, fouille dans les armoires et s'empare de compresses et de sérum physiologique. Puis, avec délicatesse, il s'emploie à laver mes blessures. Ce n'est pas à lui de faire ça, mais je crois qu'il en a envie.

— Si on attend le personnel médical, tu vas passer la nuit comme ça ! grommelle-t-il.

Je le laisse faire. Ses gestes sont doux, précis et assurés. À chaque fois que la compresse entre en contact avec ma peau, j'en savoure la fraîcheur. C'est agréable, apaisant.

— Je m'appelle Déva, chuchoté-je, incapable de parler plus fort tant mes cordes vocales me font souffrir.

— Malone, me répond-il avec un faible sourire.

— Merci, Malone.

Je ne peux pas en dire plus. La fatigue, le stress, la douleur, la peur. Tout me revient comme un boomerang et je fonds en larmes.

— Hey. C'est fini, me dit-il en m'enlaçant très doucement pour éviter de me faire mal. Tout est fini. Ça va aller. Et tu n'as pas à me remercier. J'aurais dû être plus rapide. J'aurais dû leur régler leur compte avant que…

Il ne termine pas sa phrase, mais j'entends la colère percer dans sa voix. Je me blottis dans ses bras, laissant mes pleurs exprimer tout ce que ma bouche est incapable de dire. Au fil des minutes, mes sanglots se tarissent. Mon souffle se stabilise. Mes battements de cœur se font plus réguliers. Je ne sais pas combien de temps nous restons dans cette position, mais je finis par m'y sentir bien. Lorsque le médecin et son équipe pénètrent finalement dans la chambre, je n'ai aucune envie de quitter ce cocon rassurant.

— C'est vous qui avez fait ça ? demande l'infirmière à Malone en désignant le tas de compresses ensanglantées.

— Ouais. Il fallait bien que quelqu'un le fasse !

— Vous vous rendez compte que vous avez peut-être effacé des preuves ?

— Et vous, vous vous rendez compte qu'une femme qui a été violemment agressée vous attend depuis des heures ? s'emporte mon défenseur, bien plus à fleur de peau que je ne l'aurais cru.

Tout en remettant *Annie Wilkes*[3] à sa place, Malone me serre un peu plus fort contre lui. Je n'arrive pas à me l'expliquer, mais ce geste me fait me sentir en sécurité, comme s'il était prêt à tout pour me protéger. Je réponds à sa réaction en agrippant son tee-shirt et en posant ma tête dans son cou. Il

3 - Nom de l'ancienne infirmière dans le roman de Stephen King, Misery

abandonne alors sa joute verbale pour me regarder. J'ai l'impression d'être le centre de son univers. Mais pourquoi ? Il me connaît à peine.

— Monsieur, veuillez nous laisser, s'il vous plait, le sollicite le médecin. Nous devons procéder aux examens et aux soins.

— Non ! refusé-je d'une voix éraillée.

Le mot est sorti spontanément, mais il exprime bien ma pensée. Je n'ai aucune envie que Malone quitte cette pièce. Je ne veux pas me retrouver seule avec des inconnus. Vous allez me dire qu'il en est un lui aussi et vous aurez raison, mais mon corps se crispe à la simple idée qu'il s'éloigne de moi, même de quelques mètres, même pour quelques secondes.

— Madame Martin, je suis désolé, mais le protocole…

— Je me fiche de votre protocole. Je veux qu'il reste.

Le médecin accuse le coup. Il regarde l'infirmière, puis Malone et repose finalement ses yeux sur moi. Il a l'air très ennuyé.

— Déva, il…, hésite Malone à la recherche des mots justes. Il a raison. Je vais devoir sortir. Il faut qu'ils t'examinent et pour ça, tu vas devoir te dévêtir.

Un frisson remonte le long de ma colonne vertébrale. J'entends encore la voix du grand blond qui commande à ses deux copains de me déshabiller. Mon regard s'arrête sur le docteur, toujours debout face à nous. Je ne veux pas être nue devant cet homme, peu importe les années d'études qu'il a pu faire pour en arriver là. Plus que tout, je ne supporte pas l'idée qu'il pose ses mains sur moi. Comme s'il avait senti mon malaise, Malone se tourne vers le médecin.

— Je n'ai rien contre vous, Doc. Mais je pense que ce serait mieux si une femme prenait votre place.

— En temps normal, ça aurait été le cas, mais nous sommes en sous-effectifs et…

— On ne s'est pas bien compris, l'interrompt sèchement Malone. Envoyez-nous une de vos collègues. C'est non négociable !

Le ton autoritaire de mon nouvel ami m'indique que la discussion est close. Je soupire de soulagement, ferme les yeux et repose ma tête contre Malone, le remerciant silencieusement pour son intervention.

***

Une heure plus tard, une femme en blouse blanche, accompagnée d'une infirmière, met fin à notre interminable attente. Elle invite Malone à sortir. Il s'exécute en me promettant que tout se passera bien et qu'il sera juste derrière la porte.

Commence alors pour moi une nouvelle forme de torture. On me demande d'enlever le peu de vêtements qu'il me reste, c'est-à-dire le tee-shirt que Malone m'a prêté en arrivant à l'hôpital, ainsi que ma culotte. Une fois nue, on regarde à la loupe chaque centimètre de mon corps, palpant les endroits les plus douloureux. J'ai beaucoup de mal à garder mon calme, mais le pire est à venir.

La doctoresse me dirige vers une chaise de gynécologue. Je m'y installe, tremblante, sachant pertinemment ce qui m'attend. J'essaie de me concentrer sur ses mots, mais tout ce qui m'occupe à cet instant, ce sont les gants bleus qu'elle vient d'enfiler. Ces mêmes gants qui vont toucher mon intimité.

— Détendez-vous. Je vais faire très doucement. Vous ne sentirez rien.

Que je me détende ? Elle est bonne celle-là !

J'inspire et expire longuement pour évacuer la pression qui comprime peu à peu ma cage thoracique. Ce n'est rien. J'ai déjà fait ce genre d'examen des dizaines de fois. Pas de quoi paniquer. Alors que mes pieds sont maintenus dans les étriers, le médecin pose une main à l'intérieur de ma cuisse pour écarter mes jambes. Mon cœur s'accélère et de la sueur se forme à la base de mon front. Ses doigts se rapprochent de mon sexe. Je l'entends vaguement me dire qu'elle va commencer l'examen, mais un simple frôlement me renvoie à l'enfer que j'ai vécu.

Les images du chef des Dragons déferlent dans mon esprit. Ses mains, ses lèvres et sa langue sillonnent à nouveau ma peau. Je sens son membre forcer mon entrejambe. J'ai l'impression que ses doigts sont toujours en moi, meurtrissant mes chairs et réduisant à néant mon amour propre. Ce ne sont pourtant pas les siens, mais c'est tout comme. J'étouffe. Mon souffle a abandonné le navire. Des larmes s'échappent à nouveau de mes yeux. J'ai honte de me montrer aussi faible, mais je n'arrive pas à me contrôler.

— C'est terminé, m'apprend la doctoresse après avoir rapidement achevé son examen. Je suis désolée d'avoir dû faire ça, mais c'était nécessaire pour m'assurer que vous n'aviez pas de lésion. Vous comprenez ?

Je hoche la tête, encore secouée.

— Tout est normal de ce côté-là. Vous avez eu de la chance que ça n'ait pas été plus loin. En ce qui concerne vos côtes, je ne pense pas qu'elles soient cassées. On va quand même vérifier avec une radio. Par contre, vous risquez d'avoir mal pendant quelques jours, voire quelques semaines, le temps que les hématomes se résorbent.

Elle finit son discours sur un sourire, puis m'invite à patienter avant de disparaître. Je suis tout juste rhabillée que la porte s'ouvre à nouveau. Je m'attends à voir les cheveux cuivrés de Malone, mais c'est un autre visage, familier lui aussi, qui pénètre dans ma chambre : le lieutenant Fischer. Il est accompagné par un de ses collègues dont le nom m'échappe. Il s'approche de moi avec précaution avant de prendre une chaise pour s'installer.

— Bonjour, Déva. Comment vous sentez-vous ?

Quelle question stupide ! Comment croit-il que je me sente ?

Je hausse les épaules et le laisse poursuivre.

— Je suppose que votre sœur va bientôt arriver ?

— Non. Elle est à New York pour le travail. Je ne compte pas la mettre au courant avant qu'elle soit rentrée. D'ailleurs, j'apprécierais que vous ne lui disiez rien. Je sais que vous correspondez par messages.

Le lieutenant jette un coup d'œil gêné à son collègue avant de me répondre.

— Comme vous voudrez. Nous sommes là pour prendre votre déposition. Je me suis dit qu'il vous serait peut-être plus facile de me parler à moi plutôt qu'à un inconnu. Mais si vous préférez…

— Ça va. C'est bien que ce soit vous.

— D'accord. Avant tout, je souhaite vous rassurer : les ordures qui vous ont fait ça ne sont plus de ce monde. Ils ne pourront plus vous faire de mal. Vous êtes en sécurité.

J'acquiesce. Je le savais déjà, mais ça fait du bien d'en avoir la confirmation.

— Pouvez-vous nous raconter ce qu'il s'est passé ? Nous avons besoin que vous soyez aussi précise que possible sur les lieux, les horaires, la chronologie en général. Et sur d'éventuels témoins.

À l'évocation des témoins, mon esprit se focalise sur Malone. Il a tué ces types sans hésiter pour me sauver. Je ne pourrai jamais assez le remercier. Mais qu'en est-il de la police ? Va-t-il avoir des ennuis ? Être accusé d'homicide ou pire ? Je suis plutôt du genre à faire confiance au système en temps normal. C'est facile quand on n'a rien à se reprocher. Par contre, lorsque les limites se brouillent, tout devient plus compliqué.

Il m'a protégée, je dois en faire autant. Personne ne doit savoir qu'il était là.

Résolue, je raconte mon histoire aux deux policiers, dans les détails. Si je pensais que les examens médicaux étaient un supplice, cette épreuve est encore pire. C'est comme si chaque phrase prononcée me faisait revivre le calvaire de cette nuit. J'ai tellement hâte d'en finir que je débite les mots sans m'arrêter jusqu'au passage où le blond s'est écroulé à côté de moi. Le lieutenant ne me lâche pas du regard depuis que j'ai commencé à parler, pendant que son collègue prend des notes. Je peux désormais lire la pitié dans leurs yeux et ça ne me plaît pas du tout. Alors c'est ainsi qu'on me verra à partir de maintenant ? Comme la pauvre fille qui s'est fait violer ?

— Déva, je comprends que ce soit éprouvant, mais il est très important que nous connaissions toute l'histoire. Dites-moi qui vous est venu en aide. Qui est intervenu ?

Je reste silencieuse un moment, ne sachant pas comment conserver ma crédibilité tout en gardant le secret pour Malone.

Qui a dit que je devais être crédible ? Ils doivent simplement croire que je leur dis la vérité... ma vérité. Celle d'une femme paranoïaque sous médicaments qui fabule à propos d'un homme caché sous une capuche.

— Si je vous raconte ce que j'ai vu, vous allez encore me prendre pour une folle ou une mythomane.

— Comment ça ?

— Voyons, Lieutenant. Vous ne vous souvenez pas ? Je suis la dingue qui est venue porter plainte pour un faux vol de sac à main ! lui rappelé-je, vindicative.

— Écoutez, Déva, je n'ai jamais pensé que vous étiez folle, juste un peu surmenée. Je suis là pour vous aider. Alors, parlez-moi.

— Capuche Noire, lâché-je de but en blanc.

— Eh bien quoi ?

— C'est lui. C'est lui qui m'a sauvée.

Les deux policiers se jettent des coups d'œil furtifs que j'ai du mal à interpréter : soit ils s'imaginent que j'ai effectivement une case en moins, soit ils flairent le mensonge. Je n'ai pour le moment aucun moyen de le vérifier.

— Euh… je ne suis pas sûr de comprendre, reprend Fischer. Le type qui vous harcèle depuis des mois et que personne n'a jamais aperçu est aussi celui qui vous a sorti des griffes de vos agresseurs ?

— Je savais que vous ne me croiriez pas.

— Je vous crois. Je suis seulement… perplexe.

— Oh, mais attendez, peut-être que vous avez un enregistrement sur lequel on me voit en train de massacrer ces trois pourritures ? ajouté-je avec ironie, encore vexée de notre première rencontre. On ne dirait pas comme ça, mais je suis super costaud !

— On n'a aucune vidéo, réplique le lieutenant en baissant la tête. D'après nos collègues qui sont sur place, les caméras du bar étaient HS et aucun des clients ne semble avoir aperçu quoi que ce soit. Est-ce que vous avez pu voir le visage de votre sauveur ?

— Non, lui assuré-je sans hésitation. Quand j'ai réussi à me relever, les deux autres types étaient à terre et un homme avec un sweat à capuche noire était en train de s'enfuir. C'est tout.

Le lieutenant toussote, comme pour manifester ses doutes. Ajoutez à cela le nouveau regard sceptique qu'il échange avec son collègue et je comprends facilement qu'ils ne me croient pas. Savent-ils des choses que j'ignore ? Ont-ils interrogé le personnel médical ? Si c'est le cas, ils sont au courant de la présence de Malone. Peut-être même qu'ils ont discuté avec lui et qu'ils connaissent toute l'histoire.

Est-ce que je suis en train de m'enfoncer dans un mensonge inutile ?

— Comment êtes-vous arrivée ici, Déva ? poursuit-il calmement.

Mentir ou dire la vérité ?

Je ne sais plus quoi faire. Si je déforme la réalité et qu'ils ont déjà eu vent des faits, je pourrai toujours invoquer un quelconque état de choc. À l'inverse, si j'implique Malone alors qu'ils n'ont pas de soupçon, je risque de l'envoyer en prison. C'est hors de question ! Le mensonge gagne la partie.

— J'ai récupéré mon portable dans mon sac et j'ai appelé un ami.

— Vraiment ? Je croyais que « Capuche Noire » vous avait fait perdre tous vos amis ? me contredit Fischer en insistant sur les guillemets.

OK. Monsieur le super flic n'est pas dupe. Mais je n'ai pas dit mon dernier mot.

— Pas tous. Juste les meilleures.

— Admettons. Et votre ami, où est-il en ce moment ? persiste-t-il, toujours peu convaincu.

— Dans le couloir.

— Non. Il n'y avait personne quand on est entrés.

Quoi ? Impossible ! Malone n'a pas pu partir. Il m'a promis de rester.

L'angoisse me tord l'estomac, mais je m'efforce de ne rien dévoiler.

— Euh… Il… il est sûrement sorti se chercher à manger ! présumé-je, sans vraiment y croire. On est là depuis longtemps, vous savez.

— Oui. Je m'en doute. Vous devez être épuisée. Désolé pour l'interrogatoire. On va vous laisser tranquille pour le moment, mais il faudra que j'obtienne le témoignage de votre ami. Dites-lui de me contacter dès que possible. De mon côté, j'ai toujours votre numéro si j'ai d'autres questions à vous poser.

— D'accord. Merci, Lieutenant.

— De rien. Surtout, prenez soin de vous.

Dès que la porte se ferme sur les policiers, je me déhanche pour sortir de mon lit, non sans difficulté. Ça me fait un mal de chien, mais il faut que je sache si Malone est encore là. Une fois dans le couloir, je tourne sur moi-même, inspectant les alentours à la recherche du moindre détail qui trahisse sa présence, mais je ne le vois pas.

Il m'a abandonnée.

Prise de faiblesse, je m'accroche au mur pour ne pas tomber. Mes mains tremblent. Je me sens défaillir. Alors que je sombre dans la plus totale des confusions, un bras musclé enserre ma taille et m'oblige à me retourner.

— Malone, soupiré-je de soulagement.

— Est-ce que ça va ? Tu as l'air paniquée.

J'hésite à lui répondre, mais je n'ai aucune envie de lui mentir.

À quoi bon ? Sauver la face ? Vu les humiliations que j'ai subies aujourd'hui, je ne crains plus rien de ce côté-là !

— J'ai pensé que tu étais parti. Et j'avoue que… que j'ai eu peur.

— Je suis juste allé te chercher des vêtements à la boutique de l'hôpital. Je me suis dit que tu aimerais te changer.

C'est très prévenant de sa part, mais je ne parviens pas à le remercier. Mon cœur est encore affolé d'avoir cru qu'il s'était enfui. Il pose les habits neufs sur une chaise et me rapproche de lui en glissant une main dans mes cheveux, à la base ma nuque.

— Je suis là, Déva. Je ne compte aller nulle part. Je ne te laisserai pas affronter ça toute seule. Tu m'auras sur le dos jusqu'à ce que tu en aies marre. D'accord ?

— Oui. D'accord.

— Quand ils auront fini de te faire les radios, je te ramènerai chez toi.

Chez moi ? Je n'ai plus de chez-moi !

Je n'ai aucune envie de retrouver l'appartement vide de ma sœur. Pourtant, je n'ai pas vraiment le choix.

— Tu sais, si tu ne veux pas rentrer, tu n'y es pas obligée. J'ai des chambres d'amis. Ou si ça te rassure, je peux te payer un hôtel. C'est toi qui vois.

Ce mec lit dans mes pensées, ma parole !

Il est vraiment adorable, mais je lui dis quoi, moi, maintenant ? « Salut, je te connais depuis deux secondes et tout ce que je veux, c'est rentrer à ton appart pour m'écrouler dans ton lit et dans tes bras de préférence. Oh, mais ne te méprends pas, je ne suis pas une fille facile ! ». Ridicule.

— Je vois bien que le choix te perturbe, reprend-il tandis que je me perds dans mes pensées. Pour être honnête, je ne m'imagine pas te laisser seule, quel que soit l'endroit. Alors, s'il te plait, viens t'installer chez moi. Je prendrai soin de toi quelques jours et quand tu te sentiras mieux, tu aviseras.

Suivre un parfait inconnu, en pleine nuit, alors que tu sors à peine d'une agression : es-tu certaine que ce soit judicieux ? Réfléchis un peu, Déva.

Je viens de le voir ôter la vie à trois êtres humains, de la pire espèce, certes, mais des humains quand même. Ce n'est pas rien. Pourtant, il ne m'effraie pas, au contraire. Quand je suis dans ses bras, je me sens en sécurité, je ne peux pas expliquer pourquoi. Il m'a sauvée, c'est vrai, mais il y a autre chose, une sorte de pressentiment. Je sais qu'il ne me fera aucun mal, je le ressens. Il ne représente pas un danger pour moi. Mes yeux plongent dans les siens pour confirmer mes impressions. Je n'y perçois aucune forme de malice, seulement de la prévenance et quelque chose qui ressemble à…

... de la tendresse ?

Malone patiente, attentif à mes réactions. Il ne veut pas me brusquer, même si je mets beaucoup trop de temps à répondre à sa proposition. Je me remémore son comportement durant cette nuit : sa manière de s'occuper de moi et de me rassurer, son attitude protectrice vis-à-vis des médecins et infirmiers, sa colère quand il disait qu'il aurait dû intervenir plus tôt.

De quoi ai-je peur au juste ? S'il désirait s'en prendre à moi, il ne m'aurait pas amenée à l'hôpital. Il ne m'aurait pas non plus laissé parler à la police. S'il me voulait du mal, il ne me demanderait pas mon avis, il se contenterait de changer d'itinéraire en cours de route.

Je détecte un début de sourire au coin de ses lèvres. Je suppose que mon hésitation l'amuse plus qu'elle ne le blesse. Il comprend que je me pose des questions, c'est légitime. De mon côté, la fatigue commence à surpasser tout le reste, y compris mes réticences. Je ne veux plus ni lutter ni douter. Je souhaite seulement qu'il me conduise loin d'ici.

— OK, je souffle en rendant les armes.

Il me serre brièvement contre lui, puis m'aide à rejoindre ma chambre dans l'attente de mes derniers examens.

12

DÉVA

Malone déverrouille la porte et me laisse entrer dans son appartement. Trois mètres plus loin, ma bouche s'ouvre comme celle d'une carpe tellement ma surprise est grande. Cet endroit est fabuleux ! Des plafonds aussi hauts que deux étages révèlent de superbes boiseries. Une décoration épurée, aux couleurs douces, associe des meubles modernes et anciens avec un goût très sûr. L'ensemble donne une impression de chaleur, de cocon et pourtant de liberté. Cette pièce aurait sa place dans un magazine d'intérieur. Le plus étonnant, ce sont les volumes : l'appartement est simplement gigantesque.

Comment peut-il avoir de telles surfaces en plein Paris ?

J'ai passé le trajet à somnoler dans la voiture de Malone. Mes yeux ne se sont rouverts que lorsqu'il a éteint le moteur, dans le parking souterrain. Je n'ai donc aucune idée de l'endroit où l'on se trouve et je dois admettre que ça m'inquiète quand même un peu.

— Ça te plaît? me demande-t-il en m'observant avec curiosité.

— Beaucoup. C'est magnifique. On est où exactement?

m'empressé-je de l'interroger.

— Dans le Marais.

— Tu plaisantes ?

— Non. Regarde par la fenêtre.

Je m'exécute et reconnais immédiatement ces rues et ces bâtiments que j'ai tant de fois aperçus pendant mes balades. J'ai toujours adoré me promener dans ce secteur. L'ambiance y est si particulière.

— C'est un vrai luxe de pouvoir vivre dans le quartier des artistes. Cet appartement doit te coûter une fortune !

— En fait, j'ai acheté tout l'immeuble, me répond-il avec nonchalance.

Oh... Mais c'est qui ce mec ? Le fils de Crésus ?

— Tu dois avoir faim, change-t-il habilement de sujet. Je peux te préparer quelque chose, si tu veux ?

Je décline sa proposition. Mon estomac est si noué que je ne pourrais rien avaler. L'émerveillement qui m'avait envahie au cours des dernières minutes est en train de disparaître au profit d'une angoisse grandissante, un poids qui m'oppresse, latent, sournois, et terrifiant. J'ai une fois de plus du mal à respirer. Je me demande brièvement si je ne deviens pas asthmatique tellement mes poumons me jouent des tours.

— Tout va bien, Déva, murmure Malone en entrelaçant ses doigts avec les miens. Tu es en sécurité. Personne ne pourra t'atteindre ici.

Ses yeux me regardent avec intensité. Ses lèvres m'offrent un sourire qui se veut rassurant. Il est sûr de lui, déterminé à repousser les tourments qui m'habitent, et ça fonctionne. Je crois que je n'ai jamais accordé ma confiance à quelqu'un aussi vite ni aussi pleinement. Je trouve ça bien trop dangereux en temps normal, surtout depuis le fiasco de mon mariage. Pourtant, je m'en remets totalement à lui. Je ne sais pas ce qui m'incite à faire ça : c'est quelque chose de… d'irrationnel.

Sans lâcher ma main, il me guide jusqu'à la chambre que je vais occuper. Elle est spacieuse et agréable. Je ne pouvais pas rêver mieux.

— Tu as peut-être envie de prendre une douche ?

— Oui. Je veux bien.

— Tiens, dit-il en me tendant un tee-shirt ample. Il devrait être confortable pour dormir.

Je le remercie timidement et ferme la porte derrière moi. Tout comme le reste de l'appartement, la salle de bain est somptueuse, mais je n'ai pas la tête à m'extasier sur la beauté des lieux. Je retire mes vêtements tout en me regardant dans le miroir : je ressemble à la fille de la *Schtroumpfette* et de *Hellboy*. Mon corps est recouvert de taches rouges qui commencent à bleuir. Ce n'est pas joli à voir. Mal à l'aise, je me détourne de mon reflet pour me glisser dans la douche. L'eau qui s'écoule sur ma peau me fait un bien fou... pendant une minute.

Le calme avant la tempête.

La seconde suivante, je craque. Mes jambes se dérobent sous mon poids. Je me retrouve avachie sur le sol en pierre mouillé, le visage dans les mains, les yeux brouillés par les larmes et le souffle court. Les vannes sont à nouveau ouvertes, je ne peux plus m'arrêter.

***

Un énorme lit *king size* me tend les bras. Je meurs d'envie de m'y installer, mais je redoute le moment de m'endormir. Sujette aux cauchemars depuis ma tendre enfance, je suis certaine que ceux qui m'attendent cette nuit seront impitoyables. Je préfère de loin rejoindre mon hôte. Je passe la tête à travers la porte de la chambre. Malone est là, appuyé contre la cloison qui nous sépare. Il patiente, l'air épuisé et les yeux rougis, comme les miens.

A-t-il pleuré, lui aussi ?

— Tu te sens un peu mieux ? s'enquiert-il, les sourcils froncés.

— Oui, bluffé-je, fatiguée de me plaindre.

Hors de question qu'il me prenne pour une fille qui s'api-

toie sur son sort !

Malone soupire en cognant l'arrière de son crâne contre le mur. Il semble agacé et je ne comprends pas pourquoi.

— Déva, je veux que tu m'écoutes, déclare-t-il en avançant brusquement vers moi, ce qui a pour effet de me faire reculer.

Il ne s'en formalise pas et s'approche encore, jusqu'à poser une main sur ma joue.

— Tu n'as pas à te montrer forte pour moi, à craindre mon jugement, mes réactions. Inutile de te forcer à être gentille, ou polie. Je me fous de tous ces jeux à la con auxquels on doit se livrer en société ! Ce que je veux, c'est que tu lâches prise, Déva, que tu me dises ce dont tu as besoin et que tu me laisses te le donner.

Je ne sais pas ce qui me perturbe le plus : sa clairvoyance, son discours qui sonne si juste ou sa main qui caresse toujours ma joue.

— Je… j'aimerais que tu dormes avec moi cette nuit, murmuré-je, les yeux baissés, presque honteuse de prononcer ces mots. J'ai peur de…

— Chut, me fait-il taire en passant son pouce sur mes lèvres. Tu n'as pas non plus à te justifier.

Il m'attire vers le lit, tire les draps et m'invite à m'allonger. Puis il se glisse à côté de moi et me prend dans ses bras comme si on se connaissait depuis toujours.

— Ferme les yeux, m'ordonne-t-il avec douceur. Tu peux dormir tranquille. Je veille sur toi.

***

Ça fait bientôt deux semaines que je squatte chez Malone, profitant allègrement de son appartement de luxe et du spa qu'il a fait construire au dernier étage de son immeuble. Mes blessures sont guéries, du moins celles de mon corps. Pour le reste, c'est une autre histoire. Malone n'a déserté ma chambre qu'une seule fois et a été obligé d'y revenir en pleine nuit pour m'arracher à mes cauchemars. Je ne sais pas comment il fait, mais il a cette faculté surprenante de m'apaiser dès qu'il est près de moi.

Ma sœur a prolongé son voyage aux États-Unis pour effectuer une nouvelle vague d'essais cliniques outre-Atlantique. Je ne lui ai toujours pas parlé de ce qui m'est arrivé et plus le temps passe, plus le courage me manque. Je crois que je préfère tout oublier et aller de l'avant. Pour le moment, je me laisse vivre dans cette bulle de tranquillité qu'a fabriqué Malone pour moi. Je m'y sens bien. Je ne veux pas la quitter. Je sais qu'un jour ou l'autre, il faudra que je sorte de cet appartement. Il va finir par en avoir assez de me couver comme une enfant fragile, mais j'espère que ce jour n'arrivera pas trop vite.

Ce matin, Malone est descendu dans les étages afin de rencontrer de nouveaux locataires. Installée dans le salon pour bouquiner, j'ai beaucoup de mal à me concentrer sur ma lecture. Il fait trop froid. Je grelotte depuis déjà plusieurs minutes et j'ai l'impression que la température ne fait que baisser. Je me lève pour aller coller mon postérieur contre le radiateur : il est gelé.

Ô monde cruel, pourquoi t'acharnes-tu sur moi ?

Un bref coup d'œil au thermostat, et le message d'alerte m'indique que c'est la chaudière qui fait des siennes. Je vais devoir attendre le retour de Malone, pas le choix. Mais il faut que je me réchauffe, sinon il ne retrouvera qu'un glaçon en leggings ! Tout en claquant des dents, je me rends dans sa chambre, espérant dénicher un plaid tout doux et bien épais. Manque de chance, ce n'est pas ici qu'il les range. Plan B : je décide de lui emprunter un pull et plonge littéralement dans son armoire, qui est en réalité un dressing plus grand que mon appartement. J'y trouve très vite mon bonheur, jetant mon dévolu sur une veste polaire, une écharpe en laine et un bonnet. Je suis sur le point de rejoindre le salon lorsque j'aperçois un paquet de cigarettes posé sur un sac de sport.

Je ne savais pas que Malone était fumeur. Je n'ai jamais senti l'odeur du tabac sur lui.

Curieuse, je le prends en main pour voir s'il est rempli et tire par inadvertance sur un cordon rouge. Un mauvais pressentiment me tord l'estomac : je le repousse. Un frisson remonte le long de ma colonne vertébrale : je l'ignore. Mon corps essaie de me prévenir, mais mon esprit fait de la résistance. Pourtant, je reconnais ce cordon, avec ses fines rayures pourpre et vermillon.

Non. Je dois me tromper. Je veux me tromper. Mais il faut que je sache.

Je serre les poings pour empêcher mes mains de trembler avant d'ouvrir le sac. Lentement, j'en sors le contenu en priant pour découvrir un jogging ou n'importe quelle autre tenue de sport. Mais dans le monde où on vit, les dieux ne sont pas cléments. Je me retrouve à genoux, le souffle court, devant des chaussures brûlées, un jean usé et un sweat à capuche noir.

Impossible.

Sans vraiment le vouloir, je me remémore toutes les fois où Capuche Noire a fait son apparition et je les compare à ce que je sais de mon hôte.

Cette silhouette imposante dans la rue devant chez Ben : Malone est plutôt costaud, je ne peux pas le nier. Ces yeux sombres qui brillaient à la lueur des cigarettes : il a des iris presque noirs, je l'ai déjà remarqué. Ce sourire étrange au pied de mon immeuble en feu : oh bon sang… ce sourire, c'est le sien ! Je secoue la tête pour ôter ces images de mon cerveau, mais elles s'y incrustent. Je repense alors au barman et à la description qu'il a faite de mon harceleur : brun, la trentaine.

Tout coïncide. Malone et Capuche Noire ne font qu'un !

La panique s'empare de moi. Je réalise que je viens de vivre pendant quinze jours chez un total inconnu. Un obsessionnel qui me persécute depuis des mois. Qui s'amuse à détruire ma vie morceau par morceau. Qui me suit partout pour me foutre les jetons, retourne mes amis contre moi, me fait passer pour une menteuse, une voleuse, une malade mentale ! Un déséquilibré capable de mettre le feu à un pâté de maisons !

Oh mon Dieu, jusqu'où pourrait-il aller ? Il s'est rapproché de moi en me sauvant des Dragons. Il m'a conduite ici. Que compte-t-il faire, maintenant ? Peu importe, il faut que je sois partie avant qu'il ne revienne.

Je ne perds pas une seconde, cours jusqu'au salon, attrape mon sac à main et fonce vers l'entrée. Un bruit me fait relever la tête. Je me fige. Malone est là, debout, dos contre la porte. Il me bloque le passage, comme s'il savait que j'avais tout découvert.

— Salut, me lance-t-il avec un sourire inquiétant.

J'aurais dû le reconnaître tout de suite. Comment j'ai pu me laisser avoir ? Je suis trop stupide !

— Salut, rétorqué-je en tentant de paraître le plus naturel possible.

— Tu vas quelque part ?

— Oui. Je… j'en ai marre de rester enfermée. Je voulais prendre l'air quelques minutes.

Il soupire doucement, tout en contrôle. J'ai la désagréable sensation qu'il sait plus de choses qu'il ne le devrait. Il ne réagit pas à ma réponse, mais me détaille de la tête aux pieds.

— Tu es allée dans le dressing, remarque-t-il en fin observateur.

Oh non. Il est en train de comprendre. Respire, Déva. Tu ne dois pas lui montrer que tu as peur.

— Oui. Je… j'avais froid. La chaudière a lâché. Je t'ai emprunté une veste.

Il ferme les yeux quelques secondes. Mon cœur bat tellement fort que j'ai l'impression de le sentir dans tout mon corps. Mes jambes commencent à trembler. Me voilà terrifiée par cet homme à qui j'aurais confié ma vie il y a encore dix minutes. Lorsque ses iris s'accrochent à nouveau aux miens, je retiens mon souffle.

— Tu as trouvé le sac, n'est-ce pas ?

Cette fois, le jeu est terminé. Il sait que je sais. La proie vient de rencontrer son chasseur.

13

MALONE
le garçon qui entendait des voix

Galway, octobre 1995

Aujourd'hui, Maman m'a promis que j'aurais le droit à une glace au chocolat si j'étais sage. On doit aller voir un docteur pour la tête. Elle dit qu'il est très gentil et qu'il va faire en sorte que je ne sois plus le garçon bizarre de l'école. Les autres enfants m'appellent « Le Barjot ». Leurs parents aussi. Maman m'a expliqué qu'ils disent ça à cause des voix dans ma tête. Ce n'est pas normal. Les gens normaux n'entendent pas de voix.

Au début, Papa pensait que j'avais créé des amis imaginaires. Je lui ai pourtant répété que je n'inventais rien. Quand j'essaie de parler avec les voix, elles ne me répondent pas. Pourquoi j'aurais inventé des copains qui ne peuvent pas discuter avec moi ? C'est stupide ! Papa n'a jamais voulu me croire.

Maman le rouspétait souvent en lui disant de ne pas me brusquer, que certains garçons de mon âge devaient traverser ce genre de phase et que ça me passerait. Mais depuis que j'ai eu six ans et que je suis rentré au primaire, elle a commencé à s'inquiéter. Encore plus quand je lui ai raconté qu'une des voix avait peur et priait toutes les nuits pour son papa policier. Maman s'est demandé d'où pouvait me venir ce genre d'idées tordues. Je ne comprends pas comment mes idées peuvent être tordues, mais je crois que c'est quelque chose de mal. Maman n'était pas contente… pas contente du tout !

La semaine dernière, je me suis mis à pleurer à l'heure du déjeuner, devant tous mes copains. Je ne voulais pas, mais c'est venu tout seul. Je n'arrivais plus à m'arrêter. La maîtresse m'a demandé pourquoi j'étais triste. J'ai répondu que le papa de mon amie était monté au ciel et qu'elle avait tellement de chagrin que ça me donnait envie de pleurer moi aussi. Au début, Claire, ma maîtresse, m'a fait un sourire et m'a pris dans ses bras. Elle m'a dit que c'était des choses qui arrivaient parfois, que personne n'y pouvait rien et que son papa était avec les anges maintenant. Mais après, elle a voulu savoir qui était cette amie. Alors je lui ai dit la vérité.

Maman répète qu'il faut toujours dire la vérité et Papa dit que si je garde des secrets, c'est pareil que si je mentais. Je crois que la maîtresse n'est pas d'accord avec eux. Dès que j'ai parlé des voix, elle a fait une grimace. J'ai continué en lui expliquant que la mort du policier avait un rapport avec des taupes et du cristal. Je ne sais pas ce que ça veut dire, mais je suis sûr d'avoir bien compris. La maîtresse a ordonné aux autres enfants d'aller jouer dans la cour et m'a traîné jusqu'au bureau de l'infirmière. Après, elle a appelé Maman au téléphone et lui a dit un gros mensonge.

— Madame O'Brien ? Malone est malade. Venez le chercher. Nous devons avoir une discussion.

Je lui ai fait remarquer que je me sentais bien et que c'était mal de mentir. Elle m'a dit de me taire et de faire un dessin jusqu'à ce que Maman arrive. Je ne sais pas ce qu'elle lui a raconté, mais le soir, Papa et Maman ont beaucoup crié et ils ont cassé la télé. Le lendemain, ils avaient pris rendez-vous chez le docteur.

Maman veut qu'il fasse partir les voix. Moi, je ne suis pas

sûr d'en avoir envie. C'est vrai que des fois, elles parlent si fort que je n'entends pas la maîtresse. Ça m'attire des ennuis, surtout quand on a une dictée ou une poésie à réciter, ou quand Maman m'appelle pour le dîner et que je ne viens pas. Mais quand je suis tout seul, c'est plutôt cool. Les voix me tiennent compagnie. Celle que j'entends le plus souvent est gentille et rigolote. Elle invente toujours plein d'histoires de princes et de princesses, avec des licornes, des fées et des dauphins aussi. J'aime bien les dauphins, même si je préférerais qu'elle parle de camions ou de pirates.

Enfin, Maman dit que tout ira mieux sans les voix, que tout sera plus simple et que les autres enfants arrêteront de se moquer de moi. Alors, je la crois. Les mamans ont toujours raison, non ?

***

— Bonjour, Madame O'Brien. Malone, je suis le docteur Walsh. Tu veux bien aller t'asseoir sur le canapé là-bas ? Je dois discuter avec ta maman deux minutes et je te rejoins. En attendant, tu peux prendre un bonbon dans le bocal en verre. Mais...

Je ne sais pas si le docteur parle encore. Je sais juste que j'ai le droit de prendre des bonbons. Alors je cours vers le canapé et je plonge la main dans le bocal.

Des langues de chat acidulées. Hum, c'est mes préférées !

Quand le docteur revient, j'ai du sucre partout sur les doigts et plusieurs bonbons dans la bouche. Il sourit et me tend un mouchoir pour que je m'essuie.

— Malone, sais-tu pourquoi tu es là ?

Je hoche la tête en avalant ce qui traîne encore au fond de ma gorge. Je n'aime pas beaucoup parler avec des gens que je ne connais pas. Papa dit qu'on ne doit jamais faire confiance à des inconnus. Je crois que les inconnus peuvent être des méchants qui se font passer pour des gentils. Un truc comme ça.

Est-ce que le docteur Walsh pourrait être un méchant ?

— Peux-tu me dire, avec tes mots, ce que tu as compris de la situation ?

— Comment je pourrais le dire avec les mots de quelqu'un d'autre ? demandé-je sans réfléchir.

Le docteur sourit encore.

— Tu sembles être un petit garçon très malin, Malone. Ta maman m'a dit que tu entendais des voix que personne n'entend à part toi. Dans ta tête. Est-ce que c'est vrai ?

Je baisse les yeux sans répondre. La dernière fois que j'en ai parlé, tout le monde avait l'air énervé. Je ne suis pas sûr que ce soit une bonne idée.

— Tu n'as rien à craindre, tu sais. Ici, tu peux dire tout ce que tu veux. Personne ne te grondera.

Je le regarde. Il sourit toujours. Il attend que je lui réponde.

— J'entends surtout la voix d'une fille, murmuré-je, mal à l'aise.

— Est-ce que cette fille a un prénom ?

— Oui. Elle s'appelle Déva.

— Déva ? C'est joli et peu commun. Que peux-tu me dire d'autre sur elle ?

— Elle habite en France et elle a six ans, comme moi ! déclaré-je, fier d'annoncer que je ne fais plus partie des petits de cinq ans.

— Ah ! La France. Quel beau pays ! Tu y es déjà allé ?

— Nan. Mais Maman m'a montré la Tour Eiffel en photo.

J'aimerais bien monter tout en haut.

— Comment fais-tu pour comprendre Déva si elle est française ? continue le docteur.

— Ben… j'sais pas. J'comprends, c'est tout.

Elles sont bizarres ses questions !

— Si je te dis que « je vois la vie en rose », me lance-t-il avec un accent étrange, qu'en penses-tu ?

Je réfléchis quelques secondes. Je ne sais pas vraiment ce qu'il veut me faire dire, mais il doit avoir un problème aux yeux s'il voit du rose partout !

— Euh… c'est peut-être à cause de vos lunettes ! lâché-je,

persuadé d'avoir trouvé la solution. Mon papa, il a des grosses lunettes et quand il regarde dedans, tout devient jaune. C'est peut-être pareil pour vous. Est-ce que vos lunettes sont roses ?

— Remarquable, souffle le docteur Walsh. Es-tu certain de ne pas avoir appris le français à l'école, ou avec tes parents ?

Je hoche la tête. Je suis sûr de moi, cette fois.

— Bien. Continuons. T'arrive-t-il de voir Déva ?

— Une fois, j'ai vu ses yeux. Ils sont verts.

— Je ne suis pas sûr de saisir, Malone. Ses yeux, tu les as vus où, exactement ?

— Eh ben, dans ma tête ! La sœur de Déva, Morgane, était en train de lui brosser les cheveux. Elle aime beaucoup qu'on lui brosse les cheveux. D'un seul coup, j'ai vu un p'tit rond, comme le miroir de Maman, et des yeux verts à l'intérieur. Je crois que c'était ceux de Déva.

— Je vois. Est-ce la seule fois où c'est arrivé ?

— Oui.

— Et Morgane, tu l'entends, elle aussi ?

— Des fois. Mais pas comme Déva.

— Comment ça ? Quelle est la différence ?

— Morgane, je l'entends que quand elle parle avec Déva.

— Entends-tu d'autres personnes qui discutent avec Déva ?

— Oui, mais pas souvent. Ses parents. Sa voisine, Julie. Elle a une voix tout aiguë qui me donne mal à la tête. J'aime pas ça !

Je déteste cette fille !

— Je m'en doute. Dis-moi, Malone, te souviens-tu quand tu as entendu Déva pour la première fois ?

— Euh… non.

— Quand tu étais chez ta nounou, avant de commencer l'école, tu l'entendais déjà ?

— Oui.

— Et avant ? Quand tu restais à la maison avec ta maman ?

C'est long. Je commence à m'ennuyer.

— J'sais pas. Je ne me rappelle pas, m'impatienté-je en espérant sortir bientôt.

— As-tu déjà essayé de lui parler ?

— Oui. J'essaie tout le temps, mais elle ne répond pas.

Le docteur fait une drôle de tête maintenant. Il se gratte la joue tout en écrivant dans un petit cahier. Je crois que j'ai dit une bêtise, mais je ne sais pas quoi.

— Qu'est-ce qu'elle te dit exactement ? Est-ce qu'elle prévoit de faire des choses méchantes, interdites ou dangereuses ?

— Hum… non. Je ne pense pas. Elle se pose souvent plein de questions. Elle invente des histoires pour s'amuser. Des fois, elle chante aussi. J'ai appris une chanson avec elle, sur une souris verte. Vous voulez que je vous la chante ?

Le docteur ne veut pas. Il ne doit pas beaucoup aimer la musique. Ses sourcils sont tout froncés. Il fait les mêmes grimaces que Papa quand il n'est pas content. Pourtant, j'ai été sage. Je n'ai pas fait le clown et j'ai répondu à toutes ses questions.

J'espère que je vais avoir ma glace au chocolat.

Le docteur replace ses lunettes sur son nez et soupire avant de recommencer à parler.

— Est-ce que tu entends Déva tout le temps ?

— Toute la journée. Des fois la nuit aussi. Quand elle fait un cauchemar et qu'elle a peur, ça me réveille.

— Tu veux dire que tu ressens quand elle a peur ?

— Oui.

— Est-ce qu'elle a peur en ce moment ?

Je fais non en secouant la tête.

— Elle est en train de parler ?

Je l'entends chuchoter. Pas besoin d'essayer de comprendre, c'est toujours les mêmes phrases depuis mercredi dernier.

— Oui. Mais pas fort.

— Qu'est-ce qu'elle dit ?

— Elle dit qu'elle veut revoir son papa. Elle fait que de le répéter !

C'est énervant, à force.

— Ça n'a pas l'air de te plaire.

— Ben, c'est pas drôle. Elle est triste et elle pleure tout le temps.

— Et ça te rend triste, toi aussi ?

— Oui. Je crois. Surtout au début. Maintenant, je voudrais qu'elle recommence à jouer, comme avant.

— Si ça ne te convient pas, pourquoi tu l'écoutes ? Pourquoi la laisses-tu parler ?

Il est comme papa : il ne comprend rien !

— J'ai déjà essayé de lui dire de se taire, mais ça ne marche pas. Elle ne m'entend pas !

— D'accord, Malone. Je te propose qu'on arrête là pour aujourd'hui. On va se revoir une fois par semaine pour discuter tous les deux de Déva, de sa famille et de la tienne. Ça te va ?

Je hausse les épaules.

Est-ce que ça me va ? Je ne sais pas.

Ce docteur pose beaucoup de questions. Ce n'est pas toujours facile de répondre, mais au moins, il veut bien que je parle de Déva. C'est assez rare. À l'école, je ne dois rien dire, et à la maison, je vois bien que Papa et Maman n'aiment pas ça. Alors, pourquoi pas ?

14

MALONE

Dublin, février 2004

Ma première fois chez un psy, c'était il y a neuf ans. Je n'étais qu'un môme qui ne captait pas grand-chose à ce qui lui arrivait. Aujourd'hui, je sais.

Selon le docteur Walsh et le docteur Murphy, son confrère qui a pris le relais quand j'ai eu douze ans, je suis atteint de troubles du spectre de la schizophrénie. Ils ont beaucoup de mal à faire un diagnostic précis malgré leurs connaissances. J'ai certains symptômes qui en contredisent d'autres et qu'ils ne comprennent pas.

Par exemple, le fait que les voix ne me parlent pas directement, jamais, ce n'est pas habituel. Ils ont un moment pensé à diriger leurs recherches vers l'autisme, notamment le syndrome d'*Asperger*. Apparemment, j'ai de grandes capacités intellectuelles, mais j'ai du mal à les utiliser à cause d'un trouble de l'attention prononcé. Ils n'ont d'ailleurs aucune explication pour ma parfaite maîtrise de la langue de Molière. Je n'ai jamais suivi de cours, pourtant je parle couramment français :

un point des plus intéressants selon les médecins ! Néanmoins, je n'ai aucun problème de sociabilité, ce qui ne colle pas du tout avec l'autisme. Je suis également quelqu'un de plutôt empathique, voire émotif. Pas que je chiale toutes les deux secondes, mais je prends les choses à cœur. Je ressens. Ce n'est pas vraiment une caractéristique des schizophrènes non plus. Bref, à quinze ans, je suis une véritable énigme pour le corps médical, un cas à étudier.

Il paraît que je suis fascinant. Allez dire ça à mes vieux !

À l'évidence, consulter un psy n'a pas empêché les gamins de m'appeler le Barjot, au contraire. Quand Anthony Doyle, la brute de l'école, a entendu dire que j'allais voir un pédopsychiatre, la rumeur a fait le tour de l'établissement. Les parents ont commencé à craindre que leurs mioches fréquentent un déséquilibré.

Comme si c'était contagieux, bande de cons !

J'ai rapidement été écarté des activités extrascolaires, des sports collectifs, des soirées pyjama et des goûters d'anniversaire. Sans parler des miens, d'anniversaires, que je passais en solo avec mes vieux ! Mais m'éloigner des autres gamins au quotidien n'a pas suffi à calmer les esprits. Dès qu'il y avait un incident, un petit larcin, une dégradation quelconque ou une mauvaise blague, c'était forcément la faute de ce dingue d'O'Brien ! Ma mère en a eu marre d'être regardée de travers, de subir les moqueries et d'être traitée comme une pestiférée dans sa ville natale. Elle pensait que dans une plus grande agglomération, on passerait inaperçus. Nous avons donc emménagé à Dublin. C'est là que j'ai fait la connaissance du docteur Murphy.

Ma thérapie n'a pas plus éliminé Déva qu'elle n'a fait taire les écoliers et leurs débiles de parents. Ce n'est pourtant pas faute d'avoir essayé ! Je l'entends toujours, de plus en plus fort. Désormais, des images apparaissent fréquemment devant mes yeux, ce qui peut s'avérer risqué. J'en ai déjà fait les frais.

L'année dernière, j'étais sur un vélo quand la rue a disparu, remplacée par un magnifique lac au milieu de la forêt. J'étais sous le charme, émerveillé et je n'ai pas vu la voiture foncer sur moi. J'ai eu beaucoup de chance : seulement une jambe cassée, plus quelques points de suture. J'aurais pu y rester ! Après ça, j'ai eu le droit à une liste d'activités interdites longue comme le bras et des médocs en pagaille. Je me suis rabattu sur les jeux vidéo : plus distrayant et beaucoup moins dangereux. C'est devenu mon passe-temps favori. De toute façon, il y a des moments où je suis tellement stone à cause des anxiolytiques que j'ai du mal à me lever du canapé. Mes parents ne s'en plaignent pas. Ils aiment mieux ça que de s'inquiéter pour moi à longueur de journée. Quoique pour ma mère, je ne suis pas sûr que ça change grand-chose.

Elle est hyper stressée, mais depuis qu'on est à Dublin, elle a quand même recommencé à vivre, à sortir, à se faire des amies. Moi aussi. Ici, personne ne sait que je ne tourne pas rond. On reste discrets et jusque-là, ça fonctionne. Chris, Nico et Jul, mes nouveaux potes, me trouvent chelou, surtout lorsqu'ils me voient sourire ou enrager suite à une réflexion de Déva, mais ça ne va jamais plus loin. Ils sont cool. Je m'amuse bien avec eux.

Heureusement que ma mère ne sait pas ce qu'on fait quand on passe l'après-midi chez Chris.

***

La poisse ! Sarah O'Brien, cette folle qui me sert de génitrice, a décidé de jouer les *Mata Hari*.

Il faut croire qu'elle n'a que ça à foutre !

Après m'avoir espionné, elle a piqué une crise parce qu'elle m'a vu tirer une latte sur une roulée : « Tu écoutes des chansons de *Bob Marley*, tu es tout le temps fatigué, tu rentres avec les yeux rouges, tu te moques de tout et de tout le monde. Je suis sûr que tu fumes de la marijuana ! »

Et blablabla…

Elle m'a pris la tête pendant des heures ! Je m'en suis sorti en mettant mon état sur le dos des médocs, ce qui n'était pas complètement faux. Malheureusement pour moi, ma mère est une coriace. Elle a retourné ma chambre et elle a trouvé une barrette de shit cachée dans la tour de mon ordinateur.

Sérieux, comment elle a pensé à regarder là-dedans ?

Du coup, fini les journées et les soirées avec les potes. Fini les packs de bières et la beuh. Fini d'aller mater les meufs à poil dans les vestiaires de la piscine et fini les anxiolytiques ! Pas que ces cochonneries m'aient vraiment aidé, mais au moins, quand j'étais défoncé, je me fichais d'entendre Déva : ça me coulait dessus comme une bonne douche chaude en plein hiver. Maintenant, je dois supporter de l'écouter jacasser H24 : mon enfer personnel.

C'est vrai que je ne vous ai pas encore présenté la Déva adolescente : une plaie, cette nana ! On est loin des histoires de licornes, aujourd'hui. Après être passée par la période « j'ai mes règles, j'ai les seins qui poussent, je n'ai plus besoin de rembourrer mes soutifs, je suis une femme », j'ai eu le droit à la bataille avec sa mère pour s'épiler, se maquiller et porter des strings. Je vous fais grâce des moments où elle se mate dans la glace pour voir si elle n'a pas de cellulite.

Heureusement pour moi, elle n'en a pas un gramme !

Je crois que les filles consacrent plus de temps à soigner leur apparence que les hommes à penser au sexe. Quoi que… peut-être pas, parce que contrairement à nous, leurs réflexions sont réparties en trois sujets bien distincts.

Le premier : comment être la plus belle. Miroir, miroir…

Le second : cogiter sur les mecs canon. « Adrien et ses abdos d'acier. Luc avec ses yeux bleus. Gary et son sourire trop craquant. Est-ce qu'il m'a remarquée ? Est-ce qu'il me trouve jolie ? Est-ce que je dois rire à ses blagues pourries ? Est-ce qu'il va m'inviter à danser pendant la boum d'Émilie ? ».

Tout ça me donne envie de gerber !

Et enfin, **le dernier**, celui qui me pousserait presque à me taper la tête contre les murs : les histoires entre copines, ou entre rivales, selon le moment. Les filles sont déjà dures avec leurs ennemis, vicieuses, mais quand il s'agit d'une dispute entre sœurs de cœur, c'est *Armageddon* !

Il m'est donc impossible de passer sous silence Émilie et Clara, les deux meilleures amies de Déva. Un jour, c'est l'amour fou, le lendemain, c'est la guerre froide. Le pire, c'est que ça ne tient souvent qu'à un mot, un regard, un geste : l'achat du même tee-shirt, la soirée pyjama chez l'une et pas chez l'autre, une blague mal interprétée…

Qu'est-ce qu'elles sont compliquées !

En tous cas, je peux vous dire que ces trois filles, je les connais comme ma poche ! Le moindre de leur secret transite par mon cerveau et je m'en passerais bien. Ma seule compensation, c'est quand Déva les regarde se déshabiller dans les douches du gymnase. Émilie, une grande brune aux formes généreuses, aime porter des sous-vêtements fluo qui contrastent avec sa peau chocolat. Clara, beaucoup plus petite et plus fine, avec ses cheveux de feu, a un cul qui ferait bander un moine ! Elles sont super bonnes, je ne peux pas le nier. Mais est-ce que toutes les nanas se matent les unes les autres pour se comparer ? C'est quand même bizarre !

Dixit le gars qui croit connaître la gent féminine en se basant sur des voix qu'il entend dans sa tête. OK, je suis un gros naze. Je me tais.

***

Je peux vous dire que vous ne savez rien de la démence, tant que vous n'avez pas passé des semaines à écouter Déva se plaindre de son ex-petit ami.

J'en peux plus !

Il faut que mes parents me lâchent un peu pour que je puisse sortir et fumer des joints. J'ai donc décidé de tenter une nouvelle approche : simuler ma guérison. Ils ne me croiront pas sur parole, c'est certain. Je vais devoir ruser et le docteur Murphy sera mon garant. Si j'arrive à l'embrouiller, c'est gagné.

— Bonjour, Malone. Comment te sens-tu aujourd'hui ? se renseigne-t-il, alors que je me laisse tomber dans mon fauteuil habituel.

— Pas mal.

— Tu as fumé ces derniers temps ?

— Non, Doc. Pas de beuh. Pas d'alcool. Que dalle. Je suis un vrai p'tit saint !

— Comme ça fait trois semaines qu'on ne s'est pas vus, tu sais par quoi on va commencer ?

— Ouais. Je dois pisser dans un bocal parce que vous ne me faites pas confiance…

— La confiance, ça se gagne, Malone.

— Je sais.

J'obéis comme un bon toutou en bougonnant, puis reviens m'installer dans le fauteuil.

— Alors. Parle-moi de Déva. Est-elle toujours aussi envahissante ?

— En fait, non.

— Non ? répète-t-il, les sourcils froncés.

Ne pousse pas trop, mon vieux, sinon il va te griller. Tu dois y aller en douceur.

— Elle me tape moins sur les nerfs ces derniers temps, lui confié-je d'un air détaché.

— C'est une bonne nouvelle. Elle parle moins fort ?

— Un peu. Par moment. J'ai pu faire des nuits complètes depuis presque un mois.

— Pas de réveil à cause de ses cauchemars à propos de son père ?

— Non. Aucun. J'ai même eu le droit à un jour de repos.

— Quoi ? s'étrangle Murphy en recrachant son café.

Merde. J'y suis peut-être allé trop fort.

— Tu veux dire que tu n'as pas entendu de voix pendant toute une journée ?

— Ouaip. Mais rassurez-vous, Doc, elle est revenue le lendemain, aussi chiante que d'habitude !

— Tu ne te rends pas compte, Malone. C'est une avancée importante. C'est peut-être même le déclencheur qu'on attendait ! Ça t'était déjà arrivé avant ?

— Euh... peut-être une fois ou deux, il y a longtemps. Je ne sais plus trop.

— À partir d'aujourd'hui, je veux que tu le notes quand tu n'entends pas Déva. Ne te focalise pas trop dessus. Laisse simplement un carnet sur ta table de nuit et tu l'inscris le soir avant de dormir. D'accord ?

— Si ça peut vous faire plaisir.

— On va écourter notre séance : j'ai besoin de faire des recherches. On se revoit mercredi prochain.

Bien joué, mec. Le plan est lancé. D'ici deux mois, plus de psy et plus de darons sur le dos !

15

MALONE

Six semaines que j'ignore royalement Déva. C'est difficile de donner le change, mais je tiens le coup. Je n'ai qu'un objectif en tête : retrouver ma liberté ! Mes efforts devraient bientôt payer.

— Bonjour, Malone.

— Doc.

— Alors, comment ça se passe ? m'interroge-t-il en se focalisant sur les traits de mon visage, comme à chacune de nos rencontres.

J'ai lu des tas de bouquins sur les expressions faciales et la manière de les interpréter. Je sais comment le duper.

— Je dirais qu'il y a du mieux.

— Tu prends bien des notes dans ton carnet ?

— Ouais, confirmé-je en lui tendant mon escroquerie.

Il le feuillette quelques minutes en secouant la tête, puis se retourne vers moi.

— Tu as fait d'immenses progrès ces dernières semaines. Tu t'en rends compte ? Tu passes maintenant la moitié de ton temps sans entendre Déva.

— Ça me fait des vacances ! plaisanté-je pour cacher mon angoisse de me faire griller.

— J'imagine. Et les jours où Déva se manifeste, est-ce qu'elle parle fort ?

— Non. De moins en moins.

— Sur une échelle de un à dix, comment est le volume ?

Question piège : je ne sais pas quoi répondre, surtout que la garce est justement en train de brailler. Elle s'engueule avec sa sœur et c'est un vrai bazar dans ma tête.

Il faut que je fume un joint. Tant pis pour la patience !

— Je dirais trois, Doc.

— Trois ? C'est peu, grimace-t-il en griffonnant sur ses feuilles d'entretien.

— Il y a des moments à quatre, voire cinq. D'autres à un ou deux. C'est une moyenne. Mais ouais, c'est peu et ça me fait vachement de bien ! pipeauté-je, un sourire factice sur les lèvres.

Le doc me fixe avec intensité. Il cherche à savoir si je lui dis la vérité. Je ne me démonte pas, lui montre toutes mes dents et fais abstraction de l'hystérique qui pousse des cris dans ma tête.

***

Encore un mois de plus. Je sens que je suis sur la corde raide. Faire comme si Déva n'était pas là est beaucoup plus épuisant que je le pensais. Ça me prend toute mon énergie. Il faut que ça s'arrête et vite, sinon, je vais finir par craquer.

— Malone ! Tu as une mine resplendissante. Qu'est-ce qui te met de si bonne humeur ?

— Regardez par vous-même, Doc, lui lancé-je en déposant mon carnet sur ses genoux.

— Tu... tu n'as pas entendu Déva de toute la semaine ? s'étonne-t-il, perplexe.

— Pas une fois.

— Pas d'image ? Pas d'émotion ? Pas de sensation ?

— Nada. Elle m'a fichu une paix royale ! Je crois bien que je suis sur la voie de la guérison. Et c'est grâce à vous, Doc ! ajouté-je pour gonfler son ego, histoire que mon arnaque passe mieux.

L'heure de vérité.

— Je... je suis très content pour toi, Malone.

Yes ! Il a marché !

— Ne nous emballons pas trop quand même. Tu vas continuer de prendre des notes pendant quelques semaines, afin qu'on vérifie que ta situation est stable. On poursu...

Le cabinet du doc s'efface subitement.

Oh, c'est pas possible ! Non. Pas maintenant !

Déva apparaît dans mon champ de vision, un string en dentelle rouge pour seul vêtement. Elle se regarde dans le miroir et moi je la vois à travers ses yeux, comme toujours. Des cheveux bruns, des iris verts, des petits seins bien fermes, des fesses bombées.

Elle est vraiment bandante !

C'est le cas de le dire. Je sens que mon corps est du même avis, mais ce n'est pas le bon moment : elle risque de foutre en l'air tous mes efforts ! Hésitante, le souffle court, elle pose les mains sur ses tétons et tire doucement dessus. Un gémissement à peine audible lui échappe.

Ouh là, ça devient chaud !

Quand elle glisse ses doigts à l'intérieur de son string, je sais déjà que je suis foutu. Elle commence à se caresser, lentement, puis de plus en plus vite. C'est la première fois que je la vois faire ce genre de chose.

Ça m'excite grave. Trop ! Beaucoup trop.

Elle lèche ses lèvres tout en se regardant dans les yeux, comme si elle m'observait, moi. C'est là que je défaille. J'entends Murphy aboyer mon nom. Déva disparaît et c'est la catastrophe.

Fais chier ! Je viens de m'éjaculer dessus !

Le doc me fusille du regard. Je ne l'ai jamais vu aussi énervé.

— Faut que j'aille aux chiottes, marmonné-je en fonçant vers les toilettes.

La honte de ma vie !

Quand je ressors dix minutes plus tard, le doc a remis son masque de bon psy compréhensif. Il m'invite à m'asseoir. J'obtempère en évitant de croiser son regard.

— Tu peux m'expliquer ce qu'il vient de se passer ?

— Je n'ai pas envie d'en parler.

— Tu me prends pour un imbécile depuis des mois, Malone. J'avais des doutes, mais là, je n'en ai plus : tu n'as jamais cessé d'entendre Déva. À quoi tu joues ?

— À rien.

— Tu veux savoir ce que je pense ?

— J'ai le choix ?

Franchement, je préférerais être n'importe où ailleurs. J'ai grave les boules. Je ne contrôle même plus mon corps. Pire qu'un p'tit vieux incapable de sortir sans se pisser dessus ! Je garde la tête baissée et attends que le doc poursuive.

— Je crois que tu ne veux pas que Déva s'en aille, suppose-t-il sur un ton calme où perce une pointe de déception.

— Quoi ?

— Je pense que tu as fini par développer des sentiments à son égard, continue-t-il sans arrêter de me fixer. Tu n'as aucune envie de la voir disparaître. Peut-être même que tu as peur de te retrouver seul.

— Vous déconnez ! beuglé-je sans réussir à me contrôler, tout en bondissant du fauteuil. Je donnerais n'importe quoi pour me débarrasser de cette saloperie de maladie !

— Baisse d'un ton et pose tes fesses, Malone ! gronde-t-il d'une voix rauque.

Mon psy ne m'avait jamais parlé de cette manière, lui qui est toujours si calme et pondéré. Encore une première ! Ça me fait l'effet d'une douche froide. Je m'assieds en vitesse, mais n'arrête pas de jacter comme une pie.

— Vous savez pourquoi je vous ai menti, Doc ? Pas pour garder Déva. Je ne suis pas assez atteint pour tomber amoureux d'une fille que j'ai inventée de toute pièce ! Et je ne me suis pas payé votre tête pendant trois mois par plaisir, mais parce que la seule chose qui me permettait de supporter toute cette merde, c'était de fumer.

Je marque une pause dans mon discours. Je ne suis pas sûr que ce soit judicieux de tout lui révéler, mais j'ai besoin de vider mon sac.

— Vous saviez que ma grand-mère paternelle avait les mêmes symptômes que moi ?

Les sourcils froncés du doc confirment ce que je pensais : il n'a pas été mis dans la confidence.

— Bien sûr que non. Mes parents se sont bien gardés de vous le dire. Je l'ai découvert en fouillant dans les papiers de mon père. Quand j'ai voulu lui poser des questions sur elle, il m'a foutu une claque qui résonne encore dans mes oreilles. J'ai fini par apprendre qu'elle s'était fait interner lorsqu'il avait dix ans, sans jamais en ressortir. Elle s'est suicidée quelques heures après ma naissance. Elle ne supportait plus d'entendre des voix ! Alors, vous voyez, je commence à avoir peur de suivre le même chemin. J'en peux plus ! me lamenté-je comme un gros crétin sans pouvoir retenir mes larmes. Je perds pied, Doc.

— C'est le genre de choses que tu aurais dû me dire depuis longtemps, souffle-t-il, désormais plus mal à l'aise que moi.

Entre mon affligeant spectacle de puceau frustré et les sanglots qui s'échappent toujours de ma gorge sans que j'arrive à les contrôler, ma dignité est au ras des pâquerettes ! Du coup, j'ai du mal à comprendre l'embarras que je détecte sur son visage.

À moins que ce soit de la pitié ?

Le doc se lève de sa chaise, fait le tour de son bureau et vient se placer derrière moi.

— Ça va aller, Malone, m'assure-t-il en pressant doucement mon épaule. Je suis là pour t'écouter, pas pour te juger ni pour faire un rapport à tes parents. C'est toi mon patient, pas eux. C'est toi que j'essaie d'aider. Tu sais, je fais de mon mieux, mais je n'ai pas toutes les réponses. Si ça ne va pas, c'est à toi de me le faire comprendre.

— Ben vous avez pigé maintenant ! répliqué-je en reniflant bruyamment, la manche de mon sweat servant de mouchoir improvisé. Vous pouvez peut-être... me redonner des médocs ? Comme avant ?

Murphy soupire lourdement tout en réintégrant sa place en face de moi.

— Si je pensais que ça pouvait t'aider, je le ferais, mais je ne crois pas que ce soit le cas.

— S'il vous plait, Doc ! l'imploré-je, les yeux encore humides.

— Raconte-moi ce qu'il s'est passé.

— Sérieusement ?

— J'ai besoin de comprendre ce qui t'as mis dans cet état, m'explique-t-il sans le moindre signe de moquerie.

— Pffff… OK. Je... J'ai vu Déva. Presque nue. Elle était en train de... de se... masturber.

Le doc se contient, mais ses yeux s'agrandissent sous le coup de la surprise.

— D'accord. Hum. C'est... habituel ?

— Non. Ce n'était encore jamais arrivé. Je sais que j'ai un grain, Doc, mais imaginez si j'avais été en cours. Ou dans la rue !

— Ça aurait été gênant, en effet.

— C'est un putain d'euphémisme ! Il faut que vous m'aidiez. Je vous en prie, Doc. Je suis jeune, pas désagréable à regarder et pas trop con non plus. J'ai toute la vie devant moi. Je ne veux pas finir dans une maison de fous ! Mais si tout le monde est derrière mon cul à chaque seconde de la journée, je vais péter les plombs !

— Tu as raison. Ce n'est clairement pas la solution. On doit changer de méthode. Écoute, je vais dire à tes parents qu'ils doivent te laisser un peu d'air. On va espacer nos séances : une toutes les deux semaines, ça devrait suffire. On va arrêter les tests urinaires aussi. Qu'on se comprenne bien : je ne t'incite en aucun cas à consommer de la drogue. Je ne pense pas que le cannabis soit la réponse à tes problèmes. Il me semble que ça aggrave plutôt les choses.

— Vous croyez ?

— Oui. Si comme tu le prétends, tu es prêt à tout pour t'en sortir, je n'ai qu'un conseil à te donner : change-toi les idées. Passe du temps avec tes amis, sans être stone. Amuse-toi. Fais des rencontres. Vis dans le monde réel. Ne te laisse pas assourdir par Déva.

— Facile à dire.

— J'ai foi en toi. Je sais que tu peux y arriver. Encore une chose, d'homme à homme, en ce qui concerne le petit incident de tout à l'heure : trouve-toi une copine, Malone. Une vraie ! Une que tu pourras prendre dans tes bras, embrasser, caresser. Une fille avec qui tu pourras discuter, pas seulement sur laquelle tu pourras fantasmer. D'accord ?

— Ouais. D'accord. Je vous promets d'essayer, Doc.

— Bien. Alors, à dans deux semaines.

Je hoche la tête, récupère mes affaires et m'apprête à sortir. Je stoppe néanmoins sur le pas de la porte en remarquant la boule que j'ai dans l'estomac.

— Doc ?

— Hum ?

— Désolé de vous avoir mené en bateau. C'était débile. Je n'aurais pas dû faire ça. Vous… vous êtes cool… pour un psy !

— Excuses acceptées. Maintenant, dégage et va faire des trucs de ton âge.

16

MALONE

Ça fait un an que le doc a décidé de me faire confiance, un an que j'essaie de vivre à peu près normalement. Ce n'est pas évident, mais je fais avec et dès que je sens que je dérape, j'appelle Murphy. Il est toujours dispo pour moi, jour et nuit. Ça m'est arrivé de le réveiller à quatre heures du mat, complètement en panique, suite à une crise de nerfs de Déva. Elle fait sans cesse d'horribles cauchemars à propos du meurtre de son père. Le doc n'a pas rechigné à m'écouter me plaindre pendant des heures.

Je m'efforce de suivre ses conseils, même si ce n'est pas toujours une réussite. J'ai fumé une paire de joints depuis que ma liberté m'a été rendue. C'est dur de résister, mais je n'abuse pas, plus comme avant. Je me contente de tirer quelques lattes en soirée.

J'ai une nouvelle copine aussi : Lyn. Petite, blonde, des yeux vifs très foncés. Son long visage est encadré par une masse de tresses toutes fines qui descendent en dessous de ses fesses. Quant à son corps, il est recouvert d'un nombre de piercings et de tatouages qu'il faudrait inscrire dans le livre des records. D'après ce qu'elle m'a dit, je ne les ai pas encore tous trouvés. Ce week-end, je vais donc à nouveau me transformer en *Christophe Colomb*, à la découverte des moindres recoins de sa peau. Notre relation n'a rien de compliqué. On mate des films. On joue à la console. On traîne avec les potes. On discute parfois, jamais rien de trop sérieux, et depuis quelques semaines, on baise comme des lapins !

Je dois dire que ça limite grandement mon stress. Merci pour le conseil, Doc !

Côté école, par contre, c'est loin d'être génial. Je comprends facilement les cours et je retiens tout très vite, un peu trop d'ailleurs, au point que ça en devient ennuyeux. Pourtant, je n'arrive pas à me concentrer plus de dix minutes d'affilée sans que Déva fasse des siennes. Je ne vous cache pas que ça se ressent sur mes notes. Mes parents n'étaient pas enchantés lors du dernier conseil de classe. Quand ils vont voir mon bulletin de ce semestre, ils vont me maudire, mais je ne peux pas en faire davantage. Je ne peux pas me battre sur tous les fronts. J'essaie juste de profiter du moment présent, de vivre ma vie sans trop me prendre la tête.

J'ai déjà une coloc de cerveau qui s'en charge pour nous deux : Déva, la fille de seize ans la plus névrosée de la planète !

Je sais, vous allez me dire que par extension, c'est moi le névrosé. Ce à quoi je vous répondrai : mais de quoi je me mêle ?

***

C'est enfin les vacances ! Deux mois à se la couler douce, à faire des grasses matinées, à passer toutes mes soirées avec Lyn et les potes. Mais surtout, deux mois sans avoir à supporter toutes ces conneries sur notre avenir qui serait conditionné par notre aptitude à utiliser des dérivées pour résoudre des fonctions composées. Non, mais quel naze a pondu des idioties comme celles-là ? Comme si les maths du secondaire pouvaient nous servir dans la vraie vie. Et je ne vous parle même pas des cours de philo !

Bref, nous voilà tranquilles. Ce soir, Chris organise une fête dans son immense baraque pour marquer le début de l'été. Juste le temps d'enfiler un short et un tee-shirt propre et je fonce chez lui. Il m'attend sur le perron en compagnie d'un grand blond un peu plus âgé que nous, du genre surfeur.

— Salut, Man. Je te présente Bobby. C'est mon cousin, m'apprend Chris en me tendant une bière. Il va passer les vacances chez moi.

Je souhaite la bienvenue au nouveau en trinquant avec lui. Il répond en glissant entre mes doigts un joint plus long que ma main.

C'est parti pour un été de débauche !

La maison se remplit rapidement d'une foule d'adolescents déchaînés et de moins en moins sobres. Des rires éclatent sur la pelouse et autour de la piscine. Des couples éphémères se forment dans tous les coins. La musique de *David Guetta* bourdonne à travers les haut-parleurs, m'empêchant de réfléchir et même d'entendre Déva. Encore une excellente nouvelle !

La seule chose dont je me préoccupe ce soir, c'est d'avoir constamment une main sous le débardeur de Lyn et ma langue dans sa bouche sucrée. Je plane depuis quelques heures déjà.

La vache, ça fait du bien de se laisser aller !

— Et si on montait squatter une chambre au premier ? me susurre Lyn tout en me mordillant le cou.

Mon corps réagit instantanément. Elle n'aura pas à me le dire deux fois ! Je passe un bras en dessous de ses jambes, l'autre dans son dos, et la soulève en me précipitant vers les escaliers. Elle pouffe de rire, moi aussi. J'aime beaucoup cette nana, sa fraîcheur, sa spontanéité, et surtout, le fait qu'elle ne soit pas Déva ! Arrivés sur le palier, je remarque Bobby en train de traîner une fille vers une des chambres. C'est Ashley, ma voisine. Elle ne semble pas dans son assiette.

— Hey, Bobby ! le hélé-je, inquiet pour sa conquête. Tout va bien ?

Le cousin de mon pote se retourne vers moi, l'air contrarié, peinant à supporter le poids mort de la rouquine.

— Ouais. Ça va. Amusez-vous bien ! me lance-t-il avec un clin d'œil.

— Ash est complètement amorphe, insisté-je, pas décidé à laisser tomber. Elle a pris quoi pour être dans cet état ?

Il dévisage la jeune rousse, soupire et me répond, blasé :

— Aucune idée. Je crois qu'elle a trop bu. Je vais l'allonger et je redescends me rouler un gros pétard !

Je trouve ce mec vraiment louche. Il a le regard fuyant, un sourire factice et un côté arnaqueur qui ne me plaît pas du tout. Je ne vais pas le laisser seul dans une piaule avec une pauvre fille trop à l'ouest pour se défendre. Hors de question.

Je murmure à Lyn d'aller m'attendre dans la chambre de Chris et propose à son cousin de lui donner un coup de main pour coucher Ashley. Je ne sais pas s'il comprend que je me fais du souci pour elle, mais il accepte mon aide, puis s'empresse de rejoindre le rez-de-chaussée.

Rassuré, je me mords les lèvres en imaginant les jolies petites fesses qui patientent de l'autre côté de la porte. Quand je l'ouvre, Lyn est déjà à poil et moi au garde-à-vous…

17

MALONE

Les parents de Chris ont décidé de prolonger leur voyage en Inde. Du coup, on a la maison à disposition pour le reste du mois. Je vous laisse imaginer l'enchaînement de soirées plus arrosées les unes que les autres ! Mais pour ça, il faut se ravitailler. Bobby est le seul à présenter un physique assez développé pour acheter de l'alcool sans que personne ne lui pose de question, même s'il n'a pas encore tout à fait dix-huit ans.

Nous voilà donc en route pour l'épicerie du coin. Bobby conduit et Chris fait le copilote, pendant que Lyn et moi nous pelotons à l'arrière.

— Vous pourriez peut-être vous décoller cinq minutes ? lâche Chris en boudant. On dirait des babouins en rut !

— La ferme ! répliqué-je sans délaisser les lèvres de Lyn. T'es juste jaloux. Trouve-toi une meuf et arrête de tirer cette tronche !

— Je connais toutes celles qui viennent ce soir. Soit elles ont un mec, soit je me les suis déjà tapées, soit elles ne m'intéressent pas. Je rêve de sang neuf, les gars !

— Je suis d'accord, en rajoute Bobby. Des p'tites chattes

anonymes et pas farouches, voilà ce dont tu as besoin. Mais ce n'est pas ici qu'on va en trouver. Il nous faut du soleil, des plages et des salopes en bikini !

— Quel blaireau ! me chuchote Lyn.

J'acquiesce en me concentrant à nouveau sur elle. Elle a raison : ce mec est un con. Cela dit, je ne serais pas contre une petite virée à la mer. Avec Chris, ça fait un bout de temps qu'on y pense, mais on n'a pas assez d'argent. À force de faire la fête toutes les nuits, on en a encore moins !

Une fois dans le magasin, on ne traîne pas. Chris et Bobby foncent vers les fûts de bières pendant que Lyn et moi faisons le plein de chips et de cochonneries à grignoter. On est en train de rejoindre les caisses, des paquets de malbouffe dans les mains, lorsqu'on entend Bobby aboyer comme un molosse surexcité.

— Les mains en l'air, pétasse !

C'est quoi ce bordel ? À quoi il joue, cet abruti ?

— Donne-moi tout le fric que tu as. Grouille ! beugle le cousin en secouant un flingue sous le nez de la pauvre caissière apeurée.

Lyn s'est cachée derrière moi et regarde la scène comme si elle matait un film à la télé. C'est tout juste si elle ne s'enfile pas du pop-corn ! Je devrais sûrement faire quelque chose, dire à Bobby d'arrêter ses conneries ou carrément me tirer en emportant ma copine avec moi. Pourtant, je me contente de suivre le voleur jusqu'à la voiture une fois qu'il a récupéré le cash et la bière.

— Qu'est-ce que t'as foutu ? T'es malade ! fulminé-je en frappant son repose-tête depuis la banquette arrière. Putain, tu viens de braquer cette fille ! Les flics vont nous retrouver. On est dans la merde à cause de toi !

— Détends-toi un peu, Man. Il n'y avait aucune caméra. Pas de témoin. La caissière avait tellement la trouille qu'elle s'est pissé dessus ! Elle ne vous a pas vus. Au pire, elle me décrira, moi. Et comme je ne suis pas d'ici, je suis sûr qu'ils auront du mal à me trouver. No stress.

— No stress ? Tu te fous de ma gueule ?

— Bobby a raison, insiste Chris, boosté à l'adrénaline. Arrête de t'en faire, Malone. On n'avait plus un rond. Maintenant, on a de quoi boire et manger pour tout le mois. Profite, mec. C'est gratuit !

Remarquant que Lyn est plutôt détendue elle aussi, je marmonne quelques jurons, mais n'ajoute rien. Si ce crétin veut aller en taule pour de la bière et des chips, grand bien lui fasse ! Je m'enfonce dans mon siège et décide de ne plus ouvrir la bouche pour le reste du trajet. Seulement, au lieu de prendre le chemin de la maison de Chris, Bobby emprunte la voie rapide qui mène à la sortie de la ville. Je ne le remarque que lorsque les lampadaires et les immeubles en béton sont remplacés par des sapins.

— C'est quoi encore cette histoire ? Où est-ce que tu nous emmènes, Bobby ? demandé-je, pas vraiment rassuré.

Le grand blond ne répond pas immédiatement. Il se gare sur le bas-côté, s'empare du sac plein de fric et le vide sur Lyn et moi avant de s'expliquer.

— Tu vois tout ce pognon, Malone ?

— Ouais. Et ?

— À ton avis, il y a combien ?

— Je n'en sais rien et je m'en tape ! rétorqué-je, les mâchoires serrées.

— Il y a plus de cinq mille euros, mec. On peut faire plein de choses avec cinq mille euros ! Maintenant, devine ce qu'il y a un peu plus loin sur la route ?

— Je suppose que tu vas me le dire.

— Une petite supérette tenue par deux gamines de douze et treize ans. Les parents sont partis pour le week-end. Ils leur ont laissé le magasin. Mêmes conditions que tout à l'heure. Pas de caméra. Pas de résistance. Et encore plus de blé !

Il n'est pas sérieux ? Dites-moi qu'il n'est pas en train d'envisager un second braquage ? C'est forcément une blague !

— Chris, tu ne peux pas être d'accord avec ça ? interrogé-je mon pote, le cœur battant.

— Bah… je ne sais pas, hésite-t-il en se grattant la tête. C'était simple à l'épicerie. Et si on le fait, on aura assez d'argent pour partir tous les quatre en Espagne pendant tout le mois d'août ! On pourrait louer une villa au bord de la mer. On pourrait même inviter Nico et Jul. T'en dis quoi, Lyn ?

Je me tourne vers ma copine avec appréhension. Elle ne met pas longtemps à donner sa réponse.

— Je marche ! annonce-t-elle alors que je me décompose. Mais je veux qu'Ashley vienne avec nous. Pas moyen que je sois la seule nana !

Mes potes sont tous devenus dingues ! Peut-être qu'ils ont pris du LSD ou un truc du genre ? Quelque chose qui les fait délirer ? À moins que ce soit moi qui hallucine ? Peut-être même que je suis en train de rêver ? Oui, c'est ça, je me suis endormi après avoir fumé et je vais bientôt me réveiller.

— Malone ? m'appelle Chris, me tirant de mes réflexions. Alors poteau, t'es avec nous ? On ne fait de mal à personne. Ces gens ont des assurances contre le vol, ça ne leur coûtera rien. On entre tranquillement, on prend quelques bouteilles de whisky et de vodka, Bobby se charge du fric et on se casse. On fait la chouille ce soir, et après-demain on profite de la plage d'Ibiza.

Honnêtement, je ne sais pas ce qui me passe par la tête. Mes pensées ne sont plus qu'un tourbillon de phrases incohérentes, mélange du discours de mes amis, de la voix de Déva et d'images de personnes en train de danser sur des sons électros à deux pas de la mer.

— OK, soufflé-je sans contrôler mes propres cordes vocales.

Je regrette ce mot à l'instant où il franchit la barrière de mes lèvres, mais il est trop tard. Bobby a déjà fait vrombir le moteur de la voiture. Les deux autres poussent des cris d'excitation. Je ne peux plus reculer. Je passerais pour le trouillard de service. J'ai réussi à me faire des amis, et à trouver une copine sympa. Hors de question que je les perde maintenant. Je ne me dégonflerai pas.

***

Le temps s'écoule bizarrement. À peine ai-je accepté la proposition de Chris qu'on est déjà dans cette supérette, des bouteilles d'alcool dans les bras. J'ai beau me concentrer, les sons ont du mal à me parvenir, comme si j'avais la tête sous l'eau. Je crois que je suis en état de choc.

Sérieux, qu'est-ce que je fous là ? Pourquoi j'ai dit oui ? C'est de la folie !

Bobby soulève son flingue pour la deuxième fois de la journée et recommence son numéro. Je m'insulte intérieurement quand je vois la plus jeune des deux sœurs pleurer à chaudes larmes, le visage à quelques centimètres de l'arme.

Et si le coup partait tout seul ? C'est le genre d'accident qui arrive. Et si, en plus d'être des voleurs, on devenait des meurtriers ? Bordel, il faut qu'on se tire d'ici !

Je sens les battements de mon cœur accélérer. La panique distille son venin dans mes veines. J'ai cet horrible pressentiment que les choses vont mal se terminer. Bobby s'empare du sac rempli d'argent que la jeune fille lui tend. Il en profite pour la menacer à nouveau, histoire de lui foutre la trouille pour qu'elle n'appelle pas les flics trop rapidement. La pauvre se ratatine sur elle-même, face à ce géant blond au regard de fou à lier. Sa petite sœur se cache derrière elle sans cesser de pleurer.

Je n'ai qu'une envie à cet instant, écraser mon poing dans la gueule de ce connard arrogant qui m'a embarqué dans son délire. Mais quand il secoue son flingue de cette manière, le doigt fixé sur la gâchette, il a tendance à me faire peur à moi aussi. Il prend plaisir à terroriser ces filles et je suis sûr qu'il est capable d'aller beaucoup plus loin. Alors plutôt que de me battre avec lui, ce qui serait un brin suicidaire, j'inspire profondément et tente de désamorcer la situation.

— Laisse-les tranquilles ! On a le fric. On se casse.

Le cousin se retourne brusquement vers moi, le pistolet pointé vers ma tête. Il me lance un regard furieux, accompagné d'un sourire qui me fait froid dans le dos.

— Je te l'ai déjà dit : no stress, Malone, braille-t-il en jetant le sac sur son épaule avec désinvolture, avant de se diriger vers la sortie.

J'hallucine où cet imbécile vient de lâcher mon prénom à voix haute devant les filles ?

Je suis tellement ahuri que je reste cloué sur place, la bouche ouverte, pendant que Chris et Lyn suivent la même direction que le psychopathe qui nous sert de chauffeur. Mon ami s'arrête un instant et se tourne vers moi.

— Allez, Man, on se tire. On n'a plus rien à faire ici.

Je suis sur le point de le rejoindre lorsque ma vision se brouille. Les étagères de la supérette se volatilisent, ainsi que Chris et tout le reste. Je n'entends plus les pleurs des adolescentes dans mon dos. Je ne suis plus dans la réalité, mais aux côtés de Déva. Pourtant, ce n'est pas elle que je vois cette fois, plutôt un beau gosse avec la même gueule que Ken : Marc, le tombeur. Ça fait quelques semaines qu'il sort avec Déva et elle n'arrête pas de parler de lui à ses copines.

Il est torse nu, en boxer et allongé sur elle. Je mets du temps à comprendre ce qui se passe. Les pensées de Déva sont confuses, tout comme ses émotions qui déferlent en moi à la manière d'un tsunami. Elle est très excitée par le grand gaillard qui glisse ses lèvres partout sur sa peau. Elle a peur également : peur d'avoir mal, peur de ne pas être à la hauteur, parce que ce sera sa première fois.

Quoi ? Non. Impossible. L'amie imaginaire qui me suit depuis que je suis enfant ne peut pas être sur le point de se faire dépuceler devant mes yeux, là, maintenant. Je suis en plein cauchemar !

Le pire dans tout ça, ce n'est même pas de voir ce gars se frotter à elle, de l'observer alors qu'il dégrafe son soutien-gorge ou de l'entendre murmurer son nom comme un sale pervers. Non, le pire, c'est que j'ai l'impression d'être dans le corps de Déva. Je ressens tout ce qu'il lui fait. Ses doigts qui caressent ses cuisses. Son bassin qui ondule contre elle. Je mentirais si je disais que cette situation ne me rend pas envieux. Je ne peux pas l'expliquer, mais c'est vrai, je suis jaloux de ce type, parce que Déva est à moi. Elle est ma création.

De quel droit ce chien se permet-il de se l'approprier ? De vouloir la posséder ?

Une colère sourde grandit en moi, noire, destructrice et amplifiée par les gémissements de Déva, dont le souffle s'amoindrit peu à peu.

— Je t'interdis de la toucher ! hurlé-je sans que Déva ou Marc ne réagissent.

Comme toujours, ils ne m'entendent pas. Ça ne m'empêche pas de continuer à crier et à insulter la Terre entière. Ma voix me quitte quand une douleur étrange s'empare de mon entrejambe. Il est en train de la pénétrer.

Putain, ce type la baise et moi je ressens tout !

De la bile remonte jusqu'à la frontière de ma gorge. Le corps de Déva se contracte tandis que son mec augmente la force et la vitesse de ses coups de reins. Je ne peux plus en supporter davantage. Une puissante nausée m'envahit alors que quelque chose explose à côté de ma tête. Mes oreilles bourdonnent, puis sifflent. Ma vision se modifie. Penché vers le lino brunâtre de la supérette, je gerbe mes tripes sans pouvoir me retenir.

Fais chier !

Un hurlement étouffé capte mon attention. C'est Chris qui m'appelle. Sa voix est lointaine, tremblante aussi. Il a l'air complètement paniqué. Je relève la tête vers lui sans me soucier du liquide froid qui se déverse sur mes chaussures. Chris est dans l'entrebâillement de la porte, prêt à courir comme si sa vie était en jeu. Ses yeux s'agrandissent sous l'effet de la stupeur.

Pourquoi il flippe comme ça ?

Je comprends que ce n'est pas moi qu'il observe, mais quelque chose derrière moi. Je n'ai pas le temps de me retourner, qu'une nouvelle explosion retentit à cinq centimètres de mon oreille. Sur l'étagère la plus proche, une bouteille de vodka éclate, son contenu venant rejoindre celui de la première qui a inondé mes baskets. Chris me lance un regard désolé et s'enfuit vers la voiture sans demander son reste. Cette dernière démarre en trombe et disparaît à la vitesse de l'éclair.

— Ne bouge pas ou je t'explose la cervelle ! me menace la jeune fille dans mon dos.

J'obéis sans rechigner. Je me fige et attends patiemment que l'adolescente vienne se poster devant moi, un fusil à pompe entre les mains.

La vache, elle a du cran, la gamine ! Et elle sait tirer visiblement, sinon j'aurais déjà des trous partout dans la peau.

Sa sœur se tient derrière elle, les joues mouillées de larmes.

— Sasha, appelle la police ! lui ordonne son aînée. Quant à toi, si tu bouges un cil, je te jure que c'est la dernière chose que tu feras de ta vie !

Cette fois, je suis vraiment dans la merde ! Consommation d'alcool et de drogue. Braquages à main armée. On va m'envoyer en taule alors que je n'ai pas encore l'âge de voter.

Une terreur sans nom s'infiltre en moi jusqu'à me faire suffoquer. Je me rends compte que ces deux filles ont dû ressentir la même chose quelques minutes plus tôt, à cause de nous. Mon dégoût de moi-même se mélange à l'extase dans laquelle flotte Déva en cet instant. Je revois l'expression sadique sur le visage de Bobby, la mine déconfite de Chris, le sourire conquérant de Marc et les sanglots de la plus jeune des gamines.

Je n'aurais jamais dû accepter. Je suis lamentable. Je n'ai que ce que je mérite.

18

MALONE

Je vous fais grâce des détails ennuyeux qui ont suivi mon arrestation. Les insultes des deux adolescentes. Les pleurs de ma mère. L'indignation de mon père. Les questions matraquées en boucle par les policiers.

J'ai tout pris sur moi. Bobby devrait être derrière les barreaux à ma place, mais la dernière chose que je souhaite, c'est devenir une balance. Plutôt crever ! Alors j'ai fermé ma gueule et j'ai encaissé. Mes parents m'ont supplié de parler, mais j'ai refusé. Depuis, ils sont aux abonnés absents : ça fait déjà un mois que je n'ai aucune nouvelle.

Ma sentence vient d'être prononcée, ce qui semble un peu trop rapide quand on connaît la lenteur du système judiciaire en temps normal. Je suis sûr que mon père a fait jouer ses relations. Il adore ça. Ça lui donne l'impression d'être quelqu'un d'important !

Me voilà donc enfermé pour au moins un an et demi, dans un centre éducatif de détention pour les mineurs. Mon jugement sera revu à ma majorité. En attendant, j'ai le droit à un rendez-vous hebdomadaire avec doc numéro trois.

— Bonjour, Monsieur O'Brien. Je suis le docteur Harvey. Dorénavant, et jusqu'à la fin de votre peine, ce sera moi votre nouveau psychiatre.

Okayyy !

Comment vous dire ? Harvey ne doit pas être loin de la retraite. Cheveux couleur neige. Peau fripée à souhait. Lèvres pincées. Regard moralisateur. Je sens qu'on va s'amuser ! Je marmonne un rapide bonjour et attends qu'il poursuive son speech.

— Nous allons recommencer votre thérapie depuis le début.

— D'accord. Si vous pensez que c'est nécessaire. Mais vous avez pu parler avec le docteur Murphy, mon ancien psy ? Si vous êtes en contact, j'aimerais lui faire passer un message.

— Non, Monsieur O'Brien. Je n'ai pas discuté de votre cas avec mon collègue. En fait, la cour a demandé à vos parents s'ils souhaitaient que le docteur Murphy continue de vous suivre. Ils ont refusé. Ils se sont également opposés à ce que je le rencontre. Ils sont en train d'entamer une action en justice contre lui.

— Hein ? Non ! Pourquoi ils font ça ?

— À ce que j'ai compris, ils l'attaquent pour négligence et pour incitation à la violence. Il vous aurait donné des conseils peu judicieux en jouant sur votre fragilité. Vos parents pensent que sans lui, vous ne seriez pas là aujourd'hui.

— C'est des conneries tout ça ! Murphy n'y est pour rien. C'est moi qui ai pris de mauvaises décisions. Seulement moi ! Lui, il a juste essayé de m'aider.

— Je ne peux qu'être d'accord avec vous, Monsieur O'Brien. Je suis de ces hommes qui considèrent que tout être est responsable de ses actes et doit en assumer les conséquences. Vous avez accumulé les erreurs et votre manque de discernement va nuire à la réputation d'un de mes confrères qui a voulu bien faire. À vous de vivre avec ça.

Aoutch ! S'il m'avait mis une droite, j'aurais eu moins mal. Mais il a raison. Tout est de ma faute. Murphy est la seule personne qui m'ait vraiment écouté. Il a capté ma détresse et a tout fait pour m'en libérer, quitte à affaiblir la surveillance de mes parents pour me laisser gérer ma vie à ma manière. Quel gâchis ! Le doc m'a accordé sa confiance et je l'ai trahi. Pire encore, j'ai lâché mes vieux à ses trousses. Il faut que je trouve le moyen d'arranger ça.

— Bien. Revenons-en à vous, Monsieur O'Brien. Je voudrais que vous me racontiez votre histoire depuis le début.

Génial ! J'en suis donc réduit à répéter encore une fois à quel point je suis fêlé !

Harvey m'écoute avec attention, tout en ponctuant mon récit de petits bruits qui me tapent sur les nerfs. Je termine avec l'épisode « Marc culbute Déva », que je n'avais mentionné à personne jusque-là. Ce n'est pas vraiment le genre de choses qu'on explique à ses parents quand ils viennent vous voir au commissariat avec un avocat, encore moins aux flics pendant leur interrogatoire. Un psy par contre, c'est fait pour ça, il me semble.

Donc je déballe tout sans me soucier de son jugement. Néanmoins, quand il recommence avec ses raclements de gorge, ses regards de travers et ses notes à rallonge, je perds mes moyens.

— Bah, allez-y, dites-moi ce que vous en pensez une bonne fois pour toutes !

— Ce n'est pas comme ça que ça fonctionne, jeune homme, me contredit Harvey. Je ne suis pas là pour donner mon opinion, mais pour vous soigner.

— D'accord. Vous avez un remède miracle ?

— Poser un diagnostic prend du temps. J'en saurai plus après quelques séances.

— Mais vous vous êtes déjà fait un avis sur moi, pas vrai ? Je le vois à la manière dont vous me regardez.

— C'est exact. Je crois avoir saisi dans les grandes lignes votre personnalité, votre pathologie et les problèmes qui en découlent.

— Alors ?

— Alors, il me semble que vos anciens thérapeutes ont omis un détail important, au vu de la dernière vision que vous avez eue.

Est-ce que ce grand-père aurait trouvé la solution à tous mes ennuis en moins d'une heure ? Un Einstein de la psychiatrie ? J'en doute, mais ça ne coûte rien d'écouter.

— Lequel ? lui demandé-je, suspicieux.

— Je pense que vous avez des penchants homosexuels refoulés, Monsieur O'Brien.

— Putain de merde ! Vous vous foutez de ma gueule ?

— Absolument pas. Sinon, comment expliquez-vous que votre esprit vous ait plongé dans ce type de vision pour le moins… blasphématoire ?

— Blasphématoire ? répété-je, les yeux comme des soucoupes. On est chez les curetons ou quoi ?

— Notre établissement suit en effet une ligne de conduite très stricte en termes d'éducation, de morale et de religion. Mais là n'est pas la question. Si je me fie à votre histoire, vous avez fantasmé un rapport sexuel avec un homme, perçu à travers le regard d'une femme. C'est plutôt révélateur d'une personnalité ambiguë qui s'ignore. Niez-vous avoir ce genre de pensées impures, Monsieur O'Brien ?

Impures ? Il est sérieux ? Bordel, dans quel centre de cinglés je suis tombé ? Manquerait plus qu'ils me fassent chanter des psaumes et réciter des prières avant chaque repas ! Au secours…

— Évidemment que je nie ! craché-je en m'étouffant à moitié dans un rire hystérique. Je ne suis pas gay. Qu'on se comprenne bien, je n'ai rien contre les homos. J'ai de très bons amis qui le sont et ça me plairait bien de me retrouver au pieu avec deux lesbiennes, mais ça s'arrête là. J'aime les filles. Je suis cent pour cent hétéro. Et je peux vous dire que cette vision a été un supplice pour moi.

— N'avez-vous éprouvé aucun plaisir ?

— Mais non ! Aucun ! Au contraire. Pourquoi vous pensez que j'ai dégueulé tout le contenu de mon estomac ? Je ne veux plus jamais ressentir ça !

— Si vous le dites, Monsieur O'Brien. Je garde tout de

même cette théorie dans un coin de ma tête.

Tu peux te l'enfoncer bien profond ta théorie !

— On a fini ? bougonné-je en me levant, pressé de quitter cette pièce.

— Pour aujourd'hui, oui. Mais je dois encore ajouter quelques points. Veuillez vous rasseoir.

— Non merci. Je suis bien debout.

— À votre guise. Sachez qu'ici, nous sommes très exigeants sur la discipline et la politesse. Nous ne tolérons aucune forme de violence, pas plus que le langage châtié, les insultes, les jurons. Vous allez devoir faire de gros efforts à ce sujet.

Il n'a pas fini de me faire chier, l'ancêtre !

— Nous sommes également très à cheval sur certaines valeurs et nous faisons respecter notre règlement coûte que coûte. La ponctualité. L'apprentissage en classe et le travail personnel. L'assiduité. Le calme. Le couvre-feu. L'interdiction formelle des relations entre détenus. Tant de règles auxquelles vous devrez vous plier, sous peine de sanctions très dissuasives. J'espère que vous m'avez compris, Monsieur O'Brien.

Qu'ils aillent tous se faire foutre !

19

MALONE

J'avoue que je n'ai pas pris les mises en garde du psy très au sérieux. J'aurais dû. Si vous pouviez me voir à cette heure-ci, vous seriez sans doute indignés. Pour faire court, j'ai des bleus partout, la lèvre fendue, la mâchoire fracturée et sûrement une côte ou deux de déplacées. Harvey avait raison : ici, ils ne plaisantent pas avec la discipline !

Comme à mon habitude, j'ai laissé ma bouche parler toute seule avant de me rendre compte que les mots qui en sortaient n'étaient pas très jolis. Erreur monumentale ! À l'avenir, j'ai intérêt à faire plus attention à ce que je dis, à qui je le dis et à ce que je fais aussi. Ici, les matons ont les pleins pouvoirs. Ils peuvent faire ce qu'ils veulent de tous ces gamins dont personne ne se soucie. Qui viendrait s'en plaindre tant qu'il n'y a pas de cercueil à enterrer ? Sûrement pas les parents !

Les miens, je ne les ai toujours pas revus. Pas un coup de fil. Pas une lettre. Rien. Du coup, je ne sais pas s'ils ont continué les poursuites contre Murphy. J'espère que non. Je ne peux pas imaginer que le doc ait des problèmes à cause de mes conneries. Je voudrais lui dire que je suis désolé, que j'ai essayé de suivre ses conseils, et que pendant un temps, ça a fonctionné. Jusqu'à ce que je me laisse embarquer dans cette histoire de braquage à la noix !

Quant à mes amis, je n'ai aucune nouvelle d'eux. C'est sans doute plus prudent, mais Lyn me manque, sa chaleur, son corps aussi, tout comme les parties de console avec Chris… Ici, on n'a même pas une foutue télé ! Rien pour se changer les idées, mis à part des livres sur la religion, ou des manuels scolaires. La pure éclate ! Je ne vous parle pas de l'ambiance. Quand le psy disait que les relations entre détenus étaient interdites, il voulait dire « littéralement ». Pas de discussion en dehors des cours. Pas de camaraderie. Rien. Je crois que même en prison on est mieux traité qu'ici !

***

Onze mois que je vis dans cet enfer et ma situation ne s'est pas améliorée, au contraire. Je suis à nouveau allongé sur le sol en béton de ma cellule, la gueule… euh… je veux dire, le visage en sang, et pas seulement. J'ai mal dans tout le corps, à certains endroits plus qu'à d'autres.

Vous savez, lorsqu'on est privé de tout ce qu'on affectionne pendant trop longtemps, on finit par avoir des comportements étranges, voire stupides. Je m'étais calmé sur les jurons. Je faisais attention à ne pas élever le ton, à garder mes « putain » et « fais chier » pour moi, à jouer au parfait petit prisonnier. Mais les séances avec le docteur Harvey ont tendance à mettre à mal mon self-control, surtout quand il insiste sur ma supposée homosexualité, qu'il se fait un devoir de guérir.

Comme si c'était une maladie ! Nico et Jul deviendraient fous s'ils entendaient son discours.

Cet enfoi… je veux dire, ce… psychiatre hautement diplômé… n'a toujours pas compris que je n'étais pas gay, simplement dérangé !

Le terme correct est « psychologiquement instable », Malone. Il faut que tu t'habitues à bien parler en toutes circons-

tances, pour ton propre bien.

Enfin, pour en revenir à ma situation précaire du moment, j'ai joué au plus malin avec le docteur Harvey et j'ai perdu. Lui qui est plus croyant que le pape, comme tous ses collègues du centre, je lui ai fait remarquer que si Dieu a vraiment créé toutes choses, alors il m'a également fait tel que je suis. Dans ce cas, la voix de Déva est peut-être une relation directe et privilégiée avec le tout puissant. Sacrilège ! Que n'ai-je pas dit ! Il s'est emporté, est devenu écarlate et m'a sorti tout un tas de textes pour me contredire.

— Si voix tu entends, ça ne peut être que celle de Lucifer, ce vil tentateur ! a-t-il conclu.

Amusé par sa réaction excessive, j'ai continué sur ma lancée en protestant que Lucifer est le fils de Dieu, un ange déchu. Dieu l'a ainsi fait. Qui sommes-nous donc pour montrer du doigt l'imperfection de ses créations ? J'ai vu la mâchoire du psy se décrocher sous l'effet de la surprise. Il ne s'attendait pas à ça ! J'ai enchaîné en ajoutant que mon raisonnement pouvait s'appliquer aux personnes homosexuelles également, puisqu'il tenait tant à m'inclure dans cette catégorie. Ça ne lui a pas plu, pas du tout. Sa réponse, des plus déplorables, ressemblait beaucoup à un discours de fasciste mal baisé ! Désolé… je ne devrais plus employer ce genre de mots. Ils risqueraient de m'échapper à un moment critique. Disons que ce brave docteur a tout d'un homophobe qui se cache derrière ses croyances. Ça m'a rendu malade d'entendre les inepties qui sortaient de sa bouche.

Tout juste si les gays ne devraient pas être torturés jusqu'à ce qu'il ne reste rien d'eux !

Je n'aurais jamais imaginé qu'il donnerait une dimension bien réelle à cette pensée.

Quand j'ai quitté son bureau, écœuré par la petitesse et la méchanceté de l'homme censé remodeler mon esprit, je me suis retrouvé encerclé par une dizaine de matons. Certains étaient déjà présents lors de ma première correction et ils avaient hâte de recommencer !

Ils m'ont dit que j'avais encore beaucoup à apprendre pour devenir une personne fréquentable aux mœurs irréprochables. Ils ont ajouté que je devais perdre mon arrogance et ma manière de défier l'autorité, que je devais être obéissant. Ce ne sont pourtant pas ces phrases qui tournent comme un disque rayé dans ma tête désormais. Celles qui résonnent à m'en faire couler les larmes, ce sont celles de l'Officier Collins, le chef de ma section :

— On a prévu une punition spéciale pour toi, O'Brien. Un châtiment qui te remettra dans la lumière de notre Seigneur une bonne fois pour toutes. Après ça, tu n'auras plus jamais de pensées impures. Après ça, tu ne rêveras plus jamais d'être pénétré par un autre homme.

Je n'ai tiqué que sur les derniers mots. Pas le temps de réagir. Pas d'endroit où fuir. Pas de secours à attendre. Mon sort était scellé. Je m'étais préparé à recevoir des coups, à encaisser la douleur, mais je n'étais pas préparé à ça. Personne ne peut l'être. Je dois dire que leur utilisation de la matraque a été très créative.

Je crois que je ne pourrai pas bouger pendant un certain temps, ni manger, ni parler d'ailleurs. Encore moins aller aux toilettes ! Pour la première fois de ma vie, je souhaiterais mourir. Disparaître. Que toute cette souffrance s'arrête. Vous savez ce qui n'aide pas ? Entendre Déva s'amuser et rigoler. Elle a choisi justement aujourd'hui pour exulter de bonheur, comme si elle voulait me narguer.

Jamais je n'oublierai cette journée. Jamais.

***

Un an et cinq mois : ma peine touche à sa fin. Cela dit, je ne suis pas encore dehors. Il me reste quelques étapes à passer.

Je n'ai fait aucune vague au cours de ce semestre. Pas un mot plus haut que l'autre. Pas de retard. Le nez dans les livres à longueur de temps et une obéissance totale. Je suis devenu un vrai enfant de chœur ! Même pendant mes séances avec cet être monstrueux qui me sert de psychiatre, je suis resté calme et poli. Je n'ai plus évoqué aucun sujet sexuel relatif à Déva, bien que la miss passe régulièrement de bons moments avec son Marc adoré. Heureusement, elle m'a épargné les visions, se contentant de me transmettre des pensées peu chastes, grandement suffisantes pour me perturber.

Vous vous demandez peut-être comment j'ai pu tenir six mois sans faire d'esclandre, connaissant mon tempérament ? Je me suis concentré sur mes études, c'est aussi simple que ça. De toute façon, je n'avais pas vraiment le choix. Entre ces murs, une moyenne trop basse est synonyme de châtiment et croyez-moi, je suis prêt à tout pour éviter ça !

J'ai travaillé d'arrachepied, jour et nuit, pour rattraper toutes les lacunes que j'avais accumulées ces dernières années. Déva ne m'a pas facilité la tâche. Quand je bossais les maths, elle s'intéressait à la chimie. Je bûchais sur l'histoire et ses cours de français tournaient dans ses pensées. Quant à mon anglais, il était sans cesse perturbé par des mots espagnols. À croire que mon cerveau faisait tout pour m'embrouiller. Toujours est-il que je n'ai pas laissé mon agaçante locataire prendre le dessus. Je ne pouvais pas me le permettre.

En fin de semaine dernière, j'ai passé mes examens. J'aurais dû le faire en juin, comme mes camarades, mais je n'avais pas le niveau. J'ai donc attendu de participer à une session « hors calendrier », en début d'année. J'ai tout donné pour les réussir. Je crois que je n'ai jamais travaillé aussi dur de ma vie ! D'ici quelques jours, je devrais savoir si j'ai obtenu mon Certificat[4]. Ça sera un point positif à ajouter à ma demande de libération.

Eh oui, comme je vous le disais, je ne suis pas encore libre.

Je dois repasser devant le juge la dernière semaine de janvier. Depuis hier, je suis majeur. Il doit donc décider si je suis capable de réintégrer la société, ou si je dois être transféré dans un pénitencier. Mon dossier n'est pas mauvais, selon mon avocat. Il m'a rendu visite il y a deux jours, seule preuve que mes parents pensent un minimum à moi. Ce n'est pas gagné pour

4 - Équivalent du Baccalauréat en Irlande

autant. J'ai été accusé de deux vols à main armée avec violence, d'obstruction à la justice pour ne pas avoir dénoncé mes complices et de consommation de substances illicites. Le juge pourrait considérer que je n'ai pas suffisamment payé pour mes actes.

L'intervention du docteur Harvey sera déterminante. J'ai peur de ce qu'il va dire à mon sujet. Il a conscience que je me tiens à carreau uniquement pour ne pas subir les foudres des matons. Il sait que je garde ma colère cachée au fond de moi, cette bête féroce qu'il a fait naître, qu'il a nourrie et qui ne rêve que de se déchaîner sur lui.

Notre monde est quand même fou : ma vie, mon avenir, repose aujourd'hui entre les mains d'un juge qui ne sait même pas à quoi je ressemble et d'un psychiatre qui devrait être enfermé !

Si Dieu existe, j'espère qu'il est de mon côté. Dans le cas contraire, je ne crois pas que je pourrais le supporter.

20

MALONE

Mes premiers pas d'homme libre et majeur dans le centre-ville de Dublin sont comme une bouffée d'air frais.

Ça fait tellement de bien de ne plus se sentir enchaîné !

Ma demande de libération a été acceptée, contre les recommandations du docteur Harvey. Il a conseillé de me placer dans un hôpital psychiatrique. D'après lui, ce n'est qu'une question de temps avant que je représente un réel danger pour les gens qui m'entourent. Des tas de mots plutôt moches me viennent à l'esprit pour qualifier ce spécialiste du comportement humain, mais je les garde pour moi. Tout ce qui compte, c'est la réponse du juge : on n'enferme pas quelqu'un en prévision de ce qu'il pourrait faire.

Une autre bonne nouvelle a étiré mes lèvres la semaine précédente : j'ai obtenu mon Certificat avec mention. Il paraît que j'ai eu la meilleure note de tout le pays pour cette session. Je dois dire que je suis assez fier de moi. C'est cool, pour une fois, de ne pas tout foirer !

À ma sortie du centre, je m'attendais à trouver une voiture et un chauffeur prêt à me ramener chez mes parents. Je me trompais. Il n'y avait personne. Pourtant, je sais que mon avocat les a prévenus. Leur absence était donc délibérée.

Qu'à cela ne tienne ! Je suis un adulte et je dois être en mesure de m'occuper de moi-même.

Dans une poignée d'heures, je suis censé rencontrer la responsable d'une association qui vient en aide aux anciens détenus. Elle devrait pouvoir me fournir de quoi dormir et manger, le temps que je trouve un boulot. Mais avant ça, j'ai un arrêt à faire, une personne à voir. La discussion qui s'annonce me hante depuis ma première séance avec Harvey.

***

Devant les marches de l'immeuble, j'hésite. Et s'il ne voulait plus entendre parler de moi ? Ou s'il n'exerçait plus ? J'inspire profondément pour me donner du courage et grimpe l'escalier en vitesse. En arrivant sur le palier, je remarque que sa plaque de psychiatre est toujours accrochée au mur.

C'est déjà ça !

Je sonne et entre pour rejoindre la salle d'attente. Elle est vide. Je m'installe rapidement sur une chaise, mais ne parviens pas à rester en place plus de quelques secondes. Alors, je fais des allers-retours entre mon siège et la fontaine à eau. Je sens que ma tension frise des sommets.

La porte s'ouvre. Une jeune femme apparaît après avoir salué son interlocuteur. Je m'immobilise au milieu de la pièce, les mains moites, le cœur battant dans mes tempes. J'avais préparé tout un speech, mais je ne me souviens plus de rien. Pourquoi je suis dans cet état ? Qu'est-ce qui me prend ? Voyant que personne n'entre dans son bureau, le docteur Murphy vient à ma rencontre. Lui aussi se fige en m'apercevant.

Aïe. Ça commence mal.

— Malone, souffle-t-il en me dévisageant.

— Salut, Doc.

— Tu ne devrais pas être ici. Tes parents ont obtenu une injonction d'éloignement. Je pourrais être arrêté rien qu'en me tenant dans la même pièce que toi.

— Je suis majeur maintenant. Je crois que cette injonction n'est plus valable, précisé-je, mal à l'aise, les mains au fond de mes poches.

— Oh. Sans doute. Mais ce serait plutôt mal vu dans la profession que je continue à avoir des contacts avec toi, après ce qu'il s'est passé.

— Ils sont allés jusqu'où ? Mes parents ?

— Bien assez loin, élude-t-il en détournant le regard.

— Je suis désolé, Doc. Vous n'auriez pas dû être impliqué dans cette histoire.

— Ne t'en fais pas. J'ai toujours mon travail et ma famille. Donc tout va bien. Je ne t'en veux pas, rassure-toi.

— Mais je suppose que vous ne serez plus mon psy, n'est-ce pas ?

Ma voix trahit ma déception. Je sais déjà ce qu'il va répondre.

— En effet. Je ne peux plus endosser ce rôle. Pas avec ce genre de décision de justice. D'autant plus que je ne suis pas certain de t'avoir aidé.

— Vous vous trompez. Vous m'avez plus aidé que n'importe qui ! Ce n'est pas de votre faute. Je remontais la pente. Tout allait de mieux en mieux. Mais j'ai fait un très mauvais choix. Un choix que je regretterai pour le restant de mes jours. Vous n'y êtes pour rien. Vous êtes un bon psy.

Le meilleur.

— Merci, Malone. C'est très gentil.

— C'est moi qui vous remercie. Je n'oublierai jamais ce que vous avez fait pour moi.

Murphy m'offre un sourire chaleureux. Il semble ému par mes paroles. Moi, je suis simplement soulagé qu'il ne m'en veuille pas.

— Je peux te mettre en relation avec l'un de mes confrères si tu veux ? me propose-t-il, pensant bien faire.

Le visage du docteur Harvey s'impose à moi et je repousse un haut-le-cœur.

— Non ! refusé-je catégoriquement. Ça ira. Je… je vais faire une pause avec la thérapie pendant quelque temps.

Je m'apprête à quitter son bureau quand il me pose une question qui me fait frémir.

— Malone ? Comment ça s'est passé là-bas ?

Je sens son regard braqué sur moi, à tel point qu'il me brûle. Il s'est raidi, les muscles tendus en attente de ma réponse. S'il demande, c'est qu'il a perçu une faille en moi. Il a toujours été doué pour ça.

— Vous ne voulez pas le savoir, Doc ! affirmé-je en avalant difficilement ma salive, incapable de lever les yeux.

— Comment ça ? m'interroge-t-il en réduisant à néant l'espace qui nous sépare.

Il est inquiet désormais. Ce n'était pas mon intention. Il pose une main sur mon épaule, un geste paternel que personne n'a eu pour moi depuis très longtemps. Je suis à deux doigts de me jeter dans ses bras, comme un gamin en manque d'affection, mais je me retiens.

Respire, Malone. T'es dehors. C'est fini tout ça. Pas la peine d'y repenser.

Je secoue brièvement la tête pour m'éclaircir les idées. Murphy en profite pour revenir à la charge.

— S'il y a eu des incidents, tu dois…

— Laissez tomber, Doc ! le coupé-je avant qu'il n'entre dans le vif du sujet. Ça ne sert à rien de remuer le passé.

— Tu ne peux pas faire ce genre d'insinuations et t'attendre à ce que je ferme les yeux ! Parle-moi. S'il te plait.

Cette fois, ce sont les traits du maton Collins qui investissent mon esprit. Je ne suis pas loin de me mettre à chialer.

— Vous n'êtes plus mon psy, vous vous souvenez ? rétorqué-je sans méchanceté, en espérant mettre fin à la discussion.

Il ouvre la bouche pour répliquer, mais les mots restent bloqués dans sa gorge. Je vois bien qu'il se sent coupable de ne pas pouvoir en faire plus, mais je ne veux pas l'attirer une seconde fois dans mes ténèbres. Il a assez subi à cause de moi. Malgré tout, mes lèvres se mettent à bouger toutes seules, mues par l'irrésistible envie de lui faire comprendre qu'on m'a brisé, un soir, à l'intérieur de ce centre éducatif.

— Disons juste que si on faisait une séance, vous auriez de nouvelles blessures à soigner.

— Oh, Malone, soupire-t-il sans trouver de réponse adéquate.

Il espère que je vais me confier, mais je ne peux pas en dire plus.

Impossible.

— Au revoir, Doc. Et merci encore. Pour tout.

— Non, Malone, attends !

— Ne vous en faites pas pour moi. Tout ira bien, maintenant. Prenez soin de vous et continuez d'aider les gens. Ils ont besoin de vous, Doc. Quoi qu'ils en disent.

Je quitte son cabinet sans lui laisser le temps de rajouter quoi que ce soit, une boule au ventre à l'idée qu'il s'agisse de notre dernière conversation. C'est pourtant le cas et je vais devoir l'accepter.

21

MALONE

Voilà quatre mois que j'ai rencontré Mélodie Lynch, présidente de l'Association « *Une vie pour tous* ». Je me suis installé dans un de ses studios, dont je paie le loyer en servant des repas aux sans-abris chaque soir de la semaine. C'est de cette manière que fonctionne son établissement. Les ex-taulards, et certains chômeurs de longue date, sont hébergés, petit déjeuner compris, contre du bénévolat. Ça nous laisse du temps pour essayer de reconstruire notre vie, sans pour autant exploiter la générosité des donateurs : un compromis tout ce qu'il y a de plus honnête.

En moins de quinze jours, je me suis dégoté un travail dans le bâtiment. Rien de très glorieux ni de très technique, mais ça me permet d'économiser. J'espère pouvoir louer à la fin de l'été un vrai appartement, dans un quartier proche de la fac. J'aimerais poursuivre mes études pour trouver un meilleur job, quelque chose qui me passionne, mais je n'en suis pas encore là.

Depuis quelques jours, j'ai une idée fixe qui ne cesse de me trotter dans la tête. Je me demande comment vont mes parents, s'ils sont en bonne santé, s'ils sont heureux. C'est sans doute idiot, mais la semaine dernière, un des gars du boulot a perdu sa mère dans un banal accident de voiture. Ce gaillard d'un mètre quatre-vingt-dix pour cent quarante kilos a fondu en larmes en apprenant la nouvelle. Depuis, je ne peux pas m'empêcher de penser à ma famille.

À ma sortie du centre, j'ai préféré repousser le moment d'aller les voir. Je voulais prouver que j'étais capable de me débrouiller seul, sans faire de vague et sans me retrouver impliqué dans des histoires sordides. Pour l'instant, je m'en sors plutôt bien. Mais comment les convaincre que je me suis assagi si je ne renoue pas le contact ? Comment me faire pardonner ce que j'ai fait ? Comment savoir s'ils pensent à moi ? S'ils m'aiment toujours ?

Épuisé de ma journée, je me laisse tomber sur mon lit sans réussir à fermer l'œil. Déva n'arrête pas de gazouiller sur des chansons des années quatre-vingt, comme si elle était dans une soirée karaoké. En plus, elle chante comme un pied ! Pourtant, ce n'est pas elle qui m'empêche de dormir.

J'en veux à mes parents de ne pas être venus me voir au centre et de s'être attaqués au Docteur Murphy. Mais eux, à quel point m'en veulent-ils ? À quel niveau s'élève leur colère aujourd'hui ? M'ont-ils rayé de leur vie ? Frustré par toutes ces incertitudes qui polluent mon esprit, j'attrape mon oreiller et le plaque fermement sur mon visage pour étouffer le cri qui m'échappe.

C'est décidé, demain matin, retour aux sources.

***

Debout sur le perron de mon ancienne maison, je respire à plein poumon le parfum des azalées. Apparemment, ma mère a toujours l'habitude de cultiver d'énormes massifs de fleurs partout dans le jardin, au grand dam de mon père qui préférerait de bons légumes bio. Je plonge dans mes souvenirs avec plaisir, repoussant le moment fatidique de frapper à la porte.

Celle-ci finit par s'ouvrir sans que j'aie bougé un cil, me faisant sursauter au passage. Ma mère se tient de l'autre côté, le dos bien droit, les cheveux emprisonnés dans un chignon sévère et les traits tendus.

— Salut, M'man, murmuré-je, le souffle coupé par l'appréhension.

— Bonjour, Malone, me répond-elle sur la défensive, comme si je venais pour la dépouiller de son argenterie.

Au lieu de me laisser entrer, elle fait trois pas pour me rejoindre et tire la porte derrière elle.

OK. Je ne suis pas le bienvenu.

— Tu as l'air en forme. Tout se passe bien pour toi ? s'informe-t-elle d'une voix blanche.

Accablé par le manque de chaleur de son accueil, je hoche la tête comme un débile, appelant des mots qui refusent de se frayer un chemin jusqu'à mes lèvres. Elle jette un rapide coup d'œil vers la fenêtre et enchaîne avant que je me sois ressaisi.

— Ton père n'est pas à la maison. Il est en voyage d'affaires jusqu'au week-end prochain.

Je sais qu'elle me ment. J'ai aperçu la *Cadillac* à travers la porte entrouverte du garage. Mon paternel est là, sans doute en train de nous regarder derrière le rideau du salon. Au quotidien, c'est ma mère qui fait tourner la maison, qui prend les décisions, qui porte la culotte comme on dit. Mais en de rares occasions, pour des sujets qui lui tiennent à cœur, c'est lui qui a le dernier mot. Il peut se montrer impitoyable, violent même. Je sais qu'il est rancunier par nature. Bien mal loti est celui qui trahit sa confiance et il est clair qu'il n'est plus disposé à me l'accorder. Je fais abstraction du goût amer qui prend place au fond de ma gorge et réponds à ma mère comme si je croyais à son bobard.

— Ce n'est pas grave, M'man. Je suis juste venu pour vous saluer et m'assurer que vous alliez bien. Je…

Si je ne parle pas maintenant, je n'en aurai peut-être plus jamais l'occasion. Qu'il soit en face de moi ou pas, il doit entendre ce que j'ai à dire. Ils doivent l'entendre tous les deux.

— Je… je suis… désolé. Vraiment désolé, M'man. Je vous ai déçus. Je vous ai fait honte et… est-ce que… est-ce que tu pourras dire à Papa que je m'en veux d'avoir fait n'importe quoi ?

En terminant ma phrase, je regarde délibérément vers la fenêtre. Elle est ouverte en oscillant battant. Je suis sûr qu'il m'écoute. Quand mes yeux se posent à nouveau sur le visage de ma mère, elle a perdu son masque d'indifférence. Ces pupilles brillent. Sa bouche tremble.

— Oh, mon chéri, lâche-t-elle en s'avançant vers moi, se retenant de me prendre dans ses bras à la dernière seconde. Bien sûr. Je lui dirai.

— Merci. Tiens, c'est mon numéro, lui expliqué-je en lui tendant un bout de papier. Vous pouvez m'appeler quand vous voulez. N'importe quand. Pour l'instant, je n'ai pas vraiment d'endroit où inviter des gens. Mais j'ai un travail et dès que j'aurai un vrai chez-moi, je vous préviendrai. Peut-être que vous pourrez passer ?

Ma mère baisse la tête sans me répondre. Je vois bien qu'elle prend sur elle, sachant que mon père nous observe. Elle ne veut sans doute pas envenimer la situation. Ça me blesse, pourtant je ne peux rien y faire.

— Tu sais, j'ai… j'ai obtenu mon Certificat, l'informé-je avec des trémolos dans la voix. J'ai même eu une mention ! Avec mes notes, je devrais avoir une bourse pour suivre des cours à la fac. Je n'ai pas encore décidé dans quelle filière. Peut-être la finance, ou le commerce.

Cette fois, ma mère me sourit tout en soupirant de soulagement. Les larmes aux yeux, elle caresse ma joue avec une tendresse infinie. Je recouvre sa main avec la mienne et m'appuie contre sa paume, les yeux fermés. Mon cœur se réchauffe pendant quelques secondes.

Oh, Maman, si tu savais comme tu me manques !

— Finalement, toute cette sale histoire aura eu du bon, affirme-t-elle sans quitter son sourire. Ce centre d'éducation était le déclic qu'il te fallait. Il a fait de toi un homme !

C'est impressionnant la manière dont de simples mots peuvent faire remonter des souvenirs, qu'ils soient bons, mauvais, ou carrément dévastateurs. À peine a-t-elle fini sa phrase qu'une douleur abominable me foudroie : la même douleur que ce soir-là, celui de ma correction par les matons. Aujourd'hui, personne ne m'a touché, pourtant c'est tout comme. Mon cœur s'emballe. Ma gorge se serre. Mes poings aussi.

— Ouais, M'man, soufflé-je sans réfléchir. Je… je dois y aller. À bientôt.

Alors que ma mère me salue en rejoignant la maison, je m'éloigne à grands pas. Mes intestins se tordent. Ma vision devient floue, conséquence des larmes qui s'accumulent dans mes yeux sans que je leur donne la permission de couler. Un cri remonte dans ma gorge, mais je l'étouffe. Tout mon être n'est plus que rage, souffrance et obscurité.

Arrivé au coin de la rue, à l'abri derrière des haies plus hautes qu'un étage, je ne peux plus me contenir. Je frappe l'écorce d'un arbre de toutes mes forces à plusieurs reprises, si bien que les os de mes phalanges éclatent. Ma peau se craquelle, ouvrant de minces sillons qui laissent mon sang s'écouler sur le bitume. Je ne ressens pas la douleur de ma blessure. Je ne ressens plus rien.

Même Déva est confinée dans un coin de mon esprit, silencieuse, dans l'attente que la tempête passe.

***

Je suis en train de passer la porte de mon appartement quand j'entends Mélodie râler.

— C'est pas vrai ! Qui s'amuse à me laisser des tâches partout dans le couloir ? Je ne suis pas la bonniche ici. Maudits taulards !

Comprenant que je suis le coupable, je reviens sur mes pas et la trouve agenouillée par terre, un chiffon dans les mains. Je me racle la gorge bruyamment pour annoncer ma présence. Elle s'immobilise et tourne la tête vers moi, sourcils froncés.

— Bonjour, Mélodie. Je suis désolé. C'est de ma faute. Je vais nettoyer ça, ne t'en fais pas.

Son regard colérique se pose sur mes phalanges abîmées. Elle lève les yeux au ciel, soupire et me lance d'une voix moralisatrice :

— Tu es sérieux, Malone ? Ça fait à peine quatre mois que tu es dehors et tu trouves déjà le moyen de te battre ?

— Euh… ouais. Avec un arbre, avoué-je, penaud. Mais pour ma défense, c'est lui qui a commencé !

Elle secoue vivement la tête, faisant voler ses longues boucles noires, attrape mon autre main et m'entraîne jusqu'à son appartement, à deux portes du mien. Je me laisse faire. Je n'ai surtout pas envie de contrarier la personne qui me loge et me nourrit. Après avoir récupéré une trousse à pharmacie dans le fond de son armoire, elle s'emploie à désinfecter mes plaies.

— Qu'est-ce qu'il t'a fait, ce pauvre arbre ?

Je la regarde, avale ma salive avec difficulté en repensant aux mots de ma mère, mais reste silencieux.

— Je voulais détendre l'atmosphère. Pas de quoi paniquer. Tu n'es pas obligé de me répondre.

— Tu sais comment ils sont : tous les mêmes ces ligneux ! L'allure guindée, le dos bien droit, l'écorce impeccable, et les feuilles qui frétillent sur ton passage pour se moquer. Je n'ai pas aimé sa manière de me prendre de haut !

Elle rit à ma blague pourrie tout en continuant de me soigner. Son air amusé me fait sourire. Elle est plus vieille que moi, sûrement dans les trente-cinq ou trente-six ans, la peau mate, des yeux marron très clair, une chevelure indomptable dont les mèches gigotent comme des ressorts, et une silhouette pulpeuse qui laisse deviner un appétit féroce.

— Tu devrais surveiller tes arrières. Le gang des feuillus peut se montrer impitoyable quand on s'en prend à l'un des leurs ! me lance-t-elle avec un clin d'œil complice.

Elle me plaît bien cette fille.

22

MALONE

Quatre heures du mat.

Je me retourne pour la millième fois dans mon lit et regarde mon téléphone. Pas d'appel. Pas de message. Rien. Je suis censé prospecter des appartements ce week-end, pour me faire une première idée des prix du marché. Histoire de tendre une perche à mes parents, je leur ai envoyé un texto pour leur demander de m'accompagner. Je pensais qu'on irait manger quelque part avant de faire une ou deux visites l'après-midi. Je ne sais pas pourquoi je me suis imaginé que ça leur ferait plaisir que je les contacte. Après tout, ils ne m'ont jamais rappelé. Je me disais naïvement qu'ils attendaient peut-être que je fasse le premier pas. Alors j'ai tenté, et je me suis planté.

— Qu'ils aillent se faire voir ! m'énervé-je en lançant mon oreiller à travers la chambre.

Je continue à ruminer jusqu'à ce que le soleil se lève, me prépare machinalement et fonce au boulot.

La journée va être longue !

Le soir venu, malgré la fatigue qui m'accable, je ne parviens toujours pas à trouver le sommeil. Pour passer le temps, je laisse mon esprit déambuler dans les méandres de la vie de Déva. La miss est sur un petit nuage depuis soixante-douze heures. Son Marc adoré l'a demandée en mariage. Du coup, elle ne cesse de penser à la liste de ses amis partis à la fac. Qui va-t-elle inviter ? Qui choisir comme témoins ? Comment leur annoncer l'heureuse nouvelle ?

C'est quand même dingue que la fausse fille dans ma tête ait une vie plus remplie que la mienne ! Alors qu'elle s'empiffre de bonheur à chaque petit déjeuner, moi je suis là, à me morfondre dans un studio qui n'est même pas à mon nom, tout seul. Si vous saviez à quel point j'aimerais qu'on frappe à ma porte pour m'inviter à boire un verre entre potes ! Je tourne rapidement la tête vers l'entrée, comme si le simple fait d'espérer pouvait réaliser tous mes rêves.

Ce n'est pas comme ça que ça marche, crétin ! De toute façon, qui voudrait passer la soirée avec toi ?

Mes souvenirs du secondaire s'entrecroisent avec ceux de Déva, joyeux mélange de fêtes, de rires, de victoires, de coups de cœur. Mes pensées s'arrêtent un instant sur une petite tête blonde avec des tresses : Lyn. Ça faisait un bout de temps qu'elle n'avait pas franchi le seuil de ma mémoire. Mon corps se rappelle très vite nos galipettes dans tous les coins ! Mais mon esprit s'attarde sur nos parties de PS2 avec Chris, Nico et Jul. Ils me manquent tous les quatre. Lyn et ses mains baladeuses. Chris et son éternel optimisme. Nico et son regard de petit chiot quand il observait Jul. Ce dernier et son humeur joviale communicative. J'aimerais les revoir, passer du bon temps avec eux pour oublier un peu la tristesse de mon existence.

— Qu'est-ce qui m'en empêche ?

Je me relève brusquement de mon lit en formulant cette pensée à voix haute. C'est vrai après tout : pourquoi je n'essaierais pas de les contacter ? Je ne risque plus de les mettre en danger. Les flics ont d'autres chats à fouetter que de surveiller mes fréquentations.

Ma décision est vite prise. Je ne vois aucune raison qui

pourrait m'en dissuader. Il faut dire que je n'en cherche pas vraiment, parce que j'ai profondément envie de les retrouver, de recréer ces liens qui nous unissaient et de quitter enfin ce cocon de solitude qui est en train de me dévorer.

***

Samedi, dix heures tapantes, je presse la sonnette de la maison de Chris. Après une bonne trentaine de secondes, la porte s'écarte lentement sur des petits yeux ronds fatigués et une masse de cheveux blonds hirsutes : Chris, au réveil. Cette simple vision m'arrache un sourire. Lorsque le regard de mon ancien camarade se pose sur moi, ses paupières s'ouvrent largement, tout comme sa bouche qui émet de drôles de gargouillis inintelligibles.

— Malo... hein... tu... euh... wow...

— Salut, mon pote ! lui lancé-je en tendant mon poing vers lui. Je suis content de te voir.

— Ouais... euh... salut, répond-il simplement, engourdi par la surprise. Je ne m'y attendais pas, mais... je suis trop heureux que tu sois là, Man ! lâche-t-il en me pressant contre lui dans une franche accolade.

Sa réaction me fait chaud au cœur. J'avais peur d'être repoussé une fois encore par mon ancienne vie, mais ce n'est pas le cas.

Chris est toujours mon ami. J'ai toujours un ami.

— Comment tu vas, Man ? Ça fait longtemps que t'es sorti ?

— Quelques mois. Et... ça va plutôt bien.

OK, je lui sers un petit mensonge, mais je ne peux pas lui dire d'emblée « Je déprime. Je me sens seul et j'ai besoin d'une épaule pour pleurer ». Ça ne se fait pas entre mecs. Peut-être que je lui en toucherai deux mots, quand on aura descendu quelques bières, mais pas avant. Je ne veux pas paraître désespéré, même si je n'en suis pas loin.

— Et toi alors, dis-moi. T'as eu ton Certif ? T'es à la fac ? Tu t'es trouvé une jolie p'tite nana pour te tenir chaud la nuit ?

Je suis tellement pressé d'apprendre tout ce que j'ai manqué dans sa vie que je l'assomme de questions, sans remarquer le changement d'expression sur son visage. Ce n'est que lorsqu'une voix féminine résonne à l'étage que je comprends.

— Bébé ? Avec qui tu parles ?

Ce timbre, je le reconnais. Il a habité mes nuits pendant quelque temps, quand je pourrissais dans une cellule, qu'on essayait de me faire croire que j'étais un homo refoulé et qu'on gavait mon esprit de chants religieux à la con !

Lyn.

Alors que Chris garde obstinément la tête baissée vers le carrelage, elle descend l'escalier sans se douter de ce qui l'attend. Seulement vêtue d'une chemise qu'elle a dû lui emprunter, elle dévoile ses fines cuisses tatouées qui me font toujours autant d'effet.

Merde ! Chris et Lyn... ensemble ? Il se la tape ! Je ne l'avais pas vu venir celle-là !

À la moitié du trajet, elle lève les yeux vers moi et se fige, perdant son joli sourire.

— Ma... Malone ? murmure-t-elle, un mélange de peur et de honte déformant ses traits.

Je suis vraiment trop débile ! Qu'est-ce que je croyais ? Que la bande allait se reformer en un claquement de doigts ? Qu'on allait passer nos week-ends devant la console à siroter des bières comme des adolescents ? Que ma copine m'aurait attendu alors qu'elle n'a pas eu la moindre nouvelle de moi pendant près de deux ans ? Réveille-toi, Malone. C'est du grand n'importe quoi !

Sonné par l'ampleur de ma connerie, je me retourne vers la rue et marche à la manière d'un zombie sans savoir où je vais. Je me suis agrippé à cet espoir futile de retrouver ma vie d'avant, comme on se cramponne à une bouée de sauvetage pour ne pas couler. Mais ma bouée est percée, lacérée même. Je n'ai plus rien à quoi me raccrocher. Trop occupé à me gifler mentalement, je ne remarque pas Chris qui court dans mon dos. Vu ma vitesse de tortue, il finit par me dépasser et me barre la route.

— Je suis désolé, Man. On ne voulait pas te faire de mal. Ça s'est fait comme ça, au fil des mois. On ne savait pas ce que tu devenais, ni même si tu reviendrais un jour et...

— Ce n'est rien, le coupé-je brutalement. Je comprends. Je suis content pour vous.

Deuxième mensonge de la matinée et celui-ci est costaud ! Sans ajouter un mot, je reprends ma route bien plus rapidement. Je veux me tirer d'ici et vite !

— Malone, attends ! insiste Chris en me retenant par le bras.

Je suis obligé de faire un effort surhumain pour ne pas écraser mon poing sur le visage de mon ami. Je sais que je n'ai aucun droit de lui faire une scène, et honnêtement, je ne peux pas dire que je sois attaché à Lyn au point que cette histoire me brise le cœur. Pourtant, une colère incontrôlable est en train de prendre possession de moi, cette même colère que la dernière fois, devant la maison de mes parents : une rage alimentée par le sentiment d'injustice que je ressens à chaque instant.

J'aimerais vraiment savoir ce que j'ai fait pour mériter une telle vie de merde ! Pour être né avec une maladie mentale qui me coupe de tout et de tout le monde, en particulier des gens qui comptent pour moi. Pour devoir supporter ce parasite féminin qui m'embrouille la tête à longueur de journée. Pour avoir des parents qui ne sont pas capables de me donner une deuxième chance. Je devais être une sorte de Charles Manson dans une autre vie et aujourd'hui, je paie pour mes crimes. C'est ça, l'explication ?

— Écoute, Malone, commence Chris, les mains levées en signe d'apaisement. Je ne sais pas ce que tu as enduré ou ce que tu peux ressentir en ce moment. Tu dois sûrement nous détester.

Je grogne de frustration, parce que non, je ne les déteste pas. Pourtant, mon corps a une furieuse envie de sauter à la gorge de mon ami pour l'étouffer jusqu'à ce que mort s'ensuive !

— Ce jour-là, c'est moi qui t'ai poussé à faire n'importe quoi, continue Chris, une tristesse presque palpable au fond des yeux. C'était de ma faute et celle de Bobby. Ça n'aurait jamais dû te retomber dessus. Mais, tu as tout pris sur toi. Tu ne nous as pas dénoncés, alors que ça t'aurait évité d'être enfermé.

— Je suis peut-être fou à lier, mais je ne suis pas une balance !

— Je sais et je ne risque pas de l'oublier. J'ai une dette immense envers toi. Une dette à vie ! Si tu as besoin de quelque chose, que ce soit du fric, un endroit où crécher, un service impossible ou juste un ami pour parler... je serai toujours là, Man. Tu peux venir me voir quand tu veux.

— C'est bon à savoir. Je m'en souviendrai.

Je jette un dernier regard à Lyn, debout sur le pas de la porte. Elle n'ose pas lever la tête. Au même moment, un rire joyeux vient taquiner mes oreilles : celui de Déva. J'ai l'impression que cette garce se moque de moi ! Accablé, je quitte les lieux plus vite qu'un voyou avec les flics aux trousses. Malgré le discours de Chris, je ressens encore cette fureur qui enflamme mon corps et mon esprit, telle une allumette lancée à la surface d'un bidon d'essence. La puissance du brasier augmente au fur et à mesure que le rire de Déva résonne dans ma tête.

Pourquoi faut-il qu'elle soit heureuse à chaque fois que je suis au plus mal ?

Tout en essayant de presser le bouton off de mon cerveau déchaîné, je m'engouffre dans les ruelles crasseuses qui s'ouvrent devant moi. J'accélère mon allure pour mettre le plus de distance possible entre moi et ce couple improbable que j'aurais préféré ignorer. Je ne sais pas où je vais, mais j'y vais. Je finis par manquer d'air, je m'arrête et me défoule sur la première chose que je trouve : une benne à ordures. Le métal grince et s'enfonce peu à peu sous mes coups. Je libère sur lui toute la violence qui me consume.

— Hey ! m'interpelle un homme sur ma gauche.

Je ne prends pas la peine de lui répondre ni de le regarder. Je préfère continuer de brutaliser ce pauvre conteneur. Quand ma tempête intérieure perd en intensité, mes nerfs se réveillent, assénant des décharges d'électricité de mes poings à mes poignets, puis à mes avant-bras, dans ma chair, mes muscles, mes os. Je ne m'arrête pas pour autant. Je veux ressentir cette douleur physique, qu'elle imprègne chaque cellule de mon être : elle est agréable comparée à l'autre.

Mon corps finit par se révolter contre moi et je m'écroule, à genoux, à bout de souffle. Alors que mon esprit se reconnecte lentement à la réalité, j'aperçois une silhouette à ma gauche, immobile. Le type qui m'a hélé tout à l'heure est toujours là, en train de me fixer, un mince sourire au bord des lèvres.

Qu'est-ce qu'il me veut, celui-là ?

Je l'ignore. Il s'approche de quelques pas avant de me parler avec un fort accent étranger.

— Dis-moi, ça ne te tente pas de taper sur autre chose que des poubelles ?

Je le fusille du regard. Si ce mec me cherche, il va me trouver ! Je pousse sur mes jambes pour me relever et m'avance vers lui, bien décidé à lui faire passer son envie de se mêler de mes affaires. Avant que je l'atteigne, il me coupe dans mon élan.

— Doucement, *Mohammed Ali*. Je ne veux pas me battre avec toi. Je ne suis pas inconscient ! Je suis une crevette et toi, un géant. Tu m'écraserais en moins de deux secondes !

Il n'a pas tort. Je n'en ferais qu'une bouchée !

La quarantaine. Un mètre soixante-dix les bras levés. Une gueule et des manières d'italien dragueur. Il est sûrement fort pour baratiner les gonzesses, mais je pourrais l'allonger en un seul coup de poing.

— Qu'est-ce que tu me veux ? craché-je, toujours sur les nerfs.

— Pour être honnête, j'aimerais faire de toi ma poule aux œufs d'or.

— Pas intéressé. Barre-toi !

Je me retourne pour lui faire comprendre que je suis sérieux, mais le petit bonhomme à la grande gueule ne compte pas s'arrêter en si bon chemin.

— Tu connais le *Free Fight* ?

Des images me reviennent, de l'époque où je matais la télé chez Chris. Je devrais ignorer ce type et passer ma route, mais comme souvent, ma bouche décide de prendre les devants.

— Ouais. Ce sont des combats libres, avec un minimum de règles, récité-je comme si j'étais un élève docile dans un de ces foutus cours de catéchisme du centre. Pourquoi ?

— Parce que je sais où se déroule ce genre d'événements, mais poussés à l'extrême, sans aucune limite. Je suis sûr que tu ferais un carton ! Tu as la force qu'il faut, mais surtout la rage. Tu pourrais te défouler et moi je me ferais beaucoup d'argent. Gagnant gagnant !

— J'ai un casier. Je ne peux pas me permettre de tremper dans des trucs illégaux.

— Ne t'inquiète pas pour ça. On est très bien organisés. On change d'endroits à chaque combat. Tout est annoncé à la dernière minute pour éviter les fuites. Et on a des indics dans la police. Au moindre doute, on annule tout. Tu ne crains rien de ce côté-là.

J'avoue que c'est plutôt tentant. Je sens toute cette colère qui bouillonne au fond de moi et je sais que je dois la faire sortir d'une manière ou d'une autre, sinon elle me bouffera. Mais ça reste une mauvaise idée. J'ai déjà été enfermé pour avoir dit oui à ce genre de plan risqué. Je ne vais pas faire deux fois la même erreur !

— Merci, mais non merci.

— OK. Comme tu veux. Je ne t'oblige à rien. Prends quand même mon numéro, ajoute-t-il en me tendant sa carte. Mon nom c'est Antonio, mais tu peux m'appeler Tonio, ça suffira. Je suis très doué pour repérer les champions. Si tu changes d'avis, contacte-moi. Je suis sûr que tous les deux, on pourrait casser la baraque !

23

MALONE

Vous vous en doutez, il ne m'a pas fallu longtemps pour décrocher mon téléphone. Mon « adorable » Déva y est pour beaucoup. En ce moment, elle pense mariage, mange mariage, dort mariage. Toute la journée, sans répit, il est question de vin d'honneur, de liste d'invités, de plan de table, de fleurs, de pièce montée et j'en passe.

Si j'entends encore une fois parler de dragées ou de traîne, je crois que je fais un massacre !

Justement, le massacre, c'est ce qui m'intéresse. C'est pour ça que j'ai finalement contacté Tonio. Il m'a donné rendez-vous ce soir, dans un secteur où même les forces de l'ordre hésitent à entrer. Aucun risque d'être embarqué par les flics ici, mais aucune garantie d'en ressortir vivant ! Je sais que ce n'est pas très malin de m'impliquer dans ces histoires, mais j'ai besoin de décompresser.

Arrivé sur les lieux, le petit italien m'attend et il semble d'excellente humeur. Il me guide à travers le quartier jusqu'à la cour intérieure d'un immeuble, où la foule s'amasse dans une ambiance électrique. Au centre, un grand cadre en ferraille a été installé : l'arène des gladiateurs. Sur le sol, des traînées de sang se superposent les unes aux autres, signe qu'il y a déjà eu plusieurs combats. À notre droite, en haut des escaliers menant au premier étage, un type à la bouche de travers récupère des liasses de billets, tout en prenant des notes : le bookmaker à n'en pas douter. Quant aux locataires des appartements qui surplombent la cour, ils ont tous installé des paniers, cordes et poulies pour faire descendre de la nourriture et des boissons, moyennement rétribution. Tout à l'air bien rodé dans ce monde étrange des combats de rue.

Alors que Déva se casse la tête pour savoir à quelle table positionner sa grande tante Iris, alcoolique notoire, une jolie blonde à la poitrine généreuse entre dans mon champ de vision. Vêtue de cuissardes en cuir, d'un string vert et de simples pompons accrochés sur les tétons, elle grimpe sur l'estrade constituée de vieilles palettes de bois. Sa voix cristalline s'élève à travers les haut-parleurs : c'est l'heure d'annoncer le prochain combat.

— Elle est chaude, hein ? me taquine Tonio en me donnant un coup de coude.

Je n'ai pas besoin de répondre, la bosse dans mon caleçon le fait pour moi.

— Elle s'appelle Charline. Et si tu veux un conseil, regarde, mais ne touche pas. Cette nana est une boîte de Petri ambulante !

— Comment tu le sais ? lui demandé-je, déjà nettement moins excité par la blonde à moitié à poil.

— J'ai perdu deux poulains à cause d'elle. Hépatite B. En attendant, Charline est toujours là et toujours aussi canon !

Préférant éviter toute tentation, je reporte mon attention sur les combattants. Baraqués tous les deux, balafrés également : ils n'en sont pas à leur première danse. L'un après l'autre, ils sont acclamés par leurs supporters, le temps que les paris soient clôturés. Puis Charline siffle le top départ.

Dès les premiers coups échangés, des os sont fracturés et de l'hémoglobine éclabousse les spectateurs les plus proches.

Loin de dégoûter les parieurs, la violence qui s'élève de l'arène ne fait qu'augmenter leur frénésie : ils demandent toujours plus de sang. Ça n'a rien à voir avec de la boxe ou un quelconque sport de combat. Ici, on frappe pour faire mal, pas pour gagner des points.

Les attaques se succèdent, tour à tour en faveur de l'un, puis de l'autre. Le match est serré, la foule surexcitée. Alors que l'un des deux participants commence à prendre le dessus, son concurrent s'empare d'un canif jeté par un spectateur. Il plante sa lame avec force dans la cuisse de son adversaire avant de se déchaîner sur le blessé. Ce dernier tombe à terre en se cognant la tête. C'en est fini pour lui. Charline annonce le K.O. et félicite le gagnant, pendant que des gars avec un brassard rouge viennent emporter le corps du vaincu.

— Les armes sont autorisées ? m'étonné-je en me tournant vers Tonio.

— Pas de règles, tu te souviens ? me répond-il avec un clin d'œil. Enfin si, il y en a quand même quelques-unes. Les combattants sont fouillés avant chaque match pour éviter l'usage des lames. Mais la foule peut décider de s'en mêler. Dans tous les cas, pas de flingue, ça limite trop le spectacle. Et pas d'acharnement. Si le type est K.O., on ne le touche plus. Les vigiles sont là pour s'en assurer.

— Et s'il y a un mort ?

— Je ne vais pas te mentir, ça arrive souvent. On a des pros qui nous aident à éliminer toutes les preuves. Cela dit, on fait en sorte que les combattants évitent d'aller trop loin.

— Comment ?

— C'est simple, si tu tues quelqu'un, c'est toi qui te débarrasses du corps. On te dit quoi faire, où et comment, on t'accompagne sur les lieux, mais c'est toi qui t'en charges. Je t'assure que ça refroidit même les plus hargneux !

Je déglutis péniblement. J'imagine déjà la scène : moi qui cogne un peu trop fort, la nuque du mec qui craque, sa vie qui s'enfuit et me voilà avec un cadavre sur les bras. Vu le bol que j'ai, les flics me choperont avant que j'aie fini le travail. Je me retrouverai en taule pour le restant de mes jours.

Il faut que je me casse d'ici !

— Détends-toi, Champion. Tu as le droit à un joker, mentionne Tonio en me frappant le dos amicalement. Ton premier cadavre, c'est moi qui m'en occuperai.

L'instant suivant, mes muscles se relâchent et mon stress se dissipe. Vous vous rendez compte ? Aller en prison me fait plus peur que de mourir, ou même de tuer.

Adieu morale, bonjour folie ! Que penseraient mes parents s'ils voyaient ce que je suis en train de devenir ? Que penserait le doc ?

À cet instant, j'ai beau me poser la question, je m'en fiche complètement. Déva est repartie dans ses infernaux comptes de dragées et ça me tape sur le système ! Je meurs d'envie d'exploser la tronche de quelqu'un. Pourquoi, me direz-vous ? J'ai besoin de laisser sortir ce démon qui vit en moi, qui comprime mes organes et presse mon cœur depuis cette foutue nuit au centre de détention. Je rêve de cette paix qui prendra possession de mon corps et de mon esprit pendant quelques heures, avant que le mal revienne me hanter avec encore plus de vigueur. C'est pour ça que je suis là : pour quelques heures de délivrance.

— Alors ? Tu veux entrer dans l'arène ? me propose Tonio.

— Maintenant ?

— Si tu en as envie, la scène est à toi.

J'acquiesce. Charline m'invite à la rejoindre et j'obéis. Je suis dans un état second, comme si un fil de mon cerveau avait été débranché, sûrement celui de la raison. La blonde pulpeuse me présente au public. Je frime sans vraiment le vouloir et la foule entre dans mon jeu. Puis c'est au tour de mon concurrent de se manifester. Je perds mon arrogance, mon sourire et mes couleurs en une fraction de seconde. Le type est une montagne de muscles, un colosse. En une gifle, il me décrochera la tête ! Je me tourne vers Tonio qui a toujours l'air aussi ravi.

— C'est le moment de faire tes preuves, Champion ! me défie-t-il en riant.

J'aurais dû m'en douter. Tonio ne va pas miser son fric sur un poulain qui n'en vaut pas la peine. Je dois lui montrer de quoi je suis capable.

Quand le sifflet commence à chanter, j'ai à peine le temps d'inspirer qu'un poing massif s'écrase sur ma joue. Ma boîte crânienne se met à vibrer : une secousse d'au moins huit sur l'échelle de Richter. Le sang envahit rapidement ma bouche. Un deuxième coup fracasse mon menton par le dessous. Mes dents claquent à un millimètre de ma langue et j'ai l'impression qu'une fissure s'est formée le long de ma gencive.

Je me sens tout étourdi, comme si je m'étais enfilé une dizaine de shots de vodka. Une troisième attaque m'atteint au niveau de l'abdomen. Mes intestins sont en plein remake de Tchernobyl. Je me plie en deux tout en poussant des jurons. Ces derniers temps, je reprends de plus en plus cette maudite habitude, mais je n'y peux rien, les mots m'échappent, tout comme ce combat.

Goliath lève le bras pour l'abattre sur ma tête. Je ne sais pas par quel miracle, mais je me déplace assez vite pour l'éviter. Surpris, le géant se tourne vers moi et ne voit pas arriver mon poing, directement dans sa gorge. Je pense que je viens de lui broyer la trachée. Il tousse comme un malade pendant que je reprends peu à peu mes esprits. J'inspire et expire plusieurs fois sans le lâcher des yeux. Je me positionne correctement.

OK. Que le véritable combat commence.

Je ne lui laisse pas le temps de se remettre avant d'enchaîner les coups. Problème : il n'est pas seulement fort, il est coriace aussi. Mes attaques ont beaucoup moins d'impact que je le voudrais.

Il va falloir être stratégique pour venir à bout de Monsieur Muscles.

Mon cerveau carbure, mais mon corps n'est pas assez rapide. Il me frappe au milieu des pectoraux. Je ne peux plus bouger, ni parler, ni respirer. J'étouffe ! Ma cage thoracique est bloquée. Il en profite pour m'éclater le nez, puis la bouche. Je crois que j'ai perdu quelques dents au passage. Goliath poursuit en s'en prenant à mes côtes qui craquent les unes après les autres, sous le poids de ses assauts. Je ne sais pas si le dernier coup est porté avec son coude ou son genou, mais je tombe à la renverse.

Quand mon corps heurte le sol, c'est comme si la terre venait de me châtier. J'ai des vertiges. Mes oreilles bourdonnent. Ma vision est troublée et obstruée par des gouttes de sang. Malgré tout, j'aperçois les gros seins de Charline, avec leurs petits pompons verts qui gigotent dans tous les sens. Mon regard se décale légèrement pour tomber sur le visage déçu de Tonio : il sait que j'ai perdu et moi aussi. Je me sens frustré. Je n'ai pas eu le temps de me défouler. J'étais pourtant là pour ça et j'ai à peine pu le frapper.

C'est injuste. Vraiment injuste !

Alors que je répète cette phrase comme une litanie, je me rends compte que j'ai encore de la force. Enfin, ce n'est pas vraiment la mienne, plutôt celle de la bête tapie dans mon ombre. Injuste ! Il a suffi de ce petit mot pour la réveiller et maintenant, elle demande à sortir.

La main de mon adversaire empoigne mon tee-shirt afin de terminer ce qu'il a commencé. Il lève le bras pendant que ma jambe réagit toute seule. J'écrase mon pied avec une force titanesque sur son tibia. Ses os se brisent en deux et arrachent ses chairs en traversant son mollet. Goliath hurle à la mort. Ma bête jubile. Ce n'est plus moi qui contrôle, c'est elle, et je lui laisse volontiers les commandes.

Comment je me suis relevé ? C'est un mystère, mais je suis debout, devant le géant, en train de le frapper sans interruption. Il ne sait plus où donner de la tête. Quand j'abats mon poing sur sa tempe, il s'écroule, sonné à son tour. Je m'assieds sur lui sans me soucier de ce qui se passe autour. Il ne bouge plus, mais le monstre qui me domine en demande encore. Il veut plus de coups, plus de sang, tout comme les spectateurs dans le précédent combat. Je cogne sa pommette qui explose sous mes doigts. Je m'apprête à faire de même avec son arcade, mais des bras puissants m'en empêchent. Implacables, ils m'immobilisent aussi sûrement qu'une camisole de force.

Je relève la tête. La foule est en délire. Elle scande mon nom comme si j'étais une sorte de héros. Tonio se précipite vers moi, le sourire jusqu'aux oreilles. Petit à petit, mon cerveau se reconnecte et je retrouve des sensations, douloureuses pour la plupart. Mon corps est au bout du rouleau, mais je commence à comprendre. L'italien me soutient pour éviter que je m'effondre, tout en soulevant fièrement mon bras.

J'ai gagné. J'ai battu Goliath !

— Je t'avais dit que tu ferais des merveilles, Champion. T'as assuré !

Mes lèvres s'étirent. Ça fait mal, mais je m'en tape. Je me sens bien, super bien même, et ce n'est pas à cause de ma victoire. J'ai laissé sortir la bête. Elle s'est défoulée et, satisfaite, est partie faire un tour en me foutant la paix. Je sais que ça ne durera pas. Elle reviendra se glisser au fond de moi, dans le noir, où elle peut se cacher. Mais pour le moment, elle n'est pas là et vous ne pouvez pas imaginer à quel point ça me fait du bien.

***

Tonio me dépose chez moi après avoir récupéré un beau p'tit magot grâce aux paris. Personne ne misait sur moi, vu la carrure de mon adversaire, et pourtant.

Éclopé comme je suis, je peine à monter les escaliers lorsque la lumière du couloir m'éblouit. À l'étage, Mélodie se tient devant moi, en nuisette grise, les bras croisés sur sa poitrine. Elle a l'air furieuse ! Je crois que je vais en prendre pour mon grade. Il faut dire qu'il est trois heures du matin et que je ne me suis pas montré des plus discrets, faute à mes gémissements.

— Désolé si je t'ai réveillée, baragouiné-je tant bien que mal à travers ma bouche amochée. Ce n'est pas ce que je voulais.

— Oh mon Dieu, Malone ! souffle-t-elle en se rendant compte de mon état. Je t'avais bien dit de ne pas provoquer les arbres.

J'essaie de lui sourire, mais ne parviens qu'à faire une grimace pitoyable. Sans me poser de question, comme la fois précédente, elle me prend la main et m'attire jusqu'à son appartement. Assis sur son lit, je me laisse faire docilement quand elle retire mon tee-shirt, puis mon jean. J'ai du sang partout. Mélodie récupère des compresses et du désinfectant pour soigner mes blessures.

— Je vais peut-être avoir un peu de mal à bosser demain, lui lancé-je alors qu'elle s'attaque aux lésions de mon visage.

— La ferme, crétin ! Essaye déjà de ne pas mourir pendant ton sommeil. Tu ressembles à une plaie géante !

Je ne trouve pas la force de répliquer. Elle a raison. Je suis tellement contusionné que je ne sais même pas si je vais passer la nuit. Lorsqu'elle se dirige vers la salle de bain pour récupérer une serviette propre, je m'allonge sur son lit, juste quelques secondes.

Rien que de toutes... petites... secondes.

***

J'ouvre les yeux avec difficulté et remarque que je ne suis pas dans ma chambre.

Merde, je me suis endormi chez Mélodie. Et en caleçon !

Avant de parvenir à me relever, je sens une poche de glace appuyée contre ma joue. De l'autre côté du lit, une jolie métisse aux boucles noires me dévisage. Elle a continué à me soigner alors que je me laissais aller dans les bras de Morphée.

Pourquoi est-elle si gentille avec moi ? Qu'est-ce qu'elle veut, au juste ?

Je pose une main sur la sienne et lui sourit faiblement.

— Merci, murmuré-je en fermant les yeux. Je ne crois pas que j'aurais pu m'occuper de moi tout seul hier soir. Désolé d'avoir squatté ton lit.

— Tu respires encore. Je n'aurais pas besoin d'appeler les flics pour faire évacuer ton cadavre. Une corvée en moins !

Elle se lève pour récupérer une nouvelle poche de glace, puis me rejoint, le regard interrogateur.

— Qu'est-ce qui t'est arrivé ? Est-ce que c'est ton passé qui t'a rattrapé ?

— Non. Mon passé est bien là où il est.

— Alors, tu fais des combats de rue, suppose-t-elle à juste titre.

Je ne confirme pas, je ne veux pas la mêler à ça, mais mon silence vaut toutes les réponses.

— J'en ai connu beaucoup de mecs dans ton genre, tu sais. Des types perdus que la vie n'a pas épargnés. Des gamins, ou des hommes, qui doivent se défouler pour ne pas perdre pied. De temps en temps, ils poussent les limites. Ils ressentent le besoin de frôler la mort pour se sentir vivants.

— Ce n'est pas ce que j'ai fait. Je ne...

— Chuuut, siffle-t-elle en posant un doigt sur ma bouche. Pas d'excuses, je ne suis pas ta mère. Mais il est impératif que tu saches, Malone, qu'il y a d'autres façons d'évacuer les tensions, d'autres moyens de te sentir en vie. Des moyens bien plus agréables.

Ses lèvres rejoignent les miennes. Elles sont chaudes et humides. Sa langue glisse entre mes dents avec une certaine impatience. J'adore ! Sans me libérer, elle passe ses jambes de chaque côté de mon bassin et s'assied sur moi avec précaution. Quand je remonte mes mains le long de ses cuisses, je me rends compte qu'elle a seulement sa nuisette sur le dos. Rien de plus. Rien de moins.

La vache ! Elle sait ce qu'elle veut, la jolie Mélodie !

À ce moment-là, une idée stupide me traverse l'esprit et je ne peux m'empêcher de sourire en imaginant la tête que ferait le docteur Harvey.

Si je suis sûr d'un truc, c'est que je ne suis pas gay !

Notre étreinte se poursuit, s'intensifie. J'envoie bouler ma douleur pour me concentrer entièrement sur le corps plantureux de Mélodie, qui vient de sortir une capote de sa table de nuit. Après s'être occupée de tout en m'ordonnant de me laisser faire, la fougueuse métisse continue son œuvre et ondule au-dessus de moi. Ses fesses rebondissent en cadence, alors que ses mains parcourent ma peau. Les miennes s'enfoncent dans ses chairs, malaxent ses muscles. Ses gémissements me donnent envie de me surpasser.

J'ouvre les paupières pour la regarder et manque de m'étouffer. Un visage angélique me fixe avec de grands yeux verts et une bouche charnue au sourire parfait.

Déva !

Ça ne dure qu'une seconde, mais c'est suffisant pour que ses traits restent gravés dans ma vision. Vous voulez savoir le pire : ça m'excite plus que tout ! Mélodie se déchaîne pour me donner du plaisir, mais je ne pense qu'à la garce qui hante mon esprit. J'ai même l'impression de l'entendre gémir, dans ma tête. C'est pourtant ma création.

Waouh, je suis méchamment tordu !

Quelques heures plus tard, nous sommes tous les deux allongés sur le lit, sereins. Enfin, Mélodie plus que moi. Je suis troublé par ce que j'ai vu, par ce que j'ai ressenti. Quand elle me complimente sur mes performances, j'ai du mal à cacher mon malaise. La pauvre se vexe en s'imaginant qu'elle n'a pas été à la hauteur. Je la retiens par le poignet alors qu'elle tente de se lever.

— C'était super, Mélodie. Vraiment. Mais je ne suis pas un mec bien. Je suis barge ! Je ne pourrai jamais t'offrir ce que tu attends de moi.

— Ce que j'attends ? répète-t-elle en riant. Que crois-tu que j'attende au juste ?

— Bah, je ne sais pas... un genre de relation ?

— Mon petit Malone, tu es trop mignon. Mais côté couple, j'ai déjà donné. Je n'aspire à rien de plus que quelques heures de plaisir de temps en temps. Et tu es plutôt doué pour ça. Alors si ça te convient, on remet ça quand tu veux.

Elle m'embrasse rapidement et file sous la douche.

Si ça me convient ? Un peu que ça me convient !

24

MALONE

Dublin, janvier 2010

Ça fait plus de deux ans maintenant que je partage ma vie entre le boulot, les cours du soir à l'université, les combats et les parties de jambes en l'air occasionnelles avec Mélodie. À première vue, on pourrait croire que tout roule pour moi.

Je loue un appartement bien plus grand et confortable que la cage à lapin mise à disposition par l'association. On m'a promu à un poste supérieur, qui me permet de gagner plus de fric. Je suis l'un des meilleurs étudiants de la fac, même en faisant un cursus accéléré. Quant à ma jolie métisse, elle est toujours partante pour donner de sa personne quand j'en ai besoin. Je n'ai pas à me plaindre, c'est clair. Pourtant, je m'enfonce un peu plus chaque jour dans le noir.

Je ne sais pas comment le dire sans passer pour un imbécile qui n'apprécie pas la chance qu'il a. Je devrais être heureux et reconnaissant de ce que la vie m'apporte, seulement je n'y arrive pas.

Le boulot paie peut-être mieux, mais il est bien plus rébarbatif. Au lieu de me fatiguer physiquement à porter des charges, je m'épuise mentalement à remplir des tonnes de paperasse dont tout le monde se fout comme de l'an quarante. En cours, je comprends tout trois fois plus vite que le reste des étudiants. Ça peut paraître arrogant, mais c'est la vérité. Je m'ennuie. Quant à Mélodie et notre relation en pointillés, je ne peux pas dire que ce soit le nirvana. Elle est super et pas chiante pour un sou. Le problème, c'est qu'elle n'arrive pas à calmer mes démons. Au final, il n'y a que les combats qui m'apaisent assez longtemps pour que ça vaille le coup. Faire saigner quelqu'un, c'est l'unique chose qui rassasie ma bête.

Comme l'avait prédit Tonio, je suis un véritable champion. Il gagne tellement de pognon avec mes victoires sanglantes qu'il a décidé d'investir pour nous deux. Il dit que même si on ne percevait plus un centime à partir d'aujourd'hui, dans quelques années, on aurait de quoi profiter d'une retraite dorée sur une île à notre nom. Je lui fais confiance, il est doué pour ça, et puis surtout, je m'en fous. L'argent n'a pas d'importance pour moi. En fait, rien n'en a réellement. Rien, mis à part Déva.

La jeune Française prend de plus en plus de place dans ma vie. Ne me demandez pas comment ni pourquoi, je serais incapable de vous répondre, mais c'est un fait. Sa présence s'impose, son aura grandit. Il m'arrive parfois d'avoir du mal à faire la différence entre ses sentiments et les miens, comme s'ils fusionnaient dans mon esprit. Dans ces moments-là, je me perds complètement. Le reste du temps, Déva est constamment avec moi, à me narguer avec sa vie dégoulinante de bonheur, prolongeant inlassablement sa lune de miel avec son mari parfait !

Je dois bien admettre que j'aimerais être à sa place, à lui. Vivre aux côtés de Déva, la faire rire, tourner en bourrique, la cajoler. Être quelqu'un de normal, avec des pensées normales, des émotions normales. Ne plus être « Le Barjot » ! Mais plus le temps passe et plus c'est le contraire qui se produit.

Ces dernières semaines, il m'arrive souvent de répondre aux réflexions de Déva à voix haute, comme si de cette manière, elle avait plus de chances de m'entendre. C'est idiot, je le sais bien, mais ça ne m'empêche pas de continuer et ça commence à effrayer Mélodie. Elle n'avait pas encore évalué l'étendue de ma folie, c'est désormais chose faite, enfin c'est ce qu'elle croit. En réalité, elle a à peine effleuré la surface. Elle finira par le comprendre et dégagera de ma vie pour se protéger. Toute personne sensée réagirait de la sorte.

Vous voulez savoir quel jour on est aujourd'hui ? La veille de mon anniversaire : demain, je fête mes vingt-et-un ans. Un type lambda aurait prévu un repas en famille, suivi d'une soirée en boîte avec des amis. Dans mon cas, ça risque de poser problème.

Mes parents ne m'ont toujours donné aucun signe de vie. J'ai pourtant essayé de les contacter, encore. J'ai appelé, sans réponse, écrit de nouveaux textos. Je leur ai même envoyé une invitation par courrier pour pendre la crémaillère de mon appartement. J'avais tellement d'espoir, mais ils ne sont jamais venus. Alors, pour l'anniversaire en famille, on repassera !

La soirée entre amis pourrait être une option, mais je dois avouer que ma liste de convives sera limitée. Mélodie : pas vraiment une amie, ni une petite-amie d'ailleurs, plutôt un plan cul régulier. Tonio : manager, comptable et banquier, mais pas un pote non plus. Chris : je ne me vois pas porter la chandelle alors qu'il se tape mon ex ! Les gars de la fac : soit trop sérieux, soit trop immatures. Quant aux collègues du boulot, ils ont tous une femme et des gosses à aller retrouver.

Mieux vaut tirer un trait sur la soirée animée. Un pack de bières, un canapé et un match de foot, ça sera très bien. Enfin, à condition que je survive à la journée de demain.

***

On est le quinze janvier. Il est vingt heures. Je suis vivant, mais au bord de l'explosion !

Vous savez, il y a des jours où tout se passe mal. Je veux dire, vraiment vraiment mal, du lever au coucher. Des jours où on se dit qu'on aurait mieux fait de rester sous la couette. Tout le monde a connu ça. Eh bien aujourd'hui, c'est un de ceux-là.

Un petit aperçu, ça vous tente ? C'est par ici.

Quinze heures plus tôt :

Tout commence par une coupure d'électricité dans la nuit. Un réveil qui ne sonne pas, un portable qui n'a pas pu se recharger et un Malone profondément perdu dans ses rêves, alors qu'il est censé aider son boss à obtenir un gros contrat. Vous voyez le tableau ? Je n'ai pas encore émergé que je suis déjà dans la mouise !

Quand je finis par ouvrir les yeux, grognon à cause de la température glaciale qui règne dans l'appartement sans chauffage, il est dix heures passées. Dix heures ! Je n'ai pas dormi aussi tard depuis des années, même le week-end, et il fallait que ça arrive aujourd'hui. La poisse ! Je me prépare en quatrième vitesse, me lave à l'eau froide en grimaçant et me presse dans les transports en commun pour rejoindre mon travail. Vous vous demandez pourquoi je n'ai pas utilisé ma petite Clio flambant neuve ? Trois mots : vol de batterie. Vous y croyez à ça ? On ne m'a pas piqué mes pneus ou toute ma voiture, seulement ce machin rectangulaire qui sert à démarrer. C'est absurde !

Bref, j'arrive au boulot avec trois heures de retard, sans avoir pu prévenir puisque mon portable n'a plus de jus. Pour couronner le tout, ma chemise est tachée par le dégueulis d'un môme qui m'a envoyé tout son biberon à la figure dans le bus. J'ai eu envie de faire une tête au carré au gentil papa qui le secouait pour lui faire faire son rot, mais je me suis retenu.

À midi et demi, mon patron, qui est allé seul à notre rendez-vous, se pointe à mon bureau, fou de rage. Ses vocalises surpassent celles d'un chanteur d'opéra ! J'essaie de lui expliquer l'enchaînement de tuiles qui me sont tombées dessus, en vain. Il ne veut pas m'écouter. Apparemment, on a perdu le contrat et c'est entièrement de ma faute. Bonjour la mauvaise foi ! Il m'annonce une mise à pied d'un mois sans solde et me renvoie chez moi sans ménagement. Je reste très zen, pour une fois. Je prends mes affaires, me lève et pars sans ajouter un mot, fier de mon self-control.

Trajet en sens inverse dans le bus. J'oublie ma sacoche sur le siège, avec tous mes papiers et mes clés. *Quel débile !* Je contacte la compagnie de transport : impossible de les retrouver. Donc mon après-midi est consacré à déclarer la perte de ma carte d'identité, de ma carte de crédit, de ma carte grise, *etc.* Je peux vous dire que rien n'est facile quand on ne peut pas prouver qui on est ! Je profite aussi de la générosité de ma banquière pour appeler un serrurier, ainsi que mon garage.

Il est dix-huit heures quand j'arrive enfin à rentrer chez moi. Je n'ai pas le temps de me poser, j'ai un partiel d'économie dans moins d'une demi-heure. Je me change en deux secondes, récupère mon sac de cours et file à la fac plus rapidement qu'une météorite. Je me glisse dans la salle de classe où tous mes camarades sont déjà installés, concentrés sur leurs notes pour d'ultimes instants de révision. Le professeur chargé de nous surveiller ferme la porte derrière moi et nous demande de ranger nos affaires : c'est l'heure de commencer l'examen. Je focalise toute mon attention sur le sujet du devoir et c'est là que tout part en sucette.

Je crois d'abord que je fais une sorte de crise de panique. Mon pouls s'emballe. Mon cœur joue de la batterie comme s'il participait à un concert de *Metallica*. De la sueur coule le long de ma nuque, avant de glisser dans mon dos, et mes mains se mettent à trembler.

Qu'est-ce qui m'arrive ? Je ne suis pas du genre à stresser pour un examen, encore moins quand je connais toutes les réponses.

Un cri strident déchire le silence de la salle. Je relève les yeux pour me rendre compte que les autres élèves ont toujours le nez plongé dans leurs feuilles. Ils n'ont rien entendu. Un deuxième hurlement me vrille les tympans, puis un troisième. Je geins en appuyant mes mains contre mes oreilles, comme si ça pouvait changer quelque chose. Le prof me réprimande : je dois faire moins de bruit.

Il est marrant lui ! Ce n'est pas moi qui essaie de briser toutes les vitres du bâtiment avec ma voix !

C'est seulement là que je percute : tout ça se passe dans mon esprit, comme d'habitude. Déva est complètement hystérique. Je crois que c'est la première fois qu'elle se met dans un état pareil. Je tente de comprendre ce qui lui arrive, mais c'est un véritable ouragan qui se déchaîne à l'intérieur de moi. Ses pensées entrent en collision avec les miennes. Des images de sa rencontre avec Marc défilent devant mes yeux, puis leurs moments intimes, leurs vacances, leurs fous rires, leur mariage, leur nuit de noces.

Qu'est-ce qui se passe, nom de Dieu ? Il vient de mourir ou quoi ?

J'entends furtivement la voix du mari supplier Déva. Donc il est vivant et il n'a pas l'air très fier de lui.

OK. Il y a de l'eau dans le gaz, apparemment. Fini l'idylle parfaite. Bien fait ! Qu'elle le largue ce Ken à deux balles !

Une fois de plus, je ne sais pas qui ressent cette aversion envers lui. Est-ce moi ou Déva ? Elle est de plus en plus énervée, moi aussi. Je me mets à la soutenir à voix haute sans m'en rendre compte, déblatérant des injures pas très fines à l'encontre du mari. Le prof m'interpelle à nouveau, agacé.

— Si vous vous sentez mal, Monsieur O'Brien, allez rejoindre l'infirmerie.

— Ça va ! grommelé-je sans le regarder, trop occupé à essayer de comprendre la raison de la fureur de ma jumelle psychique.

— Dans ce cas, je ne veux plus rien entendre. Ou c'est la porte !

Je l'écoute à peine. Mon esprit est trop loin de cette salle de classe surchauffée. Je n'ai même pas encore lu le sujet de l'examen.

Concentre-toi un peu sur la vraie vie, Malone ! Tu dois te calmer, passer ce partiel. Quand ce sera fait, tu pourras allègrement suivre la version des feux de l'amour selon Déva.

J'inspire profondément, me frotte les yeux, prends mon stylo entre mes doigts et m'apprête à faire ce qu'il faut. Mon bel élan d'élève studieux vole en éclat quand une nouvelle voix fait son entrée : celle de la mère de Déva. Je n'y comprends plus rien.

Qu'est-ce qu'elle a à voir avec cette dispute ?

Déva la rembarre comme s'il elle était la pire des catins. Ma bouche s'ouvre sur le coup de la surprise et un petit bruit s'en échappe. J'entends le professeur faire claquer sa langue sur son palet. Il est mécontent, mais ce n'est rien comparé à Déva. Elle continue de déverser sa colère sur sa génitrice. Je capte quelques morceaux de phrases et mon cœur a un raté quand je réalise. Apparemment, Maman Cougar aime se taper les p'tits jeunes. Elle a couché avec Marc, le mari de sa propre fille !

— Bordel de merde ! lâché-je sans parvenir à me maîtriser.

Des regards se tournent vers moi, nombreux, sombres et incrédules. Je me ratatine sur ma chaise, mais c'est une piètre tentative pour ne pas me faire remarquer. Il est bien trop tard pour ça.

— O'Brien, dehors ! m'ordonne le prof d'une voix sèche et sans appel.

— Je suis désolé, M'sieur. Je ne ferai plus le moindre bruit, je vous le promets.

— Je vous ai déjà donné plusieurs avertissements. Maintenant, ça suffit ! Je ne laisserai pas un perturbateur mettre à mal le travail des étudiants sérieux. Je veux que vous sortiez tout de suite. Et ne revenez plus à mes cours.

Quoi ? Il me vire carrément de sa classe ? Mais il ne peut pas. L'économie est une de mes matières principales. S'il fait ça, c'est toute mon année qu'il fout en l'air !

— S'il vous plait, ne faites pas ça. Je suis vraiment désolé.

La prière de la dernière chance est loin de fonctionner. Le professeur se lève, furibond, et frappe sur la table devant lui. Ses joues sont aussi rouges que son polo.

— J'ai dit dehors ! Et je ne veux plus vous revoir, c'est clair ? m'incendie-t-il, l'index dirigé vers la porte.

Dans ma tête, une phrase très similaire résonne, comme une

sorte d'écho déformant.

— J'ai dit dehors ! Et je ne veux plus vous revoir. Jamais ! rugit Déva à l'adresse de sa mère et de son futur ex-mari.

Choqué, et un peu sonné par cette répétition pleine de haine, je remballe mes affaires et quitte la pièce sans demander mon reste.

Qu'est-ce qui vient de se passer au juste ?

L'air frais de janvier pénètre dans mes poumons et pique mon visage dès que j'ouvre la porte. Je m'immobilise, seul sous une nuit sans lune, dans les allées bétonnées de l'université. Je resserre ma veste autour de mon cou. Mon cerveau recommence à fonctionner et je réalise que j'ai fait une grosse boulette. Pas de boulot pendant un mois et plus de cours d'économie.

Ça craint !

La colère de Déva se mélange peu à peu à la mienne, jusqu'à lui faire atteindre des sommets. J'ai la rage ! Envers ce prof, qui a eu, il me semble, une réaction plus qu'excessive. Envers mon chef, qui a préféré remettre la faute sur mon absence, plutôt que d'admettre son incompétence. Envers ces imbéciles de la compagnie d'électricité, qui ne sont pas capables de réparer une panne en pleine nuit. Mais surtout envers cette garce de Déva, qui continue de me gâcher la vie.

Putain, je la déteste !

Hors de moi, je compose le numéro de Tonio. J'ai besoin de me défouler sur quelqu'un ce soir. Mes poings me démangent ! Il répond rapidement, mais sa voix est étrange. Sans me laisser le temps d'en placer une, il m'apprend que les flics sont sur la piste de son business. Tout le monde doit faire profil bas quelques semaines : plus de combats d'ici là. Il me recontactera. J'ai encore le portable à l'oreille qu'il a déjà raccroché.

Qu'est-ce que je vais faire ?

Il faut que j'apaise la bête. Elle est en train de faire un festin avec mes intestins. Mon sang bouillonne dans mes veines. Ma tête me fait souffrir. Si je ne trouve pas un moyen de la calmer, je sens que je vais faire une très grosse connerie ! Je décide d'appeler Mélodie. Ça sera sûrement moins efficace que de péter les dents d'un mec, mais sa souplesse devrait réussir à chasser mes démons, au moins un temps.

Les sonneries se succèdent sans que sa voix me réponde. Tant pis, je vais me rendre directement chez elle. Je cours jusqu'à mon appartement, récupère les clés de ma voiture à la batterie toute neuve et m'enfonce dans la circulation. Je roule comme un fou, plusieurs dizaines de kilomètres au-dessus de la vitesse autorisée. Je double les autres véhicules n'importe comment. Je grille même un feu rouge tellement je suis pressé d'arriver. En bas de l'immeuble de Mélodie, je ne prends pas le temps de me garer et laisse mon bolide à l'arrache dans l'allée.

Si ça déplaît à quelqu'un, qu'il vienne me voir et on s'expliquera !

Je monte les escaliers quatre à quatre. Vous allez sans doute trouver ça trop cru, mais tout ce que je veux à cette heure-ci, c'est plonger ma queue entre les cuisses de ma métisse. J'en ai besoin. Au diable les bonnes manières ! Je frappe à la porte. Personne ne répond. Alors je tourne la poignée et entre sans avoir été invité. J'appelle Mélodie tout en avançant dans son salon. De faibles gémissements me parviennent. Je continue, pénètre dans sa chambre et me fige en la voyant allongée sur son pieu avec un autre mec.

C'est pas vrai ! L'univers se fout de ma gueule !

De rage, j'attrape le type par l'épaule et le pousse violemment à terre. Je suis sur le point de lui sauter dessus quand Mélodie s'interpose.

— Malone, arrête ! T'es complètement cinglé ! De quel droit tu débarques chez moi comme ça ?

— Et toi, de quel droit tu te fais baiser par tout le quartier quand je ne suis pas là ?

— Je ne t'ai jamais rien promis. J'en ai marre de ton caractère à la con. Fous le camp ! Et surtout, ne reviens pas !

Dites-moi que je rêve, s'il vous plait. Je ne suis quand même pas en train de me faire jeter pour la troisième fois aujourd'hui ? Le boulot, la fac et maintenant la fille ? Je suis maudit, ma parole !

Le visage fermé de Mélodie m'incite à ne pas la ramener davantage. Je quitte son appartement en claquant la porte si fort qu'elle se fracture, puis remonte dans ma caisse et roule sans faire attention à la destination. Je suis comme un pain de C4 prêt à tout faire péter ! Quand j'arrête le moteur, je sors de l'habitacle et me rends compte que mon cerveau m'a conduit devant le cabinet du docteur Murphy. Il est le seul qui peut comprendre ce que je traverse, le seul qui peut désamorcer la bombe que je suis devenu. Il faut que je lui parle.

Je n'ai pas le temps de pousser la porte qu'elle s'ouvre sur une femme que je reconnais immédiatement. L'épouse du doc. Elle m'a reconnu elle aussi, vu l'expression qu'elle arbore.

— Vous, souffle-t-elle écartant les bras pour me barrer le passage. Je sais qui vous êtes et ce que vous venez faire ici. Mais je refuse ! Je ne vous laisserai pas bousiller mon mari. Pas encore ! Il a assez souffert à cause de vous et de vos parents.

— Je... je suis désolé, Madame Murphy. Je n'ai jamais voulu...

— Je me fiche de ce que vous voulez. Il lui a fallu des années pour tourner la page et accepter le fait qu'il ne pouvait plus vous aider. Alors je vous interdis de le replonger dans ce cauchemar. Vous m'entendez ? Je vous l'interdis ! Dégagez d'ici !

Waouh ! Je ne pensais pas que les choses pourraient encore s'aggraver. J'avais tort, à l'évidence.

Je fais demi-tour sous le regard brûlant de cette femme qui me voue une haine féroce. Je ne retourne pas à ma voiture. Je me contente de courir dans la rue jusqu'à ce que mon souffle m'oblige à m'arrêter. Pile devant un bar. Ça tombe bien, parce que la seule chose qu'il me reste à faire, c'est de me soûler jusqu'au coma !

Et voilà. Comme je vous le disais, il est vingt heures, j'ai survécu à cette horrible journée, mais ma colère menace d'embraser l'atmosphère à des kilomètres à la ronde. Je commande un verre de rhum et demande au barman de me laisser la bouteille.

Bon anniversaire, Malone. Ce soir, je bois à ta santé ! Au type le plus seul et le plus pathétique de cette putain de ville.

25

MALONE

Vous pensiez que la folle journée de Malone O'Brien s'était terminée comme ça ? Quelques verres, une bonne gueule de bois et un gros dodo ?

Si seulement.

Vous voyez, quand l'univers a décidé de faire plonger quelqu'un, il n'en démord pas. Je l'ai appris à mes dépens.

Je ne prétends pas être un ange, j'en suis même très loin. Je suis un jeune homme grossier, égoïste, aigri, colérique. Je voudrais que le monde tourne autour de ma petite personne et quand ce n'est pas le cas, je m'énerve et je fuis. Je passe mon temps à essayer de faire croire que je ne suis pas responsable de ce qui m'arrive, que le sort s'acharne sur moi, mais c'est faux. Mes réactions, mes faiblesses, mes choix à la con, voilà ce qui fait que j'en suis là aujourd'hui. Un joli tableau n'est-ce pas ? Vu de l'extérieur, c'est franchement pitoyable. Je vous rassure, de l'intérieur, c'est encore pire.

Je vais vous dire : j'ai une haine profonde pour celui que je suis en train de devenir. Je le déteste ! Mais à quoi bon lutter ? On ne peut pas échapper à soi-même et à Déva non plus, apparemment.

J'en suis aux trois quarts de ma deuxième bouteille de rhum ambré. Assez pour que ma raison s'égare, trop peu pour calmer le monstre que je cache. Je suis éméché, mais je suis sûr que je pourrais massacrer une équipe de rugby à mains nues. Déva est encore pire que moi, une sorte de *Hulk* au féminin. Docile en apparence, mais le jour où vous avez le malheur de la contrarier, tous à couvert : elle devient une véritable furie !

Elle n'a toujours pas arrêté de beugler depuis mon partiel foiré de tout à l'heure. D'abord pour elle-même, à travers le flot de ses pensées, et depuis quelques minutes, Marc a refait son apparition. Il n'aurait pas dû. Elle ne cesse de lui balancer ses quatre vérités au visage. Je dois bien admettre que je suis plutôt satisfait d'entendre ça. Les derniers mots de Déva à son égard sont les suivants : « Je vais annuler le mariage. Hors de question que je continue de porter le nom d'une ordure dans ton genre ! ».

Je me mets à applaudir comme un débile, assis au bar, tout seul. Sans doute que les autres clients me prennent pour un fou.

Et alors ? J'en suis un, non ?

Pour bien enfoncer le clou, Maman Cougar refait elle aussi son apparition, décidée à entamer son *mea culpa*. Oh, la bourde ! Déva n'est pas prête à entendre ses excuses, ce qui n'a rien d'étonnant.

Quelle mère fait ce genre de truc à sa propre fille, sérieux ? Je me plaignais de la mienne, mais au final, j'étais bien loti !

Tout ça pour dire que mon envahissante voix intérieure continue de hurler, de plus en plus fort, et moi, je continue de boire, de plus en plus vite. La bouteille y passe, j'en recommande une autre. Heureusement que j'ai retiré plein de fric à la banque, au moins, ça m'a servi ! Ma tête est embrumée, mais toujours pas assez. Je crois que même si je m'endormais, là, tout de suite, au milieu du bar, j'entendrais encore Déva la cocue et ses cris de folle furieuse.

Mais ferme-la, bordel !

Peut-être qu'à force de lui dire, elle va finir par m'écouter ?

La ferme ! La ferme ! La ferme ! La ferme ! La ferme ! La ferme !

Ça ne fonctionne pas, putain !

Allez, sérieux, ferme-la maintenant. Tu me soûles, Déva. Je ne veux plus t'entendre. Je ne peux plus te supporter. Tais-toi, s'te plaît... La ferme ! La ferme ! La ferme ! La ferme !

— La feeeeeeeerme ! m'écrié-je en envoyant valser tout ce qui se trouve sur le bar, y compris mon amie Bouteille de rhum numéro trois.

Repose en paix, ma belle. Tu avais presque accompli ta tâche.

Le type à côté de moi, un gros balèze d'au moins cent-trente kilos avec une longue barbe noire, se retourne, le visage écarlate, et m'attrape par le col.

— C'est à moi que tu parles, le poivrot ?

Je ris comme un bouffon en imaginant la tête de Déva sur ce corps de biker.

Si je continue, je vais me pisser dessus !

Le problème, c'est que le mec le prend plutôt mal. Il me jette sur une table et s'engage à me mettre une branlée.

Ah, la bonne blague ! J'en ai maté des plus coriaces, mon gros !

Je me redresse, content d'avoir un peu de distraction, et attends qu'il s'avance vers moi. D'accord, je le vois en double, mais il me suffit de comprendre lequel est le vrai et le tour est joué...

Après son premier coup de poing, ma bête prend rapidement le relais. Elle a enfin l'occasion de se déchaîner et elle ne va pas s'en priver ! Je frappe le bonhomme encore et encore sans m'arrêter jusqu'à ce qu'il tombe à terre, sous le regard perplexe de sa copine, une jolie blonde à l'air innocent. Je ne lui prête aucune attention et m'acharne sur le barbu sans discontinuer. Sa mâchoire craque. Il gémit et me supplie de me calmer, mais je continue. Je cogne son visage sans aucune retenue. Les os qui se brisent ne me ralentissent pas, pas plus que les chairs qui se décollent et le sang qui éclabousse partout autour de moi.

Je suis incapable de vous dire depuis combien de temps la bagarre a commencé ni combien de coups j'ai donnés. Au moment où ma conscience décide de refaire surface, mon regard se pose sur une bouillie rose informe : la tête du motard. Sa boîte crânienne a littéralement éclaté sous mes poings. Son cerveau dégouline au milieu de ses os fracturés. Je n'arrive même plus à situer ses lèvres ou son nez. Du sang s'étale autour de lui, comme si on avait ouvert le robinet d'un cubi de vin rouge. Il ne bouge plus. Il ne respire plus.

La blonde derrière lui tremble comme une feuille, une main sur la bouche et les joues remplies de larmes. Dans le bar, plus personne ne fait le moindre mouvement, mais tout le monde me regarde avec un mélange de peur et de mépris.

J'ai merdé en beauté, cette fois. J'ai grave merdé ! Je viens de tuer un type. Putain ! Je viens de tuer un type !

Je me recule précipitamment, bouleversé par ce que j'ai fait, par ce que je suis. Je n'ai plus seulement un monstre en moi, je suis devenu le monstre ! Je m'adosse à la base du bar, assis par terre, incapable de me relever, incapable de faire quoi que ce soit. Je remarque que les gens s'agitent autour de moi, mais ma vue se brouille. Tout n'est plus que lignes, carrés, ronds et zigzags brunâtres. Des lumières bleues et rouge s'invitent à la fête, une sirène aussi, enfin, je crois. Je ne suis plus sûr de rien. Alors qu'une chose froide et métallique mord mes poignets, ma vision se superpose une fois de plus à celle de Déva.

Elle crache à la figure de sa mère en répétant qu'elle voudrait la voir six pieds sous terre. Morte et enterrée. Elle ne sait pas ce qu'elle dit. Elle regrettera ses paroles demain, quand sa colère sera retombée.

Et moi, est-ce que je vais regretter ? De m'être comporté comme un naze avec Mélodie ? De ne pas avoir passé la porte du doc malgré le discours de sa femme ? D'avoir pris la vie d'un homme dont je ne connais même pas le nom ?

Joyeux anniversaire, Malone ! Joyeux anniversaire.

26

MALONE

Prison de Wheatfield, Dublin, 2015

Salut. C'est toujours moi, le Barjot. Vous voulez savoir comment s'est soldé mon anniversaire ? Vous devez vous en douter.

J'ai pris cinq ans de prison ferme pour coups et blessures ayant entraîné la mort. C'est tout ce que je méritais. D'ailleurs, c'est ce que j'ai dit au juge le jour de mon procès. Un autre discours n'aurait rien changé : pas de témoin de moralité, ami ou famille. Eh oui, mes parents ne se sont même pas déplacés, leur avocat de bourgeois non plus. Je me suis retrouvé avec un commis d'office tout juste sorti du berceau. Enfin, peu importe. Je dois payer pour mes fautes.

Pendant mes premiers mois d'incarcération, j'étais complètement ailleurs. Horrifié par mes actes. Dégoûté par moi-même. Je repensais sans cesse aux mots du docteur Harvey. Ce cul béni rétrograde avait raison : ce n'était qu'une question de temps avant que je fasse du mal autour de moi. Ils auraient dû m'enfermer plus tôt. Ma déprime augmentait au même rythme que celle de Déva, jeune femme au cœur brisé par l'infidélité de son salopard de mari, et surtout par l'affreuse trahison de sa mère bien-aimée. Mais cette situation n'a pas duré.

Déva n'est pas du genre à s'apitoyer sur son sort. Elle s'est relevée et a décidé d'avancer, de recommencer à vivre, de guérir et d'oublier. Moi je ne pouvais pas en faire autant, coincé entre ces murs, avec cette fichue culpabilité qui me rongeait de l'intérieur. Alors, ma colère est revenue, bruyante, étouffante. Elle me paralysait la nuit, me dévorait le jour, insatiable bête qui se nourrissait de mes peurs, de ma honte, de ma frustration. Plus mon aversion envers moi-même se développait, plus ma rage était grande, contre Déva, mes parents, le maton Collins... contre ce putain de monde entier qui continuait de tourner pendant que je sombrais.

Ça a duré quatre ans. Je vous laisse imaginer le nombre de bagarres que j'ai déclenchées, et remportées. Ici, on m'appelle «*Steel fist*» ou «*Le poing d'acier*». J'ai battu tous les records de mise à l'isolement. Ils pensaient que ça me calmerait. Après tout, n'importe qui ajusterait son comportement pour éviter de retourner dans cet enfer de trois mètres sur trois, avec un unique sceau pour latrines et le silence pour seule compagnie. Sauf que moi, je ne connais pas le silence. C'est un concept qui m'est totalement étranger. Déva s'en est assuré.

Grâce à mes frasques, j'ai écopé de deux années supplémentaires, après avoir planté un imbécile qui pensait pouvoir s'en prendre à moi. Il a passé l'arme à gauche et ma peine a été prolongée de cinq à sept ans. Ça aurait sûrement continué comme ça jusqu'à ma sortie, ou jusqu'à ma mort, si Sofian n'était pas entré un jour dans ma cellule, le sourire aux lèvres.

Qui est Sofian, alias Soso? Juste un p'tit brun, qu'on aurait cru perdu tellement son visage était tranquille, alors qu'il venait d'être transféré dans un nid de vipères. Ce que personne n'aurait pu deviner en le voyant débarquer, c'est qu'à l'intérieur se cachait une sorte de maître zen. Ancien éducateur pour jeunes enfants, il était accusé d'avoir massacré sa femme à coups de roulette à pizza : un crime qu'il n'avait pas commis, selon lui. Il devait purger une peine de trente ans, pourtant, pas la moindre colère ne venait ternir sa belle sérénité. Jamais. Il était toujours calme, presque joyeux.

Il m'a tout de suite intrigué. Je ne comprenais pas comment il pouvait accepter son sort de cette manière. Il m'a répondu que tout arrivait pour une bonne raison. Si cette épreuve il devait endurer, cette épreuve il endurerait. Je l'ai d'abord pris pour un illuminé, un toxico resté perché dans son trip, ou un simple menteur. Mais Soso n'est rien de tout ça. Sous ses airs de blagueur qui aime mettre les pieds dans le plat, c'est la sagesse incarnée. Mon *Yoda* du self-control !

Nous sommes rapidement devenus amis, de vrais amis, pas seulement des colocs de cellule. Même si ça n'a duré que quelques mois, Sofian a changé ma vie. Il m'a sauvé des ténèbres.

Ce drôle de chanceux a fini par recevoir la nouvelle que chaque détenu espère : sa sentence avait été annulée. Toutes les charges contre lui ont été abandonnées, le jour où le procureur a obtenu des preuves irréfutables qui incriminaient un autre suspect. Il a donc quitté la prison, me promettant de m'appeler chaque semaine et d'être présent pour moi quand je serai libéré. Jusqu'à maintenant, il a tenu parole. Mais le plus important, c'est qu'il était dans le vrai : tout arrive pour une bonne raison. Plus le temps passe, plus je suis convaincu que s'il a mis les pieds dans cette prison, c'était pour m'aider à faire la paix avec moi-même.

Soso m'a offert une nouvelle perspective à propos de Déva. Dès ma première rencontre avec un psy, j'ai tenté de faire disparaître cette voix. Donc je la repoussais, encore et encore. Seulement voilà : plus je le faisais, plus elle s'ancrait en moi. Alors, pourquoi ne pas l'accepter ? Elle faisait partie de moi, je devais apprendre à composer avec elle. Je devais faire d'elle une de mes forces. C'est justement ce que je m'attache à faire chaque jour depuis que Sofian m'a ouvert les yeux.

J'ai commencé par écouter Déva, vraiment, avec toute

mon attention, et j'ai décortiqué chacune de ses apparitions. Sa voix douce et feutrée quand elle me soufflait ses pensées. Son timbre haut et fort lorsqu'elle discutait avec quelqu'un d'autre. Ses émotions, ses sensations, sa vision. Je me suis concentré pour isoler ces signes un par un, les différencier, les contrôler. Je devais pouvoir décider quand et comment je laisserais Déva se manifester. Décider d'écouter ses réflexions silencieuses. Décider de me focaliser sur ce qu'elle ressentait, ou au contraire d'étouffer ses sentiments. Décider d'emprunter ses sens quand elle mangeait un gâteau au chocolat ou lorsqu'elle se prélassait dans un jacuzzi.

Je n'en suis encore qu'au début de mon apprentissage, mais chaque jour est une victoire. Et la plus belle de toutes, c'est lorsqu'à travers les yeux de Déva, je quitte ces murs pour aller visiter la capitale française.

Paris.

Je n'y ai jamais mis les pieds, pourtant je commence à la connaître. Il paraît qu'un homme a pu décrire avec précision une salle du château de Versailles jamais ouverte au public. Moi, je peux vous décrire le *Sacré-Cœur* et la butte de *Montmartre*, le *Moulin Rouge*, la pyramide du *Louvre*, le *Musée Grévin*. Grâce à Déva, cette fille que j'ai haïe pendant tant d'années, je peux m'évader de ma prison, me sentir libre pendant quelques heures.

Hier, elle était le poids qui me tirait vers les profondeurs. Aujourd'hui, elle est devenue la lueur qui éclaire mes journées.

***

Aéroport de Dublin, juin 2017

Depuis un mois, deux semaines, trois heures et une petite dizaine de minutes, je suis officiellement un homme libre ! À vingt-huit ans, je vais enfin pouvoir profiter de la vie.

Histoire de repartir sur de bonnes bases, à ma sortie, je pensais commencer par renouer avec ma famille. Je suis passé chez mes parents, décidé à leur parler et à arranger les choses, mais ils n'étaient plus là. Envolés. Pas d'adresse ni de numéro de téléphone où les contacter. Rien. Ils ont voulu fuir la mauvaise presse de leur fils meurtrier, et je les comprends.

Me voilà donc devant l'aéroport de Dublin, une cigarette au coin des lèvres avant de devoir m'en priver pendant mon vol. C'est une sale habitude que j'ai prise depuis mon incarcération. Il va falloir que j'y remédie, mais ce n'est pas si facile, surtout quand on est libre d'acheter un paquet à chaque coin de rue ! Peut-être que ce sera différent là où je me rends.

Vous avez deviné ma prochaine destination ? Paris ! J'ai tellement assommé Soso à propos de cette ville qu'au moment de son acquittement, il a décidé de venir s'y installer. Poussé par son grand cœur, il m'a invité à squatter chez lui le temps que je trouve un appart. Il m'a même dégoté un boulot dans son entreprise. Autant vous dire que j'ai sauté sur l'occasion. Il n'y a plus rien pour moi en Irlande, personne qui m'attende ou se soucie de moi, aucune perspective d'avenir, seulement de la rancœur et de très mauvais souvenirs. Il est temps de tourner la page.

Perdu dans l'observation des tableaux d'affichage des vols, je ne remarque pas tout de suite le grand balèze qui se glisse derrière moi. Ni même les deux autres qui m'encadrent comme si j'étais *Whitney Houston* dans *Bodyguard*. L'aftershave qui vient chatouiller mes narines me fait finalement lever la tête.

— Salut, Champion ! me chante une voix joyeuse alors que j'analyse la situation.

Pas de nouvelles depuis sept ans et il débarque pile au moment où je m'apprête à quitter le pays. Guet-apens ou mauvais timing ? En tout cas, j'aurais du mal à mettre K.O. ses trois gorilles. Qu'est-ce qu'il me veut ?

— Salut, Antonio, lancé-je, la gorge sèche et les muscles tendus.

— Tu es surpris de me voir ? continue-t-il, toujours avec son sourire éclatant greffé au visage.

— Euh... ouais. Plutôt. Comment tu m'as trouvé ?

— Malone, ce n'est pas ça l'important. Tu te rappelles ce que je t'ai dit avant que les choses tournent mal pour toi ?

Je réfléchis, mais peine à savoir où il veut en venir. Tonio était du genre à parler sans arrêt. Alors oui, des choses, il m'en a dites, et la plupart n'étaient pas d'une grande finesse ! Me voyant complètement perdu, l'italien finit par reprendre la parole.

— Si je me souviens bien, il était question d'une retraite dorée sur une île. Mais si tu préfères Paris, libre à toi.

— Je ne comprends rien. Pourquoi t'es là, Tonio ?

Le petit brun lève le bras et claque des doigts en direction d'un de ses molosses. Ce dernier s'empresse d'attraper quelque chose dans son dos et le glisse vers moi : c'est une valise à main.

— Sache que je n'ai qu'une parole, Malone. Tu m'as fait gagner énormément d'argent. De mon côté, je suis doué pour multiplier les billets. Aujourd'hui, je suis un homme très très riche. Et ça, c'est ta part.

— Quoi ?

Je suis littéralement en train de m'étrangler.

Et sans doute de délirer aussi !

— La valise renferme un peu de cash, des avoirs, mais surtout les papiers concernant tes placements et les codes des comptes que j'ai ouverts pour toi aux Caïmans. Ils ne contenaient que trois cent mille euros au départ, mais aujourd'hui, il doit y avoir pas loin d'un million neuf, peut-être même plus. J'ai tout prévu pour que l'argent continue de fructifier tout seul. Ça devrait d'ailleurs te rapporter gros d'ici peu de temps. Tout est à toi, Malone.

Là, c'est sûr, je suis en plein rêve ! Mais des rêves comme celui-là, je veux bien en faire tous les jours.

— Tu... euh... T'es... t'es sérieux ? baragouiné-je en posant une main sur la poignée de la valise pour m'assurer qu'elle est réelle.

— Oui. Je suis très sérieux, Champion. Je suis désolé de ce qui t'est arrivé. Vraiment. Je savais que tu avais besoin de cogner pour canaliser ta colère. Je m'en suis servi pour faire de toi mon combattant vedette. J'ai joué sur ton addiction à l'adrénaline. Et ce soir-là, j'ai senti que ça n'allait pas fort, mais j'ai laissé couler. Si je n'avais pas annulé, ou si j'avais pris la peine de venir te voir, tu ne te serais pas retrouvé tout seul dans ce bar.

— Ce n'était pas ta faute. C'était la mienne.

— Peut-être. Mais en attendant, je t'avais promis que tu n'aurais plus jamais besoin de travailler et je tiens toujours mes promesses ! Si tu suis les conseils de mon trader pour tes placements, tu pourras vivre comme un roi. Alors, profites-en. Et surtout, fais attention à toi, Champion.

Tonio me serre la main et avant que je puisse le remercier, il s'éclipse avec ses sbires. J'ai toujours du mal à comprendre. J'ouvre la valise machinalement pour y jeter un coup d'œil. Quelques gros billets. De la paperasse. Des extraits de comptes à mon nom. Les coordonnées du banquier qui s'occupe de mon patrimoine. Le p'tit italien ne s'est pas fichu de moi. Tout est vrai.

J'y crois pas ! Ce con vient de faire de moi un millionnaire !

J'éclate de rire tout en poussant des cris de joie. Les gens me regardent bizarrement, mais je m'en contrefous. La roue a enfin tourné. La poisse qui me collait à la peau s'est envolée pour me laisser un peu en paix. Mieux encore, elle a demandé à sa cousine la chance de veiller sur moi.

Plus de poursuites judiciaires à mon encontre. Plus aucune attache. Une coloc de cerveau que j'arrive à supporter. Une gueule pas trop amochée, des abdos en béton. Des millions en poche et si je suis veinard, une cinquantaine d'années pour les dépenser.

Ville de l'amour, prépare-toi : me voilà.

27

MALONE

Paris, août 2018

Ahhh, la France. Quel beau pays !

Ça fait plus d'an maintenant que j'y habite. Je passe mon temps à voyager un peu partout dans le monde, profitant de mon blé, comme Tonio me l'a suggéré. Pour une fois dans ma vie, j'ai eu de la chance : non seulement mon ancien coach a fait de moi un homme riche, mais en plus, le trader qu'il m'a conseillé a tenté le coup le plus risqué de l'histoire de la bourse. Résultat : ce ne sont plus deux, mais une dizaine de millions qui font régulièrement des petits sur mon compte bancaire. Je l'admets, toutes les opérations ne sont pas complètement légales, mais rien de bien méchant, et surtout rien qui m'implique directement.

Sofian m'a plus ou moins obligé à faire des dons à des associations. J'ai accepté pour lui faire plaisir et pour les déductions d'impôts. Je lui ai même permis de lancer son propre organisme de recherche et de sauvegarde de l'environnement en Polynésie. Pour ce qui est du reste, je compte le dépenser comme bon me semble. Pour l'instant, mon cœur penche vers les séjours de luxe, les soirées *VIP*, les fontaines de champagne et les filles dignes de *Victoria Secret*.

Quand je suis à Paris, j'aime me balader dans les parcs, boire un café à une terrasse et observer les gens qui courent dans tous les sens. Ce sera d'ailleurs mon activité de la journée. Si je pouvais en prime trouver un peu de compagnie pour cette nuit, je serais un homme comblé !

Ne pensez pas que je sois en manque de sexe, ce n'est pas le cas. Il est rare que je me réveille seul dans mon lit, surtout depuis que je suis millionnaire. Le problème, c'est la suite. J'ai du mal à garder mes conquêtes. Soit elles finissent par remarquer que j'ai une case en moins et ça les fait fuir, soit elles ne sont intéressées que par l'argent et c'est moi qui les jette. Cela dit, j'ai bon espoir : un jour, je tomberai sur la perle rare qui n'aura pas peur de ma folie, celle qui acceptera Déva, sans concession. En attendant, je préfère m'amuser que de broyer du noir.

Alors, qu'a-t-on à la carte aujourd'hui... une brune, une blonde, ou une rousse ?

Assis confortablement au fond de mon fauteuil, un demi de bière dans une main, une cigarette dans l'autre, je scrute la rue avec avidité.

De longues jambes couleur café... Une poitrine plantureuse à peine cachée par des boucles acajou. Des p'tites fesses rebondies de sportive acharnée. Le menu du jour est aussi varié qu'appétissant !

Mon regard divague toujours sur les passantes, lorsque j'entends Déva discuter avec ses deux inséparables amies. Je n'y prête aucune attention. J'ai l'habitude qu'elles déjeunent ensemble toutes les trois pour se raconter les potins de la semaine. Comme je suis devenu plutôt doué pour maîtriser ma maladie, je parviens à baisser le son, afin de me concentrer sur ma future proie : une grande rouquine au teint de pêche qui s'est installée à deux tables de moi.

Je prépare mon speech avant d'aller l'accoster, mais je suis rapidement interrompu : le volume de la *Déva Team* vient de remonter d'un seul coup. Je secoue la tête, inspire profondément et tente de faire le vide dans ma caboche, suivant scrupuleusement les conseils de Soso.

Allez, Malone, tu peux le faire.

J'ai beau m'appliquer, ça ne fonctionne pas. Encore pire, il y a une sorte d'écho très désagréable qui se développe dans mon dos, comme si les voix de mon esprit étaient retransmises en direct dans les haut-parleurs du café.

Je me retourne pour comprendre d'où provient cette drôle de sensation. Mon regard se pose alors sur deux magnifiques yeux verts. Une peau hâlée. Un nez fin. Une bouche pulpeuse rehaussée par un rouge à lèvres sombre. Des cheveux bruns qui tombent en cascade dans un décolleté saillant. En temps normal, la seule partie de mon anatomie à se mettre en action serait celle en dessous de ma ceinture. Sauf que ces yeux-là, je les connais trop bien.

Mon cœur rate un battement. Mon souffle s'amoindrit. Je pose ma main sur mes pectoraux, comme si ça pouvait libérer mes poumons. Douce illusion. Je ferme les paupières et tente de maîtriser la crise de panique qui menace de me faire chavirer.

Respire, Malone. Concentre-toi. Elle n'est pas réelle. Elle n'existe que dans ta tête. Reprends-toi, bordel !

Je rouvre lentement les yeux, espérant que mon mirage ait disparu, mais il est toujours là. Déva est assise à une table, en train de discuter avec Émilie et Clara, les deux filles sur qui je fantasmais pendant mon adolescence. Elle est resplendissante, plus belle que jamais ! Elle éclipse largement ses accompagnatrices, toutes les femmes du café et de la rue. Même le soleil paraît fade à côté de l'éclat qu'elle dégage.

Je croyais que ma pathologie s'était stabilisée, que je la contrôlais, mais visiblement, je me trompais.

Des hallucinations ? Sérieux ? Ça ne me suffisait pas de l'entendre, je vais également la voir, maintenant ?

Son rire cristallin parvient jusqu'à mes oreilles. Il est plus doux que dans mes souvenirs, plus chaleureux aussi. Malgré la mine ravie qu'elle offre à ses amies, le temps ne s'écoule pas assez vite à son goût. Elle a rencontré un nouveau Don Juan et elle est pressée de le retrouver. Étrangement, capter ses pensées m'apaise un peu. C'est habituel pour moi, familier, mais ça ne suffit pas à chasser mes angoisses.

Calme-toi, Malone. Ce n'est qu'une crise comme une autre. Ça va passer.

Je me force à respirer normalement, sans réussir à détacher mes yeux de cette superbe créature que j'ai créée de toute pièce.

Comment vais-je pouvoir trouver une vraie fille qui soit aussi charmante ? Comment pourrait-elle arriver à la cheville de Déva ? Ma Déva. Déesse aux courbes parfaites, aux traits angéliques et au caractère de démon.

Je suis presque en train de baver lorsqu'elle se lève de sa chaise pour s'engouffrer dans les toilettes. Elle disparaît quelques minutes, pendant lesquelles mon souffle se stabilise, puis refait le chemin en sens inverse en bousculant un garçon de café avec une certaine maladresse. Le pauvre bougre lâche carrément son plateau, qui éclabousse plusieurs personnes avec du chocolat brûlant, moi y compris. Déva se confond en excuses et aide le serveur à ramasser.

Attendez... Quoi ? Elle a poussé ce type. Lui a parlé. Elle est en train de demander pardon aux autres clients. Comment c'est possible ? Comment une hallucination peut faire ça ?

Je me lève d'un bond en comprenant ce que mes réflexions impliquent. Surprise, Déva se tourne vers moi, s'approche et tamponne doucement ma chemise avec une serviette.

Bon Dieu ! Elle est en train de me toucher !

Une vague de chaleur s'engouffre par mes pores jusqu'au fond de mes entrailles. Ce contact, aussi mince soit-il, me bouleverse totalement.

— Je suis navrée, Monsieur. C'est à cause de moi que vous avez reçu du chocolat chaud. Si vous voulez, je peux payer le pressing ? me demande-t-elle en faisant papillonner ses grands cils.

— Non. Ce n'est rien. Je vous remercie, décliné-je sans même en avoir conscience.

Elle m'offre un merveilleux sourire et rejoint ses amies, alors que je reste debout comme un imbécile, les bras ballants, en train de la fixer. Mon cœur bat la chamade. Ma peau frissonne malgré la sueur qui perle dans mon cou.

Elle vient de me parler. Elle a posé ses mains sur moi. J'ai senti son souffle. Son parfum...

Lorsque, dans ma tête, j'entends Clara s'étonner du type étrange en train de les mater, je reprends rapidement mes esprits et me réinstalle à ma table. Je suis étourdi, complètement perdu. Déva est là, à quelques mètres de moi, en chair et en os. Une personne vivante, qui parle, qui boit, marche, respire... pense. Une personne bien réelle.

Ou alors, je suis encore plus fou que je le croyais. Est-il possible que mes délires me fassent carrément basculer dans une vision du monde erronée ? Est-ce que j'ai pu imaginer tout ça ? Toute cette scène ? Le serveur ? Le chocolat ? Les trois filles ?

Je ne sais plus où j'en suis, mais une chose est sûre : Déva est toujours là, ses deux amies aussi, et elles sont reparties dans leurs cancans habituels comme si de rien n'était. Confus, je quitte le café pour prendre un peu l'air. J'ai besoin de marcher et de réfléchir à tout ça. Je fais quelques pas dans la rue tout en écoutant leur conversation, principalement tournée vers les dernières frasques d'Émilie, la pulpeuse métisse, sur les réseaux sociaux.

Les réseaux sociaux ! C'est ça ! Je pourrais commencer par regarder si Déva Martin a un compte Facebook, Twitter ou Instagram.

Pourquoi je n'ai jamais pensé à faire ça ? Pourquoi ? Ah, peut-être parce que j'étais persuadé que Déva était mon invention. Peut-être parce que tout le monde me répète, depuis que je suis gosse, qu'elle est le fruit de mon imagination ! Putain !

Je secoue la tête en me maudissant de ne jamais avoir essayé, puis m'empresse de pianoter sur mon smartphone.

Là, c'est le choc ! Déva Martin existe, et qui plus est, elle est plutôt active sur le Net. Elle y poste la plupart des événements de sa vie. En recoupant avec des articles de presse, j'y retrouve des infos sur son parcours scolaire et professionnel, sur ses amies et sur sa sœur, Morgane. La mort de son père, policier assassiné pendant une mission d'infiltration dans un cartel de drogue, a fait la une de quelques journaux. Je trouve des photos de son mariage avec cette tête de con de Marc, des publications au sujet de son divorce, ainsi que des insultes sur sa mère nymphomane qui a détruit son couple.

Bon sang ! Tout ce que j'ai vu, tout ce que j'ai entendu, tout ce que j'ai ressenti, c'était vrai ! Tout était vrai ! Tout ! Déva existe. Elle est réelle. Réelle !

— Elle existe ! hurlé-je en me fichant des regards incrédules des passants.

Ce qui veut dire que... que je ne suis pas fou. Non... Je ne l'ai jamais été.

Je commence tout juste à prendre conscience de ce que cette révélation implique, de ce que ça peut changer pour moi, pour mon existence, pour mes choix futurs. Je refais quelques pas en arrière et observe Déva de loin, toujours assise à la terrasse de ce café. Elle est bien là. Je ne suis pas schizophrène. Je ne suis pas dingue ! Je suis juste un... je suis...

Je suis un putain de télépathe !

28

EXTRAIT
carnet de notes n°3

10 septembre 2018

– 7 h : Déva se lève, avec du mal comme d'habitude, et elle reste un temps fou sous la douche. Le respect de l'environnement n'est pas sa préoccupation première !

– 8 h 50 : elle arrive à son travail. Il ne se passera rien de palpitant pendant les trois prochaines heures. Je vais en profiter pour dormir un peu.

– 11 h 45 : Déva rejoint Émilie et Clara pour leur

déjeuner hebdomadaire. Je n'ai jamais rencontré des filles qui blablatent autant ! Comment font-elles pour manger en même temps ? C'est humainement impossible !

– 13 h : le serveur, qui fait les yeux doux à Déva depuis son arrivée, propose de payer les trois repas contre une soirée en leur compagnie dans un club. Non, mais dites-moi que je rêve ! La jalousie me prend aux tripes. Je me fais violence pour ne pas débouler dans le restaurant et tout casser. Ça pourrait tout compromettre. J'ai encore du travail avant de trouver la bonne manière d'agir.

p157

28 septembre 2018

– 19 h 30 : Déva quitte son minable studio afin

de retrouver Benjamin Lexinton pour un dîner en amoureux. Elle est magnifique comme toujours. Ses cheveux sont attachés dans un chignon déconstruit sur lequel elle a passé près de vingt minutes. Chaque mèche qui tombe dans son cou a été soigneusement étudiée. Je dois avouer que le résultat vaut le coup. Sans parler de sa robe qui rendrait envieuse n'importe quel mannequin tellement elle lui va bien !

Des images de la Déva adolescente me reviennent. Elle a toujours été la fille sur laquelle tout le monde se retournait. Un visage d'ange. De grands yeux verts. Un sourire à tomber. Une silhouette parfaite. Mais je dois avouer que le temps est clément envers elle, flatteur même. Elle est encore plus belle désormais. Ce n'est pas Monsieur Lexinton qui dira le contraire. Ça me rend malade !

– 20 h : l'homme le plus convoité de Paris

prend Déva dans ses bras avant de l'embrasser chaleureusement. Le sourire étincelant qu'elle lui offre en retour me donne envie de m'arracher les yeux. Ou plutôt, d'arracher les siens !

Du calme. Pas encore…

– 23 h 37 : ils n'ont pas réussi à se retenir assez longtemps pour arriver jusqu'au lit. De vrais animaux ! Déva gémit un peu trop fort pour que ce soit sincère. Mais je dois bien admettre que les entendre jouir m'excite légèrement. Beaucoup en fait. Je suis dans ma voiture, devant l'immeuble de Lexinton. Je ne peux pas me permettre de faire quoi que ce soit. Ou peut-être que si… la rue est déserte… il fait nuit… personne ne verra ma main dans mon pantalon.

p198

13 octobre 2018

J'ai oublié de prendre des notes hier. Rien de neuf sous le soleil : la miss est restée au lit toute la journée avec son amant. Ça m'aurait plu d'en faire autant !

Je vais devenir dingue si je continue comme ça. Je n'en peux plus d'être dans la vie parfaite de Déva vingt-quatre heures sur vingt-quatre.

Il faut que je passe à l'action, peu importe les conséquences.

p363

18 octobre 2018

Le grand jour approche. Ça y est, j'ai un plan infaillible. Je sais désormais comment m'y prendre et je dois dire que c'est vraiment une idée de génie ! Je vais enfin pouvoir détruire cette pouffe, Madame Parfaite, qui a bousillé ma vie ! Elle va comprendre ce que ça fait.

Que je récapitule :

D'abord, je vire le fils Lexinton du tableau.

Ensuite, Benoît va se rendre compte que son employée modèle n'est pas si blanche que ça ! Ce n'est pas ce qui est prévu, mais avec un peu de chance, il l'enverra en taule pour quelque temps. Si elle se fait tabasser par ses codétenues, moi ça me va !

Quant aux trois mousquetaires, on va faire en sorte qu'ils ne soient plus que deux. Ça, c'est la partie délicate. Clara et Émi ne vont pas lâcher Déva facilement. Elles sont amies depuis qu'elles sont gamines. À la vie à la mort, ou presque. Si je veux les retourner contre elle, il faut qu'elles se sentent trahies. C'est uniquement de cette manière que j'y arriverai. C'est ça le plan, je ne dois pas l'oublier.

Je souris déjà en imaginant la tête que fera Déva quand tout va s'effondrer autour d'elle. J'ai tellement hâte !

Mais je dois suivre le programme à la lettre pour que ça fonctionne. Ne pas dévier. Tout doit se faire dans le bon ordre. On fait tomber un élément après l'autre, jusqu'à ce que tout s'écroule, comme un château de cartes.

Quoi que, j'ai bien envie de modifier un ou deux points. Qu'est-ce que ça peut faire tant que le résultat est le même ?

Un dégât des eaux, ce n'est pas assez impressionnant. Beaucoup trop terne pour une manœuvre de cette envergure. Pourquoi pas un incendie ? Ça, ça a de la gueule ! En voyant son appart brûler, la garce va flipper encore plus !

Oui, un incendie c'est bien… c'est vraiment bien…

Alors, qui est prêt pour le spectacle ?

En représentation spéciale dans moins de deux semaines, Déva Martin sur le chemin des enfers !

Je meurs d'impatience !

p504

Deuxième partie

Deuxième partie

29

LIEUTENANT F. FISCHER

Commissariat de police, Paris XXe arrondissement, janvier 2019

Je commence à en avoir marre de passer mes nuits au poste. Ça fait des semaines que ça dure. Pourtant, c'est plus fort que moi, je ne peux pas laisser tomber. Il faut que je parvienne à comprendre cette affaire ou mon esprit va finir par lâcher. Qui ? Pourquoi ? Comment ? J'ai besoin de savoir. Mais tout ça n'a aucune logique.

Allez Fischer, réfléchis. Quand un flic est bloqué, il doit toujours revenir au commencement. C'est ça !

Avec des gestes brusques, j'arrache tous les papiers accrochés au tableau et j'en fais une énorme boule que je laisse traîner sur le sol. Je dois reprendre depuis le début, tout récapituler. Il me faut aussi un regard neuf.

— Hey ! Bartolli !

— Oui, Lieutenant ?

— Viens ici, lui imposé-je avec un signe de la main. J'ai besoin de quelqu'un pour organiser mes pensées.

— Euh… je suis censé partir en patrouille, Lieutenant.

— Tu préfères quoi : rouler toute la nuit en espérant qu'on t'appelle pour une dispute conjugale, ou enquêter sur un triple homicide impliquant un potentiel pyromane sociopathe qui traque une jeune femme ?

— Le triple homicide.

— Bonne réponse. Alors, pose ton cul et ouvre tes oreilles. Déva Martin. Le point de départ, c'est elle. Elle est le cœur de toute cette affaire.

J'épingle sa photo au milieu du tableau tout en continuant mon énoncé.

— Jeune femme de vingt-neuf ans, sans histoire. Le seul squelette dans son placard est celui de son père : c'était un des nôtres. Brigade des Stups. Il avait infiltré un groupe de narco-trafiquants espagnols. Il s'est fait descendre quand le cartel a compris qu'il était une taupe. Déva avait six ans.

— Pauvre gosse, chuchote Bartolli.

— Ouais. À part ça, elle a eu une existence plutôt tranquille. Enfin, si on exclut son salopard d'ex-mari qui a couché avec sa mère. Rien à voir avec notre affaire.

— Alors, que lui est-il arrivé ? Elle est morte ?

— Non. Mais un maniaque a décidé de mettre la pagaille dans sa vie.

— Un maniaque ? répète Bartolli comme un perroquet.

Deuxième photo à être épinglée : un pull à capuche sans visage trouvé sur *Google*.

— Oui. Un détraqué qui se balade dans un sweat à capuche noir. Je ne peux pas t'en dire beaucoup plus sur lui. Ce type est une ombre. Un fantôme. Il est invisible. Aucune trace de lui nulle part. Personne ne se souvient l'avoir vu, mise à part la victime. Il n'apparaît sur aucune caméra. À croire qu'il n'existe pas ! Mais d'après les déclarations de Madame Martin, il était présent à chaque incident.

— C'est-à-dire ?

— Voilà l'histoire : elle était en couple avec le fils Lexinton…

— Lequel ? m'interrompt mon coéquipier provisoire.

— Assez logiquement, celui qui est hétéro ! répliqué-je, agacé par la lenteur d'esprit de mon interlocuteur. Notre détraqué les a fait rompre grâce à de faux sextos envoyés à un amant imaginaire. Il a sûrement piraté le smartphone de la fille. On n'a que son témoignage comme preuve malheureusement, mais on a vérifié : Déva n'a jamais eu de liaison. Ou alors, elle sait se montrer particulièrement discrète.

— D'accord. Quoi d'autre ? m'incite-t-il à continuer.

— Elle a perdu son travail suite à un détournement d'argent. L'entreprise n'a pas porté plainte, mais tout la désigne coupable. Nos geeks ont fouillé un peu l'historique des connexions à leur réseau interne et ils ont trouvé un loup : quelqu'un a manipulé leurs comptes et leurs données depuis l'extérieur. En gros : Déva s'est fait piéger. Mais on ne peut pas remonter jusqu'à l'émetteur. Il a utilisé *Tor*[5] pour passer par le *Deep Web*[6] et tous ces trucs auxquels je ne comprends rien.

— Donc, la piste est froide ?

— Oui. Mais notre type ne s'est pas arrêté là. On pense qu'il a provoqué l'incendie de l'immeuble de la victime. Pas de preuve, encore une fois, mais de l'accélérant a été retrouvé sur les lieux. On bosse avec les pompiers pour en apprendre plus.

— Eh ben, il a vraiment une dent contre cette fille !

— Apparemment. Sauf qu'on ne sait pas pourquoi. D'après Déva, il a également fait en sorte qu'on la croit responsable d'un vol de bijoux chez ses amies. C'est là que ça devient bizarre. Il y a une vidéo sur laquelle on la voit commettre le cambriolage, mais seulement de dos. La personne sur ce film fait très attention à ne jamais tourner la tête vers la caméra. Ça me paraît trop gros pour être vrai. En plus, Déva est venue porter plainte pour vol à la tire devant le commissariat. Elle disait que c'était Capuche Noire qui l'avait attaquée. Quand on a voulu

5 - Tor est un réseau informatique superposé qui permet de rester anonyme lors d'une connexion Internet (Darknet ou Internet clandestin).

6 - Le Deep Web (ou web profond) est, dans l'architecture du web, la partie de la toile qui n'est pas indexée sur les principaux moteurs de recherche.

vérifier la vidéo surveillance, on ne voyait qu'elle en train de jeter son sac dans la benne à ordures. Et une fois encore, elle ne tournait pas la tête vers les caméras. À croire qu'elle les avait repérées avant. Ça ne tient pas debout.

— Vous la connaissez personnellement, Lieutenant ?

— Pourquoi ?

— Pour rien. Vous semblez juste… affecté… par cette affaire. Enfin bref. Ça s'arrête là ?

— Non. Ce qui a déclenché toute la procédure, c'est que cette ordure a en plus usurpé son identité. Il a vidé ses comptes et contracté un crédit à son nom.

— Donc on a une chance de le retrouver, non ? L'argent, ça laisse toujours des traces.

— Je n'en sais rien, avoué-je, embarrassé. Les informaticiens rament autant que nous. Je pense que Capuche Noire est un hacker de génie. À mon avis, on ne le trouvera pas de cette manière.

— Alors, comment ?

— Un jour, il a commandé un taxi pour Déva, avant même qu'elle en ait besoin, histoire de lui montrer que c'était lui qui menait la danse. La société de taxi est la seule piste qu'on a. Il s'y est rendu en personne. Le portrait-robot que la secrétaire nous a donné n'est pas terrible, mais c'est mieux que rien. Ça prouve qu'il existe bien un homme impliqué dans cette affaire.

Donc Déva n'est pas complètement siphonnée. Ça m'arrange, je dois dire : je ne me voyais pas annoncer à Morgane que sa petite sœur était devenue maboule !

Malgré la situation, je m'accorde quelques secondes pour penser au joli docteur en pharmacologie. Morgane Martin est charmante, pétillante et intelligente. Elle me plaît beaucoup, et il me semble que je ne la laisse pas indifférente. Mais entre cette affaire et son départ pour New York, notre premier rencard a été reporté. Ajoutez à ça que sa sœur s'est fait violer pendant son absence et que je ne suis pas autorisé à lui en parler. Pas terrible d'entamer une relation sur ce genre d'omission, pas vrai ?

Pfff… Quelle galère ! Concentre-toi plutôt sur ce dossier.

— Donc… Capuche Noire. Qu'est-ce qu'on a sur lui ? me relance Bartolli.

— Un pseudo portrait-robot, qui n'est peut-être pas le sien d'ailleurs. Il ne portait pas le fameux sweat au moment de sa commande de taxi. Donc ça reste un indice, mais pas une preuve. On a aussi une ébauche de profil psychologique : violent, obsessionnel, un QI très élevé, et selon les psys, il y a de grandes chances qu'il ait été abusé sexuellement durant sa jeunesse. Ça expliquerait qu'il ait aidé Déva lors de son agression, ainsi que sa réaction excessive vis-à-vis des violeurs.

— Attendez, Lieutenant, me stoppe Bartolli. Je suis perdu là ! C'est quoi cette histoire de viol ?

— Ah oui, j'ai oublié d'en parler. Déva Martin s'est fait agresser par trois membres du gang des Dragons il y a deux semaines. Elle a été sauvée de justesse, si on veut. Les gars ont quand même eu le temps de s'amuser avec elle.

— Et c'est notre homme qui lui est venu en aide ? me demande le jeune agent, perplexe.

— Selon Déva, oui. Mais je ne suis pas sûr. Je crois qu'elle nous cache quelque chose ou quelqu'un. D'après le personnel soignant, l'ami qui l'a conduite à l'hôpital était très agité. Une infirmière s'est plainte de son comportement. Il s'est énervé après eux, a compromis des preuves en nettoyant les blessures de la victime et il avait apparemment des éraflures sur les mains. Ça pourrait correspondre à des traces de lutte. Je n'ai toujours pas réussi à l'interroger : Déva se défile à chaque fois que je la relance pour obtenir son nom, quand elle daigne décrocher son téléphone. En tous cas, qui que soit son sauveur, il n'a pas fait dans la dentelle. Il a roué de coups deux des mecs. Et quand je dis « rouer de coups », je veux dire qu'il leur a pété les bras, les jambes, le nez, la mâchoire. Ce type sait se battre et il doit avoir une sacrée puissance dans les poings !

— Et le troisième Dragon ?

— Il l'a frappé à la tête avec une planche de bois. Sa boîte crânienne a été fracturée, mais c'est sa nuque brisée qui lui a été fatale.

— Il est mort ?

— Oui. Les trois sont décédés.

— Oh… d'où le triple homicide ? percute mon acolyte du jour, ce qui me fait sourire.

— C'est ça.

— Je ne trouve pas ça très logique, Lieutenant. Si cet homme veut vraiment détruire la vie de la demoiselle, pourquoi la sauver ?

— C'est aussi ce qui me perturbe. Je ne suis pas sûr d'adhérer à la théorie des psychiatres. Mais c'est surtout la réaction de Déva qui me gêne. Je suis certain qu'elle m'a menti à propos de cette nuit-là. Je pense qu'elle essaie de protéger celui qui a tué les trois salopards, en mettant leurs morts sur le dos de Capuche Noire.

L'ami de l'hôpital, c'est forcément lui. Je ne sais pas si j'ai envie de le coffrer ou de le féliciter, mais je donnerais cher pour en apprendre davantage sur lui.

— Il faut la réinterroger ! s'enflamme Bartolli. Et lui mettre la pression ! Elle a sûrement la réponse qui nous manque.

— Peut-être. Mais je ne crois pas qu'elle soit du genre à revenir sur ses propos. Si je la confronte, elle va encore me mentir. Et puis, je ne veux pas la brusquer : c'est la victime dans l'histoire, elle a déjà bien assez subi.

Mais rien ne m'empêche de fouiner un peu plus dans sa vie.

30

DÉVA

Paris, Quartier du Marais, janvier 2019

Déva, championne de shopping qui connaît par cœur les chansons de Walt Disney

- VS -

Malone, psychopathe athlétique qui prend plaisir à terroriser les petites princesses

Je suis mal barrée !

Malone fait un pas en avant. J'en fais un en arrière.

— N'approche pas ! lui recommandé-je, alors qu'il est sur le point de recommencer.

J'ai déjà une main dans mon sac, les doigts posés sur mon spray au poivre.

Hors de question que ce malade s'en prenne à moi.

— Déva, calme-toi.

— Que je me calme ? Oh, ça non. Pas après ce que je viens de trouver !

— Déva…

— Laisse-moi passer !

— Je t'en prie, tu…

— J'ai dit, laisse-moi passer ! le menacé-je en brandissant mon arme, si on peut appeler ça comme ça.

Il jette un rapide coup d'œil à mes mains et sans que j'aie le temps de réagir, il fait valser le spray au milieu de la pièce. Un vrai ninja ! Je pousse un cri et me plaque contre le mur, affolée. Il me répète de me calmer, mais je peine à l'entendre. Je suis totalement flippée ! Ce n'est que lorsqu'il ouvre la porte que mon cerveau décide d'analyser ses paroles.

— Je sais que c'est dur à croire, mais tu n'as rien à craindre de moi, Déva. Tu es libre de t'en aller si tu le souhaites. Tu n'es pas ma prisonnière. Mais s'il te plait, laisse-moi t'expliquer.

— M'expliquer quoi ? Que tu me poursuis, m'épies et me terrorises depuis des mois ? Que tu mets tout en œuvre pour foutre ma vie en l'air ?

— Ce n'est pas ce que tu crois…

— Je ne veux rien entendre. Tout ce que je souhaite, c'est sortir d'ici ! déclaré-je en avançant d'un mètre, indécise.

Malone comprend tout de suite que j'ai peur de m'approcher de lui. Comme il l'a fait si souvent depuis que je l'ai officiellement rencontré, il modifie son comportement pour m'aider à surmonter mes angoisses.

— Je te l'ai dit, Déva, tu n'as rien à craindre de moi, confirme-t-il en reculant vers la cuisine, laissant ainsi un large passage pour que je puisse me faufiler.

Arrivée dans le couloir, je détale vers l'ascenseur et appuie frénétiquement sur les boutons, mais cette stupide boîte de métal a décidé d'y mettre toute sa mauvaise volonté. Je ne peux pas attendre indéfiniment qu'elle daigne m'ouvrir ses portes, surtout avec un voyeur à quatre mètres de moi ! Malone se tient toujours devant son appartement. Il n'a pas bougé, sans doute de peur d'aggraver les choses, comme si c'était possible. Il me fixe avec une telle tristesse. Ça me dépasse.

Tu ne m'auras pas avec ce regard de chien battu, espèce de malade !

— Déva… je t'en supplie. Laisse-moi une chance.

Adieu ascenseur, bonjour escaliers interminables. Je ne peux pas rester ici, près de lui. C'est au-dessus de mes forces. Une fois dans la rue, je suis complètement perdue, déboussolée. Je ne sais plus ce que je dois faire, ni où je peux aller. L'appartement de ma sœur semble être un endroit risqué. Malone connaît son adresse, il pourrait venir me chercher là-bas. En même temps, s'il avait voulu, il aurait pu m'empêcher de partir. Ou me retenir. Ou même me suivre. Mais il ne l'a pas fait. Pourquoi ? Qu'est-ce qu'il attend ? Qu'est-ce qu'il me veut ? Et pourquoi moi ?

Un millier de questions bourdonnent dans ma tête, grignotant peu à peu ma raison. J'aurais pu les lui poser avant de m'enfuir, mais comment croire les mots qui sortiront de sa bouche dorénavant ? Ce n'est plus possible. De toute façon, aucune des explications qu'il pourrait me fournir ne serait légitime. Aucune.

À court d'options, je m'installe dans le premier café que je croise. J'ai besoin de faire une pause pour m'éclaircir les idées. Au milieu de cette foule, Malone ne risque pas de s'attaquer à moi.

Quoi que…

Je frissonne en repensant à l'incendie qu'il a provoqué. Il aurait pu tuer quelqu'un. Enfin, ce n'est sûrement pas ce qui lui fait peur. Après tout, il a assassiné trois hommes devant moi. *Pour moi !* Je ne peux pas m'en plaindre. Si j'en avais eu la force, je l'aurais volontiers fait de mes propres mains. Mais ça prouve de quoi il est capable.

Et si son jeu ne lui suffisait plus ? S'il déclarait qu'il était temps de passer à la vitesse supérieure ? Pourrait-il me tuer de sang-froid ? Est-ce la fin qu'il a prévue pour moi ?

Encore plus terrifiée, je m'empare de mon smartphone, décidée à contacter le lieutenant Fischer. Je dois parler de tout ça à quelqu'un avant qu'on retrouve mon corps dans le fond d'une rivière ! Je parcours mon répertoire, persuadée d'avoir enregistré son numéro, mais je ne le vois nulle part. Est-ce Malone qui l'aurait effacé ? Possible. Ce ne serait pas la première fois qu'il fouinerait dans mon téléphone. Tant pis pour le coup de fil, je vais me rendre directement au poste de police. Je dois dire au lieutenant que Malone est l'homme à la capuche.

Il faut qu'il le sache... que quelqu'un sache.

C'est fou, quand on y pense ! Au moment où j'ai déclaré que Capuche Noire m'avait sauvée du gang des Dragons, je n'aurais jamais imaginé que c'était la vérité. Je croyais protéger Malone.

Pourquoi a-t-il fait ça ? Pourquoi me détruire, pour ensuite me venir en aide ? Il était tellement gentil, doux, attentionné. Je ne comprends pas. Mais je ne vais pas rester là, à attendre qu'il s'en prenne encore à moi. Terminé la Déva qui se terre dans son trou !

Je me lève, règle mon café et m'engouffre dans le métro.

31

DÉVA

Une demi-heure plus tard, je retrouve la surface, à proximité du commissariat.

Allez, Déva, courage. Tu peux le faire. Tu dois le faire. Malone n'est pas le mec adorable que tu pensais. Il ne l'a jamais été. Tu n'as pas à le protéger. C'est toi que tu dois protéger...

Pas tout à fait convaincue par mon petit discours d'automotivation, je monte les marches presque à reculons. J'ai du mal à croire que je vais dénoncer à la police l'homme qui a mis fin à mon viol. Celui qui est resté auprès de moi pendant des heures pour me calmer, qui a nettoyé mes blessures et veillé sur moi toutes les nuits.

Comment je peux faire ça ?

Plus je m'interroge et plus ma cadence diminue. Je ne suis plus vraiment sûre d'avoir envie de franchir ces portes.

— Déva ! m'appelle une voix grave que je reconnaîtrais entre mille. Attends !

Malone est en bas des escaliers, essoufflé, le regard fixé sur moi. Je l'ignore et reprends ma route. S'il croit me faire peur, il se met le doigt dans l'œil. Je ne me laisserai pas intimider.

Alors que j'essaie d'ouvrir la porte du commissariat, sa paume m'en empêche en se posant au-dessus de la mienne, sur la poignée. Je recule vivement pour m'éloigner de lui.

OK. J'ai peut-être un peu exagéré en prétendant qu'il ne m'effrayait pas.

— Doucement, Déva, dit-il en levant les mains. Doucement.

— Qu'est-ce que tu fais là ?

— Je veux juste te parler.

— Je n'ai plus rien à te dire ! craché-je avec amertume.

— Mais moi, si. J'ai des choses importantes à t'apprendre. Des choses que tu dois entendre avant d'entrer dans ce bâtiment.

— Si tu comptes me menacer, économise ta salive.

— Non ! Je ne suis pas là pour ça. Tu dois connaître la vérité et si tu veux toujours me dénoncer quand j'aurai fini, alors je te laisserai faire.

Comment m'a-t-il retrouvée ? Est-ce qu'il trace mon téléphone ? Peut-il pirater les caméras de sécurité de la ville ? Respire, Déva, on n'est pas dans un film. Peut-être que tu devrais juste l'écouter.

— Tu as cinq minutes, déclaré-je en croisant les bras sur ma poitrine.

— Merci, soupire-t-il, visiblement soulagé. Il y a un café en face. On pourrait s'y installer ?

— Non. Je ne bougerai pas d'ici. Et je te signale que ton temps est en train de s'écouler.

— D'accord. Je… je ne sais pas vraiment par où commencer. Après ce que tu as trouvé dans mon dressing, tu en as conclu que j'étais celui que tu appelles Capuche Noire, une sorte de psychopathe responsable de tout ce qui t'est arrivé dernièrement.

— Tu vas me dire que c'est faux ? Que je me suis trompée ? Que ce n'est qu'une coïncidence fâcheuse ?

— Non. Tout n'est pas faux, m'avoue-t-il en baissant la tête. Je suis bien l'homme à la capuche. Je t'ai suivie et espionnée chaque jour, pendant près de cinq mois.

Mon cœur a un raté.

Cinq mois ? C'est pire que ce que je pensais. Ce type est un fou furieux !

— Mais je ne l'ai pas fait pour les raisons que tu crois, s'empresse-t-il d'ajouter. Je ne suis pas un pervers qui attendait derrière ta fenêtre pour te voir à poil ou un escroc qui voulait te dépouiller. Je n'ai pas piraté ton téléphone ni ton ordinateur ni même tes comptes bancaires. Ce n'est pas moi non plus qui ai volé ton sac. Et surtout, je n'ai jamais mis le feu à ton appartement, malgré les apparences qui sont contre moi.

— J'ai beaucoup de mal à te croire.

— Je m'en doute. Il faut dire que jouer les voyeurs flippant tout en enchaînant les clopes, ce n'est pas la meilleure idée que j'ai eue. Je sais bien que j'avais l'air louche, mais…

— Je ne t'ai jamais vu fumer quand j'étais chez toi, lui fais-je remarquer tandis que des questions s'imposent dans mon esprit, balayant momentanément les plus importantes. Je n'ai même jamais senti l'odeur du tabac sur toi. Alors c'était quoi ton p'tit jeu ? Tu voulais juste me faire peur ? La cigarette avait un côté *bad boy* qui était censé m'impressionner ? À moins que tu sois une sorte de schizophrène avec un double diabolique accro à la nicotine ?

Cette idée me semble tellement plausible, mais aussi terrifiante, que je recule d'un pas.

— Non. Ça n'a rien à voir. J'essaie d'arrêter depuis que j'ai quitté l'Irlande, mais j'ai parfois du mal à m'en passer. Surtout quand je me cache sous une capuche comme un criminel.

— C'est peut-être ta conscience qui te travaille ? proposé-je en le fusillant du regard.

— Possible, admet-il sans se dérober pour une fois. Je n'ai plus touché une cigarette depuis Noël, depuis que tu... Enfin, on s'en fout ! Déva, tu passes à côté de l'essentiel : je n'étais pas le seul à t'observer.

Hein ?

— Comment ça ? demandé-je, encore plus inquiète.

— Dès le premier jour, j'ai repéré une femme blonde dans

une vieille *Volvo*. Elle était là partout où tu allais et elle n'avait pas l'air commode. Je pense que c'est elle qui a usurpé ton identité. Son visage ne m'est pas étranger, mais je n'arrive pas à mettre un nom dessus.

Un nouveau suspect. Un doute raisonnable. Pratique et surtout ingénieux.

— Même si c'est vrai, ça n'explique pas pourquoi tu m'épiais, rétorqué-je avec ferveur. Ou comment tu peux savoir tout ça. Ne me dis pas que tu as posé des micros chez moi ? Des caméras ?

— Non, Déva, je n'ai utilisé aucun dispositif d'écoute. C'est beaucoup plus compliqué que ça. Je…

— Tu quoi ? m'agacé-je alors qu'il hésite à se jeter à l'eau.

— En fait je… j'ai une sorte de… de faculté.

— Une faculté ? Mais encore ?

— Eh bien je… je peux… lire… dans tes pensées.

Je le regarde, silencieuse, pendant trente secondes, puis j'éclate de rire. Je ne m'y attendais pas à celle-là ! Sur les nerfs, je laisse mes zygomatiques travailler jusqu'à ce que Malone m'interrompe.

— Je sais que ça a l'air fou, mais je ne plaisante pas, Déva. J'entends tes pensées. Je ressens certaines de tes émotions. Il m'arrive même de voir à travers tes yeux. Et je peux aisément te le prouver.

— Si tu comptes me faire un de ces tours de mentaliste, abstiens-toi. Je suis peut-être stupide de t'avoir accordé ma confiance aussi facilement, mais je ne suis pas crédule. La télépathie, ça n'existe pas !

— Si. Ça existe. Je t'en prie, Déva, fais un effort. Pense à dix mots, ou même cinquante, qui n'ont aucun rapport entre eux. Je te les répète les uns après les autres. S'il te plait…

J'hésite un moment, puis décide de jouer le jeu.

Après tout, si ça l'amuse : voyeur.

— Voyeur, annonce-t-il à voix haute sans oser me regarder.

OK. Celui-là était facile. Chauve-souris. Ou volcan.

— Chauve-souris ou volcan ? Fais ton choix.

Un coup de chance. Il m'en faut un plus difficile. Australopithèque.

— Australopithèque, lâche-t-il avec léger sourire. Je suis sûre que tu peux faire mieux.

Non, mais en plus il se fiche de moi ! Je rêve ! Trouve-moi ça : Palingénésie.

— Palingénésie. Je dois avouer que je ne sais pas ce que ça veut dire.

Bon sang, comment il fait ça ? Adamantin, marcescent, fuligineux, cynégétique, érythrophobie.

— Adamantin. Marcescent. Fuligineux. Cynégétique. Et… euh… érythrophobie ?

Oh la vache ! Il ne peut pas vraiment lire dans mes pensées. C'est impossible ! Edward Cullen, la magie, les sœurs Halliwell, les X-men, un bébé panda.

— Edward Cullen, la magie, les sœurs Halliwell et les X-men, ça se tient. Mais un bébé panda ? Sérieux ? me dit-il en riant.

— Bordel de merde ! juré-je, complètement estomaquée. Alors, c'est vrai ? Tu… tu entends tout ce que je pense ?

— Oui. Absolument tout.

— Comment ?

— Aucune idée. Ça vient tout seul. Je ne peux pas l'arrêter.

— Et tu peux écouter les pensées de n'importe qui ?

— Non. Uniquement les tiennes.

— Pourquoi ? Pourquoi moi ? couiné-je, fébrile.

— Ces questions, je me les suis posées un millier de fois, mais je n'ai pas de réponse à t'apporter. C'est comme ça.

— Si je comprends bien, ça a commencé il y a cinq mois. Est-ce qu'il y a eu un déclencheur ?

— Non, Déva, tu fais erreur. Je t'entends depuis aussi longtemps que je me souvienne.

— Quoi ? Tu veux dire que tu…

— Je sais tout de toi. J'ai tout suivi. Comment s'est passée ton enfance, ton adolescence. L'évolution de tes goûts. Tes amies. Tes p'tits copains. Tes secrets inavouables. Tes fantasmes.

Oh. Mon. Dieu ! Je vais m'évanouir...

À peine ai-je pensé ça que Malone se précipite vers moi et enroule son bras autour de ma taille. Je ne rejette pas ce contact, au contraire. Je suis troublée. Perdue. Je ne sais plus où est la vérité.

— Déva, je... je n'imaginais pas que tu pouvais être une vraie personne. Toute ma vie, on m'a pris pour un malade : le barjot qui entendait des voix ! Je me croyais fou. Tout le monde le croyait. Jusqu'à ce que je te voie dans ce café il y a cinq mois.

— Quel café ?

— Tu te rappelles ce serveur qui a fait tomber son plateau ?

— Tu as reçu du chocolat sur ta chemise. Je t'ai proposé de payer le pressing. Comment j'ai pu oublier ? Je savais qu'on s'était déjà rencontrés, mais je ne me souvenais plus où.

— Si je t'ai suivie depuis ce jour-là, c'est parce que je devais confronter la réalité avec tout ce qui se passait dans mon esprit. J'avais besoin d'être sûr que c'était réel, que j'entendais vraiment tes pensées. Il me fallait des certitudes. Tu comprends ?

Je me libère lentement de son étreinte. Il attend que je lui réponde, mais je ne sais pas quoi dire. Je suis partagée. Est-ce que je comprends pourquoi il a fait ça ? Oui, sans doute. Enfin, je suppose que si j'étais à sa place, j'aurais agi plus ou moins de la même manière. La situation est tellement dingue qu'il est difficile de lui en vouloir pour ça.

Mais est-ce que je crois à toute son histoire ? Pas sûr. Il m'a déjà menti, il pourrait être en train de recommencer. Avec ce qu'il connaît de moi, il avait facilement accès à mes mots de passe, à mon agenda, à tout ce qui pouvait être utile pour détruire ma vie. Comment être certaine que ce n'est pas lui mon harceleur ? Je suis complètement à l'ouest. Ça fait beaucoup trop de choses à encaisser. Je dois y réfléchir.

— Déva...

— Non, Malone ! Laisse-moi tranquille. J'ai besoin d'être

seule.

Bouleversée, je pars en courant sans chercher à prendre une direction particulière. Il faut juste que je m'éloigne de lui. C'est tout ce que je sais.

32

DÉVA

Deux jours que je n'ai pas dormi. Deux jours que je rumine dans l'appartement de Morgane en essayant de trouver un sens à cette situation aussi tordue que surréaliste. Je me repasse tous les événements les uns après les autres. Mes réactions. La manière dont j'ai interprété les gestes et les attitudes de Capuche Noire. Ses différentes apparitions. Les paroles de ma sœur, des policiers. Tout ce que Malone m'a dit.

Je tente de démêler le vrai du faux, mais à chaque fois que je touche du doigt la vérité, il y a un détail qui me chiffonne, quelque chose qui cloche et qui me laisse croire que j'ignore une partie de l'histoire. Ça me rend dingue ! Le pire, c'est que je sais que Malone suit chacune de mes réflexions. Hier, j'ai voulu m'en assurer. Je lui ai réclamé, silencieusement, de me prouver qu'il avait bien accès à mes pensées à distance. Dix secondes plus tard, mon portable émettait un bip. Le contenu du message ?

Je suis là. Je t'entends.
Demande-moi ce que tu veux. M.

De rage, de peur, ou de frustration, j'ai explosé mon téléphone sur le carrelage.

RIP, jeune Galaxy.

Comment pourrais-je accepter tout ça ? J'ai besoin de savoir qui s'en prend à moi. Est-ce ce mec adorable qui m'a sauvée des griffes d'un prédateur sexuel ? Est-ce une blondasse dans sa *Volvo* ? Vivre constamment dans le doute va finir par avoir raison de mes nerfs. Je ne peux pas autoriser un dangereux inconnu à se balader dans mon esprit ; pas s'il est responsable de mes déboires. Mais comment l'en empêcher ? Comment le faire sortir de ma tête ?

Vous croyez que si je me construis un chapeau en aluminium, ça peut fonctionner ? Oh purée, je déraille complètement. Au secours. Je ne sais plus ce que je dois faire.

Épuisée, je m'échoue lamentablement sur le canapé et enfouis mon visage dans un coussin pour étouffer mon cri. Je reste allongée ainsi, sans bouger, jusqu'à ce que la porte d'entrée grince. Quelqu'un vient de pénétrer dans l'appartement sans y être invité. Si j'étais dans mon état normal, je bondirais sur mes pieds, pressée de découvrir l'identité de l'intrus, mais je suis bien trop lasse pour ça. De toute façon, il n'y a que quatre possibilités.

Petit un : ma sœur est rentrée plus tôt pour me faire une surprise. Elle a les clés, donc ce serait logique.

Petit deux : Malone a décidé qu'il était temps de me confronter. Si c'est le cas, il sait qu'on cache un double sous le paillasson. Ne dites rien, c'est stupide, risqué et franchement pas original. Passons.

Petit trois : la blonde à la *Volvo* existe et elle est venue me faire la peau. Je ne vois pas comment elle serait entrée, mais c'est manifestement une sorcière qui peut prendre mon apparence, donc ça reste envisageable.

Petit quatre : Tom Ellis est vraiment le diable[7]. Il s'ennuie en enfer, donc il débarque dans mon salon pour m'envoyer au septième ciel.

7 - Référence à la série Lucifer.

Option numéro quatre s'il vous plait. Je demande la numéro quatre !

Bien joué, Déva, maintenant Malone sait que tu fantasmes sur Lucifer !

Je plaque un peu plus fort l'oreiller contre ma bouche pour empêcher des insultes d'en sortir. *Débile, débile, débile !* En même temps, s'il est dans ma tête depuis toujours, ça ne doit pas être un scoop et ce n'est pas non plus la pire chose à laquelle j'aurais pu réfléchir.

Gentil petit cerveau, pitié, ne pars pas dans des délires grotesques, honteux ou dégoûtants. Ne pas penser aux soirées karaoké et à ma voix de crécelle. Ne pas penser à mes parties de jambes en l'air. Ne pas penser à ma dernière diarrhée. Oh bon sang, il a dû assister à tout ça en direct ! Je voudrais mourir. S'il vous plait, abrégez mes souffrances.

La porte claque violemment. Qui que soit l'intrus, cette personne est en colère et elle compte me le faire savoir. OK : les options un et quatre ne sont plus d'actualité. Restent les deux autres. Est-ce que les sorcières existent vraiment ? Si la télépathie est réelle, pourquoi pas la magie ? Malgré cette brillante hypothèse surnaturelle, une visite de Malone me semble plus crédible. Mon pouls s'emballe. Je ne sais pas si je suis prête à le revoir, encore moins maintenant. Tout est bien trop confus. Je lui en veux, mais je suis aussi triste pour lui, pour toutes ces années où il pensait avoir une maladie mentale. Je suis curieuse, et terriblement honteuse, et blessée, et…

Un cliquetis résonne dans la pièce. C'est le genre de bruit qu'on entend plus souvent à la télévision que dans la réalité. Je serais prête à parier qu'on vient d'armer le chien d'un pistolet.

Oh misère !

Je descends lentement le coussin de quelques centimètres afin de libérer mes yeux. Une silhouette se dessine. Mes paupières papillonnent pour ajuster ma vision. Devant moi, se tiennent une crinière blonde emmêlée, un regard meurtrier… et un flingue !

Alerte généraaaaaaaale ! Option numéro trois confirmée !

Désormais consciente du danger, je me redresse d'un bond. Mon visiteur indésirable se rapproche en braquant son arme sur mon visage. Je connais cette tignasse cendrée, cette bouche de travers, ces yeux de fouine. La blonde à la *Volvo* n'est pas n'importe qui. Je sais qui a voulu détruire ma vie.

— Gwen ?

— Salut, Déva. Ça faisait longtemps, lâche-t-elle en dévoilant son sourire de requin.

Cette fois, mon vœu va être exhaussé : je suis morte !

***

Je crois que ça mérite un petit retour en arrière.

J'ai rencontré Gwenaëlle Perquin, alias « Les dents de la mer », au collège. J'étais plutôt populaire et elle du genre intello souffre-douleur. J'avais pas mal d'amis et de garçons qui me couraient après. Elle collectionnait les félicitations des professeurs, les bonnes notes, et les poissons pourris dans son casier. La pauvre a toujours eu une dentition assez… monstrueuse. Des dents taillées en pointe, voire carrément effilées, qui partaient dans tous les sens et se chevauchaient. Ça lui a valu beaucoup de moqueries, et une solitude évidente.

À sa majorité, elle a subi une opération qui a quelque peu arrangé les choses, sans faire de miracle. Je le sais parce que le destin a voulu que nous soyons voisines de chambre à la fac. Gwen était une fille étrange, toujours toute seule, le nez dans son ordinateur. Elle ne parlait à personne, ne participait à aucune fête. Tout ce qui semblait compter pour elle, c'était ses études, et honnêtement, je ne m'intéressais pas à sa vie ; j'avais bien assez à faire avec la mienne.

Sans suivre le même cursus, nous avions quelques cours en commun, notamment celui de Monsieur Roberts. C'était un jeune professeur, plutôt beau gosse, sur lequel la plupart des filles craquaient. Il était surtout l'un des seuls qui proposaient un poste d'assistant à l'année. Un salaire, des points bonus sur la moyenne, une lettre de recommandation flatteuse pour un stage et la possibilité de bénéficier d'une bourse : c'était une opportunité à ne pas manquer.

J'ai postulé, Gwen également, mais c'est moi qui ai obtenu les faveurs du prof. Gwen a très mal réagi à cette annonce. Elle est devenue incontrôlable. Elle a fait un scandale au beau milieu de l'amphithéâtre, s'indignant du choix de Monsieur Roberts qui préférait, selon elle, « les p'tits culs aux gros cerveaux » ! Le professeur n'a pas apprécié cette remarque, vous imaginez bien. Elle s'est fait virer du cours *manu militari.* Quelques jours plus tard, elle déménageait de la cité universitaire, en me lançant un gracieux « salope » en guise d'au revoir.

Je ne l'ai jamais revue après ça. Pour tout vous dire, j'avais complètement oublié cet incident jusqu'à aujourd'hui. Ce n'est manifestement pas son cas !

33

DÉVA

— Alors, c'est toi ? interrogé-je Gwen depuis le canapé. C'est toi qui t'amuses à foutre en l'air ma vie ?

— Oui, Madame, me confirme-t-elle avec fierté. Je trouve que je me débrouille plutôt bien à ce jeu-là !

— Comment as-tu fait ?

— C'est simple : je suis brillante, ma chère. Hacker un téléphone, un ordi, ou même un réseau sécurisé, ce n'est pas sorcier. Il suffit de savoir par quelle porte entrer. Une fois qu'on est à l'intérieur, on peut faire n'importe quoi. Prendre des photos, envoyer des messages, télécharger des films, faire des commandes et des virements, remplacer des vidéos, écouter les conversations.

Quelle pourriture ! Elle maîtrise l'art de bousiller quelqu'un sans lever les fesses de sa chaise. Ça me dégoûte !

— Tu sais, tu m'as drôlement simplifié la tâche avec tes petites manies. En général, les gens posent leur téléphone sur une table ou un bureau, ce qui ne permet de voir que le plafond à travers l'objectif. Mais toi, tu adores ces gadgets ridicules pour smartphone, du genre mini fauteuil ou socle avec des strass. Merci d'avoir rendu mon travail si facile ! Je pouvais faire autant de photos et de vidéos que je voulais. Avec le micro en prime, c'était comme si j'avais des caméras sur toi en permanence ! Ça m'a permis de tout suivre : tes discussions avec ton beau milliardaire, vos parties de jambes en l'air, les confidences entre toi et tes copines. D'ailleurs, ces deux-là seront peut-être mes prochaines victimes. Il n'y a pas de raison qu'elles ne paient pas, elles aussi.

Pourquoi Émi et Clara ? Quel rapport avec elles ?

— Pour ce qui est du reste, j'ai toujours adoré me déguiser, ajoute-t-elle avec des étoiles dans les yeux. C'est agréable de prendre l'apparence de quelqu'un d'autre quand tout le monde vous traite comme un monstre ! Se glisser dans ta peau, c'est… thérapeutique. Pendant quelques heures, je deviens cette beauté fatale sur laquelle tous les hommes fantasment ! Heureusement que ma silhouette me permet de faire illusion, tant que je ne souris pas. Une perruque par-ci, une robe chipée dans un placard, un sweat à capuche par-là, un modificateur de voix. Et le tour est joué.

Un sweat ? Alors Malone disait la vérité. Elle m'a entendu parler de Capuche Noire et elle en a profité. Elle s'est fait passer pour lui. Il était le suspect idéal.

— Pour imiter ton écriture, c'était déjà plus compliqué, continue Gwen en faisant quelques pas, son pistolet toujours braqué vers moi. Il a fallu que je fasse appel à un certain savoir-faire. Être intelligente, c'est également connaître ses limites. Mais ne nous attardons pas là-dessus. Le plus difficile, ça a été de crocheter la serrure de l'appartement de tes amies. C'est loin d'être aussi évident que dans les films. J'y ai passé une bonne partie de la nuit. J'ai d'ailleurs cru que tu m'avais grillée avec ces histoires de portes qui s'ouvraient toutes seules. Mais l'hypothèse du fantôme te séduisait plus que celle d'une effraction. Ensuite, il m'a suffi de faire des doubles de leurs clés et des tiennes. Un jeu d'enfant !

— Et l'incendie, c'était aussi un jeu d'enfant ? Tu es complètement tarée. Tu aurais pu tuer des gens !

— Je ne suis pas stupide, me contredit-elle. J'ai déclenché les détecteurs de fumée avant même d'avoir allumé le feu. Tout le monde avait déjà évacué quand c'est devenu dangereux. Enfin presque.

— Tout ça à cause d'une histoire vieille de dix ans ? Ce n'est pas de ma faute si c'est moi que le prof a choisie !

— C'est toujours pareil avec toi. Tu es tellement belle qu'il te suffit de battre des cils, de faire un sourire et de rouler des hanches pour qu'ils soient tous à tes pieds, même aujourd'hui. C'était déjà comme ça au collège, encore plus au lycée. Tu te rappelles, quand toi et ta p'tite bande, vous vous amusiez à me martyriser ?

— Tu exagères, Gwen. On n'était pas très sympas, c'est vrai, mais on ne t'a jamais…

— Jamais quoi ? Insultée ? Menacée ? Bousculée ? Enfermée ? Effrayée ?

Je tente de me remémorer cette époque, mais tout reste plutôt vague, mis à part les fêtes, mes amies, Marc… Je repousse rapidement son image, qui me donne aujourd'hui la nausée, pour me reconcentrer sur Gwen.

— Je ne me rappelle pas avoir fait ce genre de choses, ni à toi ni à personne, déclaré-je, peu sûre de moi. Je ne t'ai jamais brutalisée, Gwen. Je ne crois pas non plus t'avoir déjà insultée ou menacée.

— Oh, pas directement, c'est vrai. Tu as toujours été plus subtile que ça. Par contre, tu n'es jamais intervenue pour empêcher ton débile de petit-ami, et ses potes footballeurs, de me harceler ! D'ailleurs, leurs conneries vous faisaient bien marrer, toi et tes deux super copines !

OK. J'avoue, j'étais une garce égoïste et intolérante au lycée. Je ne me préoccupais de personne, sauf de ma petite bande. Donc, quand mes amis faisaient des blagues douteuses, voire cruelles, j'en riais, même si je n'avais rien suivi de l'histoire. C'était idiot : une mascarade destinée à conserver la cohésion de notre groupe. Tout ce qui nous importait, c'était d'être solidaires et populaires, bien sûr. J'étais une de ces ados écervelées et superficielles qu'on voit dans les séries américaines.

— Tu savais que j'avais essayé de m'ouvrir les veines en terminale ? complète Gwen en me montrant les cicatrices sur ses poignets.

Oh, bon sang…

Une boule se forme dans ma gorge quand je réalise qu'elle dit la vérité. Les marques ne sont pas jolies, même après toutes ces années. Sa tentative de suicide ne fait aucun doute, reste à savoir quand ça s'est passé. A-t-elle vraiment voulu en finir à cause de mes amis et moi ? Étions-nous si horribles avec elle ? C'est possible. Je dois admettre qu'à cet instant, je suis loin d'être fière de moi. Elle aurait pu mourir. Victime ou bourreau : lequel suis-je dans cette histoire ?

La colère que je ressentais face à ce que j'ai perdu ces dernières semaines est subitement atténuée par la culpabilité qui vient frapper à ma porte. On était jeunes et stupides, mais ça n'excuse pas tout. Nous sommes en partie responsables de ce qu'elle est devenue. Si je pouvais remonter le temps, je ferais les choses autrement, mais c'est impossible. Comment réparer mes erreurs après tant d'années ?

Commence par demander pardon, ce sera déjà un début.

— Je suis désolée, Gwen ! m'excusé-je dans l'espoir d'apaiser un peu sa rancœur. On n'aurait jamais dû te traiter comme ça. C'est vrai, j'aurais dû faire quelque chose pour les calmer, plutôt que de les encourager en riant. Je n'avais pas idée que tu souffrais autant. Je… je te jure que je ne m'en rendais pas compte.

J'aurais dû m'en rendre compte.

— Peu importe. J'ai vite compris que pour les filles comme moi, le lycée c'était l'enfer. Je devais attendre l'université pour avoir une chance de prouver ma valeur. Mais tu m'as volé cette chance !

— Pourquoi j'ai l'impression qu'il n'est pas seulement question de ce boulot d'assistant ?

Un éclair de fureur passe dans les yeux de ma ravisseuse.

— Tu ne connais qu'une partie de l'histoire. Quand je me

suis fait virer du cours de Roberts, j'ai perdu ma bourse et j'ai dû quitter la fac. Mes parents ne pouvaient pas payer mes études. Je suis retournée vivre avec une mère droguée et une demi-sœur que je devais protéger d'un beau-père violent. Contrairement à elle, je savais encaisser les coups depuis que j'avais l'âge de marcher.

En écoutant son histoire, mon cœur se serre davantage. Aucune gamine ne devrait endurer ça. J'étais loin d'imaginer que Gwen avait eu une vie si difficile, qu'elle cachait de telles blessures. Je ne m'étais même jamais posé la question. Pour moi, elle était juste une fille un peu étrange que la nature n'avait pas gâtée. Je n'ai pas su regarder au-delà des apparences et aujourd'hui, je m'en mords les doigts. J'aurais dû être plus attentive. Plus humaine. Nous n'en serions peut-être pas là.

— Oh, Gwen, je suis…

— Garde ta pitié. Je n'en ai pas besoin ! me crache-t-elle avec hargne. J'ai trouvé un p'tit boulot et suivi des cours par correspondance. Ça n'avait rien de compliqué. Mais pour valider mon diplôme, il fallait que j'effectue un stage. J'avais déjà repéré l'entreprise idéale : *Global Dynamics*.

Global Dynamics ? Mais c'est là où…

— Bien sûr, c'est toi qu'ils ont recrutée. Une belle petite stagiaire, c'est plus agréable à regarder qu'une bête de foire !

— Je ne savais pas que tu avais postulé aussi, tenté-je de me justifier. Je…

— Ferme ta gueule ! beugle-t-elle en approchant son arme à cinquante centimètres de ma poitrine. Tu la fermes. C'est moi qui parle. C'est mon moment !

Ramenée brusquement dans cette réalité où son flingue a plus d'importance que ma culpabilité, je m'enfonce davantage dans le canapé, espérant qu'elle n'appuie pas malencontreusement sur la gâchette.

— J'ai trouvé un stage ailleurs, tu sais. En quelques heures, c'était bouclé. J'ai obtenu mon diplôme et j'ai commencé mes recherches d'emploi. C'est là que ça s'est corsé. Beaucoup de monde sur le marché, peu de boîtes et encore moins de jobs disponibles. J'ai passé des mois à déposer des CV partout, pour zéro réponse. Dès qu'ils voyaient ma tête, les employeurs se souvenaient subitement que le poste était déjà pourvu. Étrange, non ?

Cette fois, c'est de la tristesse qui remplit les yeux de Gwen, mais ça ne dure pas.

— Alors que je n'y croyais plus, une jeune start-up m'a contactée. Le patron était emballé par mon cursus. Il devait me rappeler le lendemain pour confirmer. Mais le soir même, ce bon vieux Benoît a laissé un message sur mon répondeur : une autre candidate avait obtenu le job.

— Benoît ? Tu veux dire que… que c'est toi qui étais censée occuper mon poste ?

— Oui. Au départ, il tournait beaucoup plus autour de l'informatique, mais Benoît l'a adapté pour toi en ajoutant la partie créative. Le charme de Déva Martin avait encore frappé !

La vache ! La pauvre. Trois fois que je lui souffle la vedette : trois raisons supplémentaires de me détester.

— Voilà. C'est ce jour-là que j'ai compris que la planète n'était pas assez grande pour nous deux. Si je voulais réussir ma vie, je devais me débarrasser de toi. Et plutôt que de le faire rapidement, j'ai préféré te montrer ce que ça faisait d'être une perdante, pour une fois. Alors, Déva, dis-moi, tu l'aimes toujours ton existence de rêve ?

Je récapitule tout ce qu'elle a enduré, directement ou indirectement, à cause de moi. Ce qu'elle m'a fait subir avec son petit jeu n'est pas si grave, au final. Rien de tout ça ne m'a blessée autant que mon agression. Ben n'était pas mon grand amour. Je retrouverai un nouveau boulot et un appart. Quant aux filles, un jour ou l'autre, elles me pardonneront, du moins je l'espère. Mais pour ça, il faut que je reste en vie et vu l'état de nervosité de ma geôlière, ce n'est pas gagné !

— Je suis vraiment navrée, Gwen. Pour tout. L'école, la fac, le boulot. Tu as eu raison de te venger. Je méritais qu'on me remette à ma place. J'ai compris, tu sais. Je te demande pardon. Et si je peux faire quoi que ce soit pour t'aider à te sentir mieux, dis-le-moi.

En toute franchise, je ne pense que la moitié des mots qui sortent de ma bouche. C'est vrai que j'ai de la peine pour elle, pour ce qu'elle a vécu et je regrette sincèrement le mal que j'ai pu lui faire quand nous étions adolescentes. Je suis prête à oublier toute cette histoire et qu'on reparte chacune de notre côté : elle aura eu sa vengeance, un peu de fric au passage, et moi la vie sauve. Le reste m'est totalement égal. Cela dit, je ne pense pas vraiment avoir mérité tout ça, comme elle ne méritait pas les mauvais traitements qu'elle a reçus.

Enfin, pour le moment, savoir qui a tort ou raison n'est pas dans le top de mes priorités. Tout ce qui compte, c'est l'arme à feu pointée sur moi, cette petite bête métallique qui pourrait m'ôter la vie en une seconde. Je ne veux pas quitter cette terre aujourd'hui et si je dois lui promettre monts et merveilles pour l'éviter, je le ferais.

— Tu crois que tu peux m'amadouer, Déva ? Me duper ? Je suis bien plus intelligente que toi, alors n'essaie même pas ! Je te l'ai dit : l'une de nous deux est de trop. À genoux…

Quoi ? Elle plaisante là... non ?

— J'ai dit à genoux, pouffiasse ! hurle-t-elle en secouant son pistolet sous mon nez.

Je réalise que Gwen ira jusqu'au bout de sa vendetta, quoi que je dise, quoi que je fasse. Elle n'est pas venue pour m'effrayer ou me permettre d'expier mes fautes : elle veut ma tête. Je ne vois ni doute ni remords dans ses yeux, seulement du mépris. Terrifiée, j'obéis et me laisse tomber sur le tapis. Je tremble tellement que j'ai du mal à me tenir droite. Ma vessie n'est pas loin de me lâcher. Gwen se décale, vient se poster à ma gauche et appuie le canon contre ma tempe.

Pitié, je ne veux pas mourir. Pas comme ça.

— Je t'en prie, Gwen, ne fais pas ça. Tu n'as encore blessé personne. Tu n'es pas forcée de commettre l'irréparable.

— C'est vrai. Rien ne m'y oblige. Mais je crève d'envie de voir ta cervelle d'allumeuse étalée partout sur les murs ! rétorque-t-elle en ricanant. Je suis sûre que ton visage sera beaucoup moins agréable à regarder après ça ! Un dernier mot, Madame Martin ?

Une larme roule sur ma joue. Je ferme les paupières pour éviter que d'autres s'en échappent. Cette fois, je suis fichue. Contrairement à ce qu'on raconte, ma vie ne défile pas devant mes yeux. Je songe simplement à Morgane qui va s'en vouloir de m'avoir laissée seule. Pourtant, rien de tout ça n'est de sa faute ; j'aimerais qu'elle le sache. Le souvenir de mon père revient également au premier plan. J'espère le revoir de l'autre côté, si ça existe. Jamais je n'aurais cru partir si tôt ! J'imagine qu'il s'est dit la même chose, quand les truands du cartel l'ont criblé de balles.

En fin de compte, le dernier visage qui s'impose à moi est celui de Malone : son sourire, cette étincelle au fond de ses iris presque noirs, ses mèches cuivrées rebelles.

Je sais que tu es avec moi, Malone, que tu m'entends. J'aurais dû te croire quand tu m'as parlé de la blonde à la Volvo. J'aurais dû… je… J'ai tellement peur !

Mon bourreau attend toujours que je réponde à sa macabre interrogation. Vais-je la supplier encore ? Non. Hors de question. Si mon heure est venue, je ne vais pas passer mes derniers instants à m'écraser face à une femme capable de tuer de sang-froid, peu importe ce qu'elle a vécu. On ne joue plus : c'est ma vie qu'elle veut prendre !

— Tu sais quoi ? Va te faire foutre, Gwen !

La folle qui menace de me faire sauter le caisson pousse un cri de rage, avant d'abattre la crosse de son pistolet sur mon visage. Ma tête part en arrière, ma lèvre inférieure éclate sous la force du coup et une traînée d'hémoglobine s'écoule le long de mon menton. Je n'ai pas le temps de faire le moindre mouvement que Gwen repose le canon de son arme contre mon front. Son regard déborde de haine. J'ignore comment c'est possible de haïr quelqu'un à ce point-là.

— Fais tes prières, Déva, déclare-t-elle en pressant la détente.

Je retiens mon souffle, je ne sais pas pourquoi. C'est idiot comme réflexe et surtout ça ne sert à rien, mais je le fais quand même, en attendant que la mort vienne me prendre.

Adieu, Malone.

La porte d'entrée s'ouvre dans un fracas de tous les diables. Des cris retentissent, suivis d'un coup de feu. Une balle est tirée. Du sang éclabousse mon visage. Pourtant, je ne ressens rien de plus que l'élancement dans ma lèvre éclatée. Je ne sais pas ce qu'il vient de se passer. Mon cœur bat la chamade. Mes paupières sont toujours ouvertes et mes poumons fonctionnent encore.

Je suis vivante… enfin, je crois.

Gwen, par contre, est étendue sur le tapis, une balle entre les deux yeux.

— Déva ! Est-ce que ça va ? s'inquiète le lieutenant Fischer en se précipitant vers moi.

Je ne savais pas qui était intervenu jusqu'à ce que j'entende sa voix. Il me tend la main et m'aide à me relever alors que mon regard ne peut se défaire du corps sans vie de Gwen.

— Déva ? Répondez-moi.

— Ça va, chuchoté-je, comme si j'avais peur de réveiller quelqu'un.

Le lieutenant lâche mes doigts. Je chancelle. Il me rattrape de justesse.

— Ouh là.... tout doux, me dit-il en me dirigeant vers le fauteuil le plus proche. Asseyez-vous, le temps que je passe un coup de fil à mes collègues.

J'acquiesce et me concentre sur ma respiration.

— Vous la connaissiez ? s'enquiert le policier quelques minutes plus tard, en désignant Gwen du menton.

— Oui. C'était elle. Elle m'a tout avoué. L'usurpation d'identité. Les vols. Les piratages. L'incendie. Je crois même qu'elle s'est introduite dans votre système de vidéosurveillance.

— Vraiment ? Hum, d'accord. Je suppose qu'on trouvera toutes les preuves dans son ordinateur. Vous savez pourquoi elle s'en est prise à vous ?

— La vengeance. La jalousie aussi. Mon Dieu, si vous étiez arrivé une seconde plus tard, je serais morte ! soufflé-je en plaquant une main sur ma bouche.

— Oui. Vous avez eu de la chance que je sois dans le coin quand votre ami m'a appelé.

— Mon ami ? Quel ami ?

— Un certain Malone. O'Brien. Il m'a dit que vous étiez au téléphone quand une femme avait fait irruption dans l'appartement de votre sœur, en menaçant de vous tuer. Il a été plutôt… directif. Il a précisé que je ne ferais pas de vieux os si je vous laissais mourir !

Mes nerfs lâchent alors que je pars dans un fou rire insensé. Le lieutenant me regarde, amusé, et attend que je me calme avant de reprendre la parole.

— C'est lui l'ami qui vous a amenée à l'hôpital, n'est-ce pas ? Celui qui ne m'a jamais appelé pour son témoignage ?

Je confirme en hochant la tête.

— Mais ce n'est pas lui qui a tabassé les trois types qui essayaient de vous violer ?

Je secoue la tête dans l'autre sens. Il ne doit pas savoir ce que Malone a fait.

— Vous êtes une pitoyable menteuse, Déva. Même quand vous ne prononcez pas un mot ! déclare-t-il en souriant.

— Je ne mens pas. Je…

— Pas de panique. Trois crapules ont fini dans la tombe grâce à une mystérieuse ombre à capuche. Pour l'instant, cette histoire me convient très bien ! conclut-il en me faisant un clin d'œil.

— Merci, soupiré-je, soulagée qu'il le prenne de cette manière.

— Vous savez, Déva, vous avez de la chance d'avoir quelqu'un qui tienne à vous à ce point.

— De quoi parlez-vous ? l'interrogé-je, confuse.

— Dans la police, on apprend à reconnaître la peur. Quand Malone m'a appelé, il était en train de courir pour venir ici, mais il savait qu'il n'arriverait pas à temps. Et s'il y a une chose dont je suis sûr, c'est qu'il était mort de trouille à l'idée de vous perdre.

34

DÉVA

J'ai passé des heures au poste de police, à répéter cent fois la même histoire, à répondre encore et encore aux mêmes questions. Pendant tout ce temps, les mots du lieutenant ne cessaient de revenir au premier plan de mes pensées : *« Il était mort de trouille à l'idée de vous perdre ».*

Est-ce qu'il a vu juste ? Malone s'est-il réellement inquiété pour moi ? Ou est-ce qu'il se sentait seulement responsable ? Oui, c'est sûrement ça. Il m'a sauvée de mes agresseurs, moi la pauvre petite chose, et maintenant il se sent responsable de moi. Explication logique. Je crois. À moins que… qu'il tienne à moi ? Mais on se connaît à peine. Enfin, pour lui, ce n'est pas tout à fait vrai.

Bon sang, il faut que je lui parle !

J'ai tout juste posé les pieds à l'extérieur du commissariat que je grimpe déjà dans un taxi. Je n'ai plus qu'un seul objectif : retrouver Malone et pénétrer à mon tour dans sa tête.

Arrivée en bas de son immeuble, je me sens fébrile. Je tends une main tremblante vers la sonnette. Et s'il ne voulait pas me voir ? Si je m'étais monté le bourrichon ? Et si le lieutenant m'avait dit ça uniquement pour me calmer ? Je retire mon doigt avant qu'il entre en contact avec le plastique.

Allez, Déva, ne fais pas ta poule mouillée.

J'inspire, expire et retends mon bras. Mon index frôle la sonnette.

Peut-être qu'il n'est pas chez lui ? Ou peut-être qu'il n'est pas seul ? Et si je le dérangeais ?

Je recule une fois de plus ma main. La réavance. La recule encore. J'hésite. Je dois avoir l'air d'une totale abrutie.

Soit tu appuies sur cette fichue sonnette, soit tu dégages. Décide-toi, ma grande !

Avant que je puisse faire mon choix, la grille se déverrouille automatiquement. Malone a enclenché l'interrupteur depuis son appartement. Je ricane en réalisant qu'il a assisté à tout mon délire et monte dans l'ascenseur tout en rougissant de ma bêtise. En haut, il m'attend sur le pas de la porte.

— Salut, me lance-t-il avec un sourire en coin.

— Salut, murmuré-je, honteuse.

— Entre. Je t'en prie.

Il se décale pour me laisser passer. Je fais quelques pas dans l'entrée et les images de mes dernières minutes ici se rappellent à moi. J'étais tellement effrayée, terrifiée même ! À ce moment-là, j'aurais tout donné pour ne jamais revenir. Pourtant, me voilà. Après l'épisode de la folle furieuse qui a essayé de me tuer, tout ça me semble bien dérisoire.

— Comment tu te sens ?

— Ça va.

Si je me limite à deux mots par phrase, la conversation n'ira pas très loin. Il est temps de mettre les pieds dans le plat.

— Alors... Il paraît que… que tu t'es inquiété pour moi ?

Malone rigole franchement, avant de pencher légèrement la tête sur le côté sans me lâcher du regard. Il me semble qu'il est un peu gêné, mais ses yeux pétillent de malice.

— Fischer a la langue bien pendue ! déclare-t-il, me confirmant ainsi que ses propos étaient justes.

— Sans doute. Heureusement pour moi, il a aussi d'excellents réflexes !

— Ouais, soupire Malone, perdant immédiatement son sourire.

Bien joué, Miss « je casse l'ambiance » ! Bon, maintenant qu'on y est, entrons dans le vif du sujet.

— Tu as tout suivi à travers mes yeux ? l'interrogé-je d'une voix tremblante.

— Oui. Chaque seconde. Y compris l'instant où tu m'as dit adieu.

Il me semble voir de la souffrance dans ses traits, comme si ce mot, pensé à un moment on ne peut plus critique, lui avait brisé le cœur. On se regarde en silence pendant longtemps. J'ai l'impression que la conversation va se finir comme ça. La tension augmente. Ma gorge se serre. Ma poitrine se comprime, jusqu'à ce qu'il fonde sur moi en un éclair.

— Putain, Déva, j'ai flippé comme un malade ! lâche-t-il en posant son front contre le mien, ses mains de chaque côté de ma tête. Je n'ai jamais eu aussi peur de toute ma vie !

— Pareil, articulé-je avec difficulté. J'ai cru que c'était fini, qu'elle allait me tuer.

— Je sais, murmure-t-il, ému autant que moi. J'aurais voulu être là pour te protéger. Si je t'avais tout raconté avant, tu n'aurais peut-être pas été seule, aujourd'hui. Moi qui suis tellement doué pour te suivre partout, j'aurais dû l'empêcher de t'approcher. Je suis désolé. Désolé pour tout.

— Ce n'est pas ta faute. Tu ne pouvais pas savoir.

— J'aurais dû. Elle ne t'a pas loupée, ajoute-t-il en glissant son pouce sur ma blessure à la lèvre.

Je frissonne des pieds à la tête. Pas à cause du coup de Gwen. Je serais bien incapable de penser à elle pour le moment. Ce qui me trouble à ce point, c'est lui. Le contact de ses doigts qui parcourent lentement ma joue et mon menton. Ses yeux qui me dévorent. Son souffle chaud qui fait voleter mes cheveux. Mon cœur est en train de s'emballer sérieusement ! La bouche de Malone s'entrouvre et sa langue apparaît furtivement, juste avant que ses dents mordillent ses jolies lèvres ourlées.

Ohhhh, ce que j'aimerais les mordre moi-même...

Malone s'immobilise brusquement. Je relève les yeux, affolée.

Non. Dites-moi que ce n'est pas vrai. Je ne viens pas vraiment de penser ça ? Préparez le défibrillateur, mon cœur va me lâcher dans trois, deux, un...

Avant que je réalise pleinement la situation, sa bouche rejoint la mienne dans un mouvement rapide et un peu trop brutal. Je geins à cause de ma plaie à vif.

— Pardon. Je ne voulais pas...

— Non. Ne t'excuse pas. Et surtout, ne t'arrête pas ! le supplié-je en m'agrippant à lui.

Pour toute réponse, il dépose un baiser délicat sur le coin de mes lèvres, les frôlant avec les siennes de la manière la plus exquise qui soit. Je soupire d'aise sans m'en rendre compte.

— Ne t'empêche jamais de penser, Déva. Pas pour moi. Quelle que soit l'idée qui te passe par la tête ! Je ne veux surtout pas que tu changes.

***

Le salon est baigné par la douce lumière des réverbères au-dehors. J'entends la vieille horloge du bureau sonner vingt heures. Ça fait près de quarante minutes que je suis arrivée et Malone n'a toujours pas décollé sa bouche de la mienne.

Oh, Seigneur, faites qu'il ne la décolle jamais !

Chacun de ses baisers réveille en moi un désir si profond que c'en est bouleversant. J'ai l'impression que de la lave incandescente a remplacé mon sang. Mes veines me brûlent. Mon épiderme s'enflamme. Ma langue goutte la sienne avec une avidité dont je n'avais jamais fait preuve avec qui que ce soit. Mes mains explorent son corps, découvrant un à un ses muscles si délicieusement sculptés. Il reste néanmoins cette agaçante barrière de tissu qui amoindrit mes sensations. Je veux sentir sa peau contre la mienne.

— Doucement, Déva, souffle Malone, haletant, en me repoussant avec délicatesse. Ralentis.

Que je ralentisse ? Est-ce que je vais trop vite ? Trop loin ? Peut-être qu'il n'a pas envie de ça ?

— J'en ai très très envie ! s'empresse-t-il de me corriger. Crois-moi. Tout mon corps est en feu rien qu'à te regarder. Mais… est-ce que c'est vraiment ce que tu veux ?

Je fronce les sourcils. Pour un télépathe, il a de drôles de questions ! Je pensais pourtant que mes gestes étaient assez révélateurs. Je respire profondément pour me calmer, mais mes yeux ne cessent de s'accrocher à cette bouche si appétissante qui frémit devant moi.

Ça ne devrait pas être permis d'avoir des lèvres aussi sensuelles !

Je secoue la tête quand je me rends compte que Malone attend toujours une réponse. À quelle question déjà ? Ah oui, est-ce vraiment ce que je veux ? Je ne suis pas certaine de le suivre.

— Déva, je… j'espère ne pas gâcher ce moment, mais…

Oh oh. Je crois que ça ne va pas me plaire !

Je tente de reculer. Malone m'en empêche en posant sa main dans ma nuque.

— Je sais que tu essaies de te persuader que ce que tu as vécu n'est pas si grave, parce que le chef des Dragons n'est pas allé jusqu'au bout, me dit-il avec un mélange de douceur et de colère. Mais ça n'enlève rien au traumatisme que tu as subi. Je crois que c'est peut-être un peu trop tôt pour ce qu'on a en tête tous les deux.

Je réfléchis quelques secondes à ses paroles. C'est vrai. Mon agresseur a forcé la porte de mon intimité comme personne ne devrait pouvoir le faire. Pas de cette manière. Pas sans accord ni envie. Pas dans la peur et la souffrance. Ça me prendra du temps pour oublier tout ça. Dois-je arrêter de vivre pour autant ? Sûrement pas !

— Tu as peut-être raison, approuvé-je en posant doucement mes mains sur son torse. Peut-être que je ne suis pas prête. Pour être honnête, je n'en sais rien. Mais j'ai vu la mort de très près aujourd'hui et il y a une chose dont je suis absolument certaine : je ne veux pas que cet événement m'empêche de vivre pleinement ! Je refuse que ça me définisse, ou que ça influence mes choix. Et ce soir, c'est toi que j'ai choisi...

35

DÉVA

Je m'attends à ce que Malone me saute dessus après ma déclaration, du genre copulation bestiale, mais une fois de plus, je me fourvoie. Au lieu de m'arracher mes vêtements, ce qui est pourtant exactement ce que je demande, il entreprend d'embrasser chaque centimètre de mon cou et de mes épaules. Ses mains se sont introduites sous mon tee-shirt et massent avec langueur mes muscles contractés. Les yeux fermés, je savoure son étreinte. Il est doux. Tendre. Aimant ? Je ne sais pas si on en est déjà là, mais la manière dont il me caresse me donne l'impression d'être la seule personne au monde qui compte pour lui. À cet instant, il est le seul qui compte pour moi.

Je m'accroche à ses biceps tandis que sa langue reconquiert ma bouche. Il a le goût du sirop d'érable, brûlant et sucré à la fois. Ses mains descendent le long de mes flancs. Elles sont chaudes et robustes. Je frissonne lorsqu'elles frôlent mes côtes. Lui, il sourit en se léchant les lèvres et recule légèrement la tête pour me regarder.

On dirait qu'il est… fasciné ?

— Totalement fasciné, murmure-t-il avec un tel sérieux que

j'en ai le souffle coupé.

Il agrippe le bas de mon tee-shirt et le remonte très lentement sur mon ventre, puis au-dessus de ma poitrine. Sans que je leur en donne l'ordre, mes bras se lèvent pour lui faciliter la tâche. Mon vêtement se retrouve rapidement à terre, laissant mon soutien-gorge comme seul gardien de mes seins gonflés par l'excitation.

Malone n'a pas détourné le regard. Ses yeux suivent le chemin de mes courbes, marquant des pauses à des endroits bien précis. Son souffle s'accélère. Sa cage thoracique se soulève à une fréquence de plus en plus soutenue. Il me semble même apercevoir les battements de son cœur à travers le tissu de sa chemise en lin.

— Dieu que tu es belle ! s'exclame-t-il en frôlant mon bras du bout du doigt. Oh, Déva… tu es… magnifique.

Ce n'est pas la première fois qu'un homme me fait ce genre de compliment, pourtant, jamais je n'ai autant cru à ces paroles. Alors qu'il me détaille toujours, je m'approche et plonge une main dans ses cheveux cuivrés. Je veux qu'il m'embrasse encore, qu'il me touche.

Je veux qu'il me fasse tout ce qui lui passera par la tête !

Répondant à mon appel involontaire, il engloutit mes lèvres tout en empoignant mes hanches. J'ai tellement chaud que j'ai l'impression de me consumer comme une bougie. Les doigts de ma main libre suivent consciencieusement la ligne de boutons qui me sépare de ses abdominaux. Je peux les deviner sous le tissu, mais je veux aussi y goûter.

La première attache s'ouvre quasiment toute seule. La seconde me résiste et au moment où elle ploie sous ma détermination, cet horrible blond au tatouage de dragon m'apparaît, couteau en main, en train de faire sauter mes boutons un à un. Je le vois aussi clairement que s'il se tenait devant moi. Je ressens même la pression que les deux rasés appliquaient sur mes poignets, comme s'ils me maintenaient encore pour que leur chef ait le champ libre.

Ce n'est pas réel. Je le sais bien. Je ferme les yeux une

seconde pour m'en persuader, puis les rouvre lentement. Le blond a disparu. Il ne reste que Malone qui continue de m'embrasser.

Allez, Déva. Ce n'est rien. Oublie ça et concentre-toi sur l'important.

Je poursuis mon action en m'attaquant au troisième bouton, laissant la langue de mon amant donner le rythme. Je me détends un peu plus à chacun de ses langoureux baisers. Pourtant, ce n'est pas suffisant.

Nouveau flash : le blond prend un malin plaisir à découper mon chemisier pour découvrir ma poitrine. Ma gorge se serre, mon estomac aussi, jusqu'à ce que la main de Malone emprisonne la mienne pour bloquer mes mouvements. Surprise par son intervention, je relève les yeux. Il pose sur moi un regard compréhensif et bienveillant. Avec délicatesse, il décolle mes doigts de sa chemise, puis l'enlève rapidement en la faisant coulisser au-dessus de sa tête, comme un polo.

— Plus de bouton, plus de problème, déclare-t-il en caressant ma joue.

Je ne m'attendais tellement pas à cette réaction, que j'en reste muette. La solution était pourtant simple : plus de bouton, plus de problème. Il a raison, sauf que personne à part lui n'aurait pu deviner ce qui n'allait pas chez moi. Il était le seul à pouvoir comprendre, le seul capable de déverrouiller les blocages de mon cerveau.

Comment peut-il exister un homme tel que lui ?

Sans ajouter un mot, Malone attrape ma main et se dirige vers sa chambre. Après avoir allumé une petite lampe de chevet, il s'approche de moi si lentement que chacun de ses pas me fait frémir. Son premier geste le conduit à replacer une mèche de cheveux derrière mon oreille. Son doigt s'attarde sur mon lobe, très vite rejoint par sa langue. Une délicieuse décharge d'électricité parcourt mon corps lorsque ses dents commencent à s'en mêler.

— Je vais détruire chacune de tes angoisses, Déva, me promet-il dans un murmure. Les unes après les autres. Je vais effacer tous tes mauvais souvenirs. Fais-moi confiance, j'y arriverai.

Ses mains descendent doucement sur mes fesses, puis ses pouces saisissent mon jean et s'infiltrent entre le tissu et ma peau, avant de longer ma ceinture jusqu'à mes pressions. Je me rends à peine compte de ce qu'il fait tellement mes sens sont affolés. Délestée de mon pantalon, je colle mon bassin contre le sien dans un réflexe purement animal. Il grogne de plaisir tout en embrassant mon menton.

— Déva… si tu savais tout ce que j'ai envie de te faire.

Ses mots sonnent autant comme une supplique que comme un regret. J'ai l'impression qu'il se bride et ça ne me plaît pas. Je veux qu'il assouvisse tous ses désirs. Je veux… je veux qu'il prenne son pied, tout simplement !

— Arrête de t'inquiéter pour moi, me réprimande-t-il avant que j'aie le temps d'intervenir. Laisse-toi aller, Déva… Laisse-moi gérer.

Que je le laisse gérer ? D'accord.

Je ne sais pas pourquoi ni comment, mais dès que mon esprit accepte de lui céder tout le contrôle, mon corps se détend davantage. Je n'avais jamais eu assez confiance en quelqu'un pour me lâcher à ce point. Ça me fait un bien incroyable !

— C'est ça, chuchote-t-il avant de faire glisser la bretelle de mon soutien-gorge avec ses dents.

La deuxième subit le même sort, pendant que ses doigts dégrafent les attaches qui maintiennent encore le sous-vêtement contre mes seins. Malone le décolle prudemment de ma peau et l'envoie rejoindre le reste de mes affaires. Il pousse alors un long soupir, ses iris presque noirs rivés sur ma poitrine. Je vois son membre gonfler sous l'afflux de désir. Le simple fait de savoir l'effet que j'ai sur lui me comprime délicieusement le bas-ventre.

Oubliant qui est censé conduire cette valse, je pose mes mains sur son pantalon et entreprends de le lui enlever. Il se laisse faire, toujours sans me lâcher des yeux, et c'est à mon tour d'être subjuguée. Il est… je ne trouve pas les mots.

Un vrai apollon !

Un nouveau grognement fait vibrer sa gorge suite à ma remarque silencieuse. Il m'allonge si brusquement sur le lit que j'en ai le vertige, à moins que ce soit juste son corps au-dessus du mien qui me désarçonne totalement. Mon cœur s'emballe encore. Je ne sais même pas comment un humain peut survivre à tant d'émotions.

La bouche de Malone divague de ma clavicule à la ligne qui sépare mes seins. Puis elle descend, lentement, très lentement. Mes ongles s'enfoncent dans le matelas et mes doigts se cramponnent au drap. Ses lèvres continuent leur route avec envie. Je ne comprends pas tout de suite pourquoi, mais le stress commence à monter en moi. Mes jambes se mettent à trembler.

Bon sang, c'est quoi mon problème ?

Une douleur vicieuse s'empare de mes tétons, en souvenir des dents de cet infâme blond qui s'est amusé avec moi. Immédiatement, je sens Malone ralentir la cadence. Il a forcément capté ce qu'il se passait dans mon cerveau de piaf et ça me désespère de lui imposer ça. À cet instant, je me déteste à tel point que je pourrais me mettre des baffes !

Ressaisis-toi, bon sang ! Tu dois te montrer plus forte que ça...

Je m'attends à ce qu'il arrête ses doux traitements, mais il n'en fait rien. Au lieu de ça, une de ses mains effleure mes flancs, pendant que l'autre se pose calmement autour de mon sein. Surprise, satisfaite et pourtant toujours anxieuse, je retiens ma respiration tandis que sa langue s'empare de mon second téton. Elle s'enroule tout autour avec audace et convoitise, mais surtout avec une douceur infinie. Mon souffle se relâche en même temps qu'une vague de plaisir me submerge, en emportant au loin les restes de mes tourments.

— Tu n'as pas à appréhender mes caresses, Déva. Je ne te ferai... jamais de mal.

Ses mains courent sur mes cuisses pendant que sa bouche lui sert d'agréable distraction. Ses doigts remontent peu à peu vers mon string. Perdue dans les sensations qu'il me procure, je le laisse me débarrasser de ma lingerie sans aucune protestation. Il prend tout son temps pour la faire glisser le long de mes jambes, encore davantage quand il fait le chemin inverse. Ses lèvres rencontrent mes chevilles, mes tibias, l'intérieur de mes genoux, celui de mes cuisses. Elles sont douces, taquines et affamées.

Je crois qu'on peut dire que je suis à point. Malone m'a amenée à la limite de l'orgasme rien qu'avec des baisers et des caresses. Pourtant, quand ses doigts s'approchent de mon entrejambe, je ne peux m'empêcher de me focaliser sur les traits diaboliques du Dragon. Son portrait se dessine encore une fois, remplaçant le superbe visage de Malone. Des images envahissent mon esprit torturé, troublantes, violentes, écœurantes. Je ferme les paupières pour essayer de les chasser, mais plus Malone continue et plus je me sens impuissante, comme si j'étais à nouveau allongée devant ce bar, sur le bitume gelé. Mes muscles se tétanisent. Mon cœur palpite au point que c'en est douloureux et des picotements commencent à prendre possession de mes yeux.

C'est pas vrai ! Ne me dites pas que je vais me mettre à pleurer ? Pas maintenant ! Oh, Seigneur, je n'y arriverai pas... Je ne pourrai jamais... Je...

— Regarde-moi ! m'ordonne Malone au moment où mes angoisses sont sur le point de m'ensevelir.

J'ouvre les yeux par réflexe, sans vraiment comprendre ce qu'il me demande.

— Regarde-moi, Déva, reprend-il d'une voix suave, sa bouche à moins de deux millimètres de la mienne. Ne me lâche pas des yeux. Tout va bien, je suis là. N'aie pas peur. Je ne ferai rien dont tu n'aies pas envie.

Tandis qu'il me parle, ses doigts caressent mon sexe. Mon corps lui répond sans que j'en sois vraiment consciente. Je me cambre et écarte les cuisses pour lui faciliter l'accès. Son majeur se détache et approfondit son exploration. Mon cœur cogne tellement fort dans ma poitrine que j'ai l'impression d'avoir couru un marathon.

— C’est moi, Déva. Regarde-moi.

Mes yeux restent agrippés aux siens et mon esprit se laisse totalement engloutir par ses iris sombres. J’ondule sous ses doigts, demandeuse de plus de sensations. Il le comprend en une fraction de seconde. Sans cesser ses caresses, il se couvre habilement d’un préservatif avant de resserrer son étreinte autour de moi. Je sens son désir contre mon corps et ça m’excite tellement que je ne peux retenir un gémissement. Je harponne ses épaules. Ses mains glissent dans mon dos : l’une descend vers mes reins, la seconde emprisonne ma nuque. Sa langue quémande la mienne, la trouve et l’emporte dans une danse endiablée, alors qu’il s’insère doucement en moi.

Le temps s’altère, se suspend. Je lâche un soupir, un murmure de son nom. Je ne pense plus à rien d’autre qu’à lui. Mes peurs, mes blessures, tout s’efface pour ne laisser la place qu’au plaisir. Avec lenteur, Malone s’enfonce au plus profond de moi. Il vient combler un vide dont j’ignorais totalement l’existence, comme s’il était la pièce manquante de mon puzzle, comme si toute ma vie n’avait été que le prequel de ce moment.

Nos regards se croisent. Je suis sûre qu’il ressent la même chose que moi. Son sourire me le confirme, tout comme son coup de reins suivant qui m’arrache un cri de délectation. Ses gémissements se joignent aux miens. Plus vifs. Plus rapprochés. Plus essentiels. Primitifs. Nous ne nous contrôlons plus.

Emportés dans un torride tourbillon de jouissance, nos corps sont les seuls pilotes. Malone saisit ma tête entre ses mains, m’obligeant une fois de plus à soutenir son regard ardent, et son dernier mouvement du bassin nous fait tous les deux basculer. Alors qu’il crie mon nom comme son ultime prière, tout mon être se délite pour fusionner avec le sien.

Ce n’est pas seulement un feu d’artifice : c’est une supernova !

36

DÉVA

Malone est allongé à côté de moi, un bras enroulé autour de ma taille, le second replié sous son oreiller. Il est encore essoufflé, mais radieux. J'ai l'impression de voir des étoiles danser dans ses pupilles.

— Waouh, Déva… C'était... Waouh !

Nos moments me reviennent. Je ferme les yeux et savoure le sentiment de légèreté qui m'envahit. Adieu, la chape de plomb qui lestait mes organes. Oubliée, cette horrible sensation d'être souillée, contaminée par la laideur du monde. Finies, la peur et les visions maudites. Malone a remplacé chaque image traumatisante par un souvenir merveilleux.

Comment a-t-il fait ça ? Quel magicien est-il pour soigner à la fois le corps et le cœur ? Lui seul pouvait accomplir une telle prouesse. Lui seul pouvait guérir mon âme.

J'ouvre les yeux en réalisant qu'il capte mes pensées. Il caresse ma joue et m'offre le plus authentique des sourires.

— Je suis ravi d'avoir veillé sur ton âme.

Nous nous enlaçons longuement, sans prêter la moindre attention au temps qui passe ni au monde à l'extérieur de cette chambre. D'ailleurs, existe-t-il encore quelque chose au-delà de ces murs ? Je ne sais plus, et ça m'est égal.

Je me sens tellement bien, apaisée, complète. Je ne m'étais jamais sentie comme ça, auparavant.

— Moi non plus, me répond-il sans qu'aucun son n'ait franchi mes lèvres. Si tu savais… Tu crois que je suis un magicien, Déva, mais c'est toi la magicienne ! Tu n'as pas seulement calmé mes démons, tu les as emprisonnés et réduits au silence. Tu es mon salut. Mon ange.

Nous passons le reste de la nuit allongés, à nous caresser, sans parler. Lui, à écouter mes pensées, moi, à décrypter les expressions de son visage.

Une connexion parfaite.

Deux corps qui se complètent.

Deux cœurs qui battent à l'unisson.

Deux âmes qui se reconnaissent.

***

Ce matin est sûrement le plus beau de tous ceux que j'ai vécus jusqu'à présent. Tirée du lit par une délicieuse odeur de pancakes et de café, je me sens légère. Libérée. Je rejoins Malone dans la cuisine et le découvre avec une poêle dans une main, un saladier dans l'autre. Ses sublimes fesses moulées dans son jean *Levi's* ondulent au rythme de *Come and get your love*, de *Redbone*. Je m'humecte les lèvres en profitant du spectacle.

— Et si tu venais m'embrasser plutôt que de mater mon cul ? me propose-t-il en se tortillant encore davantage.

Je ris et m'approche de lui alors qu'il dépose ses ustensiles.

— Salut, ma merveille, chuchote-t-il après notre premier baiser de la journée. Bien dormi ?

— Comme un bébé !

Nos lèvres se trouvent à nouveau tandis que quelqu'un frappe à la porte avec une vigueur inquiétante. Surpris, Malone rompt le contact et fronce les sourcils. Visiblement, il n'attendait personne. Il se dirige vers l'entrée et je le suis sans me préoccuper de la tenue que je porte : un des tee-shirts de Malone, sans rien en dessous.

Les coups s'intensifient à mesure que l'on approche. Une voix masculine s'élève depuis le perron. Malone soupire avec un sourire : il a reconnu son visiteur. Sans prendre la peine de préciser de qui il s'agit, il ouvre la porte brusquement, mettant ainsi fin au brouhaha. Je recule de quelques pas pour éviter que l'homme ne me voie, persuadée qu'ils vont simplement discuter dans le couloir, mais celui-ci n'attend aucune invitation. Il s'engouffre dans l'appartement tout en continuant de pester.

— Cinq mois, Malone. Cinq mois que tu n'as pas donné de nouvelles ! Si j'avais été dans le coin, je serais venu te botter les fesses après à peine quinze jours !

— Soso, je…, tente de se défendre Malone sans en avoir le temps.

— Tu as de la chance que les vols soient rares depuis la Polynésie, et que ça coûte un bras ! Mais je suis à Paris pour vendre mon appartement. Alors maintenant, tu vas m'expliquer pourquoi tu ne réponds pas à…

Le fameux Soso se fige en m'apercevant, ce qui me laisse enfin quelques secondes pour l'observer. Pas très grand, brun, le teint hâlé et les iris tirant sur le vert. Le nouveau venu dégage une étonnante sérénité, en contraste total avec sa colère manifeste. Ses yeux parcourent brièvement mes jambes nues, mais il détourne le regard avant que ça devienne trop gênant.

— Pardonnez mon entrée en fanfare, Mademoiselle. Je suis désolé pour le dérangement. J'aurais dû me douter que Malone ne serait pas seul à cette heure-ci.

Ah bon ? Est-ce si habituel que ça ?

Je me tourne vers l'intéressé, qui oscille entre embarras et amusement. Comme d'habitude, je n'ai pas besoin de dire quoi que ce soit pour qu'il me réponde.

— J'étais plutôt volage, avant de te rencontrer, ajoute-t-il avec un sourire mutin.

Soso ne prête pas attention à notre échange et préfère se

diriger vers la cuisine, pendant que je m'enroule dans un peignoir.

— Tu ne perds rien pour attendre ! lance-t-il à Malone tout en s'installant sur une chaise. Mais puisque je suis là, j'vais profiter du p'tit déj. Je savais bien que ça sentait les pancakes au bacon... Jeune fille, si vous ne les avez pas encore goûtés, vous allez vous régaler !

— Voici Sofian, mon ancien colocataire. On s'est rencontrés quand je suis arrivé à Paris, me précise mon compagnon en haussant le ton, comme si c'était une information cruciale. Soso ?

— Mouais ? relève celui-ci, un pancake complet enfourné dans le gosier.

— Hum… Je… je te présente… Déva, souffle Malone, visiblement anxieux de la réaction de son ami.

Sofian manque de s'étouffer avant de recracher le contenu prémâché de sa bouche. Il reste immobile pendant une dizaine de secondes, laissant son regard faire des va-et-vient entre nous deux, puis finit par recouvrer ses esprits.

— Déva ? Tu veux dire… La Déva ? insiste-t-il en faisant les gros yeux.

OK. Donc il sait qui je suis. Et vu sa réaction, je suppose qu'il est au courant pour le don de Malone.

Ce dernier hoche la tête pour confirmer. Sofian semble abasourdi.

— Attends que je comprenne. Donc elle… elle existe ? continue-t-il en bafouillant. Tout ce que tu as vu... et entendu, c'était la réalité ?

— Oui ! lui assuré-je, interrompant par la même occasion son discours décousu. Malone peut lire dans mes pensées. Je sais que c'est insensé, mais c'est vrai.

— Insensé ? Tu plaisantes ? C'est carrément un truc de malade ! Si on m'avait dit ça quand je me suis réveillé ce matin, je ne l'aurais pas cru.

— Ouais, ça nous prend tous au dépourvu quand on réalise. Moi le premier, déclare Malone.

— Mais comment tu t'en es rendu compte ? veut savoir Sofian.

— Je suis tombé sur elle dans un café et ça a chamboulé toute ma vie.

Malone ne cesse de me regarder en prononçant ces mots. Je n'ai peut-être pas accès à ses pensées, mais je suis certaine qu'à cet instant, il se remémore la nuit dernière. Moi aussi et je sens mes pommettes rougir à mesure que les souvenirs remontent à la surface.

— Alors, tu es quoi exactement ? Un télépathe ? propose Soso.

— Télépathe. Empathe. Je ne sais pas trop.

— Tu as essayé de le faire sur quelqu'un d'autre ?

— Oui, dès que j'ai compris qu'elle était réelle. Mais ça n'a pas marché. Il n'y a que Déva dans ma tête.

Le regard de Malone se fait brûlant. Si ses yeux pouvaient déplacer des objets, je serais déjà toute nue ! Son souffle s'accélère, le mien aussi, et le silence s'installe.

— Euh… je crois que je vais vous laisser, en fin de compte.

— Non, intervient Malone avant que son ami ne déguerpisse. Ne sois pas idiot. Reste pour le p'tit déj. On sait encore se tenir.

— Tu es sûr de ça ? Parce que les regards que vous vous lancez me disent le contraire !

37

DÉVA

Je suis heureuse d'avoir fait la connaissance de Soso. Quel drôle de personnage ! Il n'a pas la langue dans sa poche et il aime bien se moquer de Malone, mais c'est un homme adorable. Il a toujours un mot gentil ou apaisant. C'est agréable de pouvoir parler librement de notre situation devant quelqu'un d'extérieur. Ça rend les choses plus concrètes et moins étranges.

J'ai réussi à soutirer à notre invité quelques anecdotes croustillantes, voire un chouïa gênantes, à propos du maître des lieux, notamment le fait qu'il appelait systématiquement ses conquêtes par mon nom à des moments intimes. Je dois admettre que ça me plaît de savoir que non seulement je suis la seule dans l'esprit de Malone, mais que je l'étais déjà bien avant notre rencontre.

Soso s'est régalé avec les pancakes, puis nous a quittés pour rejoindre sa future femme, Atéa, une belle Polynésienne qu'il a découverte grâce à son association. Il nous a fait promettre de prévoir un repas à quatre avant leur retour dans l'hémisphère sud. Ce à quoi Malone a répondu qu'on viendrait leur rendre visite là-bas si souvent qu'ils finiraient par en avoir marre !

— Je peux te poser une question ? demandé-je à Malone alors qu'il s'affaire à la vaisselle.

— Je t'écoute.

— Comment ça se fait que tu sois aussi riche ? J'veux dire… tu es… riche, n'est-ce pas ? Pour te payer un immeuble en entier dans le quartier du Marais, tu dois avoir beaucoup d'argent !

— Les banques me donnent un coup de pouce, mais c'est vrai, j'ai ce qu'il faut.

— Comment ? Je ne t'ai encore jamais vu travailler.

— Je n'en ai pas besoin, me confie-t-il, toujours de dos, les mains plongées dans l'évier. Mon argent travaille tout seul. Une partie bien à l'abri dans des placements sans risque, l'autre qui fait des petits sur mes comptes épargne. Et la dernière sur des coups de poker qui me rapportent gros.

— Donc, tu spécules. Mais d'où vient la mise de départ ? Est-ce de ta famille ? Un héritage ?

— Non. Mes parents n'avaient pas énormément de moyens. On vivait bien, mais sans plus. Mon capital de base, je l'ai gagné avec mes poings.

— Tes poings ? répété-je, surprise. Tu étais... boxeur ?

Il ferme le robinet, pose son torchon, soupire et se retourne pour me faire face.

— Tu ne vas peut-être pas apprécier, Déva. J'ai un passé assez mouvementé. Je n'ai pas toujours fait les bons choix, mais celui-ci, je ne le regrette pas.

— Explique-toi.

— J'ai fait des combats de rue pendant pas mal de temps.

— Elles viennent de là, tes cicatrices ? supposé-je en me rappelant celles que j'ai observées sur son corps, en plus de celles de son visage.

— Ouais. Quelques trous dans la peau, ce n'est pas cher payé pour gagner des millions ! Mon coach a placé des fonds pour moi dès le début de notre partenariat. En moins de dix ans, j'avais assez de pognon pour ne plus jamais lever le petit doigt.

— Je vois. Donc c'est… de l'argent sale ?

— Je l'ai eu de manière illégale, si c'est ce que tu demandes. Est-ce que ça te choque ?

— Pas vraiment.

— Content de l'entendre, déclare Malone avec un sourire espiègle. Maintenant, à moi de poser des questions.

— Toi ? Tu connais déjà tout de moi.

— Il y a forcément des choses que tu as réussi à me cacher.

— Comme quoi ?

— Je ne sais pas. Par exemple, est-ce que tu as toujours ces jolis sous-vêtements en dentelle, dans lesquels tu glissais tes doigts pour te caresser devant la glace ? me susurre-t-il en me tournant autour, comme un fauve prêt à dévorer une gazelle.

— Malone ! m'offusqué-je en rougissant.

— Quoi ?

— C'est… embarrassant que tu aies pu voir ce genre de choses.

— Non. Tu te trompes, me contredit-il en frôlant ma peau avec ses lèvres. Ça n'avait rien d'embarrassant pour toi. C'était… très excitant, souffle-t-il en me mordant l'oreille.

Posté dans mon dos, il enroule ses bras autour de ma taille et tire lentement sur le cordon qui retient mon peignoir. Je le laisse faire : je crois que j'aime quand il prend le contrôle. Il sait exactement ce dont j'ai envie et ce qui me fait défaillir. Ledit peignoir finit au sol, alors que Malone remonte mon tee-shirt.

Ses mains parcourent mon corps avec plus de gourmandise que la veille. Il s'est contenu pour que je me sente à l'aise et en sécurité, pour effacer mes tourments. Aujourd'hui, il en veut plus.

Ça tombe bien, moi aussi.

Il me lance un regard satisfait, sans doute à cause de ce que je viens de penser, puis fait valser les restes de notre petit déjeuner partout dans la pièce. Au diable le ménage, il nous faut de la place !

Malone empoigne ma nuque pour me rapprocher de lui.

Lentement, tout en dévorant ma bouche, il m'allonge sur le plan de travail. Son tee-shirt s'envole en un rien de temps, le mien aussi. Ses lèvres descendent entre mes seins et capturent brièvement mes tétons, qui répondent en se dressant fièrement. Puis elles poursuivent vers mon nombril, et encore plus bas. Mon dos se courbe et je bombe la poitrine lorsque sa langue effleure le haut de mon intimité.

Soudain, il attrape mes hanches et fait glisser mon bassin jusqu'à ce que je sois exactement à l'endroit qu'il a décidé. Je halète. Je ne sais plus où je suis ni quel jour on est. Il n'y a plus que lui dans mes pensées. Il me sourit et écarte doucement mes cuisses tout en embrassant l'intérieur.

Sa bouche descend, puis remontre, frôle mon sexe avant de le délaisser, pour mieux y revenir. C'est un jeu sadique, mais délectable et Malone le maîtrise à la perfection. Je ne suis qu'une poupée entre ses mains. Je l'implore mentalement de me prendre au plus vite, tellement mon excitation est grande. Je sais qu'il m'entend, pourtant il ignore mes supplications. Il continue de jouer avec mes sens, m'offrant toujours plus de plaisir sans jamais l'assouvir totalement. Lorsqu'il calme une fois de plus mes ardeurs en venant quémander ma langue, j'agrippe ses épaules et le conjure de céder.

— Malone…

Une de ses mains fait le chemin en sens inverse et ses doigts plongent sans retenue dans ma féminité.

— Tu en as assez d'attendre ? demande-t-il tandis que je gémis contre ses lèvres. Tu veux que je te montre de quoi je suis capable ?

Capable ? Oh, mon Dieu, cette menace me fait frémir d'impatience !

Je suis totalement à sa merci.

— Oui, soupiré-je en collant mon bassin contre le sien. Je te veux…

— À vos ordres, Madame Martin.

Il me soulève brusquement pour me ramener au bord du plan de travail. Mon souffle est erratique. Ma peau brûle. Mon cœur bat à cent à l'heure. Je me consume déjà avant qu'il me possède. Il plonge une main dans son jean et en sort un petit paquet argenté, tout en envoyant ses derniers vêtements rejoindre leurs congénères sur le parquet. Ses yeux ne quittent plus les miens. J'arrête de respirer lorsque ses dents déchirent l'emballage du préservatif. Il l'enroule tout en douceur autour de son sexe, puis se frotte contre le mien, lentement, sans se presser et sans cesser de m'embrasser.

Ses doigts détendent les muscles de mon dos jusqu'à atteindre mes fesses qu'il emprisonne entre ses mains. Le sourire aux lèvres, il s'enfonce en moi avec une brutalité maîtrisée. Un soupire lui échappe. De mon côté, je me mords les lèvres pour me contenir. Il se recule et recommence un peu plus vite et un peu plus fort. Je penche la tête en arrière, ferme les yeux et m'accroche au rebord de la planche pour être plus stable. Je veux qu'il puisse utiliser la puissance qui lui plaira et il le sait.

Ses coups de reins se font plus violents et frénétiques. Je m'embrase totalement. Lui aussi. Des vagues de plaisir me submergent une à une, augmentant à chaque fois l'intensité de mes sensations. Au moment où nos yeux s'accrochent, je me laisse aller à la jouissance absolue. De longs gémissements s'échappent de ma bouche et de la sienne, comme pour se donner la réplique, et nous nous perdons dans cet instant qui semble se prolonger à l'infini.

Nous restons plusieurs minutes immobiles dans la même position. Il est toujours en moi et je n'ai aucune envie qu'il s'en aille. Il embrasse avec douceur mes épaules, mon cou, l'arête de mon menton. Je sens son désir reprendre le dessus alors que je suis encore à bout de souffle. Il me soulève en incitant mes jambes à agripper ses hanches.

— Tu me rends complètement fou, Déva.

Mes lèvres capturent les siennes avant qu'il continue sa phrase. Il sourit contre ma bouche et avance lentement jusqu'à la salle de bain, puis dans la douche. Lorsque l'eau chaude s'écoule sur nos muscles endoloris, mes bras sont toujours enroulés autour de son cou. Mon dos est appuyé contre le carrelage. Une de mes jambes touche le sol de la pointe des pieds, la seconde est remontée jusqu'à son bassin, maintenue par sa paume au creux de mon genou. Sa langue et ses lèvres martyrisent mes tétons qui durcissent un peu plus à chaque contact. Son autre main s'est glissée entre mes fesses et le bout de ses doigts m'effleure avec délice. Mes pensées m'échappent. Je ne peux plus raisonner. Je ressens tellement de sensations que je n'arrive plus à faire le tri.

Ohhh… cet homme va me faire perdre l'esprit !

38

DÉVA

Trois mois que Malone et moi avons succombé. Trois mois de pur bonheur ! Des voyages aux quatre coins du globe. Des repas exotiques. Des panoramas fantastiques. Des instants de complicité. Des fous rires. De la danse. Des nuits courtes, mais terriblement passionnées. Je ne me lasserai jamais de vivre comme ça. Malone est incroyable ! Gentil. Attentionné. Drôle. Sexy. Un brin sauvage. Mystérieux par moment. Je suis complètement dingue de lui et il me semble que c'est réciproque.

De retour sur Paris pour quelques semaines, je retrouve malgré tout avec plaisir le calme de son superbe appartement. Morgane m'a envoyé un message ce matin. Elle veut qu'on déjeune ensemble et comme ça fait une éternité qu'on n'a pas bavardé, je saute sur l'occasion.

Ma sœur a pu rencontrer Malone brièvement, avant notre pseudo tour du monde. Je lui ai raconté ce qu'il s'était passé avec Gwen : pas le choix, vu les taches de sang sur son magnifique tapis blanc ! J'ai tout de même omis le viol et cette histoire de télépathie. Morgane est trop cartésienne pour croire à tout ça. Quant au reste, il y a des choses qu'on préfère garder pour soi.

Je quitte donc le Marais pour rejoindre mon aînée quelques rues plus loin, impatiente de l'entendre me parler de l'avancée de ses recherches et de son idylle avec le lieutenant Fischer ; Fred de son petit nom. Ils se sont recroisés à cause de l'enquête sur Gwen qui n'est toujours pas close. La police a retrouvé une partie des fichiers qui l'incriminaient sur le disque dur de son ordinateur, mais certaines pièces du puzzle leur échappent encore. En tête de liste : les deux-cent-cinquante-mille euros qu'elle a escroqués à ma banque.

D'après le lieutenant Fischer, la cadette de Gwen, Laura, aurait disparu juste après la mort de celle-ci. Il se demande si elle n'était pas impliquée dans toutes ses manigances. Gwen a forcément eu de l'aide pour monter un coup aussi bien ficelé et sa sœur pourrait être le maillon manquant de toute l'affaire. Cela étant, ils n'ont trouvé aucune trace de Laura. Donc en ce qui me concerne, cette histoire est terminée. Morgane et son tempérament surprotecteur ne sont malheureusement pas de mon avis.

À peine ai-je passé les portes du café qu'elle me saute dessus et se lance dans un concert de phrases insensées à propos de Laura, de la police, de systèmes d'alarme, de surveillance rapprochée et de chiens de garde. Pas tout à fait remise du décalage horaire avec le Pérou, je la laisse faire le temps de me débarrasser de mon gilet et de commander une bière. Puis, agacée par son débit insoutenable, je finis par lui clouer le bec en y enfonçant un biscuit apéritif.

— Bonjour, Morgane. Je vais très bien, merci. Et toi, comment se passe ta vie en ce moment ?

Un éclair de fureur illumine les yeux de ma sœur. Elle avale son cracker presque sans mâcher, avant de recommencer son discours, cette fois plus calmement.

— Ça va. Mais tu n'as rien écouté de ce que je viens de te dire, n'est-ce pas ?

— Même si j'avais essayé, je n'aurais rien compris. Je ne parle pas le supersonique, désolée ! plaisanté-je en ricanant.

— Je m'inquiète pour toi, Sister. Gwen était tarée et sa demi-sœur est apparemment du même genre. Tu devrais mettre tout en œuvre pour assurer ta sécurité.

— Je n'ai jamais vu Laura. Pourquoi voudrait-elle s'en prendre à moi ?

— Peut-être parce que Gwen est morte.

— OK. Tu marques un point. Mais ce n'est pas moi qui lui ai tiré dans la tête.

— Pas sûr que ça fasse une différence pour la folle dingue ! rétorque ma sœur, les mâchoires crispées.

— Écoute, tant qu'il ne se passe rien de louche dans nos vies, je pense qu'on ne devrait pas trop s'inquiéter. Et puis, je suis rarement seule. Malone et moi, on est collés l'un à l'autre H24. Il ne m'arrivera rien tant que je serai avec lui.

— N'en sois pas si sûre.

— Je peux savoir ce que ça veut dire ?

— Malone n'est pas celui que tu crois, Déva, me lance-t-elle froidement.

Je n'aime ni ses mots ni le ton qu'elle emploie, encore moins l'expression sur son visage.

C'est quoi cette histoire ?

— Ne me dis pas que tu m'as fait venir ici pour critiquer mon copain ? Ça fait des mois qu'on ne s'est pas vues. Tu n'as pas autre chose à me raconter ?

— C'est très sérieux, Sister. Il n'est pas l'homme merveilleux que tu imagines. Je crois même qu'il pourrait être dangereux.

— Dangereux ? Mais d'où tu sors des idées pareilles ?

— C'est un ancien taulard.

— Quoi ? Non ! réfuté-je catégoriquement. Tu fais erreur.

— Il n'y a pas d'erreur, insiste-t-elle en posant devant moi ce qui ressemble à des photographies d'identité judiciaire.

Un regard sombre et impétueux. Une chevelure d'un brun cuivré électrique. C'est Malone, plus jeune, de face sur le premier cliché et de profil sur le second. Il était déjà craquant à l'époque, malgré son visage tuméfié.

— Malone O'Brien a fait sept ans de prison à Dublin. Pour meurtre, précise-t-elle en haussant la voix.

Je ne réponds pas. Je me contente de regarder les photos et de lire l'extrait de casier judiciaire que Morgane vient de me mettre sous le nez. Il est question de coups et blessures... et d'un mort. Je ne distingue rien d'autre à cause des larmes qui me montent aux yeux.

Je dois parler à Malone. Tout de suite !

Je me lève précipitamment en disant à ma sœur que je l'appellerai plus tard. Je ne veux pas en entendre davantage, alors que l'accusé n'est pas là pour se défendre. Ce ne serait pas juste.

— Tu ne devrais pas y retourner, Déva. Pas toute seule. Ce mec est un menteur et il est violent ! Il pourrait te faire du mal, si les choses…

— Malone ne me fera jamais de mal ! la coupé-je, sûre de moi.

— Tu n'en sais rien. Il cache bien son jeu, je te l'accorde. Mais c'est un meurtrier !

Je secoue la tête en fermant les yeux. Je ne veux pas intégrer ces paroles. Je suis consciente que Malone est capable du pire, je l'ai vu à l'œuvre, mais il avait de bonnes raisons. Peut-être que cette fois-là, c'était la même chose ? Peut-être est-il venu en aide à quelqu'un avant que ça lui retombe dessus ? Dans tous les cas, je dois connaître la vérité. Il faut que je sache.

39

DÉVA

À mon arrivée, je sais que Malone m'attend. Les portes s'ouvrent toutes seules devant moi, comme la mer rouge devant Moïse. Je pénètre dans le salon, lâche mon sac et me poste face à lui, le cœur battant.

— Est-ce que c'est vrai ?

— Oui, admet-il en me regardant droit dans les yeux. Tout est vrai.

— Pourquoi tu ne me l'as pas dit ?

— Parce que ce n'est pas un sujet facile à caser dans une conversation.

— Tu te moques de moi ? pesté-je, blessée par son manque d'honnêteté.

— Non. Je… je n'ai pas voulu te cacher quoi que ce soit, Déva. Mais ce n'est pas le genre de chose dont je suis fier. J'attendais juste… le bon moment.

— Et en trois mois, tu n'as pas réussi à le trouver ?

— J'ai essayé plusieurs fois, mais…

— Mais quoi ?

— Mais je me suis dégonflé ! lâche-t-il en se laissant tomber dans le canapé, l'air abattu.

Ma colère s'étiole rapidement en voyant sa mine déconfite. Je viens m'asseoir à côté de lui et patiente quelques instants avant de reprendre.

— Sept ans ?

Malone hoche la tête de haut en bas.

— C'est long.

— Ouais. Très long.

— Que s'est-il passé ? osé-je demander en dépit de la petite voix qui me le déconseille.

— Je t'ai parlé des combats illégaux. Je ne pense pas avoir besoin de préciser que c'était le genre d'activité ultra violente. Quand on montait sur le ring, on ne le faisait pas pour le fric, mais pour laisser sortir le pire de nous-mêmes. C'était l'idéal : on n'avait pas à se retenir, des gorilles étaient toujours présents pour nous arrêter si on allait trop loin. Mais le soir où j'ai tué ce type, il n'y avait pas de combat et personne pour me retenir.

Développe. S'il te plait.

Contraint par mon imploration muette, Malone prend une profonde inspiration pour se donner du courage et poursuit son récit.

— C'était mon anniversaire. J'avais passé une putain de journée de merde, de celles qui donnent envie de tout casser ! Je me suis retrouvé seul à picoler dans un bar. Un mec m'a chauffé. On en est venus aux mains et je lui ai défoncé le crâne.

Mon cœur se met à battre à un rythme effréné sans que je puisse le maîtriser. Malone s'en rend compte. Je vois alors une profonde tristesse se peindre sur son visage.

— C'est pour ça que je n'arrivais pas à te le dire. Je ne voulais pas que… que tu aies peur de moi.

— Malone… Je n'ai pas peur de toi, lui affirmé-je en posant ma main sur la sienne.

Je suis sincère. Cette histoire est sinistre, mais elle ne change rien à la manière dont je le vois.

— Pourtant, tu devrais ! s'emporte-t-il en se levant brusquement. Ta sœur a raison : je ne suis pas quelqu'un de bien.

Je suis un meurtrier ! J'ai déjà tué cinq personnes.

Cinq ?

— Oui, Déva. Cinq. Le premier était cet homme dans le bar ; la seule mort que je voudrais effacer. Ensuite, il y a eu un pauvre type en prison qui a essayé de me planter. Je n'ai fait que me défendre, mais il en est ressorti les pieds devant. Et enfin…

— Les trois Dragons, complété-je avant qu'il le fasse.

— Ouais. Ceux que je regrette le moins.

Nous restons l'un en face de l'autre à nous dévisager, dans un silence pesant. Malone cherche la peur, le doute, la confusion dans mes pensées. Je le sais, mais il ne les trouvera pas. Je ne connaissais pas l'homme du bar ; sans doute ne méritait-il pas de mourir. Pour être totalement honnête, je crois que j'ai plus de compassion pour Malone qui a passé sept années derrière les barreaux, que pour ce type décédé. C'est affreux. Je ne devrais sûrement pas penser comme ça, pourtant c'est le cas, et il y a pire. En me remémorant les corps des trois Dragons étendus sur le sol, je ressens une profonde satisfaction.

Oui, je l'admets, je suis heureuse que Malone leur ait réglé leur compte. Est-ce que ça fait de moi quelqu'un de mauvais pour autant ? Je ne crois pas. Pas plus que Malone…

Son regard se radoucit et il s'approche de moi lentement jusqu'à enrouler son bras autour de ma taille.

— C'est en prison que j'ai rencontré Soso, m'avoue-t-il avec une moue honteuse.

— Quoi ? Alors, lui aussi ?

— Oui, mais c'était une erreur judiciaire. Il a fait moins d'un an. À sa sortie, il s'est installé à Paris et je l'ai rejoint dès que j'ai pu. Je suis désolé de t'avoir menti.

Je secoue la tête, souffle et grogne pour manifester ma frustration. Je n'en reviens pas de m'être laissée berner par leur manège. Des colocs rencontrés sur un site d'annonces immobilières, mon œil ! Je suis trop stupide !

— Tu es en colère contre moi ? me chuchote-t-il en glissant ses lèvres dans mon cou.

Je le fais mariner quelques secondes, pour la forme, mais capitule rapidement. Je me fiche de son passé, tant qu'il ne me raconte plus de bobards.

— Pas vraiment. Mais je déteste les secrets, précisé-je pour m'assurer qu'on se comprenne bien. Ça finit toujours par tout gâcher !

Il paraît mal à l'aise tout à coup. Ses sourcils se froncent, ses muscles se tendent. Il m'embrasse rapidement avant de se diriger vers la cuisine. Je n'aime pas sa réaction.

Qu'est-ce qui lui prend ?

— Malone ? l'appelé-je avant qu'il ne disparaisse derrière la porte du frigo.

Il s'immobilise, mais ne se retourne pas.

— Tu ne m'as pas tout dit, n'est-ce pas ?

— Tu n'as pas besoin de tout savoir, réplique-t-il, toujours de dos.

Oh, que si, mon p'tit bonhomme ! Tu ne vas pas t'en tirer comme ça.

Je le rejoins en quatrième vitesse et me place devant lui, les bras croisés sur la poitrine.

— Ce n'est pas à toi d'en décider ! Qu'est-ce que tu me caches ?

Malone ferme brièvement les yeux et soupire.

— Tu ne me lâcheras pas tant que je n'aurais pas répondu, pas vrai ?

— T'as tout compris. Alors, accouche !

— D'accord. Si tu insistes. Tu te souviens quand je t'ai dit qu'on était nés le même jour ?

Comment l'oublier ?

Nous étions allongés sur la plage aux Antilles quand le sujet des fêtes d'anniversaire s'est incrusté dans la conversation. Malone avait l'air si triste que ça a piqué ma curiosité. Il m'a alors raconté comment cette journée était devenue pour lui l'une des pires de l'année. Enfant, il était considéré comme un déséquilibré par toute sa communauté. Il célébrait sa venue au monde uniquement avec ses parents : un père détestable et une mère inquiète un peu trop soumise. En parallèle, il me voyait entourée de gens aimants, de gâteaux, de musique, de jeux et de cadeaux. Ça lui faisait de la peine et ça le rendait envieux. À l'adolescence, bien que sa famille ait changé de ville pour se faire une nouvelle réputation, il n'a jamais voulu fêter cet événement. Ça lui rappelait trop de mauvais souvenirs, de rêves d'enfant brisés. Je suppose que l'incident dans le bar n'a pas dû l'aider à apprécier cette date en tant qu'adulte. En tous cas, ce jour-là, nous nous sommes rendu compte que l'instant de notre naissance était exactement le même, à la minute près. Je suis certaine que ça a un rapport avec ce drôle de lien psychique qui nous unit, mais pour le moment ce n'est pas ce qui m'intéresse.

— Évidemment que je m'en souviens, lui confirmé-je avec un pincement au cœur. Ce n'est pas le genre de truc qui s'oublie facilement. Même année, même jour, même heure. C'est assez étrange pour rester gravé dans ma mémoire. Mais j'ai un peu l'impression que tu essaies de noyer le poisson, là !

— Non, pas du tout. Quand je suis entré dans ce foutu bar, c'était le jour de nos vingt-et-un ans. Le quinze janvier 2010.

Rien qu'à repenser à cette date, j'en ai des frissons. Mes vingt-et-un ans : cette horrible fin d'après-midi où j'ai surpris mon mari à califourchon sur ma mère, alors qu'ils étaient censés s'occuper de la décoration pour ma fête d'anniversaire.

Au secours, j'ai envie de vomir.

— Je n'étais pas le seul à avoir passé une journée atroce, reprend-il pour me ramener dans la discussion. Tu étais furieuse. Enragée !

C'est vrai, je l'étais. Je crois que j'aurais pu tuer n'importe quelle personne qui se serait mise en travers de mon chemin.

Oh la vache !

J'ouvre de grands yeux alors que je commence à comprendre où Malone veut en venir.

— Tu m'as expliqué que tu avais parfois du mal à faire la différence entre tes émotions et les miennes, marmonné-je avec difficulté.

— En effet, ça arrive. Surtout quand elles sont fortes.

— Est-ce que c'était le cas, ce soir-là ?

Je ne suis plus très sûre de vouloir entendre la réponse.

— Oui. J'étais en colère. Tu étais en colère. Un mélange explosif entre les mains d'un boxeur de rue bourré jusqu'à la moelle !

— Tu veux dire que c'est à cause de moi, si tu n'as pas pu t'arrêter ?

Mon cœur s'affole. Ma respiration se bloque. J'ai peur d'entendre la vérité.

— Non ! me contredit-il aussitôt. Tu n'y es pour rien, Déva. Ma colère à elle seule aurait suffi à me faire dérailler.

Ça, on ne pourra jamais en être sûr.

Je réalise à peine à quel point mon rôle a pu être important dans la vie de Malone, à quel point mes actions, mes humeurs et mes états d'âme ont pu l'influencer, le perturber. Comment a-t-il réussi à ne pas perdre la tête alors que j'envahissais la sienne constamment ? N'importe qui serait devenu dingue ! Malone caresse doucement ma joue et presse ses lèvres contre les miennes.

— Tu n'as pas à te sentir coupable. Je n'aurais jamais dû t'en parler.

J'ai voulu savoir. Ma conscience va devoir s'arranger avec ça, désormais.

Oh, Seigneur, il a fait de la prison à cause de moi… à cause de mes pensées !

— Écoute-moi bien, Déva. C'est moi qui suis allé dans ce bar. C'est moi qui ai bu jusqu'à ne plus pouvoir me contrôler. Ce sont mes poings qui ont brisé les os de cet homme. Pas les tiens. C'est moi le responsable. Moi ! Tu ne savais même pas que j'existais ! vocifère-t-il, à bout de nerfs.

Malone a de la rage dans les yeux. À première vue, on pourrait croire qu'elle m'est destinée, mais ce n'est pas le cas. C'est à lui-même qu'il en veut. J'ai la désagréable sensation que ses tourments vont bien au-delà de cette histoire sordide qui l'a envoyé en prison. Il a de profondes blessures en lui. Je les ressens. De vilaines plaies non cicatrisées qu'il n'est pas prêt à me laisser soigner. Des regrets aussi, de la culpabilité et quelque chose de plus difficile à décrire encore.

Je ne dois pas trop le brusquer, j'en ai conscience, mais ça me fait mal de savoir qu'il souffre en silence. Ça me fait mal au point de m'empêcher de respirer ! Même si aucun son ne sort de ma bouche, ma tête lui hurle que je suis désolée.

Désolée pour toutes ces années où tu subissais ma présence, alors que j'ignorais tout de ton existence.

Désolée que personne n'ait compris ce que tu endurais et qu'on t'ait pris pour un fou à cause de moi.

Désolée que tu aies dû traverser ça tout seul.

Désolée de ne pas avoir une fichue machine à remonter le temps pour effacer tout ça.

Malone se jette sur moi et m'étreint comme s'il voulait que nos corps ne fassent plus qu'un. Cet acte n'a rien de sexuel, c'est un geste désespéré. Il cale son visage dans mon cou et me serre encore plus fort. Son cœur cogne contre ma poitrine. Le tressaillement répétitif de ses épaules me laisse deviner qu'il peine à respirer. Il a l'air bouleversé.

Je ne sais pas ce qu'il a fait, ou ce qu'il a subi pour être dans un état pareil. J'ai l'impression qu'il passe beaucoup de choses sous silence, sans doute parce qu'il est trop douloureux pour lui d'en parler. Quoi qu'il me cache, je jure devant tous les dieux de toutes les religions de l'univers que je réduirai à néant quiconque s'en prendra à lui.

40

DÉVA

— On a vu Rome, Barcelone, Lisbonne, Prague, New York et Oslo. On a crapahuté sur le Machu Picchu, à Yellowstone, dans les steppes de Mongolie. Et si on se faisait un p'tit voyage dans les îles pour changer ? Maui ? Comme ça, on pourrait rendre visite à Sofian…

— Pas aujourd'hui, Malone.

J'ai un entretien d'embauche cet après-midi : la seule et unique réponse que j'ai reçue à toutes mes tentatives. C'est ma chance de retrouver enfin un travail dans la branche que j'aime. J'espère que ça fonctionnera. Je n'en ai pas encore parlé à Malone, au cas où ça ne donnerait rien.

— Ah oui, c'est vrai. Je te dis merde ! me lance-t-il avec un sourire.

— Tu m'agaces à toujours tout savoir ! Je ne pourrai donc jamais te faire la moindre surprise ?

— Jamais, me chuchote-t-il avant de m'embrasser.

Mon téléphone émet un bip. Je me rue dessus comme si c'était une question de vie ou de mort.

— Tu attends un coup de fil important ?

— Pas vraiment. C'est juste que… Morgane ne m'a pas donné de nouvelles depuis dix jours.

En effet, dès qu'elle a su que mon copain ne m'avait pas égorgée et jetée dans un lac, ma sœur s'est mise en mode « silence radio ». Elle n'a pas apprécié que je lui dise de se mêler de ses affaires. Pour ma défense, elle essayait de me convaincre de rompre, et mes nerfs ont fini par lâcher !

— Elle s'inquiète pour toi. C'est normal. Ça lui passera ! complète Malone, beaucoup plus compréhensif que je ne l'aurais cru. Tu sais bien qu'elle ne peut pas vivre sans toi.

Pour toute réponse, je l'embrasse avec une telle fougue qu'il en est étourdi.

— Oh… j'espère que tu vas rentrer tôt, ronronne-t-il en empoignant mes fesses.

Je lui offre un sourire coquin, tout en faisant glisser mes mains sur son torse. Je m'arrête juste avant que mes doigts ne frôlent son membre viril.

Je suis une fille de bonne famille, pas une dévergondée !

Il pouffe de rire en entendant mes pensées. Moi aussi. Puis je m'éloigne lentement en roulant des hanches, histoire d'imager mes propos.

— Si ça te tente, on pourrait dîner avec Morgane ? lâche-t-il plus sérieusement.

— Tu veux dire, ici ?

— L'inviter chez nous serait un bon moyen de rendre notre couple réel à ses yeux.

Chez nous… hum, ces mots sonnent drôlement bien dans sa jolie bouche.

— Je pourrais préparer le repas, continue-t-il en s'approchant.

— Fais-lui ta lotte au chorizo et au lait de coco. Elle te mangera dans la main.

— Va pour la lotte. Un craquant poire-chocolat en dessert, pour Madame ?

— Toi, tu sais parler aux femmes, murmuré-je en l'embrassant à nouveau, tout en me frottant honteusement contre lui.

J'ignore ce qui me prend aujourd'hui, mais j'ai sacrément chaud aux fesses !

— Ouhhh, Miss Martin, si vous continuez comme ça, je ne vais jamais vous laisser partir à votre rendez-vous.

— Je ne suis plus très sûre d'avoir envie d'y aller.

— File avant que je t'arrache ta p'tite culotte.

— Qui te dit que j'en ai une, minaudé-je avec un clin d'œil qu'il ne risque pas d'oublier.

***

Après avoir poireauté pendant quatre longues heures dans une salle d'attente surchauffée qui sentait le bouc, on a enfin daigné me recevoir. Malheureusement, je n'avais pas du tout anticipé certains paramètres. Notamment le fait que le patron de cette entreprise est un gros porc, qui ne vit que pour glisser ses mains boudinées entre les cuisses de ses employées !

Bonjour, au revoir et non merci ! J'hallucine que ce misogyne puisse encore sévir à notre époque. Je préfère ne plus jamais travailler en tant que graphiste que de bosser pour un type comme lui !

Enfin, bref. Tout ça pour dire que j'ai perdu mon après-midi. J'essaie de contacter Malone. Pas de réponse. Il est sûrement en pleine préparation du repas. Je ne vais pas insister. J'espère seulement qu'il n'est pas en train de se donner du mal pour rien. J'ai invité Morgane par texto, mais elle ne m'a toujours pas rappelée, malgré un nombre de relances carrément indécent.

Cette tête de mule est pire que moi !

Je compose son numéro et tombe directement sur sa boîte vocale. Je me décide à lui laisser un message.

— Salut, Sister. Ça fait douze textos que je t'envoie et au moins autant d'appels. Tu es en vacances, donc l'excuse du boulot ne fonctionnera pas. Je sais que tu n'approuves pas mes choix, mais si tu connaissais un peu Malone, tu comprendrais. C'est pour ça que j'aimerais beaucoup que tu viennes manger avec nous ce soir. Tu pourras te faire ta propre idée sur le monstre qui partage ma vie. Mais je t'assure qu'il est plus du genre *Sulli*[8] que *Chucky*[9] ! Un gros nounours adorable qui veut juste prendre soin de moi. Rappelle-moi, s'te plaît. Bye.

Quelque peu dépitée par l'obstination de ma sœur à faire capoter mon couple, je rejoins le quartier du Marais et m'installe à la terrasse couverte d'un hôtel-restaurant. J'ai besoin d'une petite pause. Je commande leur succulent chocolat chaud et en profite pour avancer dans le thriller que j'ai commencé depuis des semaines sans parvenir à le terminer.

Après une heure de lecture paisible, je suis sur le point de rentrer à l'appartement lorsque la porte s'ouvre sur le lieutenant Fischer. Il a la mine des mauvais jours.

— Bonjour, Déva, me lance-t-il en arrivant à ma hauteur.

— Lieutenant. Bonjour. Euh… c'est… étonnant de vous voir ici. Vous venez souvent ?

— Non. C'est la première fois. Je suis là pour vous.

— Pour moi ? Comment saviez-vous où j'étais ?

— J'ai tracé votre téléphone, répond-il du tac au tac.

— Pardon ? J'ai dû mal entendre. Vous avez fait quoi ?

— Déva, je… je voulais vous l'apprendre de vive voix.

Oh misère. Ça a l'air grave.

Je me lève d'un bond, incapable de rester bien assise au fond de mon fauteuil, à attendre que le ciel me tombe sur la tête.

— Que se passe-t-il ? l'interrogé-je, anxieuse.

— C'est… c'est à propos de votre sœur…

À cet instant, je m'imagine tout et n'importe quoi. Ça va de la prise d'otages à l'attentat à la bombe, en passant par l'enlèvement extraterrestre. Ou peut-être que Fischer a décidé de la demander en mariage et qu'il veut ma bénédiction ? Si c'est le cas, il a intérêt à avoir préparé un speech du tonnerre, parce qu'avec la frayeur qu'il est en train de me faire, je vais être la pire belle-sœur de tous les temps !

8 - *Sulli* est un gentil monstre dans le film d'animation *Monstres & Cie*

9 - *Chucky* est une poupée habitée par un esprit démoniaque dans le film du même nom.

— Morgane a eu un accident de voiture, annonce-t-il d'une voix tremblante.

Bam ! J'ai l'impression qu'on vient de me frapper avec une massue. J'entends mon cœur battre comme s'il rendait visite à mes tympans. Étourdie, je suis obligée de me tenir à la table pour ne pas tomber.

— Est-ce que… est-ce qu'elle est blessée ? articulé-je avec la plus grande difficulté, vu que mon souffle a décidé de se faire la malle.

Une grimace vient déformer le visage du lieutenant. Il baisse la tête un instant et en profite pour respirer profondément. Bam, bam ! Les massues continuent de s'acharner sur mon crâne à chaque seconde qui passe.

Bon sang, Fred, répondez-moi où je vais vous arracher les yeux !

— Je suis navré, Déva. Elle… elle ne s'en est pas sortie, m'apprend-il en posant une main sur mon épaule.

Bam, bam, bam… Splash ! Les massues viennent de se transformer en enclume et de m'aplatir sur le sol comme dans un cartoon. Je chancelle et m'écroule sur le fauteuil. Mes jambes ont décidé de partir faire un tour du côté de chez Swan. Je me mets à rigoler bêtement.

Elle est vraiment pourrie cette vanne, Déva ! Tu peux sûrement faire mieux. Qu'est-ce que Fischer a dit, déjà ?

Mon esprit est en pleine confusion.

« Accident. »

« Morgane. »

« Désolé, elle ne s'en est pas sortie… »

Elle ne s'en est pas sortie ? Non… non… non, non, non, non. Non ! Impossible. Ma sœur ne peut pas être morte. Elle ne peut pas…

— Déva ?

Je relève à peine la tête pour regarder le lieutenant qui s'est accroupi devant moi. Il a les yeux humides et le nez rouge. J'aurais dû le voir dès qu'il est entré, mais je n'y ai pas prêté attention. En ce moment il y a une épidémie de rhinopharyngites. On a tous plus ou moins cette tête-là.

— Est-ce que vous avez compris ce que je viens de vous dire, Déva ? m'interroge Fischer.

Pour être honnête, je n'en sais rien. Peut-être que… que je n'ai pas tout saisi ? C'est le genre de chose qui arrive. Quelqu'un annonce une grande nouvelle et tout le monde comprend de travers. Après on le répète à d'autres gens, qui le répètent à leur tour et au final, la princesse se transforme en troll, le méchant dragon en petit oiseau et les fêtes de fiançailles deviennent une invasion alien !

Seigneur, qu'est-ce que je raconte ?

Mes pensées partent dans tous les sens. Je ne les contrôle plus.

Malone doit avoir fini de cuisiner sa lotte au chorizo. C'est doux, crémeux, ça fond dans la bouche : un pur régal. Lorsqu'il la prépare, ça sent le lait de coco dans tout l'appartement. Morgane aurait adoré ça !

C'est pour cette raison que je lui ai demandé de faire ce plat. Ma sœur a toujours raffolé de la noix de coco. Quand on était gosses, elle avait une étagère remplie de parfums uniquement avec cette odeur. Idem pour le shampoing, le gel douche, les gâteaux. Elle ne voulait que ça et ça rendait notre mère complètement folle !

— Déva ? insiste le lieutenant avec un peu plus de fermeté.

Ne voit-il pas que je suis sous le choc ? Il peut bien m'appeler autant qu'il veut, je n'arrive pas à parler. Je ne peux pas… Sortir des sons avec la bouche et les assembler dans le bon ordre nécessite de la volonté, l'utilisation d'une énergie à laquelle je n'ai plus accès. Morgane est morte. Qu'y a-t-il de plus à dire de toute façon ?

Morgane. Est. Morte. Elle est morte. Morte... Elle est… elle est…

La porte du café s'ouvre à nouveau, si violemment qu'elle manque de s'encastrer dans le mur. C'est Malone. Il fonce vers moi comme s'il pouvait me sauver d'un quelconque danger. Il n'y a pourtant rien à craindre. Plus rien. C'est trop tard. Tout est fini. Morgane est morte. Je ne la reverrai plus jamais.

Malone bouscule Fischer pour me serrer dans ses bras. Je me laisse faire telle une poupée de chiffon ramollie. Il comprend rapidement que mon cerveau débloque. J'ai grillé un fusible. Je crois que je suis cassée. Il dégage mes cheveux pour mieux observer mon visage et caresse doucement ma joue. La chaleur de sa peau m'atteint, je ne sais pas vraiment comment, mais je m'y accroche. C'est le seul fil qui me maintienne encore à la réalité. Il ne dit rien. Il se contente de rester là, sa paume contre ma mâchoire, tout en me regardant dans les yeux.

— Elle est partie, finit par annoncer ma bouche, cette traîtresse qui m'avait abandonnée. Morgane est partie.

— Je sais, je… je sais, bredouille Malone.

— Ma sœur est morte ! crié-je en laissant échapper un torrent de sanglots qui étaient bloqués on ne sait où.

Le silence se développe. Je suppose que mon éclat de voix a jeté un froid dans le café, mais ça m'est égal. Sa tête posée au-dessus de la mienne, Malone resserre sa prise autour de ma taille et me berce doucement pour atténuer mes pleurs. C'est peine perdue. Je suis en mode « chutes du Niagara ».

— Je suis désolé, mon ange. Tellement désolé.

41

MALONE

Après avoir passé une bonne partie de la nuit à regarder Déva se noyer dans ses sanglots, je dois avouer que j'ai une furieuse envie de taper sur tout ce qui bouge. Ça faisait des années que je n'avais pas réellement pensé aux combats organisés par Tonio. Aujourd'hui, c'est exactement ce qu'il me faudrait, sauf que je ne peux pas.

Je dois rester clean et fort… pour elle. Elle a besoin de quelqu'un sur qui compter, quelqu'un pour l'épauler. Seulement, je ne sais pas quoi faire pour atténuer sa peine. J'aimerais tellement être dans un film ! Je pourrais utiliser ma baguette magique ou ma *DeLorean*[10] pour remonter le temps et éviter ce stupide accident. Éviter que Morgane finisse six pieds sous terre. Éviter à Déva toute cette souffrance. Mais ça non plus, je ne peux pas.

Lorsque la fatigue a gagné la bataille, Déva s'est effondrée dans le lit, pendant que je restais les yeux grands ouverts à ruminer toute cette histoire. Pour surmonter une telle épreuve, il faut qu'elle soit entourée des gens qu'elle aime. J'ai passé

10 - La DeLorean est voiture qui sert de machine à voyager dans le temps dans la trilogie des films *Retour vers le futur*.

en revue toutes les personnes susceptibles de lui apporter du réconfort et je n'en ai retenu que deux qui vaillent la peine de s'y attarder. Ce matin, j'ai donc décidé de prendre contact avec Émilie et Clara. Elles ont bien connu Morgane, et Déva a cruellement besoin d'amis en ce moment. Il faut que je trouve un moyen de les réconcilier. Peut-être que je pourrais les convaincre de l'innocence de Déva, leur raconter que c'est Gwen qui s'est introduite dans leur appartement pour les voler. Si elles ne me croient pas, je pourrais toujours demander à Fischer de confirmer.

Non, pas Fischer. Mauvaise idée. J'aviserai en fonction de leur réaction.

Alors que je suis sur le point de composer le numéro d'Émilie, une douleur effroyable enfonce ses griffes dans ma cage thoracique, me coupant le souffle. J'ai d'abord l'impression de faire une attaque, puis je me rends compte que ce n'est pas moi. C'est Déva. Elle vient de se réveiller et de prendre conscience pour la seconde fois de la perte de sa sœur.

Bon Dieu que c'est difficile d'être là, de la sentir souffrir et de ne pas pouvoir l'apaiser. C'est une torture !

Si ça continue, je risque de m'effondrer. Ça m'est déjà arrivé, le soir de son agression, quand elle a craqué sous la douche. J'ai tout ressenti, tout, comme si une vague de chagrin, de honte et de peur s'abattait sur moi pour me briser les os en me laissant suffoquer. C'était atroce. Insupportable. Aujourd'hui, c'est encore pire, parce que mes propres sentiments menacent de m'engloutir. Mon chagrin. Ma peur. Ma honte.

Allez, Malone, respire. Ça va passer. Tu vas tenir le coup. Tu dois tenir le coup. Pour elle. Tu n'as pas le droit de flancher !

Je me répète ces mots pour tenter de me calmer, mais j'ai du mal à y arriver. Images et émotions font la valse dans ma tête sans me laisser de répit. Je sais que pour jouer mon rôle de petit ami aimant, je devrais commencer par lui dire la vérité. M'ouvrir complètement à elle. Avouer mes plus grandes craintes, mes secrets, mes erreurs, mes blessures. Je le voudrais. Vraiment. Mais je ne peux pas.

Ça la détruirait. Ça nous détruirait. Je la perdrais pour de bon. Seigneur, je ne peux pas faire ça !

***

Je n'ai pas fermé l'œil depuis quatre jours, pas une seule seconde. Je suis vanné ! Heureusement, j'avais de quoi m'occuper : préparer des obsèques, c'est un véritable parcours du combattant. Je voulais épargner cette épreuve à Déva, alors j'ai tout géré, de A à Z, limitant ainsi sa participation à des signatures et des choix binaires. C'est même moi qui suis allé à la morgue pour identifier le corps de Morgane. Je n'oublierai jamais ce moment : la voir sur cette table d'autopsie, blanche comme un linge, morte. Je suis heureux que Déva n'ait pas eu à le faire, mais après tout ça, je suis complètement à l'ouest et le manque de sommeil commence à m'affecter.

Déva est au plus mal. La journée, elle semble ailleurs, détachée, limite amorphe. À cet instant, en la voyant allongée sur le lit, on croirait qu'elle dort. Elle a les yeux fermés, le souffle régulier. Le léger sourire qui a pris place sur ses lèvres pourrait laisser penser qu'elle est train de rêver. Pourtant, ce n'est pas le cas. Elle est aussi réveillée que moi et un ouragan se déchaîne dans tout son corps. Sa voix intérieure hurle à se briser. Elle a la rage contre ce monde qui a pris sa sœur, contre l'univers, même contre moi. Je ne sais pas comment lui venir en aide.

Qu'est-ce que je fais, moi, quand j'ai la rage ? Je frappe sur tout ce que je trouve. Mais Déva n'est pas du genre à s'abîmer les mains.

Une idée me traverse tout à coup. Je m'assieds à côté d'elle et caresse sa joue avec douceur. Elle ouvre les yeux en un éclair : la fatigue marque son joli visage. Je lui souris faiblement, attrape son bras et l'aide à se mettre debout. Elle se laisse faire sans rien dire, pourtant elle n'a aucune envie de me suivre et elle ne fait pas le moindre effort pour me le cacher. Elle veut que je sache. Elle traîne même des pieds pour en rajouter. Arrivé à la cuisine, je sors une montagne d'assiettes et lui en place une dans la main.

— Je n'ai pas faim, Malone. Vraiment pas, me dit-elle d'un ton las.

— Je sais. Je ne compte pas te forcer.

— Alors quoi ? Tu veux que je te fasse à manger ?

Je réponds par la négative.

— Jette-la, lui ordonné-je avec douceur.

— Quoi ?

— L'assiette. Jette-la par terre. Ou contre le mur. Ou sur moi, si ça te fait plaisir. Mais brise-la.

— Pourquoi ? Quel intérêt ?

— Fais-le. S'il te plait.

— Non. C'est débile et…

Sans prévenir, je frappe la vaisselle qui lui échappe et se fracasse sur le sol. Elle sursaute, surprise par mon geste, pendant que je récupère une deuxième assiette et la place à nouveau dans sa main.

— À toi, maintenant.

Elle me dévisage, pèse rapidement le pour et le contre et finit par lâcher la fausse porcelaine, sans grande conviction. Je recommence mon manège, m'empare d'un nouvel objet à briser et le lui tends.

— Mets-y un peu plus d'entrain, Déva. Fracasse-moi cette assiette !

Elle me jette un regard noir, soupire et lance la coupelle contre le mur. Je pousse alors la pile de vaisselle vers elle et l'encourage à poursuivre.

— Malone

— Continue.

Elle se décide à obéir face à mon insistance. Je la vois briser trois, cinq, neuf assiettes. Elle y met de plus en plus de force et des cris commencent à sortir de sa gorge. Au final, elle s'empare de la pile tout entière et la fait valser dans la pièce en laissant sa rage s'exprimer.

Quand le silence revient, ses jambes l'abandonnent. J'ai

tout juste le temps d'arrêter sa chute avant qu'elle ne s'écroule au milieu des débris, secouée par des soubresauts, des sanglots secs, sans larmes.

— Tout va bien, tenté-je de la calmer en la prenant dans mes bras. Tu en avais besoin.

— Je ne me sens pas mieux, parvient-elle à articuler. Pas moins triste. Juste… plus fatiguée.

— Le but n'était pas de faire disparaître ton chagrin, mais de te permettre de l'affronter sans être parasitée par la colère. Je voulais que tu puisses avoir l'esprit libre pour dire au revoir à ta sœur.

— Au revoir ?

— C'est aujourd'hui les funérailles, Déva.

— On est déjà samedi ?

— Oui.

— Impossible. Je n'ai rien préparé. Je ne sais…, commence-t-elle à paniquer.

— Tu n'as pas à t'en faire. Tout est réglé. Il reste juste quelques papiers à signer.

Elle me fixe pendant quelques secondes. Elle semble perdue.

— Je n'aurai pas la force d'affronter tout ça, soupire-t-elle en gémissant. Me lever. Me laver. Enfiler une robe. Aller rencontrer tous ces gens qui vont sans arrêt me présenter leurs condoléances. C'est trop dur !

— Je serai là. Je vais t'aider, mon ange.

Je la soulève dans mes bras. Elle s'accroche à mon cou jusqu'à ce que je la dépose dans la salle de bain. Je la déshabille lentement, puis la guide dans la douche. Pour une fois, je garde mon caleçon ; je ne veux pas qu'elle se méprenne sur mes intentions, mais elle ne le remarque même pas. Elle ferme les yeux et se laisse savonner, sécher, habiller. Son manque de réaction commence à m'inquiéter.

42

MALONE

En arrivant au crématorium, j'ai la surprise d'apercevoir un visage que j'adore : celui de Sofian. Il a apparemment sauté dans le premier avion avec Atéa après avoir appris la nouvelle. Le voyage depuis la Polynésie a dû les épuiser et leur coûter cher, mais je dois avouer que ça me fait un bien fou de le voir.

Je dois penser à les rembourser.

Déva se jette dans ses bras, comme s'ils se connaissaient depuis toujours. À leur rencontre, ils se sont tout de suite bien entendus. Il faut dire que Soso est une personne facile à aimer. Quant à Déva, c'est… juste un ange sur qui toutes les merdes tombent ! Mon ami se dirige ensuite vers moi et m'offre une accolade réconfortante.

— Merci d'être venu, Soso. Vous n'auriez pas dû faire tout ce chemin. Mais merci.

— Pas de quoi, mon poulet. Je t'ai dit que je serai toujours là pour toi. Ce ne sont pas douze-mille kilomètres qui vont changer ça.

Je lui souris alors que le cœur de Déva s'emballe. Je ne sais pas pourquoi, mais à cet instant, elle angoisse. Je me retourne pour comprendre sa réaction et mon regard tombe sur Clara et Émilie. Elles ont accepté de venir. Elles m'ont cru sur parole quand je leur ai raconté la vérité sur le vol de leurs affaires. Il me semble qu'elles avaient honte de ne pas avoir fait confiance à Déva. Toujours est-il qu'elles sont là aujourd'hui, prêtes à apporter leur soutien à leur amie d'enfance.

Avant l'histoire avec Gwen, leur présence aurait immédiatement apaisé Déva. Pourtant, ce n'est plus vraiment le cas. Elles viennent présenter leurs condoléances et la prennent dans leur bras, mais quelque chose s'est brisé, une distance s'est formée et ça leste le cœur de Déva encore plus lorsqu'elle s'en rend compte. Quant à moi, je ressens ce poids comme un coup dans le sternum. Je peine à respirer.

De l'air… il me faut de l'air.

Tandis que je tente de reprendre mon souffle, le cercueil de Morgane est déposé dans la salle, pour la cérémonie qui précède la crémation. C'en est trop pour moi.

— Soso ? interpellé-je mon ami alors qu'Émi enlace toujours Déva. Je peux vous la confier quelques minutes ?

— Bien sûr. On ne bouge pas.

Je le remercie et m'enfuis rapidement de cette pièce étroite et étouffante. Très vite, je me retrouve dans une immense cour arborée, à l'arrière du crématorium. L'endroit est désert. Les pensées de Déva m'assaillent sans que je puisse les repousser ou les atténuer. Elle est focalisée sur la boîte en bois qui contient le corps de sa sœur. Elle voudrait la voir une dernière fois, mais elle ne doit pas. Si le cercueil est fermé, c'est pour une bonne raison. D'après le type des pompes funèbres, son crâne était trop abîmé pour être reconstitué correctement.

Une image traverse mon esprit. Je suis pris d'un haut-le-cœur qui manque de me faire vomir. Je me retiens de justesse, tout en essayant de calmer ma respiration laborieuse, mais la peine de Déva est trop forte et ce que je ressens l'est aussi.

Putain de merde !

J'ai envie de me casser la voix, mais les gens risquent de m'entendre. Alors je fais la première chose qui me passe par la tête : je frappe dans un arbre, comme le jour où j'ai vu ma mère pour la dernière fois. Je sais que je vais m'érafler la main, mais je m'en fiche. Il faut que je laisse sortir toutes ces émotions qui me submergent. Après une dizaine de coups portés à l'écorce du vieux frêne, ma colère diminue, mes forces aussi. Je tourne la tête et croise le regard suspicieux du lieutenant Fischer.

Fais chier. Il n'aurait pas dû me voir comme ça.

Je détourne les yeux et fonce vers les toilettes. Il faut que j'enlève le sang qui s'écoule le long de mes phalanges. L'eau fraîche est en train de nettoyer ma peau souillée quand la porte s'ouvre sur un petit brun aux traits sereins.

— Ça va aller ?

— Non... J'ai merdé, Soso ! lâché-je dans un soupir. J'ai vraiment merdé. J'ai fait des choses… des choses qui sont en train de me ronger.

— La culpabilité est un sentiment aussi puissant que dévastateur. Parle à Déva. Libère ton cœur. Tu te sentiras mieux après.

— Qui te dit que c'est en rapport avec Déva ?

Il ricane avant de me répondre.

— Malone. Pour toi, tout est toujours en rapport avec Déva.

— Elle est en train de faire ses adieux à sa sœur. Je ne veux pas en rajouter. Elle souffre bien assez comme ça.

— Alors, fais tout ce que tu peux pour réparer tes erreurs.

— C'est déjà ce que je fais. Mais c'est loin d'être suffisant.

La main toujours sous l'eau, je respire lourdement et secoue la tête pour chasser les images qui me hantent.

— Tu sais, je pense que l'amour de Déva est assez grand pour supporter à peu près toutes tes conneries, m'assure mon ami en pressant mon épaule.

— Je ne suis pas sûr qu'un être humain puisse aimer suffisamment pour supporter ça !

Sofian recule d'un pas, choqué par ma déclaration.

— Putain, Malone. Qu'est-ce que t'as fait ? m'interroge-t-il, le visage soudainement inquiet.

Je crois que je n'ai jamais vu Soso aussi soucieux, pas

même en prison. Il vient tout juste de comprendre la gravité de ma situation, bien qu'il ne sache pas de quoi il retourne. La porte s'ouvre à ce moment-là. Atéa, sa future femme, nous prévient que la cérémonie va bientôt commencer. Je n'ajoute rien, je me sèche les mains et invite mon ami à me suivre, le laissant dans le flou le plus total.

Lorsque je rejoins Déva, elle est en compagnie de sa mère : une blonde aux yeux de panda, faute à son maquillage qui a coulé. Perchée sur ses hauts talons, elle ressemble à Morgane ayant pris un gros coup de vieux, dans une robe deux fois trop petite pour elle !

J'étais tellement perturbé que je n'ai pas senti la soudaine tension de Déva : elle est déjà furieuse après seulement quelques secondes de discussion. Je me faufile dans son dos, mon poing meurtri dans ma poche, et glisse mes doigts intacts entre les siens.

— Maman, je te présente Malone, baragouine Déva de mauvaise grâce. Malone, ma mère.

— Enchanté, déclaré-je avec un léger signe de tête, même si je n'en pense rien.

— Eh bien, ma fille. Tu as trouvé un fiancé charmant. Vraiment charmant ! répète-t-elle en caressant mon bras d'une manière qui me donne envie de péter le sien.

Attention, faites de la place dans le four. Nouveau cadavre en vue ! Respire, Malone, respire.

— Je ne voudrais pas paraître grossier, Madame Martin, mais je crois que le jour est bien choisi pour vous comporter comme une mère, lui balancé-je en serrant Déva contre moi. Je vous serais reconnaissant d'enlever votre main de mon bras.

Mouchée, la cougar de service recule d'un pas comme si je l'avais giflée. Rien que pour voir sa tête, ça valait le coup de faire le déplacement !

— Pas si charmant, en fin de compte ! se vexe-t-elle en défroissant sa robe, qui est de toute façon bien trop moulante pour accueillir un pli. Je préférais largement Marc.

Je n'en reviens pas qu'elle ait osé prononcer son nom devant Déva ! Si ce n'était pas sa mère, je crois que je la laisserais la massacrer. Elle est à deux doigts de lui sauter à la gorge.

— Calme-toi, mon ange. Ne fais pas attention à elle. Aujourd'hui, on est là pour que tu puisses dire au revoir à ta sœur, lui murmuré-je en embrassant sa tempe.

Je me contiens comme je peux pendant le reste des funérailles. C'est difficile, mais j'y arrive, en ne lâchant pas Déva du regard. Je me concentre sur ses yeux brillants, sur ses lèvres frémissantes. J'évite de penser à son cœur meurtri, en vain.

Pitié, donnez-moi la force de le réparer.

Tout comme une soixantaine de personnes plus ou moins inconnues, le lieutenant Fischer vient lui aussi présenter ses hommages à la fin de la cérémonie. Il a l'air mal en point.

— Déva, est-ce que je pourrais vous parler ? Seul à seul ? ajoute-t-il en me jetant un regard glacial.

— Euh, hésite-t-elle brièvement.

Elle n'a aucune envie de se séparer de moi, même une seconde. J'ai l'impression que si mes bras abandonnent sa taille, elle va s'effondrer et ne jamais se relever. De toute façon, j'entendrai tout ce que le lieutenant lui dira, alors à quoi bon ?

— Je préférerais que Malone reste, si ça ne vous fait rien, répond-elle sans détour. Vous pouvez parler devant lui.

Je lance à Fischer un sourire engageant, bien qu'un brin moqueur, et le vois se refermer comme une huître.

— Hum hum, se racle-t-il la gorge avant de conclure. Je voulais juste vous dire que j'étais là en cas de besoin. Vous pouvez m'appeler si vous avez le moindre problème.

— Merci. C'est gentil.

— Prenez soin de vous, Déva.

Nouveau regard meurtrier en partant.

Quelle subtilité, Lieutenant !

— Il a l'air remonté contre toi, me fait remarquer Déva.

— Je crois qu'il ne m'aime pas beaucoup.

— C'est à cause de votre dispute de la dernière fois ?

Merde. De quoi est-elle au courant ?

— Notre dispute ?

Je feins l’innocence, espérant qu’elle lâche l’affaire.

— Oui. Tu sais, l’autre jour, quand vous m’avez ramenée du café. Je vous ai entendus vous prendre la tête depuis la cuisine. Pourquoi ?

Nous y voilà.

— Oh… ça. Eh bien, figure-toi que Fischer a été surpris que je débarque aussi vite après qu’il t’ait annoncé le décès de Morgane. Il se demandait comment je l’avais appris. Les policiers devaient être les seuls dans la confidence.

— Mince ! Qu’est-ce que tu lui as dit ?

— La vérité : que je lisais dans tes pensées.

— Tu plaisantes ?

— Pas du tout.

— Tu es fou ! Imagine que…

— Que quoi ? Qu’il m’ait cru ? la coupé-je avant qu’elle s’affole davantage. C’est le genre de chose difficile à avaler, même avec des preuves, tu es bien placée pour le savoir. Je ne voyais pas comment m’en sortir, alors j’ai joué sur l’insolence et ça a marché. Fischer pense que je me payais sa tête. D’où la dispute et les regards noirs d’aujourd’hui.

— Il veut juste m’aider. Il était très attaché à ma sœur.

— Je le sais. Ne t’en fais pas, il va vite m’oublier.

J’espère.

43

DÉVA

Encore enveloppée par l'allégresse des rêves qui ont peuplé mon repos, j'ouvre les yeux avec difficulté. Des mèches cuivrées entrent dans mon champ de vision, surplombées par des iris sombres qui ont perdu de leur malice. Malone est en train de me fixer.

— Salut, mon ange.

— Salut, répliqué-je en fronçant les sourcils. Ne me dis pas que tu as passé ta nuit à me regarder ?

— Pas toute la nuit. Seulement quatre ou cinq heures. Tu es tellement belle.

Ses mots sont doux, tout comme ses doigts qui glissent le long de ma joue, mais son visage est grave. Des cernes colorent faiblement le dessous de ses yeux. Ses traits sont tirés, son regard lointain. Il ne va pas bien. Ça fait des mois que ça dure : quatre pour être précise. Cette mélancolie lui colle à la peau depuis l'incinération de Morgane et je sais que c'est ma faute.

Malone a tout géré. Il a été extraordinaire. De mon côté, je n'ai fait aucun effort. Je me suis laissée engloutir par mon chagrin, sans réfléchir à ce que ça pouvait lui faire, lui qui ressent jusqu'à la plus insignifiante de mes souffrances. Je suppose que voir les cendres de Morgane tous les jours sur la cheminée ne doit pas aider non plus. Légalement, je suis tenue de les disséminer à l'endroit indiqué sur les papiers que j'ai signés, mais je n'arrive pas à me séparer du peu qu'il me reste d'elle. C'est plus fort que moi.

Ce qui est sûr, c'est que j'ai suffisamment pleuré. Je dois recommencer à vivre. Nous le devons tous les deux.

— Malone, il faut que tu arrêtes d'en faire trop. Tu dors encore moins que moi. Tu ne tiendras pas longtemps comme ça. Je vais mieux, tu sais. Vraiment.

— Fais-moi un de tes beaux sourires, me supplie-t-il pour seule réponse.

Docile, je lui montre toutes mes dents et vois son visage s'illuminer.

— C'est de ça dont j'ai besoin : pas de sommeil, juste de tes sourires.

Sans crier gare, Malone se rue sur moi et me soulève en m'emprisonnant dans ses bras.

— Qu'est-ce que tu fais ?

— Je te kidnappe.

J'arrête très vite de me débattre pour me blottir contre lui, surtout lorsqu'il s'élance dans les couloirs de l'immeuble.

— Euh… tu ne crois pas que je devrais m'habiller ? demandé-je en tirant sur ma nuisette pour recouvrir mes cuisses. Et si on croisait des voisins ?

— Aucune chance. Cet étage n'appartient qu'à nous.

Surprise, je vérifie les numéros sur les portes : ils commencent tous par un quatre. Notre appartement se situe au cinquième. Malone a privatisé le sixième niveau pour y faire un spa, mais normalement, le quatrième est occupé. Je n'y comprends rien. Je vois à sa tête que mon kidnappeur se retient de sourire.

Qu'est-ce qu'il mijote ?

Nous arrivons rapidement devant une immense baie vitrée

intérieure que je n'avais encore jamais vue. De l'autre côté, une pièce gigantesque nous ouvre les bras. Elle est encombrée de chaises, de bureaux, de tableaux et d'ordinateurs. Le plus spectaculaire, ce sont les écrans qui recouvrent les murs afin de modifier le décor à volonté. Pour le moment, une plage de sable blanc, avec des cocotiers et une mer bleu turquoise, nous donne l'impression de déambuler sur les côtes antillaises. On pourrait tout aussi bien y projeter un paysage de montagne, ou des images de n'importe quelle ville du monde. C'est fabuleux !

Malone me laisse observer ce qui m'entoure sans me libérer de ses bras.

— Qu'est-ce qu'on fait ici ? C'est quoi cet endroit ?

— Il me semble que c'est le siège d'une toute nouvelle entreprise. Regarde le nom sur la porte.

J'obéis naïvement et plisse les yeux pour décrypter les lettres inscrites à quelques mètres de moi.

— *Martin Design* ? Qu'est-ce que…

Je ne finis pas ma phrase et reporte toute mon attention vers Malone qui me scrute avec amusement.

— Si le nom ne te plaît pas, on peut encore le changer, précise-t-il sans la moindre amertume.

Je le fixe bêtement sans ouvrir la bouche. Je suis un peu perdue. J'attends qu'il m'explique, mais il tarde à le faire.

— Déva ? Tu pourrais dire, ou au moins penser quelque chose ? Ce silence commence à m'inquiéter.

Penser quelque chose ? C'est ce que je suis en train de faire. Enfin, je crois. À moins que mon cerveau soit en grève.

— Je ne suis pas sûre de comprendre, finis-je par répondre, puisque que mes réflexions ne trouvent pas écho.

— Je me suis dit qu'au lieu de courir après des entretiens avec des patrons sexistes, tu pourrais devenir ton propre boss.

— Quoi ?

— Faire le tour du monde, c'était sympa. Mais ouvrir une boîte de communication tous les deux, ça pourrait être chouette aussi. Tu pourrais t'occuper de tout ce qui est technique et ressources humaines, pendant que je ramerais avec la logistique et les montages financiers. Enfin… si tu veux bien de moi dans tes pattes ?

— Malone, soufflé-je, manquant de mots pour exprimer ce que je ressens. Tu… tu as fait tout ça pour moi ?

— Je n'ai pas fait grand-chose, pour le moment. Il reste encore toute une partie de l'étage à réaménager et il faudra trouver des clients, mais…

Je l'empêche de terminer son discours en me jetant sur ses lèvres. Il me rend mon baiser, laissant lentement mes jambes retrouver le sol. Après une longue étreinte, j'arrive finalement à articuler quelques mots entre deux sourires.

— C'est une idée fantastique !

— Ça te plaît ?

— Oui. Beaucoup. Je n'aurais pas pu rêver mieux.

Si tu savais comme je t'aime, Malone.

Ces derniers mots ont totalement échappé à ma volonté. Ils se sont introduits dans mes pensées sans mon consentement et je me rends compte qu'on ne s'est encore jamais avoué nos sentiments. Pas officiellement. Gênée, je détourne les yeux, mais Malone m'oblige à le regarder en soulevant mon menton.

— Je t'aime aussi, Déva, déclare-t-il avant de déposer un doux baiser au coin de ma bouche. Jamais je n'ai ressenti ça pour qui que ce soit. Je serais prêt à tout pour toi… vraiment tout.

Ses mots réchauffent mon cœur et électrisent mon corps aussi sûrement qu'une décharge de cent mille volts. Sans que je comprenne comment, je me retrouve adossée à la baie vitrée, les jambes enroulées autour des hanches de Malone, la nuisette relevée jusqu'au cou et des gémissements de plaisir au bord des lèvres.

44

MALONE

Martin Design est officiellement ouvert. Nos locaux sont encore en travaux, mais nous avons suffisamment de matériel pour commencer et déjà quelques commandes à honorer. Tout a été très vite. À peine ai-je parlé à Déva de mon projet qu'elle renouait avec ses anciens contacts. En trois semaines, nous voilà donc opérationnels, ou presque.

Ce matin, avant même qu'elle ait ouvert les yeux, je sens que ma merveilleuse associée est engluée dans sa fatigue. D'ailleurs, elle est tellement dans le brouillard que je peine à capter ses pensées. Son cerveau est en position *OFF*, ce qui n'arrive pas souvent.

— Tu peux rester un peu au lit si tu veux, lui proposé-je avant que sa bouche se mette en action. Je vais commencer la paperasse et je viendrai te réveiller dans quelques heures avec le p'tit déj.

Déva grogne comme si je l'avais insultée. Je sais qu'elle prend notre entreprise très au sérieux. Loin de moi l'idée de la considérer comme un tir au flanc, mais je vois bien qu'elle est crevée. Elle soulève une paupière, me jette un regard mi-implorant, mi-désolé, et finit par s'enrouler dans la couette afin de poursuivre son entrevue avec Morphée. Je m'amuse quelques secondes de son comportement, puis m'empresse de descendre à l'étage inférieur pour débuter mon travail.

Deux heures plus tard, je rejoins la cuisine. Pain grillé, marmelade, bacon et œufs font office de matières premières. Dès que j'ai terminé mes préparations, je m'infiltre dans la chambre sans faire de bruit, tel un chat qui chasserait une souris, et dépose le plateau rempli de victuailles sur sa table de nuit. Je tente de la réveiller en douceur, mais sa capacité à ignorer le monde lors de ses visites au marchand de sable vient à bout de mes caresses.

Cette fille est pire qu'un ours en hibernation !

Je persévère en la secouant légèrement. Elle râle, se retourne, râle encore. Elle est toujours dans le même état déplorable que tout à l'heure. Malgré tout, elle finit par se mettre assise au bord du lit, les paupières à moitié collées.

— Ton p'tit déj est là, lui dis-je en désignant le plateau.

Elle me remercie en marmonnant, se frotte les yeux, s'empare d'un morceau de bacon et croque dedans goulûment. Je vois alors son visage changer de couleur. Elle se lève d'un bond et s'élance vers la salle de bain, une main devant la bouche. Inquiet, je commence à la suivre jusqu'à ce qu'elle me demande de rester à l'écart entre deux vomissements.

Foutue gastro !

Je reprends le plateau et le ramène à la cuisine. Elle ne risque pas de se jeter dessus pour le moment. Je lui remplis un grand verre d'eau et retourne dans la chambre, dans l'attente qu'elle me rejoigne. Il y a quelque chose qui me chiffonne, mais j'ignore quoi. Je me sens… étrange, un peu perdu, comme si un élément de mon monde n'était pas à sa place.

Déva réintègre la pièce, blanche comme un linge. Elle me regarde et soupire de lassitude. Sans savoir pourquoi, mon malaise grandit encore. Je ne suis clairement pas dans mon assiette. Peut-être que je couve quelque chose moi aussi ?

— Mon ange, le boulot peut bien attendre deux jours. Nos

délais sont largement tenables. On va se reposer aujourd'hui et je vais m'occuper de toi. Ça te va ?

Déva acquiesce mollement tout en se laissant tomber sur le lit. Je m'allonge à côté d'elle. Mes yeux parcourent les traits de son visage. Les siens en font autant. C'est là que je comprends ce qui me chagrine depuis mon réveil : le silence. Déva ne m'offre aucune pensée. J'ai bien capté qu'elle était fatiguée, mais je n'ai entendu aucun mot, rien de construit ou de rationnel. Voilà ce qui cloche !

Qu'est-ce qui m'arrive ?

— Déva ?

— Hum…

— J'aimerais savoir ce que tu es en train penser ? lâché-je, espérant un déclencheur.

— Que je suis d'accord avec toi. Je ne crois pas être capable de bosser aujourd'hui.

Je me tends encore davantage en réalisant que je ne perçois aucune de ces informations. Les sourcils de Déva se froncent. Elle me regarde désormais avec une inquiétude qui rend la réplique à la mienne.

— Tu ne m'as pas entendue ? veut-elle savoir, à juste titre.

— Non. Pas du tout.

— Ça t'arrive souvent d'avoir des ratés ?

— Quand j'étais plus jeune, oui. Je n'avais qu'un accès limité à ton esprit. Mais depuis quelques années, rien ne m'échappe, sauf parfois quand l'un de nous deux est très énervé. Dans ces moments-là, je ne capte pas toujours clairement tes pensées, je suis davantage branché sur tes émotions.

— Alors que se passe-t-il ?

— Je ne sais pas. C'est peut-être parce que tu es malade. Ça doit brouiller les signaux. Enfin, je suppose. Oublie ça, mon ange. Tu dois te reposer, c'est tout ce qui importe.

« Mon adorable Malone », pense-t-elle tandis que je commence à me morfondre.

— Ça, j'ai entendu ! l'informé-je avec un immense sourire.

« Bon retour dans ma tête », poursuit-elle, les lèvres tou-

jours scellées.

Soulagé d'avoir encore un minimum accès à son esprit, j'enroule mes bras autour de son corps harassé et lui intime de fermer les yeux. En moins de dix minutes, nous avons tous les deux sombré.

***

Réveillé par le bruit de la sonnette en début d'après-midi, je m'empresse d'aller ouvrir. Devant moi apparaît le visage du lieutenant Grincheux.

— Est-ce que Déva est là ? me lance Fischer en guise de bonjour.

— Oui.

— J'aimerais lui parler.

— Bien sûr. Entrez. Je vais la chercher.

C'est avec le cœur battant que je me détourne de lui pour me diriger vers notre chambre.

Pourquoi est-il ici ? Que veut-il ? Que sait-il ?

Angoissé, je prends quelques secondes pour me calmer une fois la porte refermée derrière moi.

Tout va bien, Malone. Respire et arrête de te monter la tête. Ça ne t'aidera pas.

Je mets un temps fou à réveiller Déva. Elle a un sommeil si profond ces derniers jours que c'en est surréaliste ! Tout en bâillant, elle me suit péniblement jusqu'au salon où le lieutenant nous attend, le visage dur.

— Déva ! Vous avez une petite mine. Est-ce que tout va bien ? s'enquiert-il en me regardant avec reproche.

Comme si j'y pouvais quelque chose. Désolé si je ne sais pas encore soigner les maladies !

— Ce n'est rien, Lieutenant, le rassure Déva. J'ai dû prendre froid. Pas de quoi s'inquiéter. Mais que faites-vous ici ? On ne vous voit que lorsqu'il y a des incidents.

— C'est vrai et j'en suis navré. Cela dit, je ne suis pas là de manière officielle. C'est Sébastian Lexinton qui m'a demandé de l'aide. Il a trouvé ma carte sur la table de sa cuisine; sans doute celle que j'avais laissée à Émilie le jour de la crémation.

— Seb ? Pourquoi ? Que se passe-t-il ?

— Eh bien, il semblerait que vos amies, Émilie et Clara, soient sorties dans un club hier soir. Elles ne sont pas rentrées, ne sont pas allées travailler et elles ne répondent pas au téléphone. Sébastian se fait du souci, mais ma hiérarchie ne considère pas leur disparition comme inquiétante. Elles sont majeures, fêtardes, et ça fait à peine douze heures. Mon chef pense qu'elles vont réapparaître dans la journée. Aucune enquête n'est ouverte pour le moment.

Le visage de Déva se décompose. Je ne parviens pas à suivre ses réflexions, tout est encore très confus, mais je sais qu'elle a peur. Je le vois. Je glisse ma main dans la sienne et la serre doucement. Je veux lui faire comprendre que je suis là pour elle, que je la soutiens.

— Vous pensez qu'il leur est arrivé quelque chose ? demande-t-elle à Fischer, la voix chevrotante.

— Je ne sais pas, Déva. La voiture d'Émilie est toujours sur le parking de la boîte de nuit. Peut-être qu'elles avaient trop bu pour conduire et qu'elles ont dormi chez des amis à proximité. D'après les images que j'ai visionnées ce matin, elles ont quitté le bâtiment à la fermeture, au milieu d'une foule. Difficile de savoir si elles étaient seules ou accompagnées. Mais ce n'est pas tout : Laura Perquin, la sœur de Gwenaëlle, était présente à cette soirée, elle aussi.

— Laura ! Oh non, vous croyez qu'elle aurait pu s'en prendre à Émi et Clara ?

— C'est une possibilité, admet Fischer, l'air attristé.

Les visages des deux filles envahissent brutalement l'esprit de Déva. Une fois encore, je ne capte aucune pensée cohérente, mais des souvenirs de Clara et Émi se superposent les uns aux autres jusqu'à m'en donner mal à la tête. Prise d'une nouvelle nausée, Déva détale vers la salle de bain, me laissant seul avec notre visiteur.

Le silence remplit le salon. Fischer me regarde avec un mélange de mépris et de colère à peine voilée. S'il n'était pas un policier respectable, je suis sûr qu'il m'aurait déjà collé son poing dans la figure !

— Donnez-moi quelque chose, Malone. N'importe quoi ! Aidez-moi à retrouver ces jeunes femmes.

Je suis surpris par son intervention. Son ton est plus suppliant que cassant, contrairement à ses habitudes. Pense-t-il vraiment que je vais lui dire où sont les filles ?

— Je n'ai rien à voir avec cette histoire, Lieutenant. Si je pouvais vous aider, je le ferais.

Fischer secoue la tête, dépité par ma réponse. Mal à l'aise, je détourne les yeux. J'aimerais lui prouver que je ne suis pas celui qu'il croit, mais comment ? Malgré mes réflexes, il s'approche de moi si vite que je n'ai pas le temps de faire un mouvement. Il me plaque contre le mur et appuie son bras contre ma gorge.

— Écoute-moi bien, espèce de salopard, gronde-t-il à proximité de mon oreille. Je n'ai peut-être aucune preuve, mais je sais ce que tu as fait. Je vois clair dans ton jeu, même s'il m'a fallu du temps. Tu prétends aimer Déva, mais si c'était le cas, tu lui dirais toute la vérité. Elle mérite de la connaître. Et si tu étais un homme bien, tu serais prêt à tout pour lui éviter de perdre ses amies comme elle a perdu sa sœur.

Je me fais violence pour retenir les larmes qui investissent mes yeux. Fischer pense sans doute qu'elles sont dues à la pression qu'il exerce sur ma trachée, mais il se trompe. Ce qui me fait mal, ce sont ses mots : des mots qui sonnent un peu trop juste.

Il me relâche et disparaît de l'appartement avant que je puisse dire quoi que ce soit. Le silence m'enveloppe à nouveau, à peine troublé par les tambours de mon cœur.

Merde… Fais chier !

45

DÉVA

Ça fait quatre heures que je suis recroquevillée sur le canapé, une bassine dans une main, le téléphone dans l'autre, dans l'espoir d'avoir des nouvelles des filles. Si Laura leur fait du mal à cause de moi, jamais je ne m'en remettrai !

Malone est aux petits soins : il m'apporte régulièrement de l'eau, me fait des massages, vérifie que je n'ai pas trop chaud ni trop faim. Il fait ce qu'il peut pour me rassurer, mais je vois bien qu'il est aussi stressé que moi, peut-être même plus. Je ne sais pas pourquoi. Je m'apprête à lui poser la question lorsque la sonnerie de mon portable me surprend. Je sursaute, puis décroche avec tant d'empressement que je manque de le faire tomber.

— Lieutenant ? lancé-je en activant le haut-parleur. Dites-moi que vous les avez retrouvées.

— Oui, Déva. Elles sont rentrées chez elles et elles vont bien. Vous n'avez plus à vous en faire.

— Oh, Dieu merci, soufflé-je pour moi-même.

Je prends le temps de respirer quelques instants. J'ai l'impression d'avoir été en apnée depuis la visite du lieutenant.

Malone semble soulagé lui aussi. Il me sourit et dépose un baiser sur ma joue.

— Que s'est-il passé ? finis-je par demander.

— Euh… Rien de très reluisant. Vos amies ont rencontré de jeunes gens fortunés et insouciants qui les ont invitées à poursuivre la soirée dans leur villa en périphérie de Paris. Leurs portables n'ont pas résisté à l'eau de la piscine et le champagne les a privées du bon sens de prévenir leur colocataire, ou même leur patron. Elles étaient encore dans un état d'ébriété avancé quand on les a déposées à leur appartement.

— Alors, ça n'a rien à voir avec Laura ?

— Non. Aucun lien. Mais elle s'est volatilisée. Désolé de vous avoir inquiétée pour rien. Par contre, un appel anonyme nous a menés directement au repaire secret de Gwenaëlle, celui qu'on n'arrivait pas à trouver.

— Un appel anonyme ? m'étonné-je. Aussi longtemps après sa mort ? C'est étrange, non ?

— Étrange, en effet.

— Vous pensez que c'est Laura ?

— Possible. En tous cas, l'endroit est rempli d'ordinateurs et de centaines de carnets. Ça devrait nous permettre de combler les derniers blancs. C'est une bonne nouvelle.

— C'est quoi cette histoire de carnets ?

— Hum. C'est…, hésite-t-il en toussotant.

— Lieutenant ?

— Ce sont des notes que Gwenaëlle a prises sur vous. Pour l'instant, on a juste jeté un œil, mais il semblerait qu'elle vous espionnait depuis plus d'un an. Elle consignait tout par écrit. L'heure de votre réveil, le temps passé dans la salle de bain, ce que vous portiez, ce que vous mangiez, à qui vous parliez.

— Oh, bon sang. Cette fille était vraiment dingue !

— Oui. Il faut croire. Écoutez, je dois vous laisser, mais je vous tiendrai au courant de nos avancées.

— D'accord. Merci, Lieutenant. Au revoir.

Encore sous le choc, je dépose mon portable sur la table, réalisant à peine que mes deux amies sont saines et sauves. J'ai eu tellement peur ! Malone enroule ses bras autour de moi et me serre avec douceur.

— Tu devrais les inviter à dîner quand tu te sentiras mieux, lâche-t-il subitement.

— Quoi ?

— Émi et Clara. Tu devrais essayer de recoller les morceaux. S'il leur était arrivé malheur, tu aurais regretté de ne pas avoir arrangé les choses.

— C'est vrai.

— Alors, n'attends pas qu'il soit trop tard. Récupère tes amies, Déva. Vous n'auriez jamais dû vous éloigner.

Il a raison. Ne laissons pas Gwen gagner.

***

Les nausées ne me quittent pas depuis plusieurs jours. Dès que l'odeur de la nourriture accroche mes narines, je cours aux toilettes. Je n'en peux plus ! Heureusement, Malone a pris les choses en main pour le travail, étant donné que j'en suis incapable. Ce soir, je commence tout juste à me sentir mieux. Après quelques vomissements intempestifs au lever, mon après-midi s'est déroulé à peu près normalement. Je suis sur la voie de la guérison.

Dieu soit loué !

Le lendemain, je rejoins Malone dans le salon où nous profitons enfin d'un vrai petit déjeuner ensemble, bien que le mien reste léger. Il est soulagé de me voir en dehors de la salle de bain et je le suis tout autant.

— Tu as pu régler les détails avec le groupe *SEVERAS* ? l'interrogé-je pour me mettre au fait des dernières nouvelles de l'entreprise.

— Euh… ouais. J'ai rencontré le directeur hier matin. Mais comment tu es au courant de ça ?

— C'est toi qui m'en as parlé.

— Non. Je ne crois pas.

— Mais si. Tu marmonnais en venant te coucher. Il était

question de la taille des affiches publicitaires et de la couleur de fond, si je ne m'abuse.

— Ah bon ? Je… je ne m'en rappelle pas.

— Le père Severas n'a pas l'air commode. Il te rend la vie dure, n'est-ce pas ?

— Ouais. J'avoue. Mais comment tu… tu l'as vu quand ?

— Je ne sais plus, mais je l'ai vu. Visage sévère. Cheveux blancs soigneusement peignés. Canne en or et gorilles en costards.

— Belle description. Tu as mis des caméras dans les bureaux ou quoi ?

— *Big Brother* te surveille, Malone. Gare à tes jolies fesses ! déclaré-je en lui faisant un clin d'œil. Plus sérieusement, j'ai dû le voir arriver par la fenêtre.

— Oh.

— Il faudrait peut-être que tu dormes un peu plus. Tu fais le boulot de deux personnes depuis une semaine. Tu as l'air épuisé.

Mais tu es toujours aussi craquant.

— Je me reposerai cet aprèm. J'ai encore quelques trucs à régler.

Donc pas de câlins ce matin ? Dommage… pour une fois que je n'étais pas barbouillée !

Sans un mot, ni même un petit regard complice, Malone termine son assiette et se lève pour faire la vaisselle. Ça ne lui ressemble pas d'ignorer une proposition de ce genre. Il aurait plutôt tendance à les provoquer, en temps normal.

Quelle mouche l'a piqué ?

— Malone ?

— Hum ?

— Tu es sûr que ça va ?

— Oui. Pourquoi ?

— Je ne sais pas. Disons que tu es plus réceptif à mes avances d'habitude.

— Tes avances ? Quelles avances ?

— Laisse tomber, soupiré-je, déçue et un peu vexée.

Le visage de Malone devient plus pâle. Les muscles de ses mâchoires se contractent. Ses lèvres se pincent. Son regard se voile.

— Putain ! Je n'entends plus rien. Plus rien du tout, Déva ! panique-t-il, le souffle court. J'étais tellement occupé ces jours-ci que je n'ai pas eu deux secondes pour y réfléchir. Mais plus le temps passe et plus le silence s'installe. Tes pensées m'échappent totalement. Je ne sais pas quoi faire !

Alors c'est ça : il ne m'a pas entendue.

Je serais presque soulagée si je ne voyais pas l'inquiétude le ronger.

— Ce n'est rien. Ça va revenir, tenté-je de le rassurer. Je suis sûre que c'est à cause du surmenage.

— Tu es toujours malade ?

— Je ne crois pas. Pourquoi ?

— J'essaie juste de comprendre ce qui m'arrive. Ce n'est pas normal. En plus…

Je n'entends pas la fin de sa phrase. Une nouvelle nausée m'oblige à courir aux toilettes.

46

DÉVA

Me voilà assise sur les toilettes, en chemise de nuit, la porte de la salle de bain fermée à clé, occupée à uriner sur un bâton en plastique.

Une fois ma tâche terminée, je dépose l'objet de mes angoisses sur le bord du lavabo et tente de me concentrer sur ce que je vois à travers la fenêtre : pigeons, nuages, coups de vent et éclairs au loin. Je ne veux pas que Malone se rende compte de ce que je suis en train de faire; pas avant d'avoir un minimum de certitudes. Je n'ai pas grand-chose à craindre puisque ces derniers temps, il n'entend plus aucune de mes pensées, mais je préfère rester prudente. On ne sait jamais.

Après trois minutes interminables, mes yeux se posent sur les deux barrettes bleues qui sont en train de me narguer.

Oh… mon… Dieu.

Mon souffle s'évapore. Mon cœur fait des bons saccadés. Mes tempes se recouvrent d'un mince filet de sueur. Qu'est-ce que je vais faire? Nous n'avons encore jamais abordé le sujet… Et s'il ne voulait pas en entendre parler? Je me passe un peu d'eau sur le visage pour m'éclaircir les idées, tout en fusillant du regard ma plaquette de pilules contraceptives.

Pas si efficaces que tu le pensais, ma grande !

J'inspire profondément à plusieurs reprises. Je dois me calmer et réfléchir. La première chose à faire, c'est de m'assurer de la fiabilité de ce test avec une prise de sang. Si je vais au laboratoire tout de suite, je devrais avoir la réponse avant midi, avant qu'il remonte. Je m'immobilise un instant en pensant à Malone, en train de finir les travaux à l'étage inférieur. Il est content parce que nous allons enfin pouvoir bosser dans des locaux tout neufs.

C'est très étrange, mais depuis que sa capacité a commencé à lui faire défaut, c'est comme si mes sens s'étaient développés, comme si ma faculté à le comprendre s'était accrue, comme si c'était désormais moi qui avais un accès *VIP* à ses émotions. Je ne suis pas en train de vous dire que je lis dans ses pensées, loin de là, mais toutes mes cellules semblent ressentir les siennes. Après ce que je viens d'apprendre, je me demande si les deux phénomènes ne sont pas liés.

Est-il possible que ces changements soient dus à mon état ?

Je ne m'attarde pas plus longtemps sur mes réflexions. Je m'habille en vitesse et file au laboratoire d'analyses le plus proche.

***

Je suis debout près de la fenêtre du salon lorsque la porte d'entrée se ferme. Il est midi : Malone rentre pour le déjeuner. J'ai passé les dernières heures le regard fixé à mon écran de téléphone, l'index faisant des va-et-vient incessants pour actualiser la page de ma boîte mail. La réponse est arrivée il y a moins de trois minutes. J'ai encore du mal à croire les mots inscrits sur le document du labo : des mots qui vont changer ma vie, nos vies.

Les pas de Malone résonnent derrière moi. Je n'ose pas lui faire face, j'ai bien trop peur d'affronter son regard. Il enroule ses bras autour de ma taille et pose ses douces lèvres contre mon cou. Je frissonne tant la sensation est agréable. Sans lever la tête, je me retourne et me blottis contre lui. J'ai besoin de sa chaleur, de son amour, pour me donner le courage nécessaire.

— Tu te sens mieux, mon ange ? Tu as l'air plus… plus pétillante.

Je souris sans le vouloir à cette remarque, parce que je sais qu'il a raison. Je suis en stress total, mais je suis aussi sur un petit nuage.

— J'ai encore quelques nausées, mais ça va.

— Tant mieux. Ça me manque de ne pas passer mes journées avec toi. Et je vais commencer à avoir besoin de ton aide pour les dessins.

— Oui. Je m'en doute. En parlant de ça, j'ai peur qu'on soit obligés de revoir notre planning pour les mois qui viennent.

— Ah bon ? fait-il, surpris. Pourquoi ?

— Eh bien… je… je risque d'être pas mal occupée, et toi aussi.

— Tu sais que je n'entends pas ce que tu penses. Alors s'il te plait, aide-moi un peu.

OK. C'est le moment de vérité… Inspire… Expire… Inspire… Et lance-toi !

— Je suis… je… je suis enceinte, Malone.

Bouche ouverte. Yeux arrondis. Souffle bloqué. Expression ahurie. Et… silence : un silence pesant et abominable qui me serre les entrailles.

Allez… je t'en prie, dis quelque chose !

— Tu… tu es sûre de toi ? finit-il par demander d'une voix peu assurée.

Je lui réponds en chuchotant tellement je redoute sa réaction.

— Oui. Je viens de faire une prise de sang.

Il se recule tout en retirant ses bras de ma taille.

Aïe. Ce n'est pas bon signe !

Ses yeux s'attardent sur mon ventre pour y voir un quelconque mouvement, comme si un alien allait sortir à travers ma peau, puis ils reviennent sur mon visage tendu. Un timide sourire prend alors place sur lèvres.

— Je vais être papa ? lâche-t-il, le regard brillant. Je… putain… je... je vais être papa ! répète-t-il en haussant le ton comme s'il utilisait un porte-voix.

Il me soulève brusquement dans ses bras en continuant de crier, à l'image d'un enfant à qui on viendrait d'offrir le jouet de ses rêves. J'éclate de rire, soulagée qu'il prenne si bien la nouvelle. Cette fois, je suis absolument certaine de ressentir ses émotions : il est heureux. Vraiment heureux. Paniqué, mais ivre de joie.

« C'est le plus beau jour de ma vie ! »

Cette phrase, je l'entends aussi clairement que s'il l'avait prononcée, comme un appel vibrant, une révélation de son âme. Pourtant, il n'a rien dit. Il n'a pas ouvert la bouche. J'en suis sûre, parce qu'il est toujours en train de m'embrasser. Ses bras sont enroulés autour de moi et ses lèvres cajolent les miennes. Cette phrase, il vient de la penser.

J'ai lu dans ses pensées !

Sans m'en rendre compte, les mots m'échappent et je réponds à ses réflexions.

— Le plus beau de la mienne aussi.

Il me dévisage, incrédule. Je suis à peu près certaine qu'il a compris, mais il ne dit rien. Il se contente de me serrer à nouveau dans ses bras, trop enjoué pour se poser des questions. Alors qu'il m'enlace en continuant de manifester sa joie, des images s'infiltrent dans mon esprit.

Claires et pourtant sombres.

Perturbantes.

Des souvenirs.

Ses souvenirs.

Je le vois en train de discuter avec une tignasse blonde décoiffée…

Un regard de dingue.

Des dents de requin.

Gwen !

47

DÉVA

Déstabilisée, je repousse Malone d'un geste brusque. Il ne comprend pas pourquoi.

— Gwen..., soufflé-je dans un étranglement.

D'autres images me percutent, une incursion dans sa mémoire dont je me serais bien passée. L'ignorance est parfois un luxe.

<u>Première rafale de souvenirs</u> : Gwen, dans un café, en train de regarder le profil d'Émi et Clara sur le téléphone de Malone. C'est forcément son téléphone. Combien de Parisiens possèdent une coque personnalisée avec une citation irlandaise ? Un jour, il m'en a donné la traduction.

C'était quoi déjà ? Ah oui : « Une personne bien nourrie ne comprend pas l'affamé ». Je suppose que ça a un sens pour lui.

<u>Deuxième réminiscence de sa vie secrète</u> : toujours Gwen, devant l'appartement en feu, les lèvres étirées par un sourire enfantin, accompagné d'un clin d'œil. Ce signe de connivence est destiné à Malone. Pas de doute.

<u>Troisième flash</u> : cette fois, l'agent double est grillé ! Je vois encore cette timbrée de Gwen, qui pianote sur son ordinateur devant des photos de moi, complètement nue. Malone les détaille avec envie. Ce sont les fameux clichés qui se sont retrouvés sur mon téléphone.

Ma tête bourdonne. Ma vision est si trouble que j'ai l'impression de regarder à travers un aquarium. Suis-je en train de faire un de ces rêves tordus qui perturbent parfois mon sommeil ? Est-ce ça, l'explication ? Un cauchemar de plus ? Si seulement. Quand mes yeux se posent sur Malone, je vois son visage changer : il sait. Il a compris que j'étais entrée dans son esprit. Si je me fie à son expression à mi-chemin entre embarras et peur viscérale, il connaît déjà le contenu des images qu'il m'a transmises.

— Toi et Gwen ?

— Déva, commence-t-il avant de se taire brusquement.

Il manque de mots, visiblement. Il faut dire que c'est nettement plus difficile d'embrouiller quelqu'un sans lire dans ses pensées !

— Ce n'était pas Laura sa complice, c'était toi. Vous avez travaillé ensemble pour bousiller ma vie !

— Je suis… je… je ne voulais…

— Tu m'as prise pour une conne pendant tout ce temps ! Pourquoi ? m'époumoné-je, désespérée de comprendre.

Vous avez déjà essayé de mettre des *Mentos* dans une bouteille de *Coca-Cola* ? C'est stupide, mais spectaculaire. Ça bouillonne avant d'exploser dans tous les sens. Eh bien, c'est exactement comme ça que je me sens. Un horrible sentiment de trahison est en train d'enfler en moi. Pourtant, je me tiens tranquille. J'ai besoin d'entendre ses explications.

— Rien de ce que je dirai ne pourra excuser ce que j'ai fait, déclare-t-il avec tristesse.

— Essaie quand même, annoncé-je d'une voix faible.

— Avant de rencontrer Sofian, j'étais une véritable boule de nerfs. J'en voulais au monde entier, surtout à toi... et à moi. Je me détestais d'être aussi cinglé ! Il m'a aidé à dépasser ma rage, pour un temps. Mais quand j'ai compris que tu existais vraiment, toute la colère dont je pensais m'être débarrassé a refait surface. J'ai eu l'impression d'avoir été accusé à tort toute ma vie. Et j'avais subitement une personne bien réelle à blâmer.

— Alors ce n'est qu'une histoire de vengeance ? Mais, pourquoi ? Pour être née ? Pour avoir eu le malheur de respirer ? Parce que je suis un être vivant avec des pensées et des sentiments ?

— Pas tout à fait, m'interrompt-il sans parvenir à me regarder dans les yeux. Je sais que c'est atroce, mais je voulais que… que tu comprennes ce que j'avais enduré. J'avais besoin que quelqu'un me comprenne ! geint-il en insistant sur le « quelqu'un », comme si aucun humain n'en avait été capable avant moi.

— Tu es l'affamé et moi, la personne bien nourrie ?

— Oui. C'est exactement ça. Je me suis dit que si tu passais par les mêmes épreuves que moi, tu… tu saurais…

— Mais quelles épreuves, Malone ? De quoi tu parles ?

— De tout ce que j'ai subi à cause de cette voix dans ma tête. Voir les gens que j'aimais, et ceux qui étaient censés m'aimer, s'éloigner de moi. Tirer un trait sur mes rêves, sur ma crédibilité. Me sentir exclu, abandonné, maudit. Persécuté ! Avoir l'impression de basculer dans l'abîme, au bord de la folie. Tu as tout expérimenté, ou presque.

Je suis totalement ahurie. Cette histoire est dingue. Malsaine. Sinistre ! Je crois que le terme exact me fuit. Je ne sais pas quoi penser ni quoi ressentir. Je suis comme le *Petit Poucet*, perdue dans une sombre forêt. Malone essaie de me laisser des miettes pour que je retrouve mon chemin, mais où veut-il m'emmener ? N'est-il pas justement celui qui m'a abandonnée ici ? Celui qui a souhaité que je me perde ?

— L'appel anonyme, c'était toi ? me renseigné-je afin de clarifier la situation.

— Oui. De ce que je sais, Laura et Gwen ne se parlaient plus. Elle n'a jamais eu vent de notre plan. Je me doutais qu'elle n'était pas responsable de la disparition de tes amies. Mais je ne pouvais pas en être certain et je ne voulais pas qu'il leur arrive malheur.

— Alors, tu as balancé le terrier de ta copine aux flics ?

— Oui. Je me suis dit qu'ils pourraient y trouver des indices, au cas où je me tromperais.

— Est-ce vraiment Gwen qui a fait toutes ces choses, ou tu l'as piégée, elle aussi ?

— C'était elle.

— Dans ce cas, quel était ton rôle ? insisté-je, peu convaincue.

— Elle voulait se venger de toi. Je lui en ai simplement donné les moyens. C'est mon plan qu'elle a suivi.

— Si c'est vrai, pourquoi elle ne m'a pas parlé de toi ? Ou mentionné ton nom dans ses carnets ?

Une phrase de Gwen me revient subitement à l'esprit. Pour falsifier mon écriture, elle a dû faire appel à un certain « savoir-faire » : je suppose qu'elle faisait référence à Malone. Il est dans ma tête et dans mes yeux depuis notre enfance. Qui, à part lui ou un faussaire de renom, aurait pu reproduire mon écriture à la perfection ? J'aurais dû y penser plus tôt !

— Elle était arrogante et égocentrique, me précise Malone. Elle se croyait supérieure à tout le monde. Plus intelligente. Elle n'aurait jamais avoué que quelqu'un lui soufflait ses brillantes idées. Elle voulait que ce soit son œuvre et ça m'arrangeait bien.

— Donc pendant qu'elle faisait tout le sale boulot, toi, tu prenais ton pied à me regarder sombrer et à me foutre la trouille, caché derrière ta capuche de merde !

Je m'étrangle à moitié dans un rire nerveux. J'ai une furieuse envie de le gifler. Honnêtement, je ne sais pas ce qui me retient. Pourtant, je le laisse poursuivre sans obéir à mes pulsions.

— Quand tu as perdu Ben, j'avoue que j'étais plutôt satisfait. J'ai toujours eu beaucoup de mal à accepter qu'un autre homme t'approche. Mais ce n'était pas franchement la vengeance du siècle. Ce qui t'a affecté, c'est surtout son manque de confiance en toi.

— Qu'est-ce que t'en sais ?
— Tu me poses vraiment la question ?
Je me renfrogne, préférant me murer dans ma mauvaise foi que de lui donner raison.
— Quand tu t'es fait virer, c'était déjà un cran au-dessus. Tu t'étais beaucoup investie dans ce job. Le perdre était un coup dur. Mais une fois encore, ce qui te gênait le plus, c'est qu'on remette en cause ton intégrité et qu'on détruise ta réputation. Tu as toujours été quelqu'un de droit et d'honnête. Les gens auraient dû s'en souvenir.
— Tout ça t'éclate, n'est-ce pas ? enragé-je en me rapprochant de lui.
— Non, Déva. Ce serait plutôt le contraire. Ça me ronge depuis des mois.
Pauvre chou !
Mon envie de le frapper, l'insulter, le secouer, se fait de plus en plus forte, mais je me contiens à nouveau. Je le laisse me sortir toutes ses excuses bidon en espérant qu'il en ait une de valable.
— Le jour de l'incendie, j'ai compris que j'avais commis une grosse erreur en impliquant Gwen. Elle n'aurait jamais dû faire ça. Un dégât des eaux… c'est tout… c'est tout ce qu'elle devait faire. Mais elle était plus timbrée que moi !
— Vraiment ? T'es sûr de ça ? me moqué-je avec le peu de méchanceté qui m'anime.
Touché par mon intervention, Malone ferme brièvement les yeux avant de poursuivre.
— Mon plan a pris une tout autre ampleur avec Clara et Émilie. Je n'en avais pas mesuré les conséquences. Le soir où votre relation a implosé, tu étais réellement blessée. Et moi, j'étais là, caché dans l'ombre comme un lâche. Si je ne me suis pas montré, c'est parce que je n'étais pas en état pour le jeu du psychopathe à la capuche. Je venais de prendre en pleine poire toutes tes émotions. Je ressentais ton désespoir. J'avais du mal à respirer. J'étais à deux doigts de chialer avec toi. Pour être franc, je n'avais qu'une envie : traverser cette putain de route

et te serrer dans mes bras pour te consoler.

— Pourtant, tu as continué à jouer avec ma vie.

— Non ! dément-il aussitôt. Après ça, j'ai dit à Gwen qu'on était allés trop loin, que je voulais tout arrêter, mais elle n'était pas de mon avis. Elle m'a envoyé me faire foutre.

— Et ça ne t'est pas venu à l'esprit qu'elle pourrait essayer de me tuer ?

Il rit comme un dément, sans pour autant cacher la larme qui s'écoule le long de sa joue.

— Je suis responsable de ce qui t'est arrivé, c'est vrai. Mais si j'avais su ce qu'elle avait en tête, j'aurais tout fait pour l'arrêter.

— Comme si je pouvais te croire ! me désolé-je en haussant les épaules.

— Je n'ai jamais menti sur mes sentiments, Déva. Je n'avais pas imaginé tomber amoureux de toi. Encore moins aussi vite et aussi… intensément. J'ignorais que c'était possible d'aimer comme ça ! Je me suis laissé prendre à mon propre jeu. J'aurais pourtant dû le voir venir : mon psy me reprochait déjà d'être trop attaché à toi quand j'avais quinze ans. Je suis désolé, conclut-il après une courte pause.

— Tu es désolé ? Désolé ! Tu m'avais promis de ne jamais me faire de mal ! fulminé-je en lui lançant tout ce qui me tombe sous la main.

Il baisse la tête, honteux, sans essayer d'esquiver le vase qui se brise sur son épaule. Je continue ma crise en m'emparant des assiettes posées sur la table. Elles s'écrasent à ses pieds une à une. Lorsque je fais de même avec les verres, un éclat vient entailler sa joue. Une goutte de sang s'écoule le long de son menton ; il ne prend même pas la peine de l'essuyer. Il ne tente pas non plus de me calmer. Il se contente d'encaisser et son manque de réaction ne fait qu'exacerber ma fureur. Le problème, c'est que je n'ai plus rien à lui balancer.

— Il y en a plein le placard, murmure-t-il sans me regarder.

Je me fige, pas certaine de comprendre.

— Quoi ?

— De la vaisselle. Il y en a plein dans le placard, si tu veux continuer.

— Tu te fous de moi ?

— Non, répond-il en contournant la table.

Il ouvre une des portes au-dessus de l'évier et en sort une pile de plats en porcelaine avant de les pousser vers moi.

— Vas-y. Déchaîne-toi. Fais-moi mal, Déva. Je le mérite, termine-t-il en détournant les yeux.

Haletante, je recule pour m'éloigner de lui en faisant crisser les morceaux de verre sous mes chaussures. Des larmes coulent sur mes joues. Mes lèvres tremblent, mes mains aussi. J'ai l'impression de perdre le peu de raison qu'il me reste. Il essaie de se rapprocher, mais je proteste dans un sanglot.

Que suis-je censée faire, maintenant ? Il m'a épiée. Trahie. Il a détruit tout ce que j'aimais et aujourd'hui, je n'ai plus que lui. Peut-être est-ce justement ce qu'il voulait ?

— Pourquoi tu m'as sauvée ? lui demandé-je, espérant que sa réponse éclaire un peu mon chemin. C'était pour te racheter une conscience ? Parce que tu te sentais coupable ? Ou ça aussi, c'était une étape de ton plan machiavélique ?

À peine ai-je prononcé ces mots que de nouvelles images s'imposent à mon esprit. Je voudrais les chasser, les remplacer. Je voudrais tout oublier. Mais c'est impossible. Ma vie vient de basculer dans un film d'horreur. Je vois du sang, des larmes. J'entends des cris, des complaintes douloureuses. Je ne saisis pas immédiatement le sens de cette vision, elle est tellement violente et décousue.

Des gardiens de prison. Le visage d'un vieil homme en colère. Des bibles. Une croix. Des matraques.

— C'était quoi ces images ?

— Ça n'a aucune importance, déclare Malone en me tournant le dos pour la première fois depuis le début de notre dispute.

— Ça en a pour moi ! Dis-moi ce que c'était. Dis-moi ce qu'il s'est passé ! lui ordonné-je, en haussant le ton.

— J'peux pas.

La voix de Malone est si brisée que j'en ai mal pour lui, malgré ma colère. D'autres souvenirs viennent compléter les premiers et là, je comprends. Je comprends tout. C'est comme si je revivais sa vie en accéléré jusqu'à sa majorité. Les moqueries des enfants à l'école. Les nuits à supporter des cauchemars qui n'étaient pas les siens. Les regards déçus de ses parents. Le braquage. Mes premiers ébats avec Marc qui l'ont perturbé au plus mauvais moment. Le centre de détention. Les séances chez ce vieux psy. L'assaut des matons. Les coups de matraque. Les tortures. Malone allongé sur le sol, dans une flaque de sang, des douleurs insoutenables à des endroits intimes.

Oh Seigneur ! Dites-moi que c'est faux ? Que je me trompe ?

Une main sur la bouche, je fixe Malone qui n'ose plus bouger. Je crois que mes larmes ne pourront plus jamais se tarir. Je suis complètement déboussolée. Sidérée. Écœurée. Lui aussi.

— Malone…

— Ne dis rien. Je t'en prie, Déva, ne dis rien ! me supplie-t-il, toujours dos à moi.

Je secoue la tête, encore sous le choc de cette révélation, qui vient s'ajouter à toutes les autres.

— Tu n'aurais jamais dû voir ça ! affirme-t-il en se retournant brusquement. Personne ne devrait jamais…

Je ne fais aucun commentaire. J'attends simplement qu'il ait le courage de reprendre la parole.

— La nuit de ton agression, je te suivais toujours, par habitude, m'explique-t-il après avoir essuyé les larmes qui roulaient sur ses joues, se mêlant à son sang. Mais je n'ai pas réagi tout de suite. J'ai hésité. Des souvenirs de ces putains de matons me revenaient. Les coups que j'avais reçus se mélangeaient avec ceux que tu étais en train de subir. Je ne savais même plus ce qui était réel. Tout s'embrouillait dans ma tête. Ce n'est que lorsque ce salaud a posé les mains sur toi que ça m'a fait un électrochoc. Alors j'ai couru pour le stopper. J'ai couru aussi vite que j'ai pu ! Mais le temps que j'arrive, c'était déjà allé bien trop loin.

Notre connexion s'intensifie. J'ai l'impression d'être branchée à son cœur plus qu'à son esprit. Je peux ressentir sa honte, son dégoût de lui-même. Je me rappelle alors tous ces indices que je n'avais pas su interpréter à l'époque. La colère qui l'animait à l'hôpital quand je l'ai remercié. La tristesse que je voyais dans ses yeux. Ces mêmes yeux rougis quelques heures plus tard après que je me sois effondrée sous la douche. Son besoin de s'occuper de moi, d'effacer mes mauvais souvenirs, de me protéger coûte que coûte. Son malaise face à ma répulsion pour les secrets. Ce mal qui le rongeait, dont je n'arrivais pas à déceler la source, et cette souffrance quand il disait ne pas être quelqu'un de bien.

— Tout ça me hante, Déva. Je rejoue les événements en boucle dans ma tête sans pouvoir modifier quoi que ce soit. Je regrette tellement !

Comment être sûre que ce soit la vérité ? Pourrait-il me manipuler à travers ses pensées ? Choisir de ne me laisser percevoir que ce qui l'arrange ? Je n'en connais pas assez sur le sujet pour avoir des certitudes. Cet homme qui prétend m'aimer a en lui de la noirceur, une haine farouche qui a un jour été dirigée contre moi. Comment pourrais-je faire ma vie avec lui en sachant ça ?

Sans le vouloir, je me remémore les bons moments que nous avons partagés. Je me souviens ce que je ressentais à ses côtés. Le bien-être. La sécurité. La joie. L'excitation. Le trouble aussi. Cette impression d'avoir enfin trouvé la personne qu'il me fallait, celle qui m'aiderait à traverser cette vie : une sorte d'âme sœur. Les sentiments de Malone se mélangent aux miens. Ils sont puissants, intenses, explosifs. Tout son être me hurle qu'il a besoin de moi. Plus les secondes s'écoulent, plus mes tourments s'accentuent et le regard qu'il me jette n'arrange rien.

— Arrête de me fixer comme ça ! murmuré-je, à la limite de la rupture. Et arrête de penser à nous. Je n'arrive pas à réfléchir !

Il s'approche doucement de moi, avec précaution. Je suis

trop abattue pour réagir.

— Je n'ai pas terminé mon histoire, murmure-t-il en me caressant la joue.

Je tourne vaguement la tête, mais finis par me laisser faire, tout en me maudissant d'être aussi faible. Je devrais le repousser, lui rendre la monnaie de sa pièce, mais je n'en ai ni la force ni l'envie. Alors, il continue son récit de ce soir-là.

— Au moment où je t'ai prise dans mes bras pour t'aider à te relever, tout a changé. Mon monde de vengeance s'est écroulé. J'ai senti à quel point ma présence t'apaisait. J'ai vu la manière dont tu me percevais : le héros qui avait mis sa vie en danger pour sauver la tienne. Ça m'a bouleversé ! J'ai immédiatement voulu devenir cet homme. Un homme qui n'aurait jamais fait ce que j'ai fait. Un homme qui donnerait tout pour te protéger. Un homme que tu pourrais aimer…

Je ferme les yeux en entendant ces mots. Je ne sais pas si je veux y croire. Je ne sais plus.

— J'ai failli m'enfuir quand les flics sont venus t'interroger. J'étais terrifié à l'idée de retourner en prison. Mais contre toute attente, tu m'as soutenu. Tu as fait un faux témoignage pour m'éviter des ennuis alors que tu ne me connaissais même pas ! Personne n'avait jamais fait un truc aussi dingue pour moi. Personne. Donc je suis resté. J'ai passé la nuit à te serrer contre moi, à observer chaque détail de ton visage. Je me sentais si bien, si serein. J'étais conscient que j'allais devoir te mentir, pourtant, cette nuit-là, ça n'avait pas d'importance. Plus rien ne comptait à part toi et moi. Ça peut paraître niais, mais pour la première fois de ma vie, je me savais à ma place. C'est là que j'ai compris que je ne voulais plus jamais m'éloigner de toi.

Malone inspire péniblement avant de glisser une main dans ma nuque.

— Je t'aime, Déva. Je sais que tu peux le sentir. Si tu as pu voir toutes ces images, tu dois percevoir à quel point je suis fou de toi. Et à quel point je suis désolé ! Si je pouvais revenir en arrière je le ferais sans hésiter. Je donnerais tout pour réparer ce que j'ai fait. Je suis conscient de ne pas le mériter, mais je t'en conjure, trouve la force de me pardonner. Je t'en prie, pardonne-moi.

Malone tombe à genoux. Il pose ses mains sur mes hanches et son front contre mon ventre, sans cesser de s'excuser, de me supplier. Je ne suis plus seulement perdue, je suis écorchée, brisée, et pourtant je me sens aimée. Je sais qu'il est sincère, je le ressens au plus profond de mon être. Mais plus que tout, je sais que mon cœur lui appartient. Je veux cette vie heureuse que j'ai rêvée. Je veux son enfant. Son amour. Ses caresses. Sa gentillesse. Son humour. Son écoute. Je le veux, lui.

L'homme de ma vie. L'homme qui m'a tout pris.

48

MALONE

Ce matin, je pète la forme. Il n'est que sept heures, je suis déjà debout, douché, habillé, et en train de préparer du jus de fruits frais pour Madame.

Un Malone 2.0, prêt à conquérir le monde. Ou plutôt, un Malone 1.5 qui tente de rattraper toutes ses conneries ! J'y passerai ma vie s'il le faut, mais j'arriverai à me faire pardonner, à lui faire oublier ce que j'ai fait.

Déva sort du lit une demi-heure plus tard. Même la tête dans le coaltar, je la trouve sublime. Elle était déjà magnifique avant, mais depuis qu'elle est enceinte, elle rayonne. Un vrai soleil !

Mon soleil.

Elle se traîne vers moi, les yeux à moitié ouverts, seulement vêtue d'une mini nuisette blanche qui épouse le discret arrondi de son ventre. Elle est divine. Dès qu'elle arrive à ma hauteur, je l'emprisonne dans mes bras et m'empare de ses lèvres. Elle approfondit notre baiser. Nos corps s'enlacent de plus en plus étroitement sans que nous ayons échangé le moindre mot.

— Hey ! Je crois qu'il a bougé ! m'enthousiasmé-je d'une

voix chantante.

Déva, taquine, éclate de rire.

— Il est un peu tôt pour ça, rectifie-t-elle. À douze semaines, il a à peine la taille d'un petit citron.

— Ne te moque pas de moi. Je suis sûr que j'ai senti quelque chose. Peut-être que notre bébé est super en avance ? Après tout, son père est un génie et sa mère une déesse !

— Tu es bête. Mais adorable.

Son rire m'étreint à nouveau de la plus grisante des manières. Je soupire d'aise en la regardant.

— Je t'aime, tu sais. À la folie.

— Moi aussi. Et notre petit citron t'aimera tout autant.

Je l'espère… à condition que je ne fasse pas tout foirer ! Je suis un spécialiste pour ça. Ce n'est pas Déva qui me contredira. J'ai bien failli la perdre, et je le pourrais encore…

Elle glisse une main dans mes cheveux avec douceur.

— Arrête de te torturer, Malone. Je t'ai dit qu'on repartait de zéro, qu'on oubliait tout, et je le pensais. Ce qui compte maintenant, c'est nous. Nous trois.

— Bien, mon caporal ! obtempéré-je en faisant le salut militaire. Alors, changeons de sujet : aujourd'hui, je fais la peinture de la chambre.

— On ne sait même pas si ce sera une fille ou un garçon.

— Pas grave. J'utilise des nuances de gris pour la base. Ensuite, on pourra ajouter des touches de couleur autour des portes, des fenêtres et avec la déco. Mais toi, je te veux dans la véranda. Hors de question que tu respires les peintures. Je ne prendrai aucun risque. Donc tu files avec ton plaid et je t'apporte un chocolat chaud dans une minute. Tu pourrais commencer à chercher un nom pour le petit citron ?

— C'est le genre de chose qu'on est supposés faire à deux.

— Pour le choix, oui, mais tu peux faire une présélection ?

— D'accord. Je capitule.

Quelques minutes plus tard, je dépose sa boisson à côté d'elle et la trouve le nez plongé dans ses bouquins, un carnet sur les genoux. Elle a déjà noté au moins trente propositions pour chaque sexe. Je suis impressionné !

— J'aime beaucoup Liam pour un garçon. Ou Evan, Erwan, Ethan.

— Tout ce qui finit en « an », remarqué-je en faisant la grimace. Je ne suis pas fan.

Ma rime lui tire un sourire et elle décide de passer sur les prénoms féminins.

— Lilou, c'est joli. Ça me fait penser au *Cinquième Élément*. Mais il y en a tellement d'autres. Ayden. Charly. Hanna.

— J'adore Hanna ! approuvé-je en imaginant déjà une petite bouille brune avec des couettes sur un vélo à roulettes rose.

— Moi aussi. Va pour Hanna. Elle sera en tête de liste.

Satisfait, je l'embrasse avant de rejoindre la chambre de notre futur bébé.

Je sens que je vais aimer être un papa poule !

***

Les journées sont courtes en décembre. La nuit est déjà tombée lorsque je termine les dernières retouches de peinture.

Mission accomplie !

Je suis plutôt fier de moi et un chouïa épuisé, d'autant plus que des tas de questions reviennent sans cesse maltraiter mon esprit. Depuis que Déva est enceinte et qu'elle m'a, en quelque sorte, volé mon don de télépathie, je m'interroge sur ce que sera la vie de notre enfant. Va-t-il avoir la même faculté que moi ? Le fait que Déva en soit capable a tendance à me faire penser que ce sera le cas. Mais pourquoi en suis-je privé ? Est-ce définitif ? Ne pas avoir de réponse m'angoisse, bien que j'essaie de le cacher.

Le mois dernier, j'ai voulu en savoir plus sur l'origine de mon don. J'ai engagé un privé pour qu'il enquête sur ma famille et retrouve mes parents, mais jusque-là, il a fait chou blanc. Il a néanmoins obtenu des informations sur mes aïeuls, notamment l'existence de vieux dossiers de l'hôpital psychiatrique où ma grand-mère était suivie. Moyennant une rétribution plus que généreuse, j'ai pu les récupérer. Ce qu'ils m'ont appris est aussi éclairant que confus.

Ma grand-mère était atteinte de démence, c'est du moins ce que pensaient les médecins. Elle était perturbée par des voix, tout comme moi. Son mari l'a fait interner un peu avant que mon père entre au collège. Si je me fie à ce qui est écrit dans les notes de son psychiatre, elle perdait de plus en plus le contact avec la réalité. Elle voyait, entendait et ressentait des choses que personne d'autre ne pouvait percevoir. Tous ces «symptômes», ce sont les miens. Ce qui a attiré mon attention, ce sont surtout les retranscriptions de ses séances. Dans certaines, elle évoquait sa douleur de ne jamais avoir connu sa mère, morte en couche. Elle disait qu'elle seule aurait pu la comprendre, puisqu'elle avait le même don. Eh oui, elle appelait ça «un don», elle aussi. Enfin bref, il faut croire que mon arrière-grand-mère n'échappait pas à cette histoire de pensées partagées. Je suppose qu'il y a donc une part d'hérédité dans tout ça et je dois admettre que ça m'effraie.

Par ailleurs, le psychiatre avait souligné quelques points intéressants. Premièrement, le jour de son anniversaire, ma grand-mère faisait la fête avec ses compagnons imaginaires. Elle disait que Roland, le personnage central de sa psychose, était né en même temps qu'elle, un détail qui ne m'a pas échappé. Deuxièmement, et c'est sans doute le plus troublant, le dernier semestre avant sa mort, son état s'est nettement amélioré. Les médecins pensaient qu'elle était sur la voie de la guérison. Seulement, ils se trompaient. Un jour, toutes ses névroses sont revenues en un instant. Ça l'a tellement bouleversée qu'elle s'est suicidée dans les heures suivantes. Ce jour sinistre correspond à celui de ma naissance. Quant à sa période de «rémission», il s'agissait de la grossesse de ma mère.

Voilà encore une similitude avec notre histoire, à Déva et moi.

Je ne sais pas si ma mère a entendu des voix pendant qu'elle me portait dans son ventre, mais ma grand-mère, elle, en a été privée, tout comme moi en ce moment. Est-ce que ça signifie que je retrouverai mes facultés après l'accouchement ? Que mon enfant sera forcément un télépathe, lui aussi ? C'est possible, mais je n'ai aucune certitude. Jusqu'à maintenant, les membres de ma famille ayant ce genre de prédispositions n'ont jamais pu en discuter entre eux. Quand l'un découvrait ses pouvoirs, l'autre était déjà six pieds sous terre.

Peut-être serai-je le premier à obtenir des réponses ?

Fatigué de ressasser toujours les mêmes questions, je verrouille la petite chambre derrière moi, tout en tendant l'oreille pour entendre le bruit de la douche. Curieux, je m'approche et passe la tête par la porte entrouverte. Déva a quitté sa nuisette pour l'occasion. Elle a les yeux fermés et elle fredonne l'air d'une chanson que je n'arrive pas à reconnaître.

Je me débarrasse de mes vêtements tachés en vitesse, puis me glisse dans la salle de bain, pressé de sentir sa peau contre la mienne. L'accueil qu'elle me réserve est aussi agréable que chaleureux. L'eau détend mes muscles courbaturés. Déva est blottie dans mes bras, nue, ses fesses contre mes cuisses. Ma main est posée sur son ventre joliment arrondi. Je suis comblé. Je ne pourrais pas être plus chanceux.

Je l'embrasse délicatement dans la nuque et la vois sourire. Je ne sais pas si c'est à cause de ce que je pense ou parce qu'elle sent mon érection gonfler en bas de son dos, mais ça m'est égal. Elle est heureuse. Moi aussi. C'est tout ce qui compte.

***

— Demain, c'est notre premier cours de yoga pour futurs parents.

— Je m'en souviens.

— Toujours motivé ? me défie Déva d'un air malicieux.

— Toujours. Impatient même !

D'accord, j'en rajoute peut-être un peu.

Je suis pressé d'apprendre comment me comporter avec un bébé, comment le tenir, changer ses couches, le laver, *etc*. J'ai peur de faire des erreurs, d'oublier les règles de sécurité, de nutrition, de santé tout simplement. D'ailleurs, j'ai déjà englouti une quantité impressionnante de bouquins sur le sujet. Je veux être le meilleur des papas. Malgré tout, je dois bien admettre que me contorsionner dans tous les sens en exposant mon postérieur aux yeux des autres couples, ça ne m'enchante que moyennement. Le yoga ce n'est pas ma tasse de thé, mais je sais que ces cours peuvent aider Déva à atténuer certains symptômes de la grossesse.

Pour qu'elle se sente mieux, je suis prêt à tout, y compris à me ridiculiser dans la posture du chien fou renifleur de derrières !

Déva pouffe de rire. Elle a encore écouté mes pensées. Elle le fait de plus en plus souvent, ces derniers temps. Ça ne me dérange pas, enfin, pas vraiment, mais c'est assez perturbant cette inversion des rôles, et carrément dangereux.

Ne jamais contrarier une femme enceinte, même en pensée… jamais !

Elle se penche vers moi et dépose un baiser au coin de mes lèvres, avant d'avaler une grosse fourchette de purée. Je l'imite sans perdre mon sourire. Après tout, il y a de grandes chances que ses fesses à elle se retrouvent également dans mon champ de vision. Rien que pour ça, ça vaut le coup de s'allonger sur un tapis ! Je l'entends soupirer. Pendant un instant, je crois à tort que c'est à cause de mes pensées salaces, mais je remarque rapidement que la nostalgie a pris place sur son visage.

— Les fêtes approchent, m'explique-t-elle en se levant pour attraper la carafe d'eau à côté de l'évier. Morgane et moi, on a toujours adoré Noël : décorer la maison, emballer les cadeaux, préparer le repas. Je ne veux pas qu'elle passe le réveillon sur cette cheminée. Je dois trouver un bon endroit pour elle. Et j'aimerais faire ça demain après-midi, si ça te va ?

Les battements de mon cœur s'accélèrent brutalement. Je sais que je ne dois pas penser à Morgane. C'est un piège dans lequel je ne peux pas tomber. Déva a évité le sujet ces derniers temps. Elle préférait se concentrer sur notre avenir plutôt que sur des souvenirs douloureux : une attitude qui me convenait très bien, jusque-là. Ça fait des mois que j'arrive à garder mon vilain petit secret, des mois que je suis sur mes gardes. Je ne peux pas échouer maintenant. Impossible.

Ne pas penser à Morgane, ne pas penser à Morgane. Allez, Malone pense à autre chose ! Le yoga. Le bébé. Déva sous la douche. Le patron du berceau que je suis en train de construire.

Malgré ma détermination, le visage de Morgane apparaît dans mon esprit. Un visage entouré de boucles blondes. Un visage tâché de sang.

La carafe s'éclate sur le sol. Je relève brusquement la tête vers Déva. Elle est toujours dos à moi, immobile, mais tremblante.

Non, non, non. Je vous en prie, pas ça... pas ça !

Elle se retourne lentement vers moi, le regard noir et les larmes au bord des yeux.

Putain ! Elle sait.

49

DÉVA

Morgane est en train de passer ses nerfs sur Malone. Elle a l'air enragée ! Il faut dire qu'elle pouvait se montrer plus féroce qu'une maman ourse protégeant ses petits.

Quand se sont-ils disputés de la sorte ?

Ma sœur monte dans sa voiture, Malone dans la sienne. Il est très en colère lui aussi, et terrifié. Par quoi ? Je ne le sais pas.

La vision change. Le sol est recouvert d'herbes et de terre. Le vert des bourgeons parsème les arbres, alors que le ciel bleu est molletonné de nuages aux formes particulières. Quelque part sur la droite, le véhicule de Morgane est encastré dans l'écorce d'un énorme chêne : elle ne bouge plus. Son corps a une drôle de posture. Ses cheveux sont collés à son visage, par le sang qui s'écoule sur ses joues, et Malone la regarde.

Non. C'est impossible. Il n'a pas pu voir ça. Sinon ça veut dire que... que... Oh mon Dieu !

Je le dévisage. Il est blanc comme un linge. Blême. Digne d'un ectoplasme fraîchement sorti de l'au-delà.

— Qu'est-ce que tu as vu ? m'interroge-t-il d'une voix

tremblante.

C'est une blague ? Il ne vient pas vraiment de me demander ça ? Dites-moi que je rêve.

— Tu le sais très bien ! craché-je avec mépris.

— Déva, laisse-moi t'expliquer. S'il te plait, m'implore-t-il en se levant de sa chaise.

— Je t'écoute. Qu'est-ce que tu as fait à ma sœur ?

— C'était un accident.

— Comment ça ?

Il hésite.

— Parle ! imposé-je, dénuée de toute patience.

Il a un mouvement de recul tellement la tonalité de ma voix le surprend. Ce n'est pas le moment de tourner autour du pot et il le sait.

— Le jour de sa mort, je suis allé en banlieue pour chercher une bonne bouteille de vin chez un petit producteur. C'était pour notre dîner. Je voulais faire la meilleure impression possible à Morgane. En sortant de la cave, j'ai vu sa voiture garée de l'autre côté de la rue. Elle m'avait suivi, persuadée que je préparais un mauvais coup. Elle m'a jeté des tas de papiers à la gueule. Des factures de téléphone, des relevés de compte, des tickets de parking. Elle savait que j'étais lié à Gwen et donc impliqué dans ce qui t'était arrivé. Elle n'avait pas assez de preuves pour aller devant un juge, mais suffisamment pour te faire douter de moi. J'ai essayé de la raisonner. Je l'ai suppliée de ne rien te dire, mais elle s'en fichait. Elle m'a affirmé qu'elle viendrait au dîner et que le soir même, je serais définitivement sorti de ta vie. Puis elle est remontée dans sa voiture.

Malone marque une infime pause dans son récit, assez courte pour que je n'aie pas le temps de répliquer, mais assez longue pour me mettre encore plus les nerfs.

— Elle a démarré en trombe. J'ai fait pareil. Je voulais l'arrêter, m'expliquer, lui dire que j'étais dingue de toi et... Je ne sais pas comment je comptais la convaincre, mais je le devais. Je ne pouvais pas te perdre. Elle a vu que je la suivais. Elle a accéléré. Moi aussi. On est arrivés sur un virage un peu trop serré. J'ai ralenti, mais elle a dérapé. Elle a perdu le contrôle et sa voiture a percuté l'arbre dans le fossé. Je... je te jure que je n'ai pas voulu ça.

— Tu as provoqué son accident ? chuchoté-je, le souffle coupé.

— Non ! se défend-il. Enfin… oui. C'était en partie de ma faute, mais je n'ai jamais voulu lui faire de mal.

C'est ça. Et moi, je suis la reine d'Angleterre !

— Tu es descendu de ta voiture, n'est-ce pas ?

Son visage se crispe. Il sait que j'ai capté d'autres images.

— Oui. Je suis sorti pour voir si elle était consciente, mais elle ne l'était pas.

Il essaie de jouer sur les mots. Il me prend vraiment pour une idiote !

— Est-ce qu'elle était encore vivante, Malone ?

Il ne dit rien. Pourquoi il ne dit rien ?

— Répond-moi ! lui ordonné-je, une rage violente s'emparant de moi.

— Non, soupire-t-il en baissant la tête. Elle ne respirait plus.

À cet instant, notre lien télépathique est réduit à une minuscule sensation dans un coin de mon cerveau. Je ne sais pas si je le repousse volontairement, je ne sais même pas si j'en suis capable, ou si c'est simplement ma colère qui efface tout le reste, mais je n'entends plus aucune de ses pensées. Je ne vois plus ses souvenirs, si ce n'est les images de ma sœur en sang qui tournent en boucle sans me laisser de répit. Je ne ressens plus son amour, sa peine, sa honte. Je ne ressens plus rien mis à part cet infâme sentiment de trahison qui me dévore de l'intérieur.

— Tu mens ! l'accusé-je, incapable de lui faire confiance à nouveau. Je suis sûre que tu mens. Tu aurais pu la sauver, mais tu n'as rien fait. Tu voulais qu'elle emporte ton secret dans la tombe. Tu as récupéré les preuves et tu es parti comme un voleur. Tu n'as même pas prévenu les secours. Tu l'as laissée mourir !

— Déva, geint-il en s'approchant.

— Surtout, ne me touche pas ! Tu n'es qu'un monstre ! l'accablé-je en attrapant un couteau pour me défendre.

— Doucement, mon ange. Pose ça avant de te blesser. Je t'en prie. Je ne voudrais pas te faire de mal à cause d'un mauvais réflexe. Pense au bébé.

Je regarde mon ventre instinctivement. Il a raison. Garder cette arme entre mes mains est une idée stupide. J'abandonne le couteau sur le meuble derrière moi avant de continuer mon interrogatoire.

— Fischer avait tout compris ? C'est de ça qu'il souhaitait me parler à l'enterrement ?

— Sans doute, oui.

— Comment t'as pu faire ça ? C'était ma sœur ! hurlé-je à m'en déchirer les cordes vocales.

— J'ai paniqué, Déva, mais je te l'ai dit, c'était un accident. Je ne pouvais rien faire pour l'aider. C'était trop tard. Elle est morte sur le coup.

— Qu'est-ce que t'en sais ? T'es médecin ?

— Non. Mais je suis capable de prendre un pouls ! me répond-il, un brin agacé. Je te promets que s'il y avait eu la moindre chance de la sauver, je l'aurais saisie.

— Tu sais où tu peux te les mettre, tes promesses ? Je ne te crois plus. Tu ne m'as servi que des mensonges depuis le jour où on s'est rencontrés.

— C'est vrai. Je t'ai menti beaucoup trop souvent. Pour me protéger. Pour rattraper mes conneries. Je ne faisais que m'enfoncer davantage. Je ne savais pas comment m'en sortir sans bousiller tout ce qu'on avait. Mais tu sais tout maintenant. Absolument tout, Déva. Je suis tellement désolé.

— Tu diras ça aux flics ! déclaré-je avec une satisfaction malsaine.

— Quoi ? Non. Ne fais pas ça. Tu ne peux pas me dénoncer.

— Je vais me gêner !

Pour la première fois depuis que je le connais, son regard devient mauvais. Je ne sais toujours pas ce qu'il pense, mais je mettrais ma main à couper qu'il ne s'attendait pas à cette réaction de ma part.

— Je ne retournerai pas en taule. Pas moyen !

— Alors tu ferais mieux d'appeler tes avocats.

— Oh, mais je vais le faire, m'assure-t-il avec une certaine arrogance. J'ai tout un staff prêt à me défendre. Contrairement à toi. En plus, tu n'as aucune preuve. Ça sera ta parole contre la mienne.

— Tu es déjà allé en prison et j'ai Fischer de mon côté. Qui croiront-ils ?

— Je ne sais pas. Qui, à ton avis ? Une sœur endeuillée dominée par ses hormones de grossesse ? Une femme connue pour sa paranoïa, qui a agressé un policier et qu'on a dû calmer à coup d'antipsychotiques ? Ou peut-être, cette délinquante qui a couvert trois meurtres ? Tu crois que tu t'en sortiras sans y perdre des plumes ?

Il ose me menacer alors que j'ai menti pour lui ? J'hallucine !

— T'es vraiment qu'un enfoiré !

— Désolé, mon ange, mais je ne permettrai plus jamais qu'on me mette en cage. Encore moins maintenant que je vais devenir papa.

— Parce que tu penses que je vais te laisser le voir ? Tu rêves ! C'est mon bébé.

— Non, c'est le nôtre ! vocifère-t-il, rouge comme une borne incendie.

Ça y est. J'ai trouvé sa faille. Pas besoin d'être télépathe pour le comprendre.

Il croit avoir tous les droits. Il s'imagine qu'il peut commettre n'importe quel crime et qu'il s'en sortira sans être inquiété. Je vais lui prouver qu'il a tort. Si la justice humaine ne le condamne pas, il paiera d'une autre manière. C'est moi qui ai le pouvoir et je vais m'en servir pour lui renvoyer ses fautes en pleine face !

— Il faudrait au minimum que tu me séquestres pour que je te laisse approcher de mon enfant ! lui lancé-je, mauvaise.

— Ne me tente pas, Déva.

Je frissonne. Il a l'air tellement sérieux ! En serait-il capable ? Bien entendu. C'est un meurtrier, alors un petit kidnapping, ce n'est pas ça qui va lui faire peur ! Je dois dégager d'ici et vite. Je fais deux pas vers l'entrée. Il me barre la route. Qu'il ne s'amuse pas trop avec mes nerfs, où je risque de dérailler !

— Si tu essaies de me retenir, je me débattrai. Et tu l'as dit toi-même, tu ne voudrais pas faire de mal au bébé, ajouté-je en le défiant de s'approcher.

— Alors quoi ? Tu vas t'enfuir ?

— C'est ça. Je compte bien mettre le plus de distance possible entre toi et cet enfant.

Cette fois, j'essaie vraiment de capter ses pensées. Je dois savoir si je cours un danger immédiat ou non. Mais j'ai beau me concentrer de toutes mes forces, je n'arrive à rien. Ou peut-être que si… peut-être que ses émotions et les miennes sont trop étroitement liées pour que je puisse faire la différence.

Stupide télépathie qui ne fonctionne jamais quand on veut, et toujours quand il ne faut pas !

Peu importe au final : ce qui prédomine, c'est la colère et la peur. Ça me suffit pour être certaine de devoir m'éloigner de lui au plus vite.

— Réfléchis deux secondes, mon ange, m'incite-t-il d'une voix mielleuse. Dans six mois, après l'accouchement, je vais sûrement récupérer mon don. Ce qui signifie que je serai à nouveau dans ta tête. Je saurai où vous trouver. Tu ne pourras pas m'échapper.

— Je peux toujours essayer !

J'ignore s'il s'amuse de cette situation ou si je l'ai énervé davantage, mais une flamme vient de s'allumer dans ses yeux. Il s'approche lentement de moi, comme un prédateur en chasse. À cet instant, il se dégage de lui une aura terrifiante. Je me ratatine un peu plus contre le meuble, les sens en alerte, enfin consciente du danger qu'il représente. C'est là que je sens le couteau dans mon dos. Je glisse ma main sur le bois et en attrape le manche aussi discrètement que possible. Mieux vaut prévenir que guérir. Je ne sais plus qui est Malone. Je ne l'ai jamais vraiment su. Où sa folie peut-elle le mener ? Je n'en ai pas la moindre idée, mais je ne prendrai aucun risque.

— Essaie de t'enfuir, de me séparer de mon enfant, et je te promets que tu le regretteras, Déva. Tu sais pourquoi ? me sollicite-t-il en empoignant ma mâchoire pour que je le regarde.

Je ne réponds pas, mais mes pupilles lancent des éclairs.

— Je te laisserai t'attacher à ce bébé, m'explique-t-il avec une froideur que je ne lui connais pas. Je verrai l'amour grandir dans ton cœur de maman célibataire. Mais je serai dans tes yeux, à chaque instant. Et un jour, pendant qu'il dormira la nuit dans son berceau, quand tu le déposeras à l'anniversaire d'un copain, que tu le perdras de vue deux secondes dans un supermarché ou qu'il sera en train de jouer dans le jardin, je te l'arracherai. Je partirai avec lui si loin que tu n'entendras plus jamais parler de lui. Il ne te restera plus rien. Ni famille. Ni ami. Ni foyer. Ni enfant. Je t'aurai tout pris !

Le voilà, le vrai Malone. Glacial. Calculateur. Impitoyable. Et beaucoup trop intelligent. Je ne pourrai jamais lui échapper. Il nous traquera. Il me l'enlèvera. Je ne peux pas le laisser faire !

Je tremble de partout. Jamais je n'ai été dans un tel état de nervosité. Malone s'approche encore, il relâche mon menton, penche la tête et appuie ses lèvres contre mon cou, avant de murmurer à mon oreille :

— Tu es à moi, Déva. Toi et le bébé, vous serez toujours à moi.

Mon bras se lève sans que je puisse le contrôler. Le couteau s'enfonce profondément dans la chair de Malone. Je ne sais pas comment j'ai pu frapper si vite, si fort, mais la lame est entrée jusqu'au manche, pile au niveau du cœur, ou pas très loin. Il écarquille les yeux et recule en titubant sans me lâcher du regard. Une larme roule le long de sa joue. Il a l'air aussi surpris qu'attristé.

Qu'est-ce qu'il croyait ? Qu'il pouvait me menacer et que j'allais le suivre gentiment comme sa petite esclave person-

nelle ?

Je sais que je ne suis pas dans mon état normal. Je vais regretter mon geste d'ici quelques heures, quand l'adrénaline sera retombée, mais pour le moment, je me sens soulagée de savoir mon bébé en sécurité, loin de ce psychopathe. Soulagée qu'il ne puisse plus faire de mal aux gens que j'aime. Qu'il ne puisse plus me mentir. Qu'il ne puisse plus jamais entrer dans ma tête !

— Je ne t'appartiens pas. Ni à toi ni à personne ! déclaré-je en me redressant de ma modeste hauteur. Jamais tu ne m'enlèveras mon bébé, Malone. Jamais, tu entends ? Je ne te laisserai pas gâcher sa vie comme tu as gâché la mienne.

Il tombe de tout son long sur le parquet. Du sang s'échappe rapidement de sa blessure. Beaucoup trop rapidement. Il essaie de me parler, mais manque de souffle.

— Dé... Déva.

Malgré tout ce qu'il a fait, mon cœur se brise en l'entendant prononcer mon nom. Je viens de le condamner à mort en moins de deux secondes. Juge, juré et bourreau. Ma sentence est désormais irrévocable. Je ne peux plus rien y changer. C'est trop tard. Il ne s'en relèvera pas.

Mon Dieu... qu'est-ce que j'ai fait ?

Je détourne les yeux. Je ne veux pas le voir mourir. Je ne peux pas. Je quitte l'appartement en courant, sans un regard en arrière, laissant les sanglots m'étrangler à chaque respiration.

50

MALONE

Un quart d'heure plus tôt

Le visage de Déva est passé par toutes les couleurs et toutes les expressions. Elle est au courant pour Morgane, j'en suis certain, mais que sait-elle exactement ? Mon cœur accélère. De la sueur se forme dans ma nuque. Cette fois, elle ne me pardonnera pas, qu'importe les faits, qu'importe si je suis responsable, qu'importe à quel point je regrette.

T'as merdé, Malone, et en beauté. Il est temps de passer à la caisse.

L'estomac noué et la voix frémissante, je l'interroge sur ce qu'elle a vu. Ma question semble l'énerver plus qu'autre chose et je comprends que j'ai commis un nouvel impair.

Quel crétin ! Avoue-lui tout, ce sera plus simple et surtout plus respectueux !

S'en suit l'une des pires discussions de ma vie. Déva crie, pleure, m'insulte, m'inonde de reproches. Elle me déteste, je le vois dans ses yeux. Elle pense que je lui mens encore, que la mort de sa sœur m'arrange, qu'elle a emporté avec elle tous mes vilains secrets. La preuve que non. Dans tous les cas, je ne peux pas la laisser croire que j'ai voulu tuer Morgane. Tout ce que je souhaitais, c'était une vie tranquille à ses côtés. J'ai tout fait pour réparer mes erreurs, mais ce n'était pas suffisant. Sans doute le karma : je ne méritais pas une nouvelle chance après avoir gâché toutes les autres.

— Déva, la supplié-je en faisant un pas vers elle.

— Surtout, ne me touche pas ! Tu n'es qu'un monstre ! clame-t-elle en s'emparant d'un énorme couteau de cuisine.

La première idée qui me vient à l'esprit, c'est que cette arme de fortune pourrait la blesser, elle ou le bébé. Je sais trop bien comment les choses peuvent déraper quand une lame s'insère dans un combat. J'en ai déjà fait les frais. Il est hors de question que ça arrive avec Déva. Je tente de la calmer, ce qui semble fonctionner assez longtemps pour qu'elle pose son couteau. À peine a-t-elle capitulé que mes poumons se remplissent à nouveau d'air : je ne m'en étais pas rendu compte, mais j'avais arrêté de respirer.

C'est alors que ses mots me frappent : « tu n'es qu'un monstre ! ». Peut-être a-t-elle raison ? Peut-être est-ce exactement ce que je suis ? Peut-être que je devrais renoncer à elle, la laisser avoir une vie meilleure, loin de moi, auprès de quelqu'un incapable de mentir, ou encore de tuer ?

Je repousse cette idée aussi vite qu'elle est apparue. Je suis sans doute le pire des égoïstes, mais ça m'est totalement impossible de l'imaginer avec un autre. Plus maintenant. Plus depuis que mes sentiments pour elle ont pris une telle ampleur. Je veux être l'homme de sa vie. Je dois l'être. Je dois trouver un moyen de tout arranger. Il le faut. Mais comment lui faire comprendre que je suis sincère alors que j'ai enchaîné les mensonges depuis notre rencontre ? Comment regagner sa confiance ? Ça me paraît irréalisable. Pourtant, ça ne m'empêche pas d'essayer.

— Tu sais tout, maintenant. Absolument tout, Déva. Je suis tellement désolé.

— Tu diras ça aux flics.

Sa réplique me prend de court. Je n'avais pas envisagé que la police pourrait être mêlée à cette histoire.

— Quoi ? Non. Ne fais pas ça. Tu ne peux pas me dénoncer.

— Je vais me gêner ! me crache-t-elle avec hargne.

Putain ! Elle est sérieuse ? Elle compte vraiment tout balancer aux flics ? Me renvoyer en prison ?

J'avais tellement peur qu'elle me rejette que cette possibilité ne m'a même pas effleuré l'esprit. Maintenant que c'est fait, je sens ma peau se couvrir de frissons, mes muscles se tendre et mon sang accélérer sa course dans mes veines pour alerter mon cœur qu'il est temps de battre plus fort. Des images de mes années d'enfermement s'imposent à moi sans que je parvienne à les chasser. Ces nuits d'insomnies, à crever de peur dans mon lit, en attendant que mon codétenu du moment se décide à utiliser sa lame de rasoir contre moi. Ces journées à l'isolement, où Déva était ma seule compagnie. Tous ces combats, où mes poings brisaient des mâchoires pour que mon esprit soit plus libre pendant quelques secondes. Tous ces coups de matraque. Le centre de détention. Les matons. Les douleurs.

Repenser à ces deux époques me donne l'impression d'étouffer, mais je me ressaisis rapidement. Je ne veux pas que Déva s'en rende compte. Je ne veux pas revoir la pitié dans ses yeux. Elle ne doit surtout pas capter ces images. Elle pourrait croire que j'essaie de l'amadouer, de la manipuler et ce n'est pas du tout le cas.

En relevant la tête vers elle, je m'attends tout de même à ce que l'expression de son visage ait changé, mais non. Elle est toujours aussi en colère, toujours aussi déterminée à me faire plonger. Alors je comprends : elle n'a plus accès à mes pensées. Tout doit être confus dans son esprit, comme moi le jour où j'ai tué ce type dans le bar. À un moment, quand je frappais, ma fureur avait pris de telles proportions que je n'entendais plus Déva. Je suppose qu'elle ressent la même chose, à cet instant. Elle ne sait donc pas que je suis désolé, que je tremble de peur à l'idée de me retrouver à nouveau derrière les barreaux, que je suis prêt à tout pour arranger notre situation... ni que je l'aime à en crever malgré ce qu'elle croit. Mais si la justice s'en mêle, tout sera perdu.

— Je ne retournerai pas en taule. Pas moyen !

— Alors tu ferais mieux d'appeler tes avocats, réplique-t-elle sans la moindre hésitation.

Trouve quelque chose à dire, Malone. N'importe quoi. Tu dois la convaincre.

— Oh, mais je vais le faire. J'ai tout un staff prêt à me défendre. Contrairement à toi. En plus, tu n'as aucune preuve. Ça sera ta parole contre la mienne.

Pas super comme plaidoyer. Tu devais la convaincre, pas l'intimider. Abruti !

— Tu es déjà allé en prison et j'ai Fischer de mon côté, me rappelle-t-elle. Qui croiront-ils ?

Elle marque un point. Elle passera pour quelqu'un d'exemplaire comparé à moi. De toute façon, si on en arrive là, je n'irai pas à l'encontre de son témoignage. Je ne pourrai pas lui infliger ce genre d'humiliation publique et je ne risquerai pas des poursuites judiciaires contre elle. Je l'ai bien assez fait souffrir comme ça. Comment je vais m'en sortir ?

À ce moment-là, ma bouche se décide à parler toute seule. La pire part de moi, celle que je voudrais effacer de la surface de la Terre, prend le dessus en étouffant ma conscience pendant quelques secondes. Au lieu d'essayer de calmer le jeu, je me mets à énumérer les raisons qui rendraient le témoignage de Déva peu crédible : ses hormones, sa crise de nerfs au commissariat, le fait qu'elle ait menti à la police pour la mort des trois Dragons.

— Tu crois que tu t'en sortiras sans y perdre des plumes ? conclus-je honteusement.

Bon sang, pourquoi j'ai dit ça ?

J'ai envie de m'arracher les lèvres pour les punir de leur affront, mais je n'en fais rien. La partie n'est pas encore terminée et mon mauvais côté le sait bien.

Déva te hait déjà, alors un peu plus ou un peu moins, quelle différence ? Autant qu'elle te prenne pour une pourriture, mais que tu sois libre. Ça te laissera une chance de réparer tes fautes.

— T'es vraiment qu'un enfoiré ! m'injurie-t-elle, les joues rouges de colère.

Oui, un putain d'enfoiré ! Tu comptes pouvoir te regarder un jour dans un miroir ? Alors, excuse-toi, crétin ! Tu vas être père, il est peut-être temps d'avoir un comportement un peu plus responsable. Et Déva ne mérite pas qu'on la traite de cette manière.

J'ai l'impression de devenir complément fou : un schizophrène en pleine crise. Mes pensées se mélangent, qu'elles soient bonnes, mauvaises, justifiées ou carrément tordues. L'ange et le démon se livrent une bataille acharnée qui est en train d'avoir raison de moi. Je dois me calmer. Respirer. Revenir sur terre. Être plus clair, plus honnête et plus… pragmatique.

— Désolé, mon ange, mais je ne permettrai plus jamais qu'on me mette en cage. Encore moins maintenant que je vais devenir papa.

Déva me lance un regard méprisant qui me glace le sang.

— Parce que tu crois que je vais te laisser le voir ? Tu rêves ! C'est mon bébé.

— Non, c'est nôtre ! répliqué-je du tac au tac dans un grondement que je peine à reconnaître.

Elle ne peut pas me faire ça ? Non. Vouloir me dénoncer, c'est une chose que je peux comprendre, même si ça me terrifie. Mais me priver de mon enfant, elle n'a pas le droit !

Le visage angélique de mon âme sœur se fait plus dur, plus calculateur, alors que la peur de voir disparaître les seules personnes que j'aime me comprime la cage thoracique. Mon souffle est plus limité à chaque seconde qui passe. Elle veut me faire payer et elle vient de trouver le meilleur moyen d'y arriver.

— Il faudrait au minimum que tu me séquestres pour que je te laisse approcher de mon enfant ! m'assure-t-elle d'une voix froide et tranchante.

— Ne me tente pas, Déva.

Ma réponse a le mérite de la faire taire, même si je n'en pense pas un mot. La situation est en train de m'échapper. Elle prend un tournant que je ne supporte pas. Je ne veux pas affronter Déva, que ce soit à propos de notre relation ou de notre enfant. Je sais bien que je devrais m'écraser, me mettre à genoux et implorer son pardon, mais elle vient de créer en moi un sentiment que je n'arrive pas encore à m'expliquer, une angoisse si perçante qu'elle m'incite à dire n'importe quoi.

Déva avance vers l'entrée. Je me décale pour l'empêcher d'aller plus loin. Je ne peux pas la laisser partir comme ça, pas maintenant, pas après ce qu'elle a appris, pas après les mots que je lui ai balancés.

— Si tu essaies de me retenir, je me débattrai, me défie-t-elle, des flammes dans les yeux. Et tu l'as dit toi-même, tu ne voudrais pas faire de mal au bébé.

Ça, non. Jamais. Pas plus qu'à toi, mon ange. Pourtant je l'ai déjà fait tellement de fois. Qu'est-ce qui ne tourne pas rond chez moi ?

— Alors quoi ? Tu vas t'enfuir ?

— C'est ça. Je compte bien mettre le plus de distance possible entre toi et cet enfant, m'assure-t-elle avec détermination.

À nouveau, des souvenirs viennent embrouiller ma vision de la réalité. Je suis seul dans la cour d'école, envieux de la vie des autres gamins, de leur papa aimant, de leurs amis, des sourires et des câlins qui comblaient ce vide si présent dans ma poitrine. Je me rappelle le regard triste de ma mère, la dernière fois que je l'ai vue. Je sens encore la chaleur de sa paume contre ma joue. Elle me manque tellement ! Je me souviens toutes ces fois où la solitude me rongeait après ma sortie du centre de détention, une solitude qui n'était jamais vraiment complète, grâce à Déva. C'est à son tour d'occuper mon esprit. Un peu plus jeune, plus insouciante, je revois Déva en train de me dévorer des yeux, un sourire éclatant sur les lèvres. J'entends son rire. Je sens son parfum quand elle sortait de la douche, ses caresses délicieuses sur ma peau, ses murmures,

Tu ne peux pas la laisser partir. Si tu la perds, tu perds tout. Elle est la seule. Elle sera toujours la seule. Sans elle, tu n'es plus rien, Malone. Plus rien ! Elle ne peut pas t'abandonner comme ils l'ont tous fait. Pas elle. Incite-la à rester, par n'importe quel moyen.

Une fois de plus, je me mets à parler sans avoir pesé le poids de mes mots, comme je le faisais avec le docteur Harvey avant que ses toutous en uniforme décident de me punir. Je ne suis plus très sûr de qui est aux commandes. Je crois que la crainte de les perdre, elle et le bébé, est plus forte que tout, plus que mon bon sens, ou même que ma notion du bien et du mal. Je m'enfonce dans la pénombre sans même m'en rendre compte.

— Réfléchis deux secondes, mon ange. Dans six mois, après l'accouchement, je vais sûrement récupérer mon don. Ce qui signifie que je serai à nouveau dans ta tête. Je saurai où vous trouver. Tu ne pourras pas m'échapper.

Si tu voulais lui foutre la trouille, c'est réussi ! Dans le genre psychopathe, tu es plutôt bon, Malone.

— Je peux toujours essayer ! rétorque-t-elle, prête à relever le défi.

Sa réplique n'est pas loin de me faire sourire. J'aime la Déva guerrière qui se bat pour obtenir ce qu'elle veut, mais je sais qu'à ce jeu-là, nous serons tous les deux perdants. Le petit être qui se développe en elle sera perdant. Mes yeux tombent brièvement sur son ventre arrondi, avant de revenir sur son visage déformé par la haine. Elle n'écoutera aucun de mes arguments. Pourtant, il est hors de question que ce gamin grandisse sans son père. Je ne peux pas l'accepter. Je ne peux pas la laisser m'en priver.

Quelle est la seule chose qui pourrait l'empêcher de me quitter ? L'empêcher de briser cette famille que je désire plus que tout ? Réfléchis, Malone. Réfléchis. La peur, la même que la mienne… celle de perdre cet enfant.

Je m'approche lentement dans sa direction. Elle tente de reculer, mais le meuble dans son dos l'oblige à s'arrêter. Je l'effraie, je le sais et ça me rend malade. Pourtant je continue en repoussant la nausée que mon comportement m'inspire.

Je n'en reviens pas d'être sur le point de faire ça. Je ne devrais pas faire ça !

— Essaie de t'enfuir, de me séparer de mon enfant et je te promets que tu le regretteras, Déva. Tu sais pourquoi ? insisté-je en l'obligeant à me regarder.

Ma prise sur sa mâchoire est ferme, mais je ne serre pas. Je ne veux pas lui faire de mal. Je veux seulement… Je ne sais même plus ce que je veux ! Je suis en roue libre, comme une boule de bowling lancée sur une trajectoire et incapable d'en dévier. Je sais que je vais dégommer toutes les quilles sur mon passage, mais je n'arrive pas à me raisonner.

Arrête tes conneries, Malone. Arrête avant qu'il soit trop tard !

— Je te laisserai t'attacher à ce bébé, j'annonce comme un robot programmé. Je verrai l'amour grandir dans ton cœur de maman célibataire…

La suite de mon discours, je la débite sans reprendre mon souffle, dégoûté par mes mots, écœuré par la cruauté dont je fais preuve, par ma propre lâcheté. Je suis incapable de renoncer à notre vie de rêve, alors je m'en prends à elle, comme si ça pouvait aboutir à autre chose qu'à de la haine.

J'ai l'impression d'être devenu… mon père !

À cette idée, je contiens le haut-le-cœur qui me donne envie de vomir. J'ai pourtant été témoin de ce qu'il faisait vivre à ma mère, de la manière dont il l'a détruite et je suis en train de faire la même chose avec Déva.

Bravo, Malone ! Superbe performance ! Plus dégueulasse, tu meurs ! Tu l'as poussée tellement loin qu'elle s'est mise à trembler !

Quelque chose vient de se briser en moi, quelque chose d'essentiel que je ne pourrai pas réparer. Je relâche la pression sur le menton de Déva et penche lentement ma tête dans son cou. Ce que je viens de faire, de dire, est l'assurance qu'elle ne voudra plus jamais de moi. Je l'ai perdue, j'en suis conscient, et je me suis perdu moi aussi. Je suis devenu le monstre, la bête : c'est finalement elle qui a gagné.

J'ai tout détruit. Je suis désolé, Déva. Au final, même ta lumière n'a pas pu venir à bout de ma noirceur. Nous n'étions pas assez forts... je n'étais pas assez fort.

Je dépose mes lèvres contre sa peau en savourant cet instant de toute mon âme, parce que je sais que ça n'arrivera plus. Ce sont nos derniers moments. Je ne mérite pas son pardon, ni aujourd'hui, ni demain, ni jamais. Pourtant, je donnerais ma vie pour l'obtenir, pour revoir l'amour dans ses yeux rien qu'une seconde.

— Tu es à moi, Déva, murmuré-je à son oreille comme une prière, espérant qu'un dieu quelconque puisse l'entendre. Toi et le bébé, vous serez toujours à moi.

Mes yeux sont rapidement envahis par des larmes. Je les retiens autant que je peux. Je n'ai pas le droit de pleurer la fin d'un amour que j'ai moi-même saccagé. Mon seul amour.

Conduis-toi comme un homme, Malone. Mets un terme à cette folie. Dis-lui adieu et offre-lui sa liberté. Vu la manière dont tu viens de la traiter, tu lui dois bien ça.

Je suis sur le point d'écouter ma conscience, enfin je crois, lorsque je ressens une pression au niveau de la poitrine. La première seconde, je pense naïvement qu'il s'agit de mon cœur brisé. *Quelle connerie !* Mon souffle se coupe en un instant. La douleur irradie dans mon torse alors que je réalise qu'un couteau est planté entre mes côtes.

Déva vient de me poignarder.

51

DÉVA

Québec, octobre 2026

Je suis assise dans le jacuzzi, les paupières closes, les jambes étendues, la tête posée sur le rebord et le dos malaxé par d'innombrables petites bulles qui ramollissent mes muscles à chaque passage. Ça fait du bien de s'accorder un peu de temps pour soi, de se prélasser.

Des pieds rejoignent les miens dans l'eau fumante, suivis par des cuisses solides et un torse dont les abdominaux saillants me donnent envie d'ouvrir les yeux, mais je me retiens. Un sourire aux lèvres, je fais comme si je n'avais rien remarqué et continue de feindre une sieste bien méritée.

Le corps se rapproche, me frôle, envahit mon espace. Une main détache habilement le fermoir de mon haut de maillot de bain qui est aussitôt emporté par les remous. Ma poitrine est exposée. Je sens les bulles rebondir contre mes seins, mais demeure toujours immobile. Les nœuds qui maintenaient la pièce du bas subissent à leur tour une attaque aussi adroite que vicieuse. Je me retrouve complètement nue.

J'ai bien du mal à conserver mon calme. Ma tension monte rapidement. Mon souffle s'amoindrit. Mon épiderme se réveille en laissant apparaître des milliers de points frissonnants sur mes bras et mes cuisses, malgré la température de l'eau. Puis tout s'accélère. Des pectoraux rencontrent mes seins, une langue force la barrière de mes lèvres, alors qu'une main empoigne mes fesses pour rapprocher mon bassin du sien. Un gémissement m'échappe.

— Oh, Malone...

J'aime sa manière de dévorer mon corps, son empressement à me sentir contre lui, son besoin de fusionner. Il me soulève pour que je m'installe au-dessus lui. Je me laisse faire tout en m'agrippant à ses épaules, mais un détail attire rapidement mon attention. Quelque chose brille au fond de l'eau.

J'y plonge ma main et récupère un couteau de cuisine maculé de sang, ce même sang qui se déverse désormais dans le jacuzzi. L'eau devient de plus en plus rouge et opaque. Je n'ose pas relever la tête vers Malone. Je sais ce que mon esprit compte me montrer, et je refuse.

Hors de question.

— Dé... Déva, murmure-t-il comme la dernière fois que je l'ai vu.

Je ferme les yeux en forçant sur mes paupières.

Je ne veux pas regarder. Je ne veux pas y penser. Je me le suis promis. Je ne faillirai pas !

La voix de Malone se modifie comme si elle était passée dans un filtre d'ordinateur. Elle devient plus grave et ralentie, plus inhumaine. Ses mots aussi se transforment.

— Déam...

J'ai du mal à comprendre ce qu'il dit.

— Mam...

Je me bouche les oreilles pour faire abstraction de ce qui m'entoure.

— Maman...

Quoi ?

— Maman ! résonne une voix beaucoup plus fluette pour

réveiller mes tympans.

J'ouvre les yeux et me redresse d'un bond, manquant de faire basculer ma fille du lit. Je la rattrape de justesse et la serre dans mes bras.

Un rêve. C'était juste un rêve. Pas de quoi s'affoler.

— Maman, tu m'étouffes...

Je ris en libérant ma petite chipie. Elle en profite pour me sauter dessus et me faire rouler en dehors de la couette. Cette fois, je suis cent pour cent réveillée. Je la couvre de bisous et de chatouilles avant qu'elle tente de m'arrêter.

— Il faut te lever, Maman. Tim va bientôt arriver. Tu n'as pas entendu la sonnerie de ton téléphone.

Je jette un œil à mon portable. Elle a raison : je me suis rendormie. Je dois vite filer sous la douche. Mais avant ça, le mini bulldozer qui a investi mon lit ne va pas s'en tirer à si bon compte. Alors qu'elle croit s'en être sortie sans trop de dommages, je l'emprisonne à nouveau dans mes bras, la fais passer par-dessus mon épaule et me dirige tout droit vers la salle de bain.

— Qu'est-ce que tu fais, Maman ? Lâche-moi ! exige-t-elle en se tortillant et en riant.

Je fais la sourde oreille et poursuis mon chemin jusqu'à la douche pour ouvrir le robinet. Ma puce crie et rigole de plus belle en sentant les premières gouttes d'eau éclabousser son visage. Elle tente de m'amadouer avec des « s'il te plait ma maman chérie », mais ça ne fonctionne pas. Je serai impitoyable avec ce petit monstre qui aime me réveiller en sursaut.

Elle se débat, attrape le pommeau de douche et m'arrose à mon tour. Je titille ses côtes sensibles pour lui faire lâcher prise, mais c'est une coriace. Au final, je n'arrête mes mauvais traitements que lorsque nous sommes toutes les deux à bout de souffle, trempées jusqu'aux os, et que la salle de bain ressemble à une piscine.

Assise sur le carrelage mouillé, ma proie m'échappe. Au lieu de s'enfuir, comme tout bon otage enfin libéré de son bourreau, elle pose une serviette toute chaude sur mes épaules, en me frictionnant le dos pour me sécher.

Ma gamine est un amour !

La sonnette retentit au même moment.

— Ça, c'est Tim. Je t'avais dit que tu serais en retard, Maman ! Je vais ouvrir, déclare-t-elle en courant vers le couloir, sans se préoccuper des flaques d'eau qui se forment dans son sillage.

Je la vois déraper à plusieurs reprises à cause du sol glissant, mais elle s'accroche à tout ce qu'elle trouve pour maintenir son équilibre.

— Hanna ! l'appelé-je avant qu'elle disparaisse de mon champ de vision.

— Oui ?

— Tu sais comment je t'aime ?

Elle m'offre un sourire éclatant parsemé de quelques trous avant de rebrousser chemin. Arrivée à ma hauteur, elle se jette dans mes bras et dépose un énorme bisou sur ma joue.

— Tu m'aimes plus que tout l'univers ! répond-elle, fière d'elle.

Deuxième bisou, plus baveux que le précédent.

— Moi aussi je t'aime, Maman. Maintenant, dépêche-toi de te préparer. Ton amoureux ne va pas t'attendre éternellement !

Elle repart en émettant des « floc floc » à chaque pas, pendant que je la regarde avec un sourire béat.

***

Tim me raconte sa semaine palpitante de professeur de biologie, ponctuée par des blagues d'adolescents, des ragots croustillants sur ses collègues et les destinations exotiques de ses futurs colloques. Je ne l'écoute que d'une oreille. Ce n'est pas dans mes habitudes, d'autant plus qu'il a un réel talent pour rendre une histoire banale aussi intéressante qu'une épopée fantastique, mais je suis encore perturbée par ma fin de nuit. Je ressens une sorte de malaise qui ne me quitte pas et m'empêche de me concentrer.

— Déva ? Tout va bien ? s'inquiète Tim en remarquant que j'ai la tête ailleurs.

— Oui. Ça va.

— Tu es sûre ? Tu as l'air... soucieuse.

— Ce n'est rien. J'ai juste fait un cauchemar dont j'ai du mal à me débarrasser. Ça faisait longtemps que ça ne m'était pas arrivé.

— Tu veux en parler ?

Le jacuzzi ensanglanté remplace furtivement le visage de Tim. Je secoue la tête pour chasser cette horrible image.

— Non. Pas vraiment. Je préférerais plutôt penser à autre chose.

Tim se lève de sa chaise, se place dans mon dos et commence à masser mes épaules. Au bout de quelques minutes, il se penche pour embrasser mon cou et murmurer à mon oreille.

— Et si on allait se prendre un bon bain à bulles ?

Deuxième flash : le sang bouillonne autour de moi alors que Malone prononce mon nom...

— Non ! refusé-je en me mettant debout à la vitesse de l'éclair.

Tim se décompose. Il ne comprend pas ma réaction.

— Excuse-moi, ajouté-je, honteuse. Je ne voulais pas t'envoyer bouler comme ça.

— Tu es certaine que ça va ? insiste-t-il, conscient de mon état.

Je soupire et décide de faire preuve d'un minimum d'honnêteté, plutôt que de m'enfoncer dans un bobard inutile.

— Une baignoire remplie de sang.

— Quoi ?

— Dans mon rêve. J'étais dans une baignoire remplie de sang, répété-je pour qu'il comprenne mon brusque changement de comportement.

— Oh... Tout s'explique. Ça t'évoque quelque chose de particulier ?

— Non.

Cette fois, le mensonge est nécessaire.

— OK. On va oublier tout ce qui se rapporte à l'eau. Et si je vous emmenais, toi et Hanna, dans ce nouveau parc d'attractions dont on parlait la semaine dernière ?

— Mais il se trouve à quatre heures d'ici !

— C'est le week-end. Il est encore tôt. Si on part maintenant, on peut y être en début d'après-midi et on dormira sur place. Les hôtels, ce n'est pas ce qui manque, là-bas.

— Pourquoi pas ? accepté-je de bonne grâce, heureuse d'avoir une distraction pour me faire oublier mes tourments.

— Super ! Je vais chercher Hanna. Toi, tu prépares une petite valise et on se rejoint ici pour prendre de quoi grignoter sur la route.

Sans attendre ma réponse, Tim se dirige vers le salon pour déloger ma fille de la télévision. Je n'ai pas le temps de bouger un cil qu'il est déjà de retour, bredouille. Le dessin animé tourne toujours, mais Hanna n'est plus sur le canapé. Je grimpe rapidement les escaliers, convaincue de la trouver dans sa chambre en train de s'amuser avec ses poupées. Seulement la pièce est vide. Idem pour tout l'étage, y compris la salle de jeu.

Mon estomac se noue. J'ai un mauvais pressentiment. Je l'appelle à plusieurs reprises sans obtenir la moindre réponse. Je dévale les escaliers dans l'autre sens, le cœur battant, et fonce vers la porte vitrée. Cette dernière est fermée à clé. Hanna n'a pas pu sortir par là. Malgré tout, je l'ouvre et m'engouffre dans le jardin tout en continuant de crier son nom. Voyant la panique dans mes yeux, Tim vient en renfort. Ses hurlements se joignent aux miens, mais ils n'ont pas plus d'effet.

Je commence à avoir des vertiges et à suffoquer. Des mots résonnent dans ma tête, souvenirs douloureux du pire moment de ma vie. Deux phrases en particulier : « un jour, je te l'arracherai. Je partirai avec lui si loin que tu ne le reverras jamais. » Au fond de moi, je sais que c'est impossible. Malone n'a pas pu mettre son plan sadique à exécution, puisqu'il est mort. Pourtant, l'angoisse qu'il m'enlève mon enfant ne fait que grandir dans mes entrailles. J'ai l'impression d'être hantée par son fantôme : un homme avec une capuche, flottant dans les airs, la clope au bec, en train de se délecter de ma peur.

Respire, Déva. Tu déraillles complètement.

Malgré ma conscience qui essaie de m'apaiser, j'hyperventile furieusement. Je traverse le jardin en courant pour rejoindre la maison, Tim sur les talons, et j'inspecte à la hâte chaque pièce du rez-de-chaussée, ainsi que le sous-sol. Mais il n'y a personne. De plus en plus angoissée, je me jette sur la porte d'entrée, engloutis les quelques mètres qui me séparent de la route et regarde dans tous les sens.

— Hanna ! Hanna ! m'époumoné-je, terrifiée de faire face à la réalité.

Le silence me répond.

La rue est déserte.

Aucune trace de ma Hanna.

52

DÉVA

— Chérie, calme-toi, me conseille Tim en me prenant dans ses bras. On va la retrouver. Elle ne doit pas être très loin. Elle est peut-être allée voir la fille de la voisine ?

Motivée par un infime espoir, je me dégage de son étreinte et traverse la rue aussi vite que mes jambes me le permettent. Je tambourine tellement fort à la porte de Stacy, la voisine d'en face, que le bois n'est pas loin de se fissurer. Elle m'ouvre après deux bonnes minutes, en robe de chambre, le visage marqué par la fatigue.

— On est samedi, t'es au courant ? râle-t-elle en se frottant les yeux. C'est grasse matinée !

— Est-ce qu'Hanna est chez toi ?

— Quoi ? Euh… non. Lili dort encore. Enfin, elle dormait jusqu'à ce que tu joues du djembé sur notre porte d'entrée !

Oh Seigneur… où est ma fille ?

Confuse et à moitié sonnée par la situation, je rebrousse chemin sans ajouter un mot. En dépassant les haies qui encerclent mon terrain, je remarque un tissu rose sur le côté de la maison.

La balancelle !

Je reprends mon sprint jusqu'au perron, bifurque à gauche et découvre, avec un soulagement incommensurable, un pull rose surmonté d'une petite tête aux cheveux cuivrés.

— Hanna, soufflé-je, en manque d'air, tout en l'attrapant par les épaules. Pourquoi tu ne réponds pas quand on t'appelle ? J'ai failli faire une crise cardiaque !

J'aperçois un fil le long de son cou, terminé par des écouteurs. Dans ses mains : un livre audio. Voilà qui explique tout. Mais l'inquiétude m'a tellement retournée que je n'arrive pas à réfléchir. Je ne lui laisse pas le temps d'en placer une et lui ordonne de monter dans sa chambre. Incrédule, elle tente de protester.

— J'ai dit dans ta chambre. Tout de suite ! fulminé-je sans remarquer à quel point mon intonation est dure.

Les larmes aux yeux, elle détale comme un lapin, grimpe les escaliers et claque la porte derrière elle. Quant à moi, mes jambes m'abandonnent et je m'écroule sur le perron.

***

— Tu peux m'expliquer ce qu'il vient de se passer ? m'interroge Tim après m'avoir apporté une grande tasse de thé brûlant.

— Que veux-tu que je te dise ? J'ai flippé.

— Flippé ? Tu as carrément perdu les pédales, Déva ! Et ce n'est pas la première fois.

— N'exagère pas. J'ai cru qu'Hanna avait disparu. C'est normal que je réagisse comme ça.

— Je ne pense pas, non. Tu as été dure avec elle. Surtout qu'elle n'avait rien fait de mal.

— Ne va pas me dire comment élever ma fille ! lui lancé-je en haussant le ton, à demi vexée.

— Ce n'est pas mon intention. C'est juste que… tu semblais terrifiée. Tu l'es à chaque fois qu'elle s'éloigne de ton champ de vision, bien plus que n'importe quelle mère. Je sais que tu te lèves en pleine nuit pour vérifier qu'elle est dans son lit. Je vois l'inquiétude sur ton visage quand tu la regardes jouer dans le jardin. Je t'ai même surprise en train d'espionner à travers les fenêtres de la voisine pour t'assurer qu'elle allait bien. Ça en devient obsessionnel, comme si tu avais peur que… qu'on te l'enlève.

— Laisse tomber, Tim.

— Non ! Je ne laisserai rien tomber ! s'énerve-t-il en se levant de sa chaise. On se fréquente depuis quelque temps déjà et je ne t'ai jamais forcée à parler de ton passé. Mais je crois que j'ai le droit de savoir s'il contient des zones d'ombre qui peuvent impacter nos vies !

C'est vrai. Il a le droit de savoir qu'il partage son lit avec une tueuse. Mais ai-je assez confiance en lui pour lui avouer mon secret ? Non. Plus jamais je ne ferai confiance à qui que ce soit !

— Tu peux tout me dire, Déva. Je ne te jugerai pas.

— N'en sois pas si sûr.

— Parle-moi, insiste-t-il en plongeant son regard gris acier dans le mien. S'il te plait.

S'il me dénonce à la police, je perdrai Hanna. Il me faut une contrepartie. Une sécurité.

— D'accord. Mais avant, dis-moi la pire chose que tu aies faite de toute ta vie.

— Euh…

— Ne réfléchis pas. Sois juste honnête. Même si c'est quelque chose de répréhensible ou d'illégal.

— J'ai volé la voiture de mes voisins quand j'avais quinze ans. J'ai conduit toute la nuit et j'ai fini par l'encastrer dans le mur de leur maison en la ramenant. Personne n'a jamais su que c'était moi.

Silence. J'enregistre l'information. Il était mineur. Il y a sûrement prescription. Mais ça lui ferait une très mauvaise pub au lycée. Peut-être même qu'il se ferait virer. Ça suffira.

— OK. Je vais tout te dire. Mais tu dois me promettre de garder ça pour toi, quoi qu'il arrive. Sinon c'est la destruction mutuelle assurée.

Il me dévisage. Ses yeux s'écarquillent lorsqu'il comprend où je veux en venir.

— Si je te dénonce, tu me dénonces. J'ai saisi. J'aurais préféré que tu me fasses confiance, mais bon… Balance ton scoop, m'incite-t-il, déçu de ma réaction.

Je prends une profonde inspiration avant de me lancer. Je n'en reviens pas d'être sur le point d'avouer ça !

— Je suis originaire de France. De Paris.

— Ça, je le savais déjà.

— Déva Legrand est un nom d'emprunt, continué-je sans relever son interruption. Je l'ai changé après avoir fui mon pays, il y a sept ans, quand j'étais enceinte d'Hanna. J'ai pris le premier train pour la Belgique, où je me suis réfugiée dans un foyer pour femmes battues.

— Déva…

— Laisse-moi finir, sinon je n'y arriverai pas.

Il acquiesce pour m'encourager à continuer.

— J'y ai rencontré une jeune femme formidable, qui m'a aidée à quitter l'Europe en me procurant de faux papiers. Son frère vivait à Québec et il faisait partie du Ministère de l'Immigration. Il m'a obtenu un visa de travailleur permanent en limitant la paperasse, ainsi qu'un job. Il m'a même hébergée pendant quelques semaines. Heureusement pour moi, tout s'est bien goupillé. En un rien de temps, j'étais devenue une maman célibataire qui démarrait une nouvelle vie dans un nouveau pays. Tant que je continue de travailler, je peux rester ici.

Je marque une pause. Je ne sais pas comment revenir sur le sujet principal, mais Tim me tend la perche idéale pour me permettre de poursuivre.

— Est-ce que tu as eu des problèmes avec le père d'Hanna ?

Je réponds par l'affirmative en secouant la tête et finis par lâcher ma bombe.

— Je… je l'ai tué.

Tim reste muet. Il a la bouche ouverte, mais aucun son n'en sort. Je redoute sa réaction.

Je n'aurais peut-être pas dû lui dire.

— Comment ? me demande-t-il après plusieurs minutes d'un silence insoutenable.

— J'ai attrapé un couteau qui traînait dans la cuisine. Je l'ai poignardé et je me suis enfuie.

Je m'attends à ce qu'il se lève et parte en courant, mais il n'en fait rien. Il se contente de poser sa main sur la mienne et de la serrer doucement. Je ne sais pas ce qu'il s'imagine de mon histoire avec Malone, mais c'est forcément moins glauque que la vérité. Alors je décide de ne pas en dire plus.

— Je comprends mieux tes cauchemars, maintenant.

— Ouais.

— Tu es recherchée par la police ?

— Aucune idée, lui avoué-je en prenant conscience de l'étrangeté de ma réponse.

— Comment ça ?

— Je n'ai jamais voulu savoir. Je suis partie sans me retourner et j'ai renoncé à remettre un jour les pieds en France. Je souhaitais juste… tout oublier.

De toute façon, plus rien ne me retenait à Paris. Ma mère était plus préoccupée par ses liftings et ses jeunes amants que par moi. Clara et Émilie ne me donnaient plus de nouvelles depuis l'enterrement de Morgane, malgré mes tentatives pour les inviter à dîner. Il ne restait plus personne pour s'inquiéter de mon absence, pas même un client mécontent de *Martin Design*, puisque nous avions suspendu toute activité le temps de ma grossesse. Ma vie là-bas a pris fin quand la lame de mon couteau s'est enfoncée dans la chair de Malone.

Tim semble plus ahuri par cette information que par ma révélation de meurtre.

— Moi, j'ai besoin de savoir ! affirme-t-il en saisissant sa tablette.

— Qu'est-ce que tu fais ?

— Donne-moi ton vrai nom et celui de ton ex. Je vais vous googliser.

— Tim, ce n'est pas…

— Donne-les-moi, persévère-t-il. Comme ça, on sera fixés.

— Et si tu te rends compte que tu vis avec l'une des dix personnes les plus recherchées de la planète, tu feras quoi ?

— Je t'achèterai des lunettes de soleil et des perruques pour qu'on puisse voyager ! me réplique-t-il en souriant.

Soulagée par son comportement, je lui rends son sourire.

— OK. Il s'appelait Malone. Malone O'Brien. Moi, c'était Déva Martin.

— Tu as conservé ton prénom ? C'était plutôt risqué, non ?

— Peut-être, mais c'était la seule chose qu'il me restait de ma vie.

— Je comprends, m'assure-t-il avant de reporter son attention sur l'écran.

Je lui donne quelques détails supplémentaires pour faciliter ses recherches. J'aimerais qu'on puisse passer rapidement à autre chose. Alors que Tim pianote comme une dactylo possédée, le grincement du parquet m'incite à lever les yeux vers le plafond. Hanna est en train de faire les cent pas dans sa chambre. Je vais devoir m'excuser. J'y suis allé bien trop fort avec elle. Elle ne méritait pas de se faire disputer de cette manière.

Oh ma puce. Je suis désolée.

Je m'apprête à la rejoindre pour faire mon discours de maman repentie, lorsque Tim m'interpelle.

— Euh… Déva ?

— Oui ?

— Malone O'Brien, ce n'est pas un nom très courant à Paris. Je n'ai trouvé qu'une seule correspondance.

— Et ?

Ses épaules sont tendues, son regard incertain. Tout dans son attitude révèle son anxiété. Je ne sais pas à quoi m'attendre. Est-ce que je dois craindre que les Services Secrets me mettent la main dessus ? Y a-t-il une prime sur ma tête ? Est-ce le genre de choses qui existe ailleurs qu'au cinéma ?

— Il n'y a aucune poursuite engagée contre Déva Martin. Tout ce que j'ai trouvé, c'est un avis de disparition, avec un appel à témoin qui date de 2019.

— Vraiment ? l'interrogé-je, à la fois surprise et plus légère. Comment c'est possible ?

— C'est assez simple, en fait.

— Explique-toi ! lui ordonné-je, agacée par ce semblant de suspens.

— Malone O'Brien n'est pas décédé. Il… est toujours en vie.

***

Mon cœur vient de s'arrêter. Ce qu'il me dit est simplement… impossible !

— Tu as dû te tromper de personne, déclaré-je sans montrer mon trouble. Il ne peut pas être en vie.

— D'après les infos que je trouve sur Internet, Malone O'Brien, domicilié dans le quartier du Marais à Paris, s'est fait agresser il y a sept ans, lors d'un cambriolage qui a mal tourné. Il a été gravement blessé par arme blanche, mais il a survécu. Un miracle selon l'équipe médicale qui l'a opéré.

— Il n'y a jamais eu de cambriolage.

— C'est ce qui est raconté dans la presse. Peut-être qu'il a gardé la véritable histoire sous silence. Il ne voulait sans doute pas que ça s'ébruite.

— Mais je l'ai vu mourir ! couiné-je comme une souris prise dans les griffes d'un chat.

— Tu en es sûre ?

Est-ce que j'en suis sûre ? Non… Pas totalement. Je n'ai pas osé rester. Je me suis enfuie. Mais il y avait tellement de sang ! Comment quelqu'un pourrait survivre à ça ?

— Déva ?

— J'en étais persuadée… jusqu'à maintenant. Il se vidait de son sang. Il n'arrivait plus à parler ni à respirer. J'ai cru que… j'ai cru que je l'avais tué.

— Apparemment, tu t'es trompée.

Je plaque une main sur ma bouche pour retenir un gémissement. Stupeur ou terreur ? Je ne saurais le dire. Tim enroule un bras autour de mes épaules et me rapproche de lui.

— C'est plutôt une bonne nouvelle, chérie, tente-t-il de m'apaiser. Je ne sais pas ce que cet homme t'a fait endurer, mais il est loin d'ici et en vie. Donc tu n'es pas une meurtrière. Tu n'as plus à t'en vouloir.

Vraiment ? Est-ce que le fait qu'il ne soit pas six pieds sous terre rattrape mon geste ? Est-ce que ça fait de moi quelqu'un de meilleur ? Bien sûr que non ! Je l'ai poignardé en le regardant droit dans les yeux et je l'ai laissé agoniser comme s'il ne valait rien.

J'irai brûler en enfer et rien ne pourra changer ça !

— C'est fini, Déva. Tu n'as plus à avoir peur. Tu vas pouvoir chasser tous tes mauvais rêves, ajoute Tim, convaincu que cette information met un terme à tous mes problèmes.

Il n'a vraiment rien compris !

Je panique, encore, mais cette fois, c'est du genre « panique intersidérale ». Le genre qui fait faire n'importe quoi à n'importe qui !

Il est en vie. Malone est vivant. Bon sang, je suis foutue ! Il va se venger. Il va vouloir que je souffre !

— Il sait où on est. Il va venir chercher Hanna. Il va me l'enlever, me lamenté-je en gigotant dans tous les sens, sans trouver la force de prendre une quelconque décision.

— Calme-toi, Déva. Je comprends que ça te fasse un choc, mais il ne peut pas savoir où vous êtes. Tu n'as rien à craindre. Tu es en sécurité ici, et Hanna aussi.

— Non ! Si Malone est en vie, on n'est en sécurité nulle part. Il n'a pas besoin de nous trouver. Il sait déjà tout ce qu'il a besoin de savoir !

— Chérie, tu deviens irrationnelle là.

— Tu ne comprends pas.

— Alors, explique-moi.

— Tu ne me croirais pas.

— Essaie, insiste-t-il à nouveau.

— D'accord. Comme tu veux : Malone peut lire dans mes

pensées, déclaré-je d'une voix blanche.

— Quoi ?

— Je sais que ça a l'air dingue, mais c'est le cas. Il a un don. Il entend ce qui se passe dans ma tête à chaque instant. C'est comme ça qu'il a pu détruire ma vie, en me manipulant.

Le visage de Tim change radicalement d'expression. Il s'imagine que j'ai une case en moins.

— Euh… OK. Écoute, Déva, je… je pense que cette nouvelle t'a retournée. Tu devrais te reposer un peu, ma chérie. Je crois que ça te ferait le plus grand bien.

— Oh Tim. J'ai passé de bons moments à tes côtés. Vraiment. Mais je n'ai pas le temps de te convaincre et je ne veux pas t'impliquer davantage dans cette histoire. Ça pourrait mal tourner pour toi. Il faut que je parte et que je trouve un moyen de mettre ma fille à l'abri. Tu ferais mieux de t'en aller.

— Tu plaisantes ? m'interroge-t-il, dépité.

— Non. J'adorerais être en train de te faire une mauvaise blague, crois-moi. Mais ce n'est pas le cas. Adieu, Tim.

— C'est une histoire de fou ! Écoute-toi un peu parler ! On n'est pas dans un film. Tu ne vas quand même pas tout quitter sous prétexte que ton ex est une sorte de télépathe psychopathe ? C'est ce que ferait quelqu'un de dérang…

— Va-t'en avant de dire quelque chose qu'on regrettera tous les deux ! le coupé-je sans le laisser finir sa phrase.

Tim me regarde comme si je l'avais giflé. Décidément, je n'ai pas le temps pour ça.

— Dehors ! le congédié-je d'une voix forte, pour qu'il comprenne que je suis sérieuse.

Il tourne les talons en secouant la tête et en marmonnant, puis claque la porte derrière lui.

Cette histoire-là est terminée.

53

MALONE

Sept ans.

Sept foutues longues années que je rêve de poser à nouveau mes yeux sur ce visage. Je veux dire, en face à face, pas dans un miroir ou dans la lentille d'une jumelle. Sept ans que j'attends, et ce jour est enfin arrivé. Je suis aussi anxieux qu'excité !

Et terrifié.

Ce n'était pas censé se passer comme ça. Je ne comptais pas bouleverser la vie d'Hanna ni celle de Déva d'ailleurs. Pas maintenant. Pas de cette manière. Mais elle me force la main. Ou plutôt, c'est Tim qui m'oblige à agir.

Pourquoi a-t-il fallu qu'il se mêle de nos histoires, celui-là ?

Si vous saviez comme j'aimerais écraser mon poing sur sa mâchoire de p'tit prof à la noix ! Je ne suis pas sûr de pouvoir me contrôler s'il se retrouve en face de moi. Pour être franc, il m'arrive de rêver que je lui roule dessus avec mon pick-up. Rapide. Efficace. Bye bye, Monsieur Biologie. Mais ce n'est pas au programme, du moins, tant qu'il restera loin de Déva.

Je passe mes doigts dans mes cheveux pour enlever les

quelques nœuds qui s'y sont formés. Je défroisse ma chemise, remonte mon pantalon et inspire profondément, avant de me laisser glisser contre le mur jusqu'au sol. Mon cœur s'affole. Mes mains tremblent.

Oh bordel, je vais enfin la revoir !

Déva.

Ses yeux vert émeraude. Sa bouche charnue. Ses traits fins. Ses courbes envoûtantes. Même après une grossesse, elle est toujours la perfection incarnée ! Comment peut-il exister une telle beauté ?

Déva.

J'imagine déjà sa tête. Elle va paniquer ! Mais je sais ce que j'ai à faire. J'ai tout prévu. Il ne me reste plus qu'à lever mes fesses.

Allez, Malone, ce n'est pas le moment de te dégonfler. Rien que pour la revoir en chair et en os, ça vaut le coup.

Déva.

Cette femme fait partie de moi depuis le jour de ma naissance. Elle hante mes rêves, qu'ils soient doux, violents ou incohérents. C'est elle qui m'a appris l'amour autant que la haine. Elle m'a tourné la tête et a volé mon cœur avant de le briser.

Déva.

Elle a failli mettre fin à ma vie, mais elle a échoué. Au lieu de m'envoyer en enfer, elle m'a enfermé dans les limbes, là où les âmes perdues cherchent un salut qu'elles n'obtiendront jamais. Cette mère m'a donné un enfant, ma petite Hanna, que je n'ai jamais pu serrer dans mes bras.

Déva.

Ma drogue.

Mes tourments.

Mon obsession.

54

DÉVA

Je ne prends pas vraiment le temps de regarder ce qui me passe entre les mains. Pull, tee-shirt, pantalon, sous-vêtements... peu importe. Je bourre tout dans une valise et rejoins ma fille dans sa chambre. Elle est en train de choisir quelle peluche emporter avec elle. Elle ne comprend pas l'urgence de la situation. Je lui ordonne de rassembler ses jouets préférés dans un sac et d'être prête dans cinq minutes. Au pire, elle me fera une colère dans la voiture, mais au moins, nous serons sur la route.

Je dévale les escaliers à toute vitesse, les bras chargés de bagages. Il faut que j'entasse tout ça dans le coffre de notre véhicule et que j'emmène Hanna loin d'ici. Les mains prises, j'utilise mon coude pour appuyer sur la poignée de la porte d'entrée. Je relève la tête vers la rue. Mon cœur s'accélère. Mes valises s'écrasent sur le sol alors que je recule, les mâchoires serrées.

Malone est là, le regard noir et une arme à la main.

— Salut, mon ange. Je t'ai manqué ? me lance-t-il avec un sourire diabolique.

J'ai le souffle coupé. Je n'arrive pas à parler, encore moins à respirer.

C'est trop tard. Je suis morte. Il nous a trouvées. Il va me faire payer.

— Tu es toujours aussi belle, tu sais... et aussi perspicace. Recule encore et lève les mains.

Il faut que je prévienne Hanna. Elle doit s'enfuir, s'éloigner de lui. Je m'apprête à crier des instructions à ma fille restée à l'étage, mais Malone me le déconseille.

— Pourquoi veux-tu écourter nos retrouvailles, Déva ? Je viens juste d'arriver. Ça serait dommage de tout gâcher, tu ne crois pas ? Dis un mot de travers et je vous abats toutes les deux.

En serait-il capable ? Pourrait-il assassiner son propre enfant de sang-froid ? Le Malone que je connaissais n'aurait jamais pu. Mais qui sait ce qu'il est devenu ?

— Je t'en prie, ne lui fais pas de mal, Malone. Pitié.

— Pitié ? Tu as eu pitié, toi, quand tu as enfoncé cette lame à un millimètre de mon cœur ? Quand tu m'as laissé agoniser comme un chien sur le plancher de mon appart ? La porte était entrouverte. Le concierge m'a trouvé quelques minutes plus tard. Il était infirmier dans l'armée ; un gros coup de bol pour moi ! Je me suis réveillé à l'hôpital après cinq mois de coma.

Cinq mois ! Voilà pourquoi je n'ai capté aucune de ses pensées. À la fin de ma grossesse, j'étais trop perturbée pour entendre quoi que ce soit.

— Et devine qui était là à mon réveil : ce bon vieux Fischer ! m'apprend-il avec un sourire étrange. Il était très inquiet de ta disparition. Il était persuadé que je t'avais découpée en morceaux et enterrée dans un coin sombre en pleine forêt. Du coup, il m'a suivi partout pendant des mois en espérant que je le conduise à ton cadavre. Le pauvre. Je suis sûr que ça le travaille toujours à cette heure-ci.

En quittant le pays, vu l'état chaotique de ma vie, je n'ai jamais pensé que quelqu'un s'inquiéterait pour moi, le lieutenant Fischer encore moins.

— Enfin bref, poursuit Malone en se grattant la joue avec son arme. Ça m'a pris du temps pour me remettre de ma blessure. Mais le pire, c'était de ne pas savoir où tu étais, ce que tu faisais, si tu allais bien. Ça me rendait fou ! La vie est tout de même bizarre. J'ai prié pendant des années pour que cesse cette voix dans ma tête et quand j'ai obtenu ce que je voulais, c'était l'enfer ! Je rêvais de toi jour et nuit. Je ne pouvais pas te sortir de mon esprit. Je ne pouvais rien faire d'autre que penser à toi, m'inquiéter pour toi. Sans ta lumière, mes ténèbres semblaient encore plus noires.

Cette dernière déclaration me prend au dépourvu. Ce n'est pas de la colère que je perçois dans sa voix, ni dans ses yeux d'ailleurs, mais de la tristesse. Ce phénomène ne dure qu'un instant et dès qu'il s'en rend compte, son visage se referme. Il a lu mes pensées, c'est certain. Il secoue rapidement la tête avant de reprendre son récit.

— Finalement, un mois plus tard, tout est revenu en une fraction de seconde, comme pour ma grand-mère. Un battement de paupières et tu étais là, dans mon esprit. Ta voix raisonnait comme une douce mélodie. Ton rire étirait mes lèvres. Ton bonheur irradiait en moi. Je ne t'avais jamais connue aussi heureuse ! Tu venais d'accoucher et tu ressentais tant d'amour pour ce petit être que c'en était contagieux. Je ne voulais pas gâcher ça, à aucun prix. Tout ce que je souhaitais, c'était vivre ce bonheur à travers toi. Alors j'ai décidé de tirer un trait sur le passé et de te laisser tranquille. J'ai graissé la patte de quelques politiciens pour emménager dans le quartier à côté de celui-ci. Je vous ai observées. J'ai vu la petite grandir, s'épanouir. Elle te ressemble tellement ! J'aurais pu continuer comme ça jusqu'à la fin de ma vie, je crois, mais il a fallu que tu rencontres ce gars.

Je me fais des films ou il est jaloux de Tim ? Après toutes ces années ?

— Est-ce que tu as la moindre idée, Déva, de ce que ça fait d'être dans la tête de la personne que tu aimes quand elle se tape quelqu'un d'autre ? s'exclame-t-il, du venin dans la voix et un feu ravageur dans les yeux. Tu ne peux même pas imaginer la rage qu'il m'a fallu contenir. Si je m'étais écouté, j'aurais fait un carnage ! Je me suis retenu uniquement pour Hanna. J'ai rongé mon frein pendant des mois, m'assommant à coup de bouteilles de rhum pour ignorer vos parties de jambes en l'air. C'était atroce, mais je tenais bon en voyant le sourire de ma fille. Elle semblait si heureuse et insouciante. Je voulais lui offrir une enfance joyeuse, même sans moi. Et puis, ce connard de Tim t'a appris que j'étais toujours en vie. Il a tout compliqué. J'aurais pu vous laisser partir et vous suivre discrètement, comme la première fois. Mais tu sais quoi : j'en ai ma claque ! Tu as profité de notre fille pendant six ans. C'est mon tour.

— Je t'en prie, Malone, ne fais pas ça. On peut trouver un terrain d'entente. Si tu veux que je reste seule jusqu'à la fin de mes jours, je te jure de ne plus fréquenter personne.

— Ce n'est pas suffisant.

— Alors, viens vivre avec nous. Ou emmène-nous avec toi. Fais de moi ce qu'il te plaira. Je t'obéirai, je te le promets. Mais ne me prive pas de ma fille. Je t'en supplie !

— Pour que tu me poignardes pendant mon sommeil ? se moque-t-il nerveusement. Non merci, j'ai déjà donné. Appelle-la.

Je demeure silencieuse. S'il croit que je vais l'aider à détruire ma vie une fois de plus, il rêve !

— Appelle-la, ou je ne réponds plus de rien ! grince-t-il en me dévisageant.

— C'est ta fille aussi. Tu ne ferais rien qui puisse la blesser, j'en suis sûre.

— Ma fille, comme tu dis, n'a aucune idée de qui je suis. À cause de toi ! vocifère-t-il en secouant son arme, le corps parcouru de tremblements.

Je crois que j'ai sous-estimé la force de ses émotions. Il n'est pas seulement en colère ou triste. Il est blessé, meurtri, et je ne peux rien contre ça. Mes mots ne suffiront pas.

— Maman ? murmure une petite voix en haut de l'escalier.

Une peur viscérale s'empare de moi. Je sais que j'ai fait des erreurs, certaines irréparables, mais je ne veux pas que ma fille en subisse les conséquences. Je ne peux pas l'accepter.

Pitié, Malone. Torture-moi. Fais-moi saigner. Roue-moi de coups. Étrangle-moi. Tue-moi s'il le faut ! Mais ne fais pas de mal à Hanna.

Mes yeux l'implorent autant que mes pensées. Je vois le mur qu'il s'est construit se fissurer. Il soupire avec lassitude et cache son pistolet derrière lui, mais le regard qu'il me lance est assez clair : je n'ai pas intérêt à tenter quoi que ce soit.

— Descends, ma puce. Viens me rejoindre. Je suis un vieil ami de ta maman.

Hanna hésite. Je vois bien qu'elle n'est pas rassurée. Il ne faut surtout pas qu'elle ait peur. Ça pourrait être dangereux pour elle.

— Tu peux venir, mon cœur. Tout va bien, l'encouragé-je sans grande conviction.

Devant mes yeux terrifiés, ma fille descend les marches une à une jusqu'à atteindre son père. Elle le scrute avec curiosité. Lui, l'admire avec une tendresse incroyable en de telles circonstances. Sans relâcher sa vigilance, il la serre dans ses bras. Elle se laisse faire et finit par agripper son cou. On dirait que son petit corps a reconnu celui qui l'a conçu. Elle n'avait jamais fait ça avec personne, pas même avec Tim.

Mon cœur se déchire à cet instant. Celui de Malone aussi, j'en mettrais ma main à couper. Il ferme les yeux et savoure ce contact inespéré. J'ai l'impression de ressentir la souffrance qui l'habite, le chagrin d'avoir été séparé de son enfant si longtemps.

Comment j'ai pu leur infliger ça ?

Ma culpabilité m'assomme pendant une seconde, avant que le souvenir de Morgane pleine de sang se rappelle à moi.

Il a gâché ma vie. Il m'a tout pris. C'est lui le monstre. Je ne dois jamais l'oublier !

Malone rouvre brusquement les yeux et son regard se fait plus dur.

— Ta mère est encore plus belle que dans ma mémoire, chuchote-t-il à Hanna en lui caressant les cheveux. Regarde comme elle est jolie.

Hanna a tout juste le temps de se tourner qu'une compresse se plaque contre sa bouche.

— Non ! m'alarmé-je en me ruant vers elle.

— Du calme, Déva, me stoppe-t-il dans mon élan. C'est juste du chloroforme. Elle va bien. Pas de panique.

Son pistolet toujours en main, il la dépose à terre avec précaution.

— S'il te plait, Malone, sois raisonnable. Une petite fille a besoin de sa mère. Elle n'a connu que moi. Tu ne peux pas lui faire ça. Elle va être traumatisée ! Je sais qu'on s'est fait souffrir mutuellement, mais je t'en conjure, ne me l'enlève pas.

— Assieds-toi ! m'ordonne-t-il avec fermeté.

Je serais bien incapable de deviner ce qui se trame dans sa tête à ce moment-là. Qu'a-t-il décidé de faire ? Quels sont ses projets ? Son degré de rancœur ? De colère ? Son besoin de vengeance ? Je l'ignore, mais je ne vais pas me laisser faire.

— Non, refusé-je en relevant le menton, les yeux fixés aux siens.

— J'ai dit, assis ! insiste-t-il, en haussant le ton.

— Va au diable, Malone !

Sans réfléchir davantage, je me jette sur lui en frappant dans tous les sens. Je ne sais pas ce que je compte accomplir de cette manière, mais j'y mets toutes mes forces. Ses tentatives pour me calmer ne fonctionnent pas. Je suis une vraie boule de nerfs. Il me repousse doucement après avoir reçu un premier coup au visage. Au deuxième, la bousculade est un peu plus violente, pas assez pour m'arrêter cela dit. Je réitère mon attaque, mais avant d'atteindre Malone, mon pied glisse sur le côté du tapis et je tombe à la renverse. Mon corps bascule. Ma tête heurte quelque chose de dur et de saillant : le bord de l'escalier.

— Merde ! Déva, tu m'entends ?

Je ne comprends pas bien la fin de sa phrase. Ma vision

est ponctuée de petites mouches noires qui bougent en même temps que mes pupilles. Je ferme les yeux quelques instants, enfin, il me semble, et lorsqu'ils se rouvrent, je suis attachée à une chaise.

Quant à Hanna et Malone, ils ont disparu.

55

DÉVA

Ma vision est encore trouble, mais je suis consciente. Au sol, devant moi, de l'antiseptique, des pansements et un torchon taché de sang me rappellent ma blessure à la tête.

Malone a voulu me soigner. Pourquoi ?

Je suis un peu perdue, mais le souvenir du visage endormi d'Hanna me ramène sur Terre.

Je dois la retrouver !

Je hurle comme une folle dans l'espoir qu'un voisin ou un passant finisse par m'entendre. La porte s'ouvre à peine une minute plus tard sur la carrure imposante de Malone.

— Ferme-la ! Si tu continues, tu vas rameuter tout le quartier ! me prévient-il, espérant que son argument fasse mouche.

Bien. C'est exactement ce que je veux.

Je m'égosille de plus en plus fort jusqu'à ce que le canon de son pistolet se pose sur mon front. Je lève les yeux et rencontre les siens. Toujours impossible de savoir ce qu'il pense.

Bon sang, ce que j'aimerais avoir son don en cet instant !

Désespérée, je tente le tout pour le tout.

— Vas-y, Malone. Tue-moi. Si tu m'enlèves ma fille, ma

vie ne vaut plus rien. Alors, fais-le !

Le doigt sur la détente, Malone me fixe comme si j'avais perdu l'esprit. Sa main tremble. Son souffle est quasi inexistant. Il grimace et finit par baisser l'arme.

— Désolé, ce n'est pas comme ça que ça marche, déclare-t-il en détournant le regard.

Je me rends compte que quelque chose cloche dans son comportement. Parfois trop hargneux. Parfois trop doux. On dirait que deux personnes se font la guerre à l'intérieur de lui. Cependant, je relaie vite cette idée au second plan : tout ce qui m'importe pour le moment, c'est ma fille.

— Je ne te laisserai pas partir avec Hanna sans me battre !

Bien décidée à ruiner ses projets, je recommence à appeler à l'aide en gesticulant dans tous les sens. Je me débats tellement que ma chaise finit par se renverser en se brisant sur le sol. Les cordes, à peine serrées, se détachent presque aussitôt. Je suis à terre, menacée d'une arme par l'homme que j'ai essayé de tuer, mais libre de mes mouvements.

— Tu vas te blesser à nouveau si tu continues. Pourquoi rends-tu les choses aussi difficiles, Déva ?

— C'est une blague ? Tu pensais peut-être que j'allais te laisser faire sans lever le p'tit doigt ?

— Oh ça non. Ça n'aurait pas été digne de toi. Toi, la fille qui m'a poignardé pour s'enfuir avec mon enfant !

— Tu m'avais menacée, Malone. Et après ce que je venais d'apprendre, je me suis sentie en danger. J'ai réagi sous le coup de l'émotion et...

— Et quoi ? Quoi, Déva ? Je suis conscient d'avoir fait des choses horribles. Je n'aurai pas assez d'une vie pour m'excuser. Sache que je paie chaque jour, depuis sept ans, en me tenant loin de vous deux. C'est une torture, je t'assure. Mais est-ce que je méritais ça ? demande-t-il en soulevant son tee-shirt pour laisser apparaître sa cicatrice. Sans doute que oui, soupire-t-il après trois secondes de réflexion. Je méritais même pire.

Un sanglot m'échappe en repensant à ce jour maudit. Il ne

le sait pas, parce qu'il n'était pas dans ma tête les six mois suivants, mais je m'en suis énormément voulu. La culpabilité entravait mon sommeil. Son absence aussi. Toutes les nuits, mes cauchemars étaient revenus, sauf que mon père n'y était plus ; seulement Malone, en sang, allongé par terre, en train de gémir mon nom. J'ai versé tellement de larmes. Je ne pouvais pas m'empêcher de le pleurer.

En quelques secondes, toutes ces images affluent dans mon esprit sans que je puisse les chasser. Malone hoquette sous le coup de la surprise.

— C'était quoi ça ? m'interroge-t-il, complètement dépassé par la situation.

— Rien, éludé-je en essuyant les sillons qui zèbrent mes joues.

— Ne me dis pas que ce n'est rien ! Est-ce que... est-ce que ce sont tes souvenirs ? Réponds !

— Oui, avoué-je dans un murmure à peine audible.

— Quand ?

— Pendant ma grossesse.

— Tu... tu... tu as regretté ton geste ? bégaie-t-il avec difficulté.

— Évidemment ! Qu'est-ce que tu crois ? Que j'ai pris plaisir à enfoncer ce couteau dans ton cœur ? Que j'étais satisfaite d'être partie en te laissant pour mort sur le sol ?

— Je n'en sais rien. Tu as toujours semblé assumer cette décision.

— Assumer ? répété-je en riant nerveusement. J'ai dû assumer pendant à peine trente secondes ! Puis tu as murmuré mon nom et là j'ai réalisé que je n'entendrais plus jamais ta voix. Que je ne verrais plus ton visage. Que... que tout était fini. Je suis partie parce que j'étais convaincue que je t'avais tué. Mais ça m'a démolie.

— Pourquoi je n'ai jamais rien capté de tout ça ? J'veux dire, je sais que tu as souvent pensé à nous au fil des années, mais jamais à ce jour-là.

— Avant la naissance d'Hanna, je me suis promis d'enfermer cet épisode dans un coin de ma tête. Pour elle. Pour qu'elle ne sache jamais. J'avais trop peur qu'elle hérite de ton don et qu'elle puisse lire dans mon esprit. Je ne pouvais pas permettre qu'elle voie sa mère tuer son père. Même si ça devait me consumer de l'intérieur, je me suis jurée de ne pas laisser mon cerveau y repenser consciemment. Pourtant, je m'en suis voulu chaque jour, chaque seconde, à chaque fois que je regardais Hanna.

Malone semble très perturbé par ce que je viens de lui apprendre. Il recule de plusieurs pas en secouant la tête, les yeux brillants d'émotion, les lèvres tremblantes.

A-t-il réellement cru que j'étais fière de l'avoir poignardé ?

Son regard accroche le mien comme s'il avait perçu mon débat intérieur. C'est le cas, bien sûr, mais je n'y suis plus habituée.

— Tu avais toutes les raisons d'être fière de ton geste, affirme-t-il avec une tristesse qui me crève le cœur. Tu avais vengé ta sœur, mis ta fille à l'abri de ma folie, éliminé la plus grande menace de ta vie. Une part de moi aurait voulu mourir, Déva, pour te faire ce cadeau, pour te libérer de moi ! Les mots que j'ai prononcés ce jour-là, c'était pire que… pire que tout ce que je t'avais fait avant. J'étais en train de te perdre, toi et notre enfant. La vie heureuse que j'avais touchée du bout des doigts venait d'être balayée, anéantie par mes mensonges. J'avais tellement peur que tu disparaisses ! Tout ce que j'ai trouvé pour te retenir, sans même me rendre compte à quel point je basculais, c'était de me comporter comme une brute, comme le faisait mon père avec ma mère quand il n'obtenait pas ce qu'il voulait. C'est pitoyable et... monstrueux, j'en ai bien conscience, ajoute-t-il en essuyant une larme au coin de ses yeux. Si seulement j'avais su que tu regrettais...

Malone est à fleur de peau et son discours est de plus en plus incohérent. Il passe des reproches aux excuses en un quart de seconde. Je crois qu'il est encore plus perdu que moi.

— Qu'est-ce que ça change ? demandé-je avec une certaine lassitude.

— Ça change tout !

— Vraiment ? Alors quoi ? Maintenant que tu sais que je regrette d'avoir posé les doigts sur ce fichu couteau, tu vas m'accorder ton pardon ?

— Ce n'est pas à toi de demander pardon ! C'est moi qui t'ai poussée à te défendre. C'est moi qui me suis conduit comme un connard de la pire espèce. Tu n'as rien à te faire pardonner.

— Dans ce cas, qu'est-ce que tu fais ici et pourquoi tu pointes ce fusil sur moi ?

Malone soupire. Il a l'air épuisé. Il pose brièvement les bras sur le dessus de sa tête, comme si ça pouvait l'aider à réfléchir, puis frappe le mur en jurant.

— Debout, m'ordonne-t-il en se retournant vers moi.

— Quoi ?

— Lève-toi, Déva.

Je ne sais plus du tout dans quel état d'esprit il est, mais j'obtempère, prête à affronter mon sort. Malone s'approche lentement de moi et pose le canon de son arme sur mon épaule pour que je recule jusqu'à la cloison.

— J'ai dit et fait des tas de conneries depuis que j'ai passé la porte de cette maison, s'excuse-t-il en baissant les yeux. Sans toi, je ne sais plus comment... être un homme. Comment être en vie ! Si je suis là, ce n'est pas parce que je t'en veux, mais parce que j'étais persuadé que toi tu m'en voulais toujours.

— Hein ?

Je ne comprends plus rien.

— Tu dis que tu aurais aimé ne jamais avoir pris ce couteau. Mais quand tu as su que j'étais en vie, tu n'as pas réagi comme quelqu'un qui regrettait, Déva. Tu n'as pas été soulagée. Au contraire.

— Parce que j'avais peur ! Peur de ta réaction. Peur de ce que tu pourrais nous faire. Et j'avais raison. Regarde-nous !

— Putain, t'as toujours pas compris ? Je t'aime, Déva ! Comme un malade ! Comme... comme le foutu taré que je suis ! Je donnerais absolument tout pour que tu oublies ce que j'ai fait. Mais en es-tu capable ?

Ses mots me percutent comme si on venait de me frapper dans l'estomac. Est-ce que je peux laisser le passé derrière nous ? D'ailleurs, est-ce que je lui en veux toujours ? Je ne le sais même pas. La peur a pris le dessus il y a quelques heures, mais avant ça, j'avais simplement étouffé ma culpabilité, ma honte d'avoir porté atteinte à la vie d'un autre être humain. Persuadée que je l'avais tué, j'ai oublié tout le reste. J'étais devenue une meurtrière, celle qui avait privé Hanna de son père, c'est tout ce que je retenais, tout ce qui hantait mes nuits. Lui ai-je pardonné pour autant ? Je ne crois pas, non. Est-ce seulement possible ? Le temps a fait son œuvre, mais il n'a pas guéri toutes les blessures. Je suis complètement déboussolée. Il y a moins de cinq minutes, il voulait s'enfuir avec ma fille. Maintenant, il me dit qu'il m'aime.

Et moi dans tout ça, je ressens quoi ?

Malone tient toujours son arme, bien qu'elle soit désormais dirigée vers le sol. Sa seconde main se lève et me caresse tendrement la joue. Ce simple contact allume en moi un feu qui s'était éteint il y a des années. Ma peau s'électrise en un instant. Quant à son regard, jusqu'ici froid et perdu, il se réveille comme s'il revenait d'entre les morts. Il penche la tête et colle sa joue contre la mienne. Ses lèvres s'y attardent avec douceur, me frôlant dans un va-et-vient hypnotique. J'arrête de respirer. Mon cœur s'emballe. Je ne sais plus ce que je ressens, mais mon corps, lui, a tout de suite compris.

— Oh Déva... je rêve de faire ça depuis des années. Sentir ta peau... ton odeur.

Il dépose des baisers dans ma nuque, qu'instinctivement je lui offre comme si nous étions des amants ordinaires. Sa main plonge dans mes cheveux. Il me dévore du regard avant de chercher ma bouche. Lorsqu'il la trouve enfin, je gémis sans pouvoir m'en empêcher. Ce baiser me consume. Il me bouleverse. Je ne pensais pas ressentir encore des sentiments aussi forts pour lui.

Ses lèvres s'emballent, sa langue demande plus. Sa main glisse dans mon dos jusqu'au creux de mes reins. Sans vraiment le vouloir, j'agrippe son tee-shirt et me colle un peu plus contre lui. Je ne réfléchis plus. Je suis dans une sorte de transe. Malgré tout, lorsque mes yeux se posent à nouveau sur son revolver, je frissonne et la réalité me rattrape.

Il pourrait m'envoyer dans l'au-delà d'un simple mouvement du doigt.

— Tu crois toujours que je serais capable de te tuer ?

— Je... je n'en sais rien. Je ne sais plus rien, Malone ! Et cette arme ne m'aide pas !

— Alors, je vais te faciliter la tâche, chuchote-t-il en glissant le pistolet dans ma paume.

Il m'embrasse au coin des lèvres, puis recule en levant les bras. Il me faut quelques secondes pour comprendre que c'est désormais moi qui ai toutes les cartes. Je brandis l'engin de mort dans sa direction sans réfléchir, mais son odeur flotte encore tout autour de moi. J'ai son goût dans la bouche. Je sens toujours ses mains contre ma peau.

— Je ne sais pas vraiment pourquoi je suis venu avec une arme à feu, avoue-t-il, lassé. Je crois que je voulais retrouver un certain contrôle. C'était... affreusement stupide, mais je ne suis plus à une connerie près, pas vrai ? Je n'ai jamais imaginé m'en servir. Cela dit, elle ne sera pas totalement inutile. L'histoire nous apprend que de nous deux, tu es celle qui a le plus de cran. Alors, finissons-en, Déva.

Je fronce les sourcils. Je ne suis pas certaine de comprendre ce qu'il me demande. Il n'attend pas pour s'expliquer.

— Si tu crois pouvoir me donner une nouvelle chance, pose ce flingue et viens récupérer Hanna avec moi. Ça prendra du temps, mais on pourrait devenir une famille. Quelle que soit la place que tu décideras de me laisser, je l'accepterai. Mais si tu penses que la rancœur que tu me portes ne s'envolera jamais, alors tire. Et vise le cœur, je t'en prie. Ou la tête. Parce qu'après ce que j'ai ressenti en te serrant contre moi, je ne peux plus me résoudre à vivre sans toi.

Mon bras est toujours tendu vers lui, mon doigt sur la gâchette. Ma main tremble tellement que même si je visais, je pense que la balle n'atteindrait jamais sa cible. Les larmes coulent en torrent sur mes joues. Mon souffle est totalement erratique. J'ai choisi de me débarrasser de lui une fois et ça m'a détruite. Une partie de moi est morte avec lui ce jour-là.

Oh Malone, je ne crois pas avoir déjà aimé quelqu'un autant que toi.

Je ne sais pas comment expliquer ce qui nous lie. J'ai simplement... besoin de lui. Comme j'ai besoin d'oxygène pour remplir mes poumons. D'eau pour étancher ma soif. De sang pour faire battre mon cœur. Je le désire tellement, encore aujourd'hui. Lorsqu'il m'a embrassée, j'ai eu l'impression de respirer pour la première fois depuis sept ans. Comment peut-il me faire ressentir ça ? Après tout ce temps ? Tous ces drames ? Ces mensonges ? Je n'en sais rien, mais c'est le cas. Mon cœur ne demande qu'à être recollé par ses caresses. Mon âme n'aspire qu'à retrouver la sienne. Mais pourra-t-on vraiment repartir de zéro ? Avec toutes les casseroles que l'on se traîne ? Peut-on simplement s'aimer ?

Je vous en prie, mon Dieu, aidez-moi à prendre la bonne décision.

— Dieu ne t'aidera pas, Déva. C'est à toi de faire ce choix. Aime-moi ou tue-moi.

Le visage de ma sœur se rappelle à nouveau à moi, tout comme celui de ma fille. J'inspire calmement et mon index force sur la gâchette.

56

DÉVA

Il me semble que Malone a cessé de respirer. Vous croyez que j'ai perdu les pédales ? Ce n'est pas le cas. J'ignore d'où me vient cette soudaine lucidité, ni si elle va rester longtemps, mais j'en profite tant qu'elle est là.

Peut-être n'allez-vous pas comprendre ma réaction, mais j'avais besoin de savoir si Malone me disait la vérité, ou s'il était encore en train de me manipuler. Traitez-moi de paranoïaque, si ça vous chante. Après tous ses mensonges, il fallait que je sois sûre, à cent pour cent. C'est désormais le cas. Il y a un énorme trou dans ma porte d'entrée et ça m'est totalement égal. L'arme est chargée, ce qui veut dire que Malone vient de mettre sa vie entre mes mains. Bien que je lui aie un jour enfoncé un couteau dans le cœur, il n'a pas hésité une seule seconde à prendre le risque. Ce constat augmente mes tremblements alors que je pointe à nouveau le pistolet vers lui.

— Où est Hanna ?

— Dans ta voiture, au milieu de l'allée. Elle va bien. Je ne comptais pas lui faire de mal. Je voulais juste passer quelques heures avec elle, avant que les flics me retrouvent et me tirent une balle dans le crâne. Normalement, j'étais censé partir sans me retourner, mais tu t'es blessée à la tête. Je... Je n'ai pas pu me résoudre à te laisser comme ça. Je devais m'assurer que ça allait, que ta vie n'était pas en danger. Il fallait que j'en sois sûr avant de… de kidnapper notre fille ! lâche-t-il entre pleurs et ricanements. Dès que j'ai pénétré dans ta maison, j'ai essayé de me remettre dans la peau de Capuche Noire. C'est plus difficile qu'on le croit, de jouer les psychopathes. J'ai tout fait pour que tu paniques, pour que tu imagines le pire. Avec un tel scénario, je m'attendais à avoir au minimum une unité d'élite au cul ! Ils auraient dû finir ce que tu as commencé il y a sept ans.

— Quoi ? C'était ça ton plan de génie ?

— Je n'ai jamais dit que c'était intelligent, mais tout le monde y aurait trouvé son compte. Tu te serais définitivement débarrassé de l'enfoiré qui a gâché ta vie et moi j'aurais pu profiter de ma fille, rien qu'un tout petit peu, avant de crever. C'est tout ce que je voulais et il y a encore une heure, j'étais sûr que jamais tu ne me laisserais l'approcher.

— Alors tu comptais... te faire tuer ?

Mes derniers mots se perçoivent à peine. Ce ne sont que des murmures étranglés dans ma gorge.

— Si ta vie n'est rien sans Hanna, sache que la mienne n'est rien sans toi, Déva. J'en peux plus d'être seul. J'en peux plus de t'observer de loin, de t'entendre et de ne pas pouvoir te toucher. De ne pas pouvoir te réconforter quand tu es triste. De ne pas pouvoir t'aimer. J'en peux plus de me sentir comme une merde pour tout ce que je t'ai fait subir. Je ne veux plus te voir pleurer à cause de moi, Déva. Quelle que soit l'issue, il faut que ce soit la dernière fois. Je ne veux plus être cet homme-là. Ce monstre-là.

Son regard me transperce. Il est doux, aimant, plein d'espoir, mais également las. C'est un foyer qui vit sur ses ultimes braises. Soit je le rallume maintenant, soit il s'éteindra à jamais. C'est là que je comprends : je ne peux pas revivre ça, le savoir mort, continuer ma vie sans l'avoir à mes côtés. Je ne peux pas. Je ne peux plus. C'est trop dur.

Je lâche l'arme à terre tout en étouffant les sanglots qui déchirent ma gorge. Surpris, Malone fait un pas hésitant vers moi, les bras ouverts pour que je vienne m'y blottir. Bien que toute ma rancœur ne soit pas effacée, je ne me fais pas prier. Il me serre contre lui, j'empoigne ses cheveux, ses lèvres fondent sur moi et je laisse ses baisers apaiser ma détresse. Lorsqu'il relève la tête pour me regarder, le sourire qu'il me lance est timide, mais sincère. Il entrelace ses doigts aux miens avant de reprendre la parole.

— Excuse-moi pour tout ce cirque. J'ai vraiment pété les plombs, cette fois ! Je ne sais pas ce qui m'a pris. Je suis désolé, Déva.

— Ne t'inquiète pas, tu vas avoir tout le temps de t'excuser, encore et encore, tous les jours. Tu ne vas pas t'en tirer aussi facilement. Crois-moi, je vais t'en faire baver !

Nous rions très brièvement jusqu'à ce que ses yeux plongent à nouveau dans les miens.

— J'accepterai tous tes châtiments, mon ange, aussi longtemps que tu en auras besoin. Ta tête, ça va ? ajoute-t-il en glissant doucement une main dans mes cheveux.

— Oui. Ça va.

— Je ne voulais pas te faire de mal, tu sais. Je...

— Je sais, le rassuré-je en frôlant son nez avec le mien.

Notre bref affrontement me revient. Je remarque sa pommette enflée et entaillée suite aux coups que je lui ai donnés, mais je ne m'y attarde pas. Mon cerveau vient tout juste de se remettre en marche.

— Hanna !

L'image de Malone en train d'endormir ma fille ravive ma colère pendant quelques secondes. La tristesse que je capte dans ses yeux suite à mes réflexions l'éteint tout aussi rapidement.

— Ne t'en fais pas, elle va bien. Suis-moi, on va la chercher.

Honteux, il m'attire vers l'entrée, pose sa main sur la poignée et ouvre la porte. Un coup de feu retentit, accompagné d'un cri dont j'ai du mal à discerner le sens. Je mets du temps à comprendre d'où provient toute cette agitation. Des silhouettes apparaissent dans mon champ de vision, celle de Tim d'abord, puis celle d'un homme aux cheveux grisonnants : le lieutenant Fischer.

Bon sang, qu'est-ce qu'il fait là ?

Ce dernier brandit une arme en direction de Malone.

Malone !

Nos regards se croisent sans pouvoir se lâcher. Sa main gauche comprime sa poitrine d'où s'écoule déjà beaucoup de sang.

— Non ! s'emballent mes cordes vocales. Non, non, non, non... Non, pas ça ! Malone !

Je panique. Malone s'accroche à moi, mais il est trop lourd. Nous nous affalons tous les deux sur le sol du perron, alors que Tim et Fischer arrivent vers nous en courant. Leurs yeux se posent sur moi, puis sur Malone, puis sur l'arme qui est toujours à l'intérieur de la maison. Ils restent perplexes face à cette scène, pas encore conscients de la terrible erreur qui vient d'être commise.

Bien que je sente Tim s'approcher dans mon dos, je ne lui prête aucune attention, préférant me concentrer sur Malone. J'appuie mes deux mains sur sa blessure pour limiter les dégâts, mais il est trop tard. Le sang se répand si vite autour de lui qu'il macule déjà le paillasson, ainsi que ses vêtements et les miens.

— Déva...

— Je suis là, Malone. Tiens le coup, d'accord ? Tu ne peux pas me laisser. Tu n'as pas le droit de revenir, de chambouler toute ma vie, de me faire des promesses et de m'abandonner dans la même journée !

— Il faut croire que... que Dieu a décidé finalement.

— Non, c'est moi qui décide, tu as déjà oublié ? contré-je en agrippant sa chemise. Et mes châtiments alors ?

— Je les aurais tous… mérités, affirme-t-il avec difficulté.

— Je t'en supplie, accroche-toi. Ne me laisse pas.

— Je serai... toujours avec toi, Dév...

— Malone ? Malone ! Non ! Non... Je t'en prie...

Les mots se meurent dans ma bouche, engloutis par les pleurs. Malone ne bouge plus. Il ne respire plus. Le père d'Hanna est en train de quitter cette terre sans qu'elle ait pu le connaître et c'est notre faute à tous les deux. On a été tellement stupides ! Lui manipulateur, destructeur, limite psychopathe. Moi trop impulsive, aveugle et naïve. La peur et la colère nous ont guidés, alors que l'amour aurait suffi à éclairer nos lendemains. Quel sinistre gâchis !

Je croyais avoir fait mon deuil depuis longtemps, mais je me trompais. À cet instant, mon cœur se déchire en lambeaux. Mes souvenirs de lui, de nous, dévalent les pentes de mon esprit comme de la neige pendant une avalanche. Toute réflexion m'échappe. Je me remémore son sourire en coin quand il entendait mes pensées, ses mots doux qui faisaient écho à mes émotions, ses bras qui me réchauffaient, ses lèvres qui me faisaient tout oublier.

57

DÉVA

Le soleil commence tout juste à se refléter sur les eaux du lac, le peignant de rose, d'orange et de milliers de nuances de jaune. Il fait encore frais, mais je me suis emmitouflée dans un gros pull en laine. Je n'ai pas froid.

Je longe le ponton et descends la légère pente qui me conduit à la rive. Je veux écouter le clapotis des vaguelettes contre les vieilles poutres. J'adore ce bruit. J'imagine toujours que ses cendres se laissent porter par le courant et s'agrippent au bois pour profiter quelques secondes du soleil, de l'odeur de la forêt tout autour, de l'air pur. C'est un merveilleux endroit. Le meilleur des choix pour une dernière demeure.

— Salut, lancé-je à voix haute, comme tous les dimanches matin, bien qu'il n'y ait personne pour me répondre. Désolée pour la semaine passée, je n'ai pas pu venir. On était partis en week-end dans un charmant petit cottage à la montagne. Hanna a voulu faire du poney. Tu aurais dû la voir ! Au début, elle avait peur de se faire mordre. Une chipie haute comme trois pommes l'a convaincue que les chevaux étaient carnivores juste avant qu'elle monte. J'ai passé une soufflante aux parents, tu imagines bien. Mais après quelques essais plutôt comiques, elle a réussi. Elle s'est même entichée de son poney au point de me demander de le ramener à la maison ! Elle était toute fière d'elle et elle riait aux éclats. J'aurais tant aimé que tu sois là pour voir ça.

Je marque une pause dans mon discours, le temps de me remémorer tous ces bons moments, comme si je pouvais les lui transmettre par la seule force de mon esprit. J'ai besoin de les lui partager.

— Parfois, elle me fait vraiment penser à toi, tu sais. Elle a le même caractère. La même fougue. Et cette manière de regarder tout le monde l'air de dire « je me fiche complètement de votre avis », bien que ce ne soit pas la vérité. Une vraie tête de mule qui n'écoute rien ! Elle te plairait et je suis sûre que tu lui plairais aussi.

Nouveau silence. J'ai du mal à trouver mon souffle.

— Tu me manques tellement ! murmuré-je en posant une main sur ma poitrine.

Je suis obligée de prendre de profondes inspirations pour ne pas laisser les larmes investir mes yeux, comme à chaque fois que je m'autorise à avoir cette conversation à sens unique. Je ne peux pas me permettre de craquer maintenant. Hanna ne va pas tarder à se réveiller et je ne veux pas qu'elle se fasse du souci. Une petite fille ne devrait jamais avoir à s'inquiéter pour sa mère. Jamais.

Après quelques minutes de lutte intérieure, je sens que mes forces me reviennent. Je vais devoir rentrer pour préparer le petit déjeuner. Je suis sur le point de dire au revoir lorsque je me rends compte que mon cœur est toujours aussi lesté.

Un peu de courage, Déva.

J'ai beau venir ici tous les week-ends, je n'arrive jamais à aller plus loin dans mes réflexions. Pourtant je sais ce que j'ai à lui dire, mais je me défile à chaque fois. Ça doit changer. Je dois me montrer forte. Laisser sortir les mots une bonne fois pour toutes. Je m'approche un peu plus du bord de l'eau et j'inspire à fond avant de me lancer.

— Malgré le nombre incalculable de fois où je suis venue ici, je n'ai jamais osé te dire ce que j'avais sur le cœur. Je ne sais pas pourquoi. Tu ne peux pas m'engueuler, alors je ne risque pas grand-chose !

Je glousse nerveusement, me racle la gorge et continue.

— Ça fait un an maintenant que notre vie a basculé. Un an, jour pour jour, que ce coup de feu a tout changé. J'ai perdu tellement de temps à culpabiliser, à m'inquiéter... à me voiler la face ! Il est l'heure pour moi d'enterrer définitivement le passé et d'aller de l'avant. Donc, ce que j'essaie de te dire, c'est que... j'espère que tu me pardonneras... de lui avoir pardonné. Je ne pouvais pas faire autrement. Notre amour est bien trop grand pour l'abandonner à la rancœur.

Des bras puissants emprisonnent ma taille. Je les laisse m'étreindre et savoure la chaleur de mon geôlier.

— Comment va Morgane, aujourd'hui ? me demande Malone en embrassant ma nuque avec délicatesse.

— Comme toujours. Tu la connais : elle n'est pas très bavarde. Peut-être qu'elle le sera plus avec Fischer cet après-midi.

— C'est vrai, j'avais oublié qu'il venait. Hanna va encore le faire tourner en bourrique !

— Ouais. Certainement.

Je souris quelques secondes en imaginant notre fille courir partout autour du lieutenant. Puis mon cœur se serre dès que le visage de Morgane m'apparaît. Je n'ai plus aucune colère en moi, mais le chagrin ne me quitte pas. Il ne me quittera jamais.

— Tu penses qu'elle t'en voudrait d'être à mes côtés ? m'interroge Malone, conscient de ma souffrance.

— Je l'ignore. Peut-être. Enfin, là où elle est, elle ne peut sûrement plus en vouloir à qui que ce soit. Ni à moi ni à toi.

— Tu sais ce que je crois ?

— Non, mais tu vas me le dire.

— Je crois que Morgane ne souhaitait que ton bonheur et ta sécurité. C'est tout ce qui comptait pour elle. Alors, le plus beau des hommages qu'on peut lui rendre, c'est d'être heureux.

58

DÉVA

Un an plus tôt

Je suis dans le hall de l'hôpital, tremblante. Mes mains et mes vêtements sont tachés de sang, mes joues creusées de sillons noirs qui témoignent encore du passage d'un torrent salé. Les portes du bloc opératoire viennent de se refermer sur moi. Les docteurs ont été clairs : je ne peux pas aller plus loin.

J'ai dû lâcher tes doigts ; sans doute l'un des actes les plus difficiles de ma vie. J'avais l'impression que ta peau était déjà en train de refroidir, comme si la mort gagnait du terrain à chaque absence de battement de cœur, à chaque seconde où tes poumons restaient fermés, à chaque fois qu'une de mes larmes se fracassaient sur le brancard où les ambulanciers t'avaient allongé. Lorsque les secours sont arrivés, tu ne bougeais plus. Tu ne respirais plus. Ils t'ont fait un massage cardiaque et ont placé une sorte de ballon transparent autour de ta bouche, pour aider ton corps à lutter. Moi, je ne pouvais rien faire, mis à part te tenir la main. Alors, quand j'ai dû l'abandonner elle aussi, c'était comme t'abandonner toi.

Je t'en supplie, Malone, ne prends pas exemple sur moi. Ne me quitte pas. J'ai dû supporter bien des choses dans ma vie, mais te perdre aujourd'hui serait l'épreuve de trop, celle qui glacerait à jamais mon cœur. Je ne suis pas assez forte pour ça. Plus maintenant.

J'ai enfermé ma peine, ma honte et ma colère pendant sept longues années. Je ne sais même pas comment j'ai pu réaliser une telle prouesse ! Mais depuis quelques heures, tu as fait s'effondrer tout mon mur. Je ne peux plus faire semblant d'être heureuse sans toi.

Est-ce là, notre retour de bâton ? Ta punition pour m'avoir fait tant de mal ? Pour ne pas avoir su me protéger de ta folie ? Pour toutes ces années gâchées ? Ou la mienne, pour n'avoir rien vu de ta détresse ? Pour avoir ignoré tes mensonges ? Pour ne pas avoir réagi plus tôt ? Pour le temps que je nous ai volé en m'enfuyant ? Est-ce qu'on doit payer maintenant pour tout ça ? Si tel est le cas, que celui qui tire les ficelles de nos vies me punisse en m'amputant une jambe. Qu'on me retire la vue, la parole, l'ouïe. Qu'on me fasse endurer tous les tourments de l'enfer. Mais par pitié, qu'on ne t'enlève pas à moi. Qu'on ne t'empêche pas de connaître Hanna.

Notre fille est installée dans la chambre juste à côté du hall. Il me suffit de tourner la tête pour l'apercevoir. Elle dort paisiblement en attendant le retour de son père. Elle a besoin de toi. Je paierai tous les tributs imaginables, mais je t'en prie, reste avec moi. Reste avec nous.

Une main se pose sur mon épaule. Je sursaute, sortie de la bulle que j'avais créée pour n'être qu'avec Malone. La première chose que je distingue est une barbe poivre et sel, celle du lieutenant Fischer. Une autre image vient aussitôt manger ma vision : l'ancien amant de ma sœur, debout dans la rue, un pistolet tendu dans la direction de Malone. Mon chagrin s'essouffle tout à coup, remplacé par une colère sourde.

— Pourquoi vous avez fait ça ? hurlé-je en frappant son torse aussi fort que je le peux. Pourquoi ? Il n'avait plus d'arme ! Il n'était pas dangereux !

Plus je m'époumone, plus j'essaie de libérer ma rage et plus mes forces me quittent. Fischer en profite pour enrouler ses bras autour de moi.

— Je suis désolé, Déva. J'ai cru que vous étiez en danger, qu'il voulait vous faire du mal. Je... je l'ai vu vous menacer avec son pistolet à travers la fenêtre. La petite était inconsciente dans la voiture. Tim m'avait prévenu que vous étiez effrayée à l'idée qu'il vous retrouve. Et il y a eu un coup de feu. J'ai agi par instinct. Je suis vraiment désolé.

Mes sanglots faiblissent. Mon souffle se régule peu à peu et je finis par m'arracher à l'étreinte du lieutenant. Tim est resté à l'écart, mais il nous écoute.

— Malone ne m'aurait fait aucun mal, murmuré-je en essuyant mes larmes. Ce n'est pas lui qui poignarde les gens.

— C'est ce qui s'est passé à Paris, il y a sept ans ? suppose le lieutenant. Vous l'avez poignardé et vous vous êtes enfuie ?

— Oui.

— Pourquoi ?

— Parce qu'il était violent ! Voilà pourquoi ! s'en mêle Tim sans savoir de quoi il parle.

— Non ! le contré-je avec hargne, les joues en feu. Malone n'a jamais levé la main sur moi. Jamais !

— Ah ouais ? Et cette blessure à la tête, tu te l'es faite toute seule ? lance-t-il, aussi cynique qu'énervé.

— Plus ou moins. Je me suis jetée sur lui. Il m'a repoussée plutôt que de me frapper. Je suis tombée en me prenant les pieds dans le tapis quand j'ai essayé de recommencer. Et je me suis cognée. Dans l'absolu, c'est de sa faute parce qu'il a provoqué la situation, mais ce n'est pas comme s'il m'avait passée à tabac !

— Alors, pourquoi l'avoir poignardé ? reprend Fischer.

— Parce que j'étais en colère, blessée dans mon amour propre. Je lui avais accordé toute ma confiance et il l'avait trahie, à plusieurs reprises. Je lui ai dit qu'il ne verrait jamais son enfant. Il m'a menacée de me l'enlever. J'ai eu peur et j'ai déraillé !

Fischer me lance un regard effaré alors que Tim se renfrogne.

— Ne me jugez pas, monsieur le lieutenant de police qui tire sur les citoyens désarmés !

Ma remarque le blesse plus que je ne m'y attendais. Il s'éloigne, se laisse tomber sur un siège et m'implore avec ses yeux de cocker pour que je le rejoigne. Je m'exécute.

— J'ai besoin de savoir, Déva, reprend-il, le front plissé. Est-ce que Malone est l'homme à la capuche noire ?

— Oui. Il l'est.

— Vous étiez au courant qu'il connaissait Gwenaëlle Perquin ?

— Oui, avoué-je dans un souffle.

— C'est ça le mensonge qui vous a poussée à l'attaquer ?

S'il n'y avait que ça.

— Non. Je l'avais appris quelques semaines avant.

— Alors que s'est-il passé ? Est-ce que votre dispute concernait Morgane ?

J'acquiesce. Je n'ai plus la force de mentir à qui que ce soit. Je suis bien trop fatiguée pour ça. Peu importe les conséquences, il faut que tout sorte.

— Malone est impliqué dans son accident. Je le sais. Mais de quelle manière ? Éclairez-moi s'il vous plait, persévère Fischer.

— Morgane avait trouvé des preuves qui l'incriminaient, sans doute avec votre aide. Ils se sont disputés avant qu'elle prenne la route. Malone l'a suivie pour essayer de la raisonner et elle a perdu le contrôle dans un virage. Il n'a rien pu faire.

— Vous croyez à cette version ? Même après tous les mensonges qu'il vous a servis ? se renseigne-t-il sur un ton neutre.

— Pour être honnête, je n'en sais rien. Disons que j'ai envie d'y croire. Vous n'avez qu'à vérifier le rapport de police.

— C'est déjà fait.

— Et alors ?

Ma voix est partie dans les aigus. Mon souffle s'est amoindri drastiquement. C'est vrai, j'ignore par quel miracle, je veux toujours faire confiance à Malone. Par contre, si Fischer a une preuve qui dément ses déclarations, je ne suis pas certaine de pouvoir le supporter. J'attends la réponse avec impatience.

— Il y avait des traces de freinage d'un second véhicule quelques mètres en amont, mais aucune sur la voiture de Morgane. Elle n'a donc pas été percutée. Elle a simplement dérapé et d'après l'autopsie, elle est morte sur le coup. Elle n'a pas souffert. Malone disait la vérité en fin de compte. Je peux même vous dire qu'il a veillé sur elle pendant toutes ces années. Il a conservé ses cendres. Je croyais que c'était une sorte d'aveu de culpabilité, mais en fait, il l'a fait pour vous, termine-t-il dans un murmure.

Je soupire de soulagement. Dans le même temps, mes entrailles se serrent à l'idée de savoir Malone entre les mains des chirurgiens.

Je vous en prie, sauvez-le.

— Comment vous avez pu lui pardonner toutes ses fautes ? Comment cautionner ce qu'il a fait ? me demande le lieutenant, incrédule.

— Je ne cautionne rien, mais je comprends. Plus ou moins.

— Comment ça ? Quelle raison peut pousser quelqu'un à détruire la personne qui partage sa vie ?

— Ce n'est pas vraiment ce qu'il a fait. Il avait besoin... que j'appréhende son vécu. Que je me rende compte des injustices qui ont jalonné son parcours. C'est difficile à expliquer. Une part de lui souhaitait punir la responsable de ses tourments. Œil pour œil, vous savez ce qu'on dit.

— Que vous reprochait-il ?

— Rien de conscient. Mais j'ai provoqué des événements dont il ne s'est jamais remis. Si je vous raconte tout, vous allez encore me prendre pour une folle.

— Dites toujours. Je ne suis plus à une folie près !

— Je vous aurai prévenu : Malone peut lire dans mes pensées.

— Tu ne vas pas recommencer avec ces âneries ! me balance Tim qui était resté silencieux depuis un bout de temps.

— Je sais que tu ne me crois pas et franchement, je m'en fous ! rétorqué-je, fatiguée de lui parler.

— Parce que mon avis ne t'intéresse plus. Le peu d'affection que tu me portais s'est envolé au moment où tu as appris que ce sale type était vivant ! Je ne sais même pas pourquoi je suis encore là. Au revoir, Déva.

Tim s'engouffre dans un couloir et disparaît. Je devrais être triste de l'avoir perdu, ou en colère qu'il m'abandonne dans un moment aussi critique, mais en réalité, je suis soulagée. Ça fait bien trop longtemps que je lui mens, et que je me mens à moi-même. Il a raison : il n'était qu'un moyen d'oublier mon passé et n'a finalement jamais rempli sa mission.

— Malone me l'avait avoué. Je pensais qu'il se moquait de moi, mais ça explique tellement de choses, marmonne Fischer à côté de moi.

Étonnée par ses mots, je le dévisage.

— Vous me croyez ? Je viens de vous dire que le père de ma fille a une sorte de pouvoir psychique... et vous y croyez ?

— À chaque fois que vous m'avez confié une de vos histoires farfelues, elle était vraie. Alors oui, je vous crois. Mais je suis curieux. Expliquez-moi.

C'est ainsi que je passe des heures à tout raconter au lieutenant. La vie de Malone dans les moindres détails, même les plus terribles. Notre rencontre. Nos disputes. Il est très attentif, ne m'interrompt pas une seule fois et semble mieux comprendre mes réactions, tout comme celles de Malone. À la fin de mon récit, il reste silencieux, plongé dans ses pensées. C'est moi qui relance la conversation une demi-heure plus tard, terrassée par l'inquiétude.

— Vous croyez que Malone aura des ennuis pour ce qu'il a fait ? Enfin s'il... s'il survit.

J'ai beaucoup de mal à contenir mes larmes. Fischer le remarque et me tend un paquet de mouchoirs.

— Officiellement, il n'a rien fait, déclare-t-il en fixant le mur devant nous.

— Mais son arme ? Il doit y avoir ses empreintes dessus.

Vu son casier, je suppose qu'il n'est pas autorisé à en posséder une.

— Quelle arme ? répond simplement le lieutenant en me faisant un clin d'œil.

Il remonte légèrement son pantalon au-dessus de sa cheville. J'ai à peine le temps d'apercevoir la crosse noire que le tissu a déjà retrouvé sa place.

— Vous l'avez récupérée ? Pourquoi ?

— Parce que j'ai fait beaucoup d'erreurs. Il est l'heure pour moi de les réparer.

— Comment ça ?

— Quand vous avez disparu, j'étais persuadé que Malone s'en était pris à vous. Je l'ai harcelé. À tel point que j'ai perdu mon boulot.

— Il m'a brièvement raconté.

— Ce qu'il ne sait pas, c'est qu'après son départ, je l'ai traqué dans le monde entier. J'ai fini par le trouver, ici, il y a trois ans.

— Trois ans ? m'étonné-je, l'imaginant dans sa voiture en train d'arpenter les rues de notre quartier.

— Oui. Je vous ai vue et j'ai cru que vous aviez fui avec votre enfant parce que vous aviez peur de lui. Je ne pouvais rien contre Malone. Mais je ne pouvais pas non plus me résoudre à le laisser vous tourner autour sans rien faire. J'aurais pu vous prévenir, vous aider à lui échapper, mais je voulais coincer ce p'tit enfoiré ! Désolé pour le langage. Il était devenu ma baleine blanche, vous comprenez ? J'étais persuadé qu'il était dangereux. Donc je l'ai observé. Vous aussi. Je faisais des planques un jour sur deux devant vos domiciles. Je vous ai utilisée comme appât en attendant qu'il fasse un faux pas et c'est arrivé. J'ai réalisé qu'il se tramait quelque chose quand vous avez commencé à faire vos valises. Alors j'ai interrogé Tim, en me faisant passer pour un inspecteur chargé de mener l'enquête sur Malone. Il m'a expliqué que vous aviez peur qu'il vous retrouve et que vous vouliez fuir. Je me suis dit que c'était le moment d'entrer dans la partie. J'ai foncé chez vous sans réfléchir. Tim m'a suivi. On a découvert la petite, l'arme, le coup de feu. Quand j'ai vu Malone ouvrir la porte, j'ai tiré. Je...

Fischer manque de mots pour terminer sa phrase, mais j'ai saisi l'essentiel. Ce n'est qu'un homme, comme nous tous. Un homme qui a fait des choix douteux, comme nous tous. Un homme qui a des regrets, comme nous tous.

— Et vous. Vous allez être arrêté pour avoir tiré sur Malone ?

— Tout dépend du boulot des chirurgiens. Si Monsieur O'Brien s'en sort, mon ami le procureur, qui me doit un immense service, m'offrira une carte « sortie de prison ». Il ne m'inculpera pas, enfin, je crois. Mais si Malone... s'il ne se réveille pas, je serai accusé d'homicide volontaire avec circonstances aggravantes, à cause de notre passé. Je purgerai une peine de vingt à trente ans.

Je n'ai pas plus envie de voir le lieutenant condamné que de perdre Malone. Je pose ma main sur la sienne et lui réponds avec la plus grande franchise.

— Alors il ne nous reste plus qu'à prier très fort pour que Malone s'en sorte. Parce qu'il est notre seul espoir... à tous les deux.

Épilogue

MALONE

Déva blottie au creux de mes bras, nous savourons le sublime lever de soleil qui nous fait grâce de ses couleurs. Je la serre contre moi. Je hume le parfum fruité de ses cheveux, ainsi que celui, plus sucré, de sa peau. Mon cœur s'emballe à l'idée de ce qu'elle pourrait être en train de penser. Est-elle toujours hantée par notre passé ? Elle me dit que non, mais j'en doute.

N'allez pas croire que je manque de confiance en elle. Ce n'est pas le cas. Simplement, j'ai eu l'habitude de pouvoir vérifier ce genre de choses par moi-même. Aujourd'hui, je n'ai plus cette possibilité. C'est une part de moi que j'ai laissée sur le perron de l'ancienne maison de Déva, le jour où cette balle a transpercé mon corps. Fini la télépathie. Je suis un homme ordinaire.

— Ça ne va pas ? me demande-t-elle, sourcils froncés, tout en se dégageant de mon étreinte.

— Si. Ça va. Je suis juste un peu... angoissé.

— Par quoi ?

— Toi.

— Moi ? répète-t-elle, étonnée.

— J'aimerais savoir ce qui se passe dans ta jolie petite tête. Être sourd à tes pensées, ça me perturbe toujours autant.

— C'est le lot de tous les hommes. Et puis, tu n'as pas besoin de lire dans mon esprit. Tu me connais par cœur.

— C'est vrai. Mais j'ai parfois du mal à anticiper tes réactions. Avant, c'était si facile. Naturel. J'ai toujours fonctionné en ayant accès à tes émotions. Maintenant, je ne suis plus sûr de rien.

— Tu doutes de mes sentiments ? suppose-t-elle, presque vexée.

— Pas de ton amour pour moi. Mais désormais, j'ignore tes besoins. Tes envies. Par exemple, qu'est-ce que tu répondrais si...

Allez, Malone, jette-toi à l'eau. Ce n'est pas la mer à boire ! Tu ne peux plus entendre ses pensées, mais tu peux encore parler. Alors, utilise tes cordes vocales !

— Si je te disais que... je rêve de te faire un deuxième enfant.

Déva reste muette, manifestement surprise par ma proposition. Elle me regarde avec une expression indéchiffrable qui me transforme en boîte de Pandore : un réceptacle pour les maux du monde, mais tout au fond demeure de l'espoir.

— Si tu savais comme mon don me manque en ce moment ! insisté-je, plus anxieux que jamais. Je t'en prie, Déva, réponds-moi... c'est un supplice !

Quand elle réalise qu'elle n'a toujours rien dit, elle me saute dans les bras.

— Tu seras un merveilleux papa, Malone ! Tu l'es déjà, d'ailleurs. Et moi, je suis une femme comblée. S'il y a bien une chose que je regrette, c'est de ne pas avoir pu élever Hanna avec toi. Alors oui : je veux un deuxième enfant. Je veux qu'on partage les premiers pas et les premiers mots. Les premiers éclats de rire. L'entrée à la crèche et à l'école. Mais surtout les couches, le vomi, les nuits d'insomnies. Je te préviens, c'est toi qui te lèveras. Moi je profiterai simplement du spectacle de tes fesses quittant la chambre, avant de me remettre à ronfler !

Le sublime sourire qu'elle m'offre balaye mes doutes aussi efficacement qu'un karcher. Je ne me lasserai jamais de la regarder. De la serrer dans mes bras. De caresser sa peau. De l'aimer. Emporté par l'euphorie de ma première victoire, je décide de pousser ma chance un plus loin.

— Et si on faisait un deal, Déva ? Je me lèverai trois fois sur cinq si je peux t'appeler Madame O'Brien.

— Malone, chuchote-t-elle, les yeux brillants d'émotion. Est-ce que tu me proposes de...

— De m'épouser. Oui. J'ai vécu toute ma vie avec toi, mon ange et j'espère t'avoir auprès de moi jusqu'à mon dernier souffle. Est-ce que tu veux devenir ma femme ?

Un sourire bien plus canaille se dessine sur sa bouche. Elle s'approche lentement de mon oreille pour murmurer sa réponse.

— Tu te lèves quatre fois sur cinq et tu changes les couches pendant toute la semaine. Deal ?

Je suis obligé de me mordre les lèvres pour ne pas éclater de rire. Cette fripouille essaie de négocier ! Elle peut bien me demander ce qu'elle veut : je suis prêt à tout pour elle. Absolument tout. Je pourrais lui décrocher la lune. Mais j'aime aussi jouer.

J'enroule mon pied autour de sa jambe et d'un mouvement sec, je nous fais basculer dans l'herbe mouillée. Elle pousse un cri de surprise. La chute est rapide, mais l'atterrissage contrôlé. Son dos touche le sol tout en douceur. Je ne voudrais surtout pas lui faire mal. Mon corps s'écrase lentement contre le sien, s'électrisant un peu plus à chaque seconde.

Elle est tellement belle !

— J'ai une contre-proposition : si tu restes à mes côtés pour l'éternité, je me lève toutes les nuits et je change les couches vingt-quatre heures sur vingt-quatre.

Mon ton est devenu beaucoup plus sérieux. Mon regard intense. Ma respiration est bloquée. Je ne veux plus jouer finalement. J'ai besoin d'une réponse et j'appréhende une fois de plus celle qu'elle va me donner, malgré nos taquineries. Elle a déjà été mariée et ça s'est plutôt mal terminé. Je ne sais pas si elle a vraiment envie de retenter l'expérience.

Mon cœur accélère. Le sien aussi. Elle plonge une main dans mes cheveux et en attrape une poignée, sans trop serrer. Je ferme les yeux un bref instant pour savourer les frissons que ce simple geste me procure.

— Je suis toute à toi, Malone. Aujourd'hui, et jusqu'à ce que le monde disparaisse. Je serai ravie de devenir Madame Déva O'Brien.

Mes lèvres ne lui laissent pas l'opportunité d'ajouter un mot. Elles prennent possession de sa bouche, accompagnées par une langue avide de conquête. Quant à mes mains, elles trouvent très vite le chemin de sa peau, de ses reins, de ses seins. Je veux sceller par la chair la promesse que nous venons de nous faire, ici, maintenant. J'en crève d'envie !

Je ne vous l'ai pas dit, mais il y a un sacré avantage à avoir perdu ma faculté : le sexe. Jamais je n'aurais pu imaginer que ce serait encore meilleur ! C'est devenu plus... animal. Pas dans le sens brutal, plutôt instinctif. Je ne réfléchis plus à ce que je dois faire pour la satisfaire, mon corps s'en souvient. De son côté, elle ne craint plus de laisser échapper une pensée un peu trop intime, alors elle se lâche davantage. Je croyais tout connaître d'elle, mais je me trompais. Elle me surprend chaque jour, m'enchante à chaque respiration.

— N'importe qui pourrait nous voir, susurre-t-elle en cambrant le dos pour frotter son bassin contre le mien.

Me demande-t-elle d'arrêter ? Ou au contraire de me dépêcher ? Je l'ignore. Il y a désormais une part de mystère entre nous qui m'excite plus que tout ! Mais je sais qu'elle me veut autant que moi je la veux.

— Personne ne vient jamais jusqu'ici, encore moins au lever du jour. Tu n'as pas à t'en faire pour le public, mon ange, lui assuré-je en découvrant un de ses seins étirés par le froid.

— Et Hanna ? Imagine qu'elle se ré... veille, gémit-elle alors que ma langue enveloppe son téton.

— On a encore un peu de temps. Notre ogresse n'ouvrira pas les yeux avant une demi-heure. Et si on veut lui donner un petit frère, il faut se mettre au travail.

***

Rêveuse, ma magnifique future femme touille la pâte à crêpes, alors qu'Hanna dévale les escaliers à la manière d'un troupeau de gnous. Elle se jette dans mes bras avant de sautiller partout comme un cabri, impatiente d'engloutir son petit déjeuner.

Déva s'empresse de les faire cuire, amusée par notre fille que nous voyons changer de jour en jour. Le temps passe trop vite ! Hier elle marchait à peine, aujourd'hui elle ne veut plus que sa mère l'aide à choisir ses vêtements. Je n'étais peut-être pas présent pour elle, mais je l'ai quand même regardée grandir. Je suis tellement fier d'elle ! Déva a fait du très bon boulot.

Je m'occupe du mini-monstre en lui montrant comment presser les oranges. Elle est très attentive et volontaire, curieuse aussi, comme sa mère.

— Dis Papa, quand est-ce que Soso vient nous voir ?

Je m'attarde quelques secondes sur le terme « papa ». J'adore entendre ce mot sortir de sa petite bouche rose. À chaque fois, j'ai l'impression de recevoir un shoot de morphine. Je me sens léger, comme si ma fille de huit ans avait un pouvoir insoupçonné dissimulé dans sa voix.

— Il passera toutes les vacances de Noël chez nous, avec Hoani et Atéa. Pourquoi ?

— Il nous a promis, à Hoani et moi, de nous apprendre à jouer de la guitare. Elle m'a dit qu'elle le rappellerait à son papa tous les jours pour qu'il n'oublie pas.

— Ne t'en fais pas, Soso tient toujours ses promesses. Il t'apprendra.

— Oui, mais Noël c'est dans super longtemps ! se plaint-elle en faisant une moue boudeuse.

— Seulement deux petits mois, ma puce. Ça va vite arriver.

Je lui propose de lui montrer les bases du solfège pour la faire patienter, puis l'invite à s'asseoir en lui confiant la première fournée de crêpes. Elle se jette dessus et nous ne pouvons nous empêcher de rire devant sa gourmandise.

Déva me sourit. Je m'approche lentement pour l'embrasser. J'ai toujours un peu peur d'en faire trop devant Hanna. Je la sens parfois mal à l'aise lorsqu'elle nous voit tous les deux. Elle avait l'habitude du couple que formait sa mère avec Tim et ça n'a pas été facile les premières semaines. Elle ne comprenait pas, d'autant plus qu'elle me croyait au ciel avec les anges et tata Morgane. C'est ce que Déva lui avait dit, sans plus de précisions.

Il nous a fallu beaucoup de tact pour lui expliquer la vérité sans la choquer, mais tout s'est finalement arrangé. Depuis plusieurs mois, nous avons trouvé nos marques et il me semble qu'Hanna s'en accommode très bien. Je crois qu'elle est heureuse de pouvoir profiter de ses deux parents. Ou plutôt, je l'espère. En tous cas, moi, j'ai l'impression de vivre au paradis !

Déva se cramponne à mon tee-shirt et se rapproche de moi, intensifiant notre baiser pour me faire comprendre que j'ai toute ma place ici, dans ses bras. J'hésite une seconde, puis enserre sa taille avec force, tout en poussant un soupir d'aise contre ses lèvres.

A-t-il déjà existé un homme qui soit autant amoureux de sa femme ?

— Beurk, c'est dégueu ! lâche Hanna en faisant une grimace. Pourquoi les adultes ont besoin de s'embrasser tout le temps ?

Nous ricanons tous les deux sans le vouloir avant de nous tourner vers elle.

— Dis donc, jeune fille, depuis quand as-tu le droit d'utiliser des jurons ? Ce n'est pas très beau dans la bouche d'une fillette de ton âge ! la réprimande gentiment Déva.

— C'est Caleb qui dit tout le temps plein de gros mots. Putain. Merde. Fais chier.

— Hanna !

Notre puce se recroqueville sur sa chaise en entendant sa mère hausser le ton. Quand elle lève les yeux vers moi pour chercher du soutien, mon regard noir la remet à sa place.

— Désolée, ronchonne-t-elle en se jetant sur une nouvelle crêpe.

— Ce Caleb ne me plaît pas beaucoup ! déclaré-je dans un grondement qui ferait frissonner un ours polaire. C'est qui, au juste ?

— Un copain.

— Mais encore ? Est-ce un camarade d'école ? Un voisin ?

— Nan, répond notre petite chipie, la bouche pleine de chocolat. Il n'habite pas ici. Sa maison est très très loin, dans un pays où il fait chaud et où il y a des kangourous !

L'inquiétude barre les traits de Déva. Quant à moi, mon sang fait tout le tour de mon corps en moins d'une seconde.

— Quoi ? m'écrié-je, provoquant un sursaut chez Hanna qui fait tomber sa crêpe par terre. Chérie, tu sais que tu n'as pas le droit de jouer avec Internet sans notre permission. Encore moins si c'est pour discuter avec des garçons à l'autre bout du monde !

— Non, c'est pas ça, Papa. Je ne lui ai jamais parlé sur Internet, je te le promets.

— Alors quand as-tu parlé à ce garçon ? insiste Déva. Est-ce qu'il est en vacances dans le village ?

— Euh, non. Je... je l'ai connu le jour où j'ai vu papa, pour la première fois.

À l'évocation de cette date maudite, je pose une main sur mon torse, comme si ma blessure allait se rouvrir rien qu'en en parlant. Cette balle a bien failli mettre fin à mes jours et elle m'a coûté mon don. À mon réveil, je n'avais plus accès aux pensées de Déva ni à ses émotions. Le silence le plus total.

Ne me demandez pas pourquoi, je l'ignore. Peut-être est-ce dû à ces longues minutes où mon cœur a cessé de battre. Il paraît que je suis mort, ce jour-là. J'ai eu une chance incroyable de ne pas avoir d'autres séquelles. J'aurais pu perdre la parole, la motricité, ou pire encore. Mais l'univers, dans sa grande miséricorde, ne m'a enlevé que ma capacité à pénétrer dans la tête de mon âme sœur.

Sur le coup, j'ai très mal réagi. J'ai même fait un scandale aux médecins qui refusaient de me faire passer des examens, persuadés que j'étais en parfaite santé, ce qui était le cas. J'ai finalement dû me faire une raison. Puis j'ai réalisé que cette journée de malheur était aussi celle qui m'avait ramené ma famille, ma fille, Déva, notre pardon mutuel. C'était suffisant, presque miraculeux ! Mais ça n'en reste pas moins un souvenir douloureux.

Incapable de parler, je glisse mes doigts entre ceux de ma fiancée et les presse doucement.

— Tu l'as rencontré à l'hôpital ? présume Déva en interprétant les mots de notre fille. Quand on attendait que Papa se réveille ?

Hanna acquiesce péniblement en hochant la tête. Elle nous cache quelque chose. Son visage est tiré. Sa bouche légèrement tordue sur le côté. Son regard fuyant.

Ma p'tite mère, tu ne vas pas t'en sortir comme ça ! Hors de question qu'il y ait des secrets entre nous. Ça a bien failli nous détruire. Je ne tolérerai pas que ça se reproduise !

— Pourquoi tu fais cette tête-là, ma puce ?

Elle reste silencieuse, son regard passant de moi à Déva sans arrêt. Ses grands yeux verts, les mêmes que ceux de sa mère, se remplissent peu à peu de larmes. Je crois qu'elle a peur de nous parler de ce garçon. Mais pourquoi ?

— Ma puce ? persévère Déva avec douceur, tout en essayant de masquer l'angoisse qui perce dans sans voix.

Hanna finit par baisser la tête pour ne pas nous affronter. Là, ça commence à m'inquiéter sérieusement. Je m'approche et pose une main sur son épaule, l'autre sur ses cheveux cuivrés.

— Hanna, tu ne me connais pas encore très bien, et je peux comprendre que tu hésites à te confier. Mais je ne veux pas que tu nous caches des choses. Tu peux tout nous dire, ma chérie. Tu le sais, non ?

— Oui. Mais...

— Mais quoi ?

— Eh ben... Lili m'a fait jurer de ne pas en parler aux adultes.

— Quoi ? s'indigne Déva. Je connais Lili depuis qu'elle est née. Elle vient ici presque tous les jours. Pourquoi voudrait-elle que tu gardes des secrets ?

— Elle dit que tout le monde va penser que j'ai une araignée au plafond, comme la vieille Madeleine !

Je vois Déva repousser une fois de plus le sourire qui tente de s'emparer de ses lèvres. Ce n'est pas le moment de s'amuser des tournures de phrase de notre fille. De mon côté, mes muscles viennent de se tendre, telle la corde d'un arc prêt à tirer. Je sais trop bien ce que ça fait de ne pas être pris au sérieux, d'être considéré comme un fou. Je ferai tout ce qui sera en mon pouvoir pour épargner ce type de souffrance à Hanna. C'est finalement moi qui continue.

— Ma puce, ne t'inquiète pas. Peu importe ce que tu nous diras, Maman et moi, on ne pensera jamais que tu as une araignée au plafond. Jamais. D'ailleurs, pourquoi on penserait ce genre de choses ?

— Bah... parce que... Caleb, mon copain, je... je ne l'ai jamais vu.

Quoi ? C'est quoi cette histoire ?

Mon cœur s'affole. Je crois que mon cerveau a compris depuis le début de cette conversation, mais je refuse de l'admettre. C'est impossible.

— Hanna, comment tu fais pour discuter avec ce garçon, si tu ne l'as jamais vu ? l'interrogé-je comme si je ne connaissais pas la réponse.

Ma main a repris sa place au creux de celle de Déva et je la serre si fort que mes phalanges blanchissent.

Seigneur, dites-moi que je n'ai pas transmis mon fardeau à la chair de ma chair !

Je ne suis pas sûr que nous soyons prêts à entendre la vérité. Pourtant il le faut. Nous n'avons pas le choix. C'est le seul moyen d'éviter de reproduire les erreurs commises par le passé. Des erreurs qui m'ont brisé, qui ont failli nous briser tous les deux.

— En fait, on ne discute pas vraiment, nous avoue Hanna en tortillant ses doigts. C'est plutôt moi qui l'écoute. Je... j'entends sa voix. Dans ma tête.

REMERCIEMENTS

Je souhaite tout d'abord remercier mes bêta lectrices (et bien plus que ça), Camille, Nadège et Lucie, qui m'apportent toujours de précieux conseils sur mes romans. Je n'en serais pas là sans vous. Et pardon pour toutes les fois où vous avez eu envie de m'étrangler en lisant cette histoire.

Je pense aussi à mes lecteurs sur *Wattpad*, notamment Efemer, Greg L, Annesharlott, Tytia, ma Lili et beaucoup d'autres. Vos commentaires m'ont touchée droit au cœur et m'ont donné confiance en mes écrits.

Par ailleurs, Jonathan et la team Livresque éditions ont toute ma reconnaissance, pour avoir cru en moi en m'offrant cette chance d'être publiée. Un grand merci à Stéphanie, qui m'a suivie tout au long de cette aventure et m'a aidée à améliorer mon texte (je n'ai jamais autant aimé Malone qu'après mes corrections). Je remercie également Thibault pour son travail remarquable avec la couverture : elle est magnifique, je l'adore.

Un merci tout particulier à ma famille, Mamoune et Sister qui m'encouragent quoi qu'il arrive, et mon papa qui sera sans doute surpris en ouvrant ce livre.

Je dois aussi plus de dix-sept ans de remerciements à mon chéri. Il me supporte au quotidien, même quand ma tête reste coincée dans mes romans au lieu de revenir dans la réalité.

Et enfin, un énorme merci à toi, qui as pris le temps de faire connaissance avec Déva et Malone. J'espère que leur histoire t'a plu et que nous nous retrouverons bientôt pour un nouveau voyage livresque.

Violette Subros

Dépôt légal : Septembre 2020

Imprimé par
PRINT GROUP Sp. z o.o.
ul. Ks. Witolda 7-9
71-063 Szczecin
Pologne (U.E)